1400 Deutsche Gedichte und ihre Interpretationen

Herausgegeben von Marcel Reich-Ranicki

Fünfter Band

Von
Theodor Fontane
bis
Else Lasker-Schüler

Insel Verlag

Umschlaggestaltung: Hermann Michels und Regina Göllner

Quellenhinweise am Schluß des Bandes
Satz: Memminger MedienCentrum AG, Memmingen
Druck: Ebner & Spiegel, Ulm
Printed in Germany
Erste Auflage 2002

1 2 3 4 5 6 – 07 06 05 04 03 02

Von Theodor Fontane
bis Else Lasker-Schüler

INHALT

THEODOR FONTANE
ABER ES BLEIBT AUF DEM ALTEN FLECK

»Wie konnt' ich *das* tun, wie konnt' ich *das* sagen«,
So hört man nicht auf, sich anzuklagen,
Bei jeder Dummheit, bei jedem Verlieren,
Heißt es: »das soll Dir nicht wieder passieren.«

Irrtum! Heut traf es bloß Kunzen und Hinzen,
Morgen trifft es schon ganze Provinzen,
Am dritten Tag ganze Konfessionen,
Oder die »Rassen, die zwischen uns wohnen«,
Immer kriegt man einen Schreck,
Aber es bleibt auf dem alten Fleck.

GOTTFRIED HONNEFELDER
WEISHEIT STATT GESCHICHTSPHILOSOPHIE

»Was wirklich ist, das ist vernünftig«, hat Hegel 1820 in seiner Vorrede zur Rechtsphilosophie geschrieben. Natürlich wußte er, daß dieser Satz schon durch einen Mükkenstich als töricht zu widerlegen und nur im Ausgriff einer spekulativen Geschichtsphilosophie als wahr zu behaupten war. Aber kann man mit einer Geschichtsphilosophie den heraufziehenden Schrecken der Moderne begegnen, wie sie sich am Ende des Jahrhunderts im bürgerlichen Berlin ankündigen?
Als Fontane dieses Spruchgedicht schreibt, wird im Reichstag über den mit der Einwanderungswelle aus dem Osten aufflammenden Antisemitismus debattiert, Kulturkampf und Streit über die Sozialistengesetze machen die Spannungen deutlich, der die bis dahin konfessionell einigermaßen homogene und ständisch geordnete preußische Gesellschaft entgegengeht. Hinter dem Optimismus der Reichsgründung und einer zu Ende gehenden Gartenlaubenkultur werden für den Kundigen die Risse sichtbar, mit denen sich die zukünftigen Erdbeben ankündigen.
Die Antwort des alten Fontane ist eines seiner kurzen Gedichte, formal einfach, scheinbar kunstlos, wie im Plauderton, aber knapp, pointiert und handwerklich sicher, trotz der biederen Knittelverse. Sie entspringen einer kritischen Beobachtergabe, einer nüchternen Wachheit und einem Realitätssinn, der im Land der großen Spekulation eher selten ist.

Wachgerufen werden in der ersten Strophe die individuellen Erfahrungen der Kontingenz: das Versagen der Menschen, die Unausrottbarkeit der Dummheit und die Unbeherrschbarkeit des Zufalls, also die alte Trias, die seit jeher gegen allen metaphysischen Optimismus spricht. So erscheint das Bedrohliche in kleiner Münze und läßt das große Projekt von Aufklärung und Fortschritt scheitern, es erscheint nur als »das«, ohne Namen und ohne Begriff. Die Pointe der ersten Strophe liegt nicht in der Beschwörung des Schreckens, sondern in der Apostrophierung seiner bürgerlichen Verharmlosung: »das soll Dir nicht wieder passieren« – so lautet die rasch gefundene Beruhigung.

Doch auf diese Idylle verdeckender Moral trifft der schneidende Einwand der zweiten Strophe: »Irrtum!« Das, was das individuelle Ich nur hier und da getroffen hat, ist nicht auf »Kunzen und Hinzen« zu beschränken, weder zu trivialisieren noch zu marginalisieren. Wie ein Erdbeben oder eine Seuche setzt »es« an, »ganze Provinzen« und »ganze Konfessionen« zu erfassen. Weder Region noch Religion bewahrt vor seinem Risiko. Und wer glaubt, daß es weit weg sei und ihn nicht treffe, der sieht »es« aufbrechen an dem Schicksal, das die Fremden trifft, die Einwanderer, die »zwischen uns wohnen«. »Es« ist mitten unter uns im Berlin der neunziger Jahre des vorigen wie im Mölln der neunziger Jahre dieses Jahrhunderts.

Seiner bürgerlichen Trivialisierung entkleidet und im ganzen universalen Umfang sichtbar, löst »es« nur noch »Schreck« aus. An die Stelle der Rationalisierung der ersten Strophe ist in der zweiten Strophe das Erschrecken getreten. Auch dieses Erschrecken wird als Stereotyp präsentiert. Doch nach der vorausgehenden Andeutung der ungeschminkten Realität läßt gerade diese erneute Verharmlosung den dahinterstehenden Schrecken um so stärker spürbar werden.

Doch was tun, wenn die Verharmlosung nicht gelingt und der sich ausbreitende Schrecken nur mühsam hinter dem »Schreck« zu verbergen ist? Ist die Antwort auf die mißlungene Rationalisierung dessen, was »passiert«, nur seine noch viel schlimmere Irrationalisierung? Fontanes Antwort: »es« bleibt, aber: »es bleibt auf dem alten Fleck«. Katastrophenszenarien taugen sowenig wie Verharmlosungen. Nur wer »es« nüchtern in den Blick nimmt, vermag mit ihm umzugehen. Das ist nicht die Fontane immer wieder zugeschriebene resignative Humanität, sondern der ihm eigene und im Berlin des ausgehenden Jahrhunderts nicht allzu verbreitete Realitätssinn, der die Dinge, wie sie wirklich sind, weder verleugnet noch vor ihnen davonläuft.

In Stil wie Inhalt lassen sich wohl keine so konträren philosophischen Glaubensbekenntnisse im Berlin des neunzehnten Jahrhunderts finden wie Hegels »Was wirklich ist, das ist vernünftig« und Fontanes »Aber es bleibt auf dem alten Fleck«. Wo findet sich größere Weisheit?

THEODOR FONTANE
AN MEINEM FÜNFUNDSIEBZIGSTEN

Hundert Briefe sind angekommen,
Ich war vor Freude wie benommen,
Nur etwas verwundert über die Namen
Und über die Plätze, woher sie kamen.

Ich dachte, von Eitelkeit eingesungen:
Du bist der Mann der »Wanderungen«,
Du bist der Mann der märk'schen Geschichte,
Du bist der Mann der märk'schen Gedichte,
Du bist der Mann des Alten Fritzen
Und derer, die mit ihm bei Tafel sitzen,
Einige plaudernd, andre stumm,
Erst in Sanssouci, dann in Elysium;
Du bist der Mann der Jagow und Lochow,
Der Stechow und Bredow, der Quitzow und Rochow,
Du kanntest keine größeren Meriten
Als die von Schwerin und vom alten Zieten,
Du fandst in der Welt nichts so zu rühmen,
Als Oppen und Groeben und Kracht und Thümen;
An der Schlachten und meiner Begeisterung Spitze
Marschierten die Pfuels und Itzenplitze,
Marschierten aus Uckermark, Havelland, Barnim,
Die Ribbecks und Kattes, die Bülow und Arnim,
Marschierten die Treskows und Schlieffen und Schlieben –
Und über alle hab' ich geschrieben.

Aber die zum Jubeltag da kamen,
Das waren doch sehr, sehr andre Namen,
Auch »sans peur et reproche«, ohne Furcht und Tadel,
Aber fast schon von prähistorischem Adel:
Die auf »berg« und auf »heim« sind gar nicht zu fassen,
Sie stürmen ein in ganzen Massen,
Meyers kommen in Bataillonen,
Auch Pollacks und die noch östlicher wohnen;
Abram, Isack, Israel,
Alle Patriarchen sind zur Stell',
Stellen mich freundlich an ihre Spitze,
Was sollen mir da noch die Itzenplitze!
Jedem bin ich was gewesen,
Alle haben sie mich gelesen,
Alle kannten mich lange schon,
Und das ist die Hauptsache..., »kommen Sie, Cohn«.

MARCEL REICH-RANICKI
ABRAM, ISACK, ISRAEL

Das ist der Inhalt dieses Gedichts: Ich, Theodor Fontane, habe ein Leben lang die Mark Brandenburg und den preußischen Adel besungen, doch an meinem Jubeltag, dem fünfundsiebzigsten Geburtstag, waren die, die ich so gerühmt habe, allesamt abwesend, aber andere, die meine Bücher kennen, sind sehr wohl gekommen, die Juden nämlich. Ist das alles, was er sagen wollte? Jawohl, das ist alles. Sein Gedicht jedoch, gar nicht kurz, umfaßt vierzig Verse. Also vielleicht doch etwas zu redselig? Nein, eben nicht – hier ist kein Vers überflüssig, kein Wort zuviel.

Fontane und der preußische Adel – das ist die Geschichte einer unglücklichen Liebe, die sein Dasein nicht selten verdüsterte. Denn er hat die Aristokratie unermüdlich umworben, er war in sie nahezu vernarrt. Aber diese Zuneigung, diese Passion wurde ihm mit Gleichgültigkeit vergolten. Weil er jene, die er bewunderte und verherrlichte, zugleich nüchtern und skeptisch sah? Weil es die Spannung zwischen Sympathie und Zweifel war, die stets seine Sicht bestimmte? Weil er sich von der Liebe nicht blenden ließ und den Adligen mitunter sagte, was sie, wenn sie ihn überhaupt lasen, nicht hören wollten?

Daß sie sich an seinem Jubeltag nicht blicken ließen, empfand er als schnöden Undank, als Brüskierung. Darüber beklagt und beschwert er sich in seinem Gedicht. Nur ist es eine Beschwerde ohne Selbstmitleid, eine Klage ohne Pathos und Larmoyanz. Um all dies zu vermeiden, wählt

Fontane die einfachste Form: Er erzählt, indem er aufzählt.

Zunächst wird der Alte Fritz genannt, dem, immerhin, einige freundliche Worte gewidmet sind. Dann folgen die Namen von einundzwanzig preußischen Familien. Karg ist die Aufzählung, es gibt hier kein Adjektiv (bei Zieten gehört es zum Namen), wir erfahren bloß – dies aber gleich dreimal –, daß diese Geschlechter *An der Schlachten und meiner Begeisterung Spitze / Marschierten.* Dem entspricht die hämmernde Litanei dieser zweiten Strophe, der forsche Marschrhythmus, den Fontane im letzten Vers (mit gutem Grund) nicht mehr anwendet: *Und über alle hab' ich geschrieben.*

Langsam und nachdenklich, der Tempowechsel ist unverkennbar, beginnt die dritte Strophe. Wieder dominiert eine Aufzählung, doch den strammen, schneidigen Rhythmus gibt es nicht mehr. Die, von denen jetzt die Rede ist, stürmen zwar ein *in ganzen Massen*, sie *kommen in Bataillonen*, aber der militärische Wortschatz ist nur noch bare Ironie. Denn die *Abram*, *Isack*, *Israel*, die *fast schon von prähistorischem Adel* sind, sie marschieren nicht, sie lesen. Sie sind vom Volk des Buches. Und sie haben ihn, Fontane, lange schon gelesen.

In der Aufforderung »*kommen Sie, Cohn*« vernehmen wir in knappster Formulierung seinen Dank, vielleicht gar seine Rührung. Der hier für die Juden steht, Fritz Theodor Cohn, war Mitinhaber des Verlags von Fontanes Sohn. Übrigens wurde das Gedicht »An meinem Fünfundsiebzigsten« erst nach Fontanes Tod gedruckt. Es hätte, wurde ihm gesagt, die Juden kränken können: Sie seien nur deshalb so willkommen gewesen, weil die adligen Gratulanten ausblieben. Er hat sofort auf die Veröffentlichung verzichtet.

Mit Zitaten läßt sich leicht nachweisen, daß Fontane die deutschen, die Berliner Juden geschätzt hat und in manchem Augenblick drauf und dran war, »ein Dankgebet zu sprechen, daß die Juden überhaupt da sind«. Und mit Zitaten kann man nachweisen, daß sie ihm nicht selten auf die Nerven gingen; in seinen späten Briefen finden sich auch böse, ja gehässige Worte gegen die Juden.

Aber er war weder Philosemit noch Antisemit. Jede einseitige Betrachtung ist hier falsch, schädlich. Er war eine widerspruchsvolle Persönlichkeit, ein Schriftsteller, der, wie sein Dubslav von Stechlin, an »unanfechtbare Wahrheiten nicht glaubte« und gerne alles mit einem Fragezeichen versah. Wir sollten uns hüten, seine Schwächen und Irrtümer zu retuschieren oder zu ignorieren. Was auch gegen Fontane gesagt werden muß: Sein Werk ist »kolossal«.

THEODOR FONTANE
ES KRIBBELT UND WIBBELT WEITER

Die Flut steigt bis an den Ararat,
Und es hilft keine Rettungsleiter,
Da bringt die Taube Zweig und Blatt –
Und es kribbelt und wibbelt weiter.

Es sicheln und mähen von Ost nach West
Die apokalyptischen Reiter,
Aber ob Hunger, ob Krieg, ob Pest,
Es kribbelt und wibbelt weiter.

Ein Gott wird gekreuzigt auf Golgatha,
Es brennen Millionen Scheiter,
Märtyrer hier und Hexen da,
Doch es kribbelt und wibbelt weiter.

So banne dein Ich in dich zurück
Und ergib dich und sei heiter;
Was liegt an dir und deinem Glück?
Es kribbelt und wibbelt weiter.

GÜNTER KUNERT
FONTANE MISANTHROPISCH

Zur menschlichen Hybris gehört es ganz offenkundig, kollektive Erfahrungen weder *zweckdienlich* vermitteln noch als Lehre nutzen zu können. Eine Tatsache, gegen die sich unser Verstand sträubt, da wir uns unzweifelhaft für vernünftige Wesen halten und diese Selbstüberschätzung mit allen irrationalen Mitteln zu verteidigen pflegen. Manchmal jedoch läßt sich die trostlose Wahrheit unserer genetisch bedingten Beschränktheit nicht wunschgemäß verheimlichen. Irgendeiner kommt und lüftet den Schleier über dem verdrängten Faktum. Unerwarteterweise hat dies ein Autor getan, dem eher die Bezeichnung human, gar humanistisch angeheftet worden ist: Theodor Fontane, der Erzähler einer Berlinschen und märkischen Kleinwelt. In diesem kaum bekannten Gedicht erweist er sich als resignativer Misanthrop – falls man gewillt ist, eine desillusionierte Anschauung der Menschheit so zu benennen.

Was während der Epoche noch den glaubhaften Schein einer hoffnungsträchtigen Entwicklungsfähigkeit besaß, ist hier mit dem Neutrum »Es« schon radikal disqualifiziert. Dieses »Es« reduziert das Gemeinte, Menschheit eben, auf seinen rein organischen Charakter, der jedoch durch die entsprechenden Verben »kribbeln« und »wibbeln« assoziativ in Bezug zum Insektenbereich, zum Ameisenhaufen gesetzt wird. Unter diesem Aspekt erweist sich Geschichte, wie andeutungsweise in den ersten drei Strophen dargestellt, als die totale Sinnlosigkeit. Fontane wird hier plötzlich ein Vorläufer und Geistesverwandter des Philosophen Theodor Lessing, dessen Werk »Geschichte als Sinngebung des Sinnlosen« wie die spätere theoretische Bestätigung der Fontaneschen Verse gedacht wirkt.

Fontane, auf einer Lese-Reise im Jahr 1989, würde gewiß die berüchtigte Frage zu hören bekommen, wo denn das Positive bleibe und ob denn sein Pessimismus nicht weithin Lähmung verbreite und zum Suizid anstifte. Dann müßte er wohl erwidern, daß, selbst wenn eine winzige Minorität solche Konsequenzen aus den unbestreitbaren Einsichten zöge, die Mehrheit dennoch weiterkribbeln und -wibbeln würde. Er könnte zum Beispiel darauf hinweisen, daß nach dem Ende des Zweiten Weltkrieges sogar fünfzig Millionen Menschen mehr auf der Erde existierten als zuvor und daß gegenwärtig, trotz global sinkender Lebens- und Umweltqualität, bereits die Sechs-Milliarden-Grenze überschritten sei, ohne daß ein Einhalten des Kribbelns und Wibbelns abzusehen wäre.

Und, Herr Fontane, was unternehmen Sie gegen diese heraufziehende Katastrophe? Wie kämpfen Sie dagegen an?

In der letzten Strophe nennt der Schriftsteller sein Credo, das nun auch nicht gerade ermutigend klingt und die Leser enttäuschen muß. Es ist nämlich die Forderung nach dem Verzicht auf Individualität, auf individuelles Dasein: Man habe sich selber zurückzunehmen und sich ins doch offenkundig Unabänderliche zu schicken. Erst wer die Waffen in diesem sinnlosen Kampf streckt und kapituliert, wer sich mit den unveränderlichen Gegebenheiten abfindet, fände zu einer ruhigen Heiterkeit. Ein uraltes Rezept, das wir bereits bei Marc Aurel in den »Selbstbetrachtungen«

nachlesen können, wo es heißt: »Zieh dich in dich selbst zurück! Die in uns zur Herrschaft bestimmte Vernunft ist darauf angelegt, ihr Genügen in sich selbst zu finden, wenn sie das Rechte tut und dabei Frieden in ihrer Seele hat.« Und fernerhin: »Es ist sinnlos, dem Schicksal zu grollen; denn es nimmt keine Klagen an.«
Aber Fontanes Gedicht schließt nicht mit billigem Trost, mit einer Flucht zu metaphysischen Mächten. Obgleich es die Frage nach dem persönlichen Glück mit verneinendem Unterton formuliert, bleibt die Frage dennoch zur Beantwortung dem Leser überlassen. Und die allerletzte, refrainartige Zeile enthält den Stachel der Beunruhigung, weil sie den Blick nicht von den Termiten lassen kann, mit denen wir identisch geworden sind.

THEODOR FONTANE
HAUS- UND GARTENFRONTEN IN BERLIN W.

Rogasen –
Delphine und Springbrunnen; gekämmter Rasen.

Reppen –
Rhododendronbüsche, Marmortreppen.

Krotoschin –
Blutbuche, Calla und Jasmin.

Podolien –
Rhus. La France. Magnolien.

Brody –
»Vulgus profanum odi.«

Samara –
Palmen, Goldgitter, Sarah.

Quatre-vingt-dix-neuf –
Aloe, Stores und Œil de bœuf.

NORBERT MECKLENBURG
EIN FLANEUR MIT BÖSEM BLICK

Großstadtimpressionen, in lockerer Reihung hingetupft. Beobachtungen eines Flaneurs, der »Haus- und Gartenfronten in Berlin-W.« abgeschritten hat und danach Villenporträts zeichnet – übrigens so exakt, daß sich einige dieser Villen baugeschichtlich identifizieren lassen. Was erwähnt wird, sind durchweg herrschaftliche, reiche, gesuchte, exotische Accessoires. Das gilt für die Architektur mit Delphinbrunnen, Marmortreppe, Goldgitter und neubarokkem Rundfenster (Œil de bœuf). Und das gilt ebenso für die Gartenanlagen mit ihren üppigen Park- und Zierpflanzen: Calla ist Schlangenkraut, Rhus ist ein Essigbaum, La France heißt eine besonders prachtvolle Rosensorte, und Aloekübel verzieren auch die Front des elterlichen Schlosses der Effi von Briest.

All das ist, wo es vor hundert Jahren zu bestaunen war, längst vom Erdboden verschwunden. Denn das Berlin-W., das Fontane meinte, erstreckte sich in der Hauptstadt des Kaiserreichs zwischen der Potsdamer Straße, in der er lebte und starb, und dem Tiergarten. Dieses Tiergartenviertel tat sich damals durch seine protzigen Gründerzeitvillen hervor, und am protzigsten waren die in der Tiergartenstraße. »Jeden Abend gehe ich eine Stunde lang in der Thiergartenstraße spazieren, – das ist mein Zusammenhang mit der Welt«, schrieb Fontane 1894 in einem Brief. Solchen Spaziergängen verdankt sich dieses Gedicht aus den neunziger Jahren. Es trug ursprünglich den Titel »In der Tiergartenstraße«.

Doch damit ist ja nur das halbe Gedicht charakterisiert. Denn die Aufreihung der Villenporträts macht ja nur die jeweils zweite Zeile der sieben gereimten Zweizeiler aus. Wie aber reimen sich die Reimwörter, die Namen, aus denen die ersten Zeilen bestehen, mit dem übrigen Gedicht zusammen? Es handelt sich ja um keine Hausnamen – etwa »Villa Samara« –, vielmehr um Namen von Orten und Landschaften. Und die weisen merkwürdigerweise alle in die entgegengesetzte Himmelsrichtungen, in den Osten: von Reppen in der Neumark über Rogasen und Krotoschin in Posen bis nach Podolien in der Ukraine, Brody in Galizien und Samara in Rußland.

Was bedeutet diese paradoxe Gedichtstruktur, der West und Ost verbindende Gedankenstrich, die Leerstelle zwischen jeweils erster und zweiter Zeile? Es gibt nur eine plausible Antwort: Diese Namenreihung unterstellt eine Herkunft aller Villenbewohner aus dem europäischen Osten, genauer: aus dem Judentum des Ostens. Dies wird explizit nur an zwei Stellen gesagt: mit dem Namen der galizischen Stadt Brody, die eine überwiegend jüdische Bevölkerung hatte, und mit dem Namen Sarah, den nicht erst die Nazis zur Abstempelung einer weiblichen Person als Jüdin benutzten. Implizit, durch die angegebenen Merkmale der »Haus- und Gartenfronten«, werden für den Kenner außerdem mehrere Villen als Residenzen jüdischer Bank- und Geschäftsleute identifizierbar.

Tatsächlich hatte in Wilhelminischer Zeit das Tiergartenviertel als Lieblingsbezirk einer neureichen »Parvenü-Gesellschaft« (Paul Lindau) einen besonders hohen Anteil wohlhabender assimilierter jüdischer Bewohner. Als typische »Tiergartenjuden« kamen sie in Satire und Roman vor: Zu ihnen gehört der Parvenü Aarenhold in Thomas

Manns »Wälsungenblut« ebenso wie der Parvenü van der Straaten in Fontanes »L'Adultera«. Auch war der soziale Aufstieg einiger von ihnen mit der Zuwanderung aus dem – städtischen oder kontinentalen – Osten verbunden. Aber die Verallgemeinerung, die das Gedicht suggeriert – Villenbesitzer in der Tiergartenstraße: alles Ostjuden –, ist ebenso falsch, wie sie der antisemitischen Agitation der Marr, Stoecker, Treitschke sich annähert, die vor jüdischer Überflutung aus dem Osten warnten. Das Gedicht selbst hat insofern einen judenfeindlichen Einschlag, als ihm ein Gestus der Entlarvung eingeschrieben ist, der zugleich lächerlich macht: Lächerlich die Tarnung der Ostjuden hinter ihren Haus- und Gartenfronten in Berlin-W., lächerlich das klassische Horaz-Zitat (»Ich hasse das gemeine Volk«) als Wahlspruch eines ostjüdischen Parvenüs, Sarah zwischen Palmen und Goldgitter – lächerlich.

Was aber bedeutet in der abschließenden Strophe die Zahl »Quatre-vingt-dix-neuf«, die an der Stelle topographischer Namen in den vorausgegangenen Strophen steht? Die Villa des Hofjuweliers Friedeberg in der Tiergartenstraße 17, die hier porträtiert ist, wurde in den Gründerjahren, nicht etwa 1799 gebaut. Was bedeutet die Zahl 99 hier? Die feine Fremdsprache – so muß vermutet werden – verschleiert hier durchsichtig ein deutsches Schimpfwort: Als »Neunundneunziger« bezeichnete man Gauner, Schmarotzer, Betrüger oder – Apotheker. Fontane wird den Ausdruck also gekannt haben. Sein Gedicht ist auf die Pointe hin angelegt: Villenbesitzer am Tiergarten – alles Ostjuden – alles Gauner. Eine bösartige Pointe. Nicht alle Gedichte des alten Fontane sind altersweise.

THEODOR FONTANE
LEBENSWEGE

Fünfzig Jahre werden es ehstens sein,
Da trat ich in meinen ersten »Verein«.
Natürlich Dichter. Blutjunge Ware:
Studenten, Leutnants, Refrendare.
Rang gab's nicht, *den* verlieh das »Gedicht«,
Und *ich* war ein kleines Kirchenlicht.

So stand es, als Anno 40 wir schrieben;
Aber ach, wo bist du Sonne geblieben?
Ich bin noch immer, was damals ich war,
Ein Lichtlein auf demselben Altar,
Aus den Leutnants aber und Studenten
Wurden Genräle und Chefpräsidenten.

Und mitunter, auf stillem Tiergartenpfade,
Bei »Kön'gin Luise« trifft man sich grade.
»Nun lieber F., noch immer bei Wege?«
»Gott sei Dank, Exzellenz ... Trotz Nackenschläge ...«
»Kenn' ich, kenn' ich. Das Leben ist flau ...
Grüßen Sie Ihre liebe Frau.«

HELMUTH NÜRNBERGER
IM BUMMELTON

Wie eine Plauderei in einem seiner Romane oder in einem seiner Briefe kommen Fontanes Verse daher, scheinbar kunstlos und doch ausdrucksknapp und pointiert. Es sind Knittelverse, wie sie zu seiner Zeit wieder beliebt waren, salopp paarweise gereimt; populärer Ausdruck wechselt mit vorgeblich Respekt heischendem. Die Zeilenordnung deutet Strophen an, markiert aber vor allem Erzählpausen. Das (im herkömmlichen Sinn) spezifisch Lyrische scheint zugunsten der Intimität der Aussage preisgegeben. »Ohne einen gewissen Zauber der Form geht es nicht, nur kann dieser Zauber sehr verschieden sein, hie Platen, hie Bummelton, das eine, je nachdem, so schön und so berechtigt wie das andre.« (An Friedlaender, 28. 2. 1892) Fontane hat es, auch so kann man Abstand gewinnen, zunehmend mit dem »Bummelton« gehalten.

Sogar recht präzise Zeitangaben sind den »Lebenswegen« beigefügt. »Fünfzig Jahre werden es ehstens sein« seit »Anno 40«. Tatsächlich ist das Gedicht 1889 zum ersten Male gedruckt worden. Wer wollte, konnte dem siebzigjährigen Autor damals im Tiergarten begegnen, etwa beim 1880 enthüllten Marmordenkmal der Königin Luise, das auch in dem Gedicht »Meine Reiselust« erwähnt wird. »Höchstens bis Königin Luise« wagt der Spaziergänger sich noch, dann geht es zurück zur »alten Dreitreppenklause«.

Der literarische Sonntagsverein »Tunnel über der Spree«,

um den die Erinnerung kreist, existierte auch noch, lag allerdings schon lange in Agonie. Im »Tunnel« hatte jene für Fontane so günstige Regel gegolten, daß er seinen bürgerlichen Namen, den kein akademischer Titel schmückte, hinter einem *nom de guerre* verbergen konnte. Am Sonntagnachmittag war er Lafontaine. Es war die für seine Zukunft wichtigste, allerdings nicht die erste Dichtervereinigung, der er angehört hatte, vorher war er – 1840 – in einem »Lenau«-Verein und in einem »Platenverein« Mitglied gewesen, hatte danach einem literarisch-politischen »Herwegh-Klub« radikaler Burschenschaftler nahegestanden.

Im Rückblick spricht der Autor nur von Literatur. Die es damit nicht so genau genommen hatten wie er, die nunmehrigen »Genräle und Chefpräsidenten«, distanzieren sich von ihm – auch Fontanes Lyrik ist auf den Dialog gestellt – durch eine gesellschaftliche Redeweise, die übrigens nicht überall so jovial ausfällt wie auf »stillem Tiergartenpfade«. Die Frage nach der sozialen Stellung des Schriftstellers hat den alten Fontane beschäftigt.

Scharf gesehene Momentbilder in Versen »Aus der Gesellschaft« behandeln die Begegnung zwischen dem »offiziellen Preußen« und dem »berühmten Sänger«. Auch aus »Lebenswege« spricht schmerzliche Erfahrung. Man darf zweifeln, ob der Spaziergänger Frau Emilie den Gruß der Exzellenz bestellt hat. Spätestens seit 1876, als ihr Mann die Chance, zuletzt doch noch Geheimrat zu werden, verscherzte, hatte sie über seine Begabung zur praktischen Lebensgestaltung ganz eigene Gedanken.

Dennoch ist Fontanes Ton nicht bitter. Nicht umsonst ist von einem »Altar« (der Kunst) die Rede. Souveräne Könnerschaft spricht sich in bescheidenen Wendungen aus:

Lafontaine war ja schon bald das umjubelte größte Kirchenlicht des Tunnels, dieser »Kleindichterbewahranstalt« (Geibel), gewesen, und der Spaziergänger im Tiergarten ist der Autor von »Irrungen, Wirrungen«. Gefordert ist Bescheidenheit allerdings deswegen, weil hier, wenngleich im alleralltäglichsten Ton, ein Lebensrückblick erfolgt; *sub specie aeternitatis* betrachtet, verliert alles an Wichtigkeit. Wohl dem, der da von sich sagen kann, ein kleines Kirchenlicht gewesen zu sein.

Wie ernst es Fontane ist, zeigt ein unauffälliges Zitat. »Aber ach, wo bist du Sonne geblieben?« fragt das lyrische Ich in der Erinnerung an die dichterischen Anfänge und Hoffnungen der Jugend. Dabei handelt es sich, kaum variiert, um eine Zeile aus dem einst weitverbreiteten Abendlied »Nun ruhen alle Wälder« von Paul Gerhardt (»Wo bist du, Sonne, blieben?«), von dem Fontane in dem »Mittenwalde«-Kapitel der »Wanderungen« als einem »Musterstück einfachen Ausdrucks und lyrischer Stimmung« spricht. Auf Paul Gerhardt hat er sich auch in der Krise von 1876 berufen: »Eine Strophe von Paul Gerhardt« sei »mehr wert als 3000 Ministerial-Reskripte«, heißt es in einem seiner Briefe an Mathilde von Rohr.

In Fontanes später Lyrik zeigen sich dieselben großen Vorzüge seiner Kunst wie in seinen Romanen und Briefen. Diese Kunst zielt, geleitet von einem tiefen Sinn für das Echte, letztlich auf nichts anderes als das, was Fontane an Paul Gerhardt rühmt: auf die mit den Kunstmitteln der eigenen Zeit gestaltete, der Wirklichkeit dieser Zeit gemäße Poesie.

THEODOR FONTANE
MEIN HERZE, GLAUBT'S, IST NICHT ERKALTET

Mein Herze, glaubt's, ist nicht erkaltet,
Es glüht in ihm so heiß wie je,
Und was ihr drin für Winter haltet,
Ist Schein nur, ist gemalter Schnee.

Doch was in alter Lieb' ich fühle,
Verschließ' ich jetzt in tiefstem Sinn,
Und trag's nicht fürder ins Gewühle
Der ewig kalten Menschen hin.

Ich bin wie Wein, der ausgegoren:
Er schäumt nicht länger hin und her,
Doch was nach außen er verloren,
Hat er an innrem Feuer mehr.

PETER HÄRTLING
ALTKLUGE VORAUSNAHME

Das Gedicht entstand vermutlich 1847. Es ist, wie viele andere Gedichte Fontanes, zu einer Gelegenheit geschrieben, nur ist sie nicht offenkundig, er wendet sich nicht ausdrücklich an jemanden. Obwohl eben jemand angesprochen ist: Emilie Rouanet-Kummer, seit einem Jahre mit ihm verlobt.

Noch keiner der großen Romane ist geschrieben, und auch die Gedichtsammlung wird erst in vier Jahren erscheinen. Er ist gerade zum Apotheker erster Klasse approbiert worden. 1850 wird er Emilie heiraten, schon »freier Schriftsteller«, Mitarbeiter verschiedener Zeitungen.

Nie wird sie die Waghalsigkeit seiner Existenz (die er nicht hervorkehrt, auf die er nicht pocht) verstehen, und ihre Vorwürfe verletzen ihn immer von neuem. Einem Freund, Wilhelm Wolfsohn, gesteht er, angestrengt amüsiert, in einem ausführlichen Brief (vom 10. November 1847), »daß namentlich der Poet in mir oft blutige Thränen über den verlobten Bräutigam vergoß. Auch diese Mißhelligkeiten sind beigelegt; meine Braut, die sonst in meinen dichterischen Gelüsten nur eine verhaßte Nebenbuhlerin sah, hat diese plötzlich von Herzen lieb gewonnen ...«

Es fragt sich, ob er da einer guten Laune nachgab oder ob er sich wissentlich einen Frieden einredete, den er und Emilie vor allem in den ersten Jahren, bedrängt von Geldsorgen, gar nicht bewahren konnten. Er verstand es, die Ängste auf Distanz zu halten, schon weil er sich seiner Begabung sicher war. Das aber schien Emilie zu verdrießen. Ihre Beschuldigungen klingen in dem Gedicht als Echo mit: Wie kannst du nur so kaltherzig sein, so egoistisch.

Er antwortet aufgebracht, dringlich: »Mein Herze, glaubt's, ist nicht erkaltet.« Diese Versicherung, dieses »glaubt's« ist wohl jedem vertraut, ein winselnder, knieender Einsilber, der zum Streit gehört wie die Zichorie in Fontanes Arme-Leute-Kaffee. Er beteuert und wird nicht ernst genommen. Wer will schon wissen, daß der Frost, der ihm nachgesagt wird, nur Schein sei, »gemalter Schnee« – eine etwas zu hastige Metapher.

Die vierzeilige Eröffnung genügt ihm als Eingeständnis von Wärme, Verletzbarkeit, »alter Liebe«. Glaubt's! oder laßt es bleiben: »Doch was in alter Lieb' ich fühle, / Verschließ' ich jetzt in tiefstem Sinn.« Nein, er denkt nicht daran, sich weiter preiszugeben. Er zieht sich zurück. Mehr noch: was ihm vorgeworfen wurde, wirft er nun den andern vor, »ewig kalte Menschen« zu sein.

Und ohne Zweifel ist er im Zwist geübt. Er will das letzte Wort haben und gibt es sich selbst. Mit der dritten Strophe verblüfft er die Gescholtene(n): Der Achtundzwanzigjährige schlüpft, den ausgegorenen Wein rühmend, in die Rolle des Alten, nimmt sich altklug voraus. Oder derber gesagt: Der vom alltäglichen Krach Geplagte verschreibt sich überlegene Ruhe.

Allerdings hielt die Poesie der Wirklichkeit nicht stand. Beinahe dreißig Jahre später beteuert er Emilie: »Es ist auch nicht richtig, wenn ewig von meiner Lieblosigkeit gesprochen wird. Ich beobachte mich seit längerer Zeit auf

diesen Punkt hin, und ich kann mit gutem Gewissen sagen: es trifft nicht zu. Egoistisch bin ich, aber nicht lieblos. Das ist ein großer, großer Unterschied.«
Und wieder könnte er einfügen: Glaubt's! Je älter er aber wurde, um so wahrer wurde dieses Gedicht. Und um so seltener mußte er Emilie die Liebe erklären. Sie begann, ihm zu glauben.

THEODOR FONTANE
MEINE GRÄBER

Kein Erbbegräbnis mich stolz erfreut,
Meine Gräber liegen weit zerstreut,
Weit zerstreut über Stadt und Land,
Aber all in märkischem Sand.

Verfallene Hügel, die Schwalben ziehn,
Vorüber schlängelt sich der Rhin,
Über weiße Steine, zerbröckelt all,
Blickt der alte Ruppiner Wall,
Die Buchen stehn, die Eichen rauschen,
Die Gräberbüsche Zwiesprach tauschen,
Und Haferfelder weit auf und ab –
Da ist meiner Mutter Grab.

Und ein andrer Platz, dem verbunden ich bin:
Berglehnen, die Oder fließt dran hin,
Zieht vorüber in trägem Lauf,
Gelbe Mummeln schwimmen darauf.
Am Ufer Werft und Schilf und Rohr,
Und am Abhange schimmern Kreuze hervor,
Auf eines fällt heller Sonnenschein –
Da hat mein Vater seinen Stein.

Der Dritte, seines Todes froh,
Liegt auf dem weiten Teltow-Plateau,
Dächer von Ziegel, Dächer von Schiefer,

Dann und wann eine Krüppelkiefer,
Ein stiller Graben die Wasserscheide,
Birken hier, und da eine Weide,
Zuletzt eine Pappel am Horizont,
Im Abendstrahle sie sich sonnt.
Auf den Gräbern Blumen und Aschenkrüge,
Vorüber in Ferne rasseln die Züge,
Still bleibt das Grab und der Schläfer drin –
Der Wind, der Wind geht drüber hin.

CHARLOTTE JOLLES
GEBORGENHEIT

Dieses Gedicht ist wahrscheinlich im Sommer 1888 entstanden, zusammen mit einem zweiten, das Fontane zum Jahrestag des Begräbnisses seines ältesten Sohnes schrieb. Der Gedanke an diesen Tag lenkte Fontanes Blick auch auf die anderen Toten seiner Familie, auf die Ruhestätten seiner Eltern.

Es beginnt mit einer Zeile, in der er sich absondert von der Gesellschaft seiner Zeit mit ihren prunkvollen und protzenden Grabdenkmälern und Erbbegräbnissen. Seine Toten hatten kein solches Erbbegräbnis – sie lagen zerstreut über Stadt und Land, *aber all in märkischem Sand.* Und das märkische Stimmungsbild, das er jeweils am Grabe von Mutter, Vater und Sohn entwirft, erinnert uns an seine »Wanderungen durch die Mark Brandenburg«, wo dieses Gedicht recht eigentlich hineingehört.

Der erste Gedanke ist dem Grab seiner Mutter gewidmet. Sie hatte die letzten Jahrzehnte ihres Lebens wieder in Neu-Ruppin gelebt, wo Theodor Fontane als erster Sohn geboren war. Jetzt lag sie auf dem alten Ruppiner Kirchhof. Die Stätte des Todes, des Verfalls, ist gekennzeichnet durch alte Mauern, verwitterte Steine und eingesunkene Grabhügel. Und doch ist Leben da, die Eichen rauschen, und die Gräberbüsche tauschen Zwiesprache. Hinter den alten Kirchhofsmauern aber haben wir eine offene heitere Landschaft: *Haferfelder weit auf und ab.*

Vom Rhin, dem sich durch das Ruppiner Land schlängelnden Flüßchen, kommen wir in der nächsten Strophe zur Oder, die breit und träge durch die Ebene fließt. Eine zweite Stätte, die Fontane gut bekannt ist: Seine Familie hatte mehrere Jahre in Letchin im Oderbruch gelebt, und nach der Trennung von seiner Frau hatte der Vater in der dortigen Gegend in Schiffmühle sein einsames Leben geführt.

Wieder ein märkisches Stimmungsbild: der träge Lauf der Oder, auf der gelbe Mummeln, Teichrosen, schwimmen, Werft, Schilf und Rohr, und auf der einen Seite der Ebene Berglehnen, also eine hügelige Flußlandschaft. Dort, auf der Höhe des Tarnowschen Kirchhofs, war nun Fontanes Vater begraben, nicht weit von dem Platz, wo die letzte Begegnung zwischen Vater und Sohn stattgefunden hatte, die Fontane uns in *Meine Kinderjahre* so liebevoll schildert. Der helle Sonnenschein, der auf des Vaters Grab fällt, ist Ausdruck der menschlichen Wärme und Liebe.

Die letzte Strophe ist Fontanes Sohn George gewidmet. Sein Grab liegt schon in der Nähe der Großstadt: Dächer von Ziegel, Dächer von Schiefer, und in der Ferne hören wir die Züge, die zur Großstadt fahren. George war Hauptmann und Lehrer an der Kadettenanstalt zu Lichterfelde bei Berlin gewesen, und dort, auf dem weiten Teltow-Plateau, wurde er auch begraben. Als Sechsunddreißigjähriger war er einer Blinddarmentzündung erlegen. Wir stutzen ein wenig, wenn wir lesen: *Der Dritte, seines Todes froh ...*

Projizierte hier Fontane seine eigenen Gefühle, die eines alten Mannes, der sich nach Ruhe sehnt? Diese Stimmung kommt in manchen seiner Alterssprüche, aber auch in seinen Briefen oft zum Ausdruck. In dem anderen Gedicht, zum Jahrestag des Begräbnisses geschrieben, stellt er die

Frage: *Das Leben, war dir's wenig, war dir's viel?*, doch nur, um die Antwort zu geben: *Ich weiß das eine nur, du bist am Ziel ... Du hast die Ruh' nun, Erde wird zu Erden.*
Und so eindrucksvoll und eigentlich ohne Gram war ihm das Begräbnis, daß er das Gedicht »Am Jahrestag« mit den Versen enden läßt: *Und kommt die Stund' uns, dir uns anzureihn, / So laß die Stunde, Gott, wie diese sein.* Und im Tagebuch schreibt er: »Er liegt nun auf dem Lichterfelder Kirchhof, ein umgezäuntes Stück Ackerland, und ich wünsche mir die gleiche Stelle.« Die beiden vorangehenden Strophen enden mit der Nennung von Mutter und Vater. War der Schmerz doch so groß, daß es Fontane nicht über sich bringen konnte, auszusprechen, daß wir vor dem Grabe seines Sohnes stehen? *Still bleibt das Grab und der Schläfer drin – / Der Wind, der Wind geht drüber hin.* Still bleibt auch der Schmerz.
Der Ton von Fontanes Gedicht ist verhalten. So verhalten wie bei ihm jeder Ausdruck von Gefühlen. Es ist eigentlich auch kein trauriges Gedicht. Im Gegenteil, es atmet Verbundensein mit den Toten und jenes Gefühl der Geborgenheit, das den Menschen unserer Zeit abhanden gekommen ist. *Erde spricht zu Erde: Alles wird mein*, so heißt es in dem von Fontane übersetzten Grabspruch auf dem Kirchhof von Melrose Abbey. Hier wird Trost gezogen selbst aus dem letzten Verfall.

THEODOR FONTANE
O TRÜBE DIESE TAGE NICHT

O trübe diese Tage nicht,
Sie sind der letzte Sonnenschein;
Wie lange, und es lischt das Licht,
Und unser Winter bricht herein.

Dies ist die Zeit, wo jeder Tag
Viel Tage gilt in seinem Wert,
Weil man's nicht mehr erhoffen mag,
Daß *so* die Stunde wiederkehrt.

Die Flut des Lebens ist dahin,
Es ebbt in seinem Stolz und Reiz,
Und sieh, es schleicht in unsern Sinn
Ein banger, nie gekannter Geiz;

Ein süßer Geiz, der Stunden zählt
Und jede prüft auf ihren Glanz –
O sorge, daß uns keine fehlt,
Und gönn uns jede Stunde *ganz*.

WERNER WEBER
DER DICHTER VON NEBENAN

Ist von Tagen auf einer Jahreszeitschwelle die Rede? Letzter Sonnenschein, Winter... Aber da steht in der ersten Strophe der merkwürdig ausgezeichnete Vers – sinnschwere Wörter durch gleichen Anlaut zueinander gehoben: »Wie lange, und es lischt das Licht.« Das »Wie lange« leitet keine Frage ein; es verwahrt, auf das Nachfolgende geöffnet, die Erfahrung von Werden und Vergehen, Endzeit-Gewißheit. Im Jahreszeitlichen setzt sich Lebenszeit durch – nicht ungefähr »Winter«, sondern »unser Winter«.

In diesem Nahbereich werden die Bitten an ihrem prominenten Ort (immer am Anfang des Verses) beirrend laut: »O trübe nicht«, »Und sieh«, »O sorge«, »Und gönn«. Wer bittet so? Hinter den Anreden ist ein Ich. Anredend zeigt es auf ein Du; aber ein unverwechselbares Gegenüber ergibt sich nicht. Ich und Du sind in Formen der Gemeinsamkeit untergebracht: uns, unser. Oder in Formen der Allgemeinheit? Gilt alles einem generellen »man« (»Weil man's nicht mehr erhoffen mag«)?

Insgesamt sind es Worte zu einem Befinden, das jedem Menschen einmal zu schaffen geben mag. Aber durch dieses Allgemein-Geltende läuft hier eine Spur von biographisch Besonderem. »O trübe nicht«, »Und sieh«, »O sorge«, »Und gönn« – solches Bitten, solch emphatisch gesteigertes Zureden, hat markante Störungen hinter sich und gibt diese Störungen auch zu spüren. Und nicht irgend jemandem, sondern jemand Besonderem werden Sorgfalt und Rücksicht abverlangt – endlich einmal Sorgfalt und Rücksicht, so kostbar wie die vertieft empfundene Endzeit.

Fontane war fünfzig, als er die Verse in sein Notizbuch schrieb. Er hatte da noch fast dreißig Lebensjahre vor sich. Und nun doch die Stimmung: Es ist bald aus. Das könnte zu dem gehören, was er selber »Dichterreizbarkeiten« genannt hat. Es ist aber solider begründet. Am 19. Juli 1870 beginnt der Deutsch-Französische Krieg. Am 11. September meldet Fontane dem Verleger, der von ihm eine Darstellung des Feldzugs haben möchte, er werde demnächst die »Reise auf den Kriegsschauplatz« antreten. Am 2. Oktober ist er in Toul. Krieg hin oder her – es zieht den Geschichts- und Geschichtenerzähler nach Domremy, dem Geburtsort der Jeanne d'Arc. Er bezahlt die Eskapade teuer. Französische Freischärler nehmen ihn fest. Sie halten ihn für einen preußischen Spion. Er könnte standrechtlich erschossen werden. Der Gefangene weiß es. Vom einen Gefängnis zum anderen wird er geführt, über Wochen hin, quer durch Frankreich. Und immer bleibt das Todesurteil möglich.

Anfangs November sitzt Fontane in Guéret, hier in einem lausigen, immerhin mit einem Kamin ausgestatteten Zimmer. Träumend schaut er in die Flammen. »So saß ich«, schreibt er in seinen Erinnerungen, »im Gefängnis zu Guéret, schwere Tage hinter mir, schwere Tage vor mir, und schrieb Verse in mein Notizbuch.« Es sind die Verse »O trübe diese Tage nicht ...«.

Nun wird jener Rest an biographisch Besonderem, der sich im Gedicht zu spüren gibt, benennbar: aktuelle Todessorge des Kriegsgefangenen. Und jenes Bitten und Zu-

reden? Auch das hat eine aktuelle Ursache: Noch vor seiner Reise ins Kriegsgebiet gibt Fontane seine Stelle an der »Kreuzzeitung« auf und wechselt zur »Vossischen«. Und schreibt seiner Frau, die vorwurfsvoll um den Lebensunterhalt bangt: »Mache mir das Leben nicht nutzlos schwer. Bedenke, daß, wenn Du mich um einen Tag oder eine Woche bringst, Du mir dadurch nur die Verpflichtung auferlegst, den nächsten Tag oder die nächste Woche das Doppelte arbeiten zu müssen.« – »O trübe diese Tage nicht« ... »Und gönn uns jede Stunde ganz« – Emilie Fontane ist angesprochen; ein Ehezwist klingt nach.
So gewinnt das Gedicht seinen zwiespältigen Charakter aus der Vibrationszone zwischen datierendem Vorfall und zeitfreiem Gleichnis. Von da her kommt der zauberhafte Anflug der Alltäglichkeit – nicht nur in den Strophen »O trübe diese Tage nicht« zu bewundern, sondern in anderen Gedichten Fontanes auch. Ein Orpheus war er eben nicht. Er war der Dichter von nebenan.

THEODOR FONTANE
PUBLIKUM

Das Publikum ist eine einfache Frau,
Bourgeoishaft, eitel und wichtig,
Und folgt man, wenn sie spricht, genau,
So spricht sie nicht mal richtig.

Eine einfache Frau, doch rosig und frisch,
Und ihre Juwelen blitzen,
Und sie lacht und führt einen guten Tisch,
Und es möchte sie jeder besitzen.

HELMUTH NÜRNBERGER
ENTSCHLOSSENES BEGEHREN

»Publikum« ist erstmals 1889 gedruckt worden, es zählt zu den in die dritte Auflage der »Gedichte« neu aufgenommenen Stücken. Vermutlich sind die Verse nicht lange vor dem Druck entstanden beziehungsweise abgeschlossen worden, also das Werk eines annähernd Siebzigjährigen, der bereits seit einem halben Jahrhundert publizierte. Im Alter ist Fontane zu dem Verfahren übergegangen, neue Gedichte hauptsächlich in Verbindung mit neuen Auflagen »anzufertigen« – so müßte man wohl sagen, wenn man ihn wörtlich nehmen wollte.

»Allmählich geht es wieder auf den Sommer los«, schreibt er im Frühjahr 1887 an Wilhelm Hertz, »den ich diesmal, wenn es sein kann, an die Vollendung vieler halb- und dreiviertelfertiger Balladen und Gedichte setzen möchte.« Voraussetzung dafür ist die Zustimmung des Verlegers zur Neuauflage, sonst wird der Autor sich »hüten«, denn es geht ihm nur noch um »Dichterbeweisführung vor *anderen* ... vor mir selber brauche ich es nicht mehr und komme mit dem geplanten und gedachten Gedicht gerade so weit, wie mit dem ausgeführten.«

Merkwürdig. Scheut der Autor die, wie er schreibt, »Laboratoriumsarbeit ... bei vorn geschlossener Apotheke«, die »nur kostet und nichts einbringt, wobei ich nicht an Geld denke«? Nicht selten – es gibt freilich auch großartige Gegenbeispiele – hat Fontane sich über Kunst und künstlerische Arbeit mit solcher scheinbar hausbakkenen Nüchternheit, grämlichen Bitternis, satirischen Schärfe geäußert – und hat doch niemals von seinem Beruf abgelassen.

Es gibt Verse aus seiner Feder, die ein konkretes, zufälliges Publikum realistisch beschreiben: »Luftig die Kleider, kokett die Hüte, / Vorn an der Brust eine Heidekrautblüte, / So sitzen sie da; Lorgnon und Gläser / Richten sich auf die Lurenbläser« heißt es in dem von ihm selbst besonders geschätzten »Luren-Konzert«. Demgegenüber handelt es sich bei unserem Gedicht um das Publikum schlechthin, das Gegenüber des Künstlers, gesehen und umworben mit seinen, Fontanes Augen.

Was kann ihm die Anerkennung dieser Gruppe von Menchen bedeuten, die sich überschätzt, die umschmeichelt sein will, die des Idioms nicht mächtig ist, dessen sie sich bedient? In der ersten und fünften Zeile lautete es im Entwurf statt »eine einfache Frau« zunächst »'ne dumme Frau«. Am schwersten scheint der Vorwurf »bourgeoishaft« zu wiegen, wenn man an Fontanes aggressive Ablehnung der Bourgeoisie sich erinnert, in deren Sprache er bis in die feinen Differenzierungen des Tones und der Wortwahl hinein die ästhetische und soziale Lüge erkannte. Er »hasse« die Bourgeoisie, die »furchtbar« sei, hat er in Briefen geschrieben.

Aber von Haß ist in »Publikum« wenig zu spüren (und wieviel künstlerische Bezauberung muß diesem Haß jederzeit beigemischt gewesen sein, wenn er imstande war, Gestalten wie die Kommerzienräte Van der Straaten und Treibel, wie Jenny Treibel, née Bürstenbinder, hervorzubringen). »Rosig und frisch« ist die Frau, die das Publikum personifiziert, sie kann lachen, ist eine gute Gastgeberin, die Juwelen – vielleicht etwas zu auffällig –

blitzen verheißungsvoll. Ihre erotische Anziehungskraft fragt nach keiner Rechtfertigung, wie das Leben selbst. Die Distanz zwischen dem Künstler und diesem Publikum ist fast unüberbrückbar. Was Fontanes Gedicht die klare Kontur gibt, ist die Knappheit, mit der er über den vielbeklagten Gegensatz von Kunst und Leben hinweggeht. Kein Wort über den Künstler, keine Reflexion, nur das erotisch bezeichnete Objekt, Begehren, dem Werbung folgt. In der Faszination, die es spiegelt, exemplifiziert das Gedicht selbst die leidenschaftliche Hingabe des Künstlers und seine gestaltende Kraft. Nicht zufällig hat Thomas Mann auf diese »Personifikation des Publikums in acht unglaublich sicheren Versen« gelegentlich hingewiesen.

THEODOR FONTANE
VOM FEHRBELLINER SCHLACHTFELD

Blumen, o Freundin, dir mitzubringen
Von diesem Feld, es wollt' nicht gelingen.

Hafer nur, soweit ich sah,
Hafer, Hafer nur war da.

Märkische Rosse gewannen die Schlacht,
Haben das Feld berühmt gemacht.

Und das Feld, es zahlt mit Glück
Alte Schulden in Hafer zurück.

HANS JOACHIM KREUTZER
FREMDE PFLANZEN

Der Sprecher der Parlandozeilen, die zuerst für die »Wanderungen durch die Mark Brandenburg« entworfen waren und später zusammen mit anderen unter die Überschrift »Märkische Reime« gelangten, bringt eine Entschuldigung vor: auf dem Schlachtfeld von Fehrbellin leider keine Blumen, statt dessen bloß nützlicher Hafer. Prosa statt Poesie, das ist Brandenburg. Ironisch bildet das Versmaß die Enttäuschung ab: im ersten Zweizeiler, genau besehen, fast antikisierender Tonfall, große Verbeugung sozusagen, dann Hebung und Senkung im simplen Trab, ganz hafermäßige Verse.

Blumen aber durfte die Angeredete erwarten. Die Poesie berechtigte sie dazu: Sie hatte im »Prinz Friedrich von Homburg« die Natalie gespielt. In Kleists Fehrbellin-Schauspiel finden sich fremde Gewächse wie heimische Blumen an tragenden Stellen. Am Anfang verblüfft den Kurfürsten der Lorbeer: »Wo fand er den in meinem märkischen Sand?« Höflich, vielleicht mit leisem Unterton des Vorwurfs, der Nichtbeachtung wegen, verweist man ihn auf die Rückseite seines Schlosses, »wo der Gärtner/ Mehr noch der fremden Pflanzen auferzieht«. Am Schluß aber, im Augenblick der unmittelbaren Erwartung seines Todes, überrascht den Prinzen der Duft von Blumen des Bodens, auf dem er, ein Landfremder, Heimat gesucht hatte: Nachtviolen, Nelken, Levkojen. Der Duft, das ist die zarteste Form der sinnlichen Wahrnehmung. Eine ein-

zelne Blume will der Prinz in Wasser setzen, er sagt: »zu Hause« – und steht dabei zwei Schritt vom Grabe.
Das Fehrbellin-Kapitel der »Wanderungen«, noch mit einer einfachen Vorform des Gedichts, ist 1860 geschrieben. Da gab es noch keinen Ministerpräsidenten Bismarck, da gab es noch kein Düppel, kein Königgrätz, keine Reichsgründung. Fontane ist auf der Suche nach geschichtlicher Identität, »unserer Monarchie«, wie er sagt. Magere zweihundert Jahre gelangt er zurück, »ein neues Volk, wie wir sind«, und versteigt sich, überanstrengt, zu dem Satz: »Das Soldatische hat sich zum poetischen Inhalt unseres Volkslebens ausgebildet.« Das trifft's. Aber was wurde aus dem Soldatischen? Ach, der sensible Fontane ahnte es bald: Schon 1864, in der zweiten Auflage der »Wanderungen«, warf er das ganze Kapitel hinaus und damit auch die falschen Töne.
An dem Gedichtchen hielt er fest und machte etwas daraus. Das war 1888 und schon unter Wilhelm Zwo, dessen politischer Stil kaum noch altpreußische Züge bewahrte. Aber Fontane mochte im Grunde seines Herzens schon Kleist nicht so recht. Als Theaterkritiker übt er Respekt, aber privat, in seinen literarischen Notizen, da ist ihm dieses Irrlicht viel zu romantisch, da verkörpert ihm Kleist den morbiden Geist der Zeit vor 1806, vor dem Zusammenbruch des alten Preußen.
Die beiden Dichter Fontane und Kleist waren fremde Pflanzen im märkischen Sande, Südfranzose und stolz darauf der eine, aus pommerscher Familie und empfindlich-selbstbewußt der andere. Die Heimat der Musen und Grazien war Brandenburg nie – Goethe hat ganz schön gestichelt über Poesie und Wissenschaft aus dem Sandboden. Den Schwung und Glanz haben noch stets die Zu-

wanderer hineingebracht, früh die Hugenotten, später die Juden. Daß Fontane resigniert den braven Hafer pries, mit seinem prosaischen, obschon dauerhaften Ertrag, war 1888 ein Zeichen der Zeit: die besseren Köpfe, verunsichert bis verstört vom aufgesetzten Reichsbrimborium Neupreußens, suchten die Identität des staatlichen Gemeinwesens wieder in den Leitbildern der kargen, aber ehrlichen Fritzen-Zeit oder der des Großen Kurfürsten. Über seine eigene Welt hat Fontane im Laufe seines Lebens so mancherlei gesagt. Aber am Ende setzte sich dafür bei ihm als Leitmotiv durch: »Blech und Kindertrompete«.

THEODOR FONTANE
WÜRD' ES MIR FEHLEN, WÜRD' ICH'S VERMISSEN?

Heute früh, nach gut durchschlafener Nacht,
Bin ich wieder aufgewacht.
Ich setzte mich an den Frühstückstisch,
Der Kaffee war warm, die Semmel war frisch,
Ich habe die Morgenzeitung gelesen.
(Es sind wieder Avancements gewesen.)
Ich trat ans Fenster, ich sah hinunter,
Es trabte wieder, es klingelte munter,
Eine Schürze (beim Schlächter) hing über dem Stuhle,
Kleine Mädchen gingen nach der Schule –
Alles war freundlich, alles war nett,
Aber wenn ich weiter geschlafen hätt'
Und tät' von alledem nichts wissen,
Würd' es mir fehlen, würd' ich's vermissen?

PETER HÄRTLING
EIN SEUFZER ÜBERS ALLERLEI

Theodor Fontane hat immer wieder Gedichte zu Gelegenheiten geschrieben, zu Geburtstagen, Namenstagen, Familienfesten, auch über Alltägliches – und wer diese Gedichte liest, ohne daß ihn der Anlaß noch berühren könnte, glaubt sie dennoch von einer freundlichen, auch ein wenig gleichmütigen, in sich gekehrten Stimme vorgetragen zu hören: Ansprachen, die im Grunde Selbstgespräche sind. Und dieses 1888 entstandene Gedicht verleugnet gar nicht erst, daß hier einer mit sich selber redet, beinahe unabsichtlich in Versen, in Reimen.

Die Laune, aus der es entsprang, durchdringt jedes Wort, jede Zeile: Ein alter Herr von fast siebzig Jahren ist aufgestanden, hat durchaus gut geschlafen, und es überkommt ihn eine Morgenmelancholie. Offenbar zieht er es vor, in der Frühe mit sich allein zu sein. Kaffee, Semmeln, die Morgenzeitung sind ihm gebracht worden. Mit niemandem hat er sich unterhalten müssen. Was einmal frisch war, ist zur allmorgendlichen Erfahrung, zur vertrauten und auch verbrauchten Begleiterscheinung geworden.

Ein dreifaches »Wieder« unterstreicht das. Doch ist das erste Wieder – im zweiten Vers – anders getönt als die beiden folgenden. Leise und nebenbei meint es auch ein mögliches Ende. Zwar werden die Rüstigkeit, die Erquickung durch den Schlaf betont, doch hinter vorgehaltener Hand mischt sich, wahrhaft fontanesch, ein Ächzen in das kleine Glück. Nun gut, ein neuer Tag beginnt eben – wieder.

Nichts wird ihn überraschen, nichts Unerwartetes eintreten. Die Morgenzeitung teilt das übliche mit: »Es sind wieder Avancements gewesen«, wieder diese sich aufplusternden Nachrichten über Beförderungen – wie oft hat er über das Gestrampel geschrieben und wie weit hat er sich von diesem Exerzierplatz entfernt.

Nach dem Frühstück tritt er, der Gewohnheit folgend, ans Fenster, und in drei Zeilen entsteht ein Genre-Bild, das von Menzel gemalt sein könnte, in einem freundlichen, klaren Licht. Der Tag ist längst im Gange – für den Betrachter bleibt die Geschäftigkeit in angenehmer Distanz. Er weiß allerdings jedes Signal zu deuten: so zeigt die Schürze »über dem Stuhle« den Schlachttag an; zu Mittag könnte es Wurstbrühe und Wellfleisch geben. – Und endlich die Mädchen, die »nach der Schule« gehen. Tag für Tag schaut er ihnen nach. Sie ziehen durch einen Satz, der in jedem seiner Romane so vorkommen könnte: in seiner Unauffälligkeit sonderbar blank.

Dann stellt sich ein Gedankenstrich quer, und der alte Mann löscht mit einer eher gemurmelten, achselzuckenden Frage das muntere Bild. Das dreifache Wieder steht endgültig auf einer bitteren Linie. Kennte er diese morgenfrischen Bagatellen nicht – würden sie ihm fehlen? Die unvermittelte Resignation läßt eigentlich gar keine andere Antwort zu als: Nein, wohl nicht.

Fontane hat nicht nur dieses eine Mal über den verschmerzbaren Verlust philosophiert. (Die Anmerkungen in der Hanser-Ausgabe helfen, solche Zusammenhänge herzustellen.) In »Vor dem Sturm« steht: »Er (...) setzte hinzu, daß er einmal gelesen habe, wie das Leben einem Gastmahl gleiche. Jeder habe den Wunsch, auszudauern: aber wer in der Mitte des Mahles abgerufen würde, fühle bald nachher, daß er wenig versäumt habe.« In der »Effi Briest« wird dieser Gedanken variiert: »Es sei wer von einer fröhlichen Tafel abgerufen worden, und am andern Tag habe der Abgerufene gefragt, wie's nachher gewesen sei. Da habe man ihm geantwortet: ›Ach, es war noch allerlei; aber eigentlich haben Sie nichts versäumt.‹«

Die »Festmähler«, von denen dieser Schriftsteller erzählte, die er vor Augen hatte, waren nie sonderlich opulent, und gerade das Allerlei, das hier ins Nachher versetzt wird, hat ihn immer besonders gefesselt. Ihm hat er sich schreibend anvertraut, »es trabte wieder, es klingelte munter«. Mit der geseufzten Frage schließt er die Augen vor seiner Welt. Er hat sie nicht satt, ist ihrer nicht überdrüssig. Er gibt nur einen Augenblick der Erschöpfung nach und schreibt das Gedicht, um sich, nicht ohne die ihm eigene Koketterie, zu beweisen, daß das Allerlei ihn, seinen Erzähler, braucht.

KLAUS GROTH
MIN JEHANN

Ik wull, wi weern noch kleen, Jehann,
do weer de Welt so grot!
Wi seten op den Steen, Jehann,
weest noch? bi Nawers Sot.
An Heben seil de stille Maan,
wi segen, wa he leep,
un snacken, wa de Himmel hoch
un wa de Sot wul deep.

Weest noch, wa still dat weer, Jehann?
Dar röhr keen Blatt an Bom.
So is dat nu ni mehr, Jehann,
as höchstens noch in Drom.
Och ne, wenn do de Scheper sung,
alleen int wide Feld:
ni wahr, Jehann? dat weer en Ton!
De eenzige op de Welt.

Mitünner inne Schummerntid
denn ward mi so to Mot,
denn löppt mi't langs den Rügg so hitt,
as domals bi den Sot.
Denn dreih ik mi so hasti um,
as weer ik nich alleen:
doch allens, wat ik finn, Jehann,
dat is – ik sta un ween.

PETER WAPNEWSKI
BRUNNEN, MOND UND STILLE

Ich möge denn versuchen, dieses »fremdsprachige Gedicht« verständlich zu machen: so der verdienstvolle Herr der »Frankfurter Anthologie« zu mir, als ich ihm Klaus Groth vorschlug. Eine Bemerkung, weniger irrend, als ihr provokatorischer Gestus wohl wollte. Denn das Nieder- (oder Platt-) Deutsche ist kein Dialekt, keine Mundart, sondern ist die andere Sprache. Die andere deutsche Sprache neben dem Hochdeutschen. Deren lautliche Eigentümlichkeiten Älteres bewahren, als die vornehme Schwester und deren volltönende Urtümlichkeit Herder und die Romantiker wohl als »Naturpoesie« würden empfunden haben. Als Literatursprache konnte sich das Niederdeutsche nie etablieren, das seinerseits sich auffächert in viele Dialekte vom ostpreußischen Platt über das Mecklenburgische und das Holsteinische bis hin zu dem an Holland grenzenden Niederrheinischen. In unseren Tagen – und nicht erst seit heute und gestern – registriert man seinen ständigen Schwund, der auch durch schützende und aufforstende Maßnahmen nicht wird aufgehalten werden können angesichts und angehörs der nivellierenden und standardisierenden Wirkung des allgegenwärtigen Medien-Idioms.

Klaus Groth, ein Holsteiner aus Dithmarschen, engerer oder auch weiterer Landsmann und Zeitgenosse von Hebbel und Brahms, von Mommsen und Storm und ihnen und ihrem zu Kargheit und spröder, aber inniger Gefühlsentfaltung neigenden Temperament in vielem verwandt – Groth hat der niederdeutschen Sprache, seiner Sprache, die dichten wollende Zunge gelöst, hat sie, ohne sich auf ein Vorbild stützen zu können, zu einem lyrischen Instrument gemacht. Der Sohn eines Bauern und Müllers, in der Schule und Kirche das Hochdeutsche kunstgemäß lernend, als Schreiber und Lehrer tätig und schließlich als Außenseiter ohne Glück an der Kieler Universität lehrend, war von Beruf ein Dichter und sonst nichts. Ihm verdankt seine niederdeutsche Heimat Teilhabe an den spätromantischen Klängen, wie sie die hochdeutschen Poeten im Volkston sangen. Und der scheinbar über Berg und Tal entrückte Alemanne, der doch so etwas wie ein Erwekkungserlebnis wurde für den Holsteiner Groth: Johann Peter Hebel.

Groths Gedichtsammlung »Quickborn«, zuerst 1853 erschienen, verdiente es wohl, im Schatzhaus der deutschen Lyrik gehegt und bewundert zu werden im zwar bescheidenen und leisen, aber dennoch kostbaren Glanz ihrer Verse. Gehegt von uns, die wir im spiegelbildlichen Verhältnis zu der Schule in Dithmarschen kunstgemäß das Plattdeutsche in der Kieler Bürgerschule lernten, mit »Lütt Matten de Haas« und »Min Modersprak« – und den Versen an Johann.

Lyrik hat, seit die menschliche Zunge sie singt, nur ein einziges Themenpaar: Liebe und Tod. Darin ist eingeschlossen das diesen beiden Fundamentalempfindungen eigene Bewußtsein von Vergänglichkeit und Einsamkeit. So auch Groths Verse auf den, zu dem Bruder Johann. Brüderliche Anrede, die Monolog bleibt. Aus der Jugendzeit, aus der Jugendzeit... und zarte Verklärung des Gewesenen, weil es gewesen ist. Kinderblick, der die Größe und Weite der

Welt so staunend wie vergeblich zu erfassen sucht. die Welt, in den Blick gefaßt vom Steinsitz aus beim *Sot*, dem Brunnen am Nachbarhaus. Alterprobte Instrumente der Einsamkeits-Szenerie: Der Mond, poetisches Symbol von Stille und Zeitvergehen, *seilt*, segelt über den Himmel, und man sieht, wie er läuft – die Brüder *snacken* und stecken die Dimensionen ihrer, unserer Erdenexistenz ab: des Himmels Höhe, des Brunnens Tiefe.

Stille des Mondes: das Motiv leitet über zur zweiten Strophe. Stille war das akustische Signal des Einst, kein Blatt rührte raschelnd sich am Baum, – und die laute Gegenwart kennt Lautlosigkeit nur mehr im Traum. Einen Ton nur spielte sie, und er machte das Schweigen um so tiefer hörbar: das Lied des Schäfers, das er sich in seiner Einsamkeit auf weitem Felde zusang. Die dritte Strophe wendet sich wieder der Gegenwart zu, deren Wirklichkeit die Erinnerung ist. Im Schummer der Abenddämmerung rinnt es dem Dichter-Bruder heiß den Rücken hinunter – wie einst am Brunnen. Das Empfinden, von fremder Gegenwärtigkeit berührt zu werden. Einen Augenblick bewegt ihn hastig die Illusion, nicht allein zu sein – aber der sich suchend Umwendende findet und empfindet nur mehr die Bestätigung seines Alleinseins. Er findet nur sich – und seine Tränen.

Das ist ein Gedicht von jener einfachen Machart, die zu den charakteristischen Eigenheiten großer Lyrik, geglückter Verse gehört. Die das Urerlebnis der Einsamkeit in Worte umsetzten, die ihrerseits »einsam«, nämlich karg sind, die nicht dahingehen über Blumen, kunstvoll auf den Weg gestreut. Die sehnende Heimkehr ins Kindheitserlebnis ist der Versuch einer Einkehr in verlorene Geborgenheiten. Das alles ist vorbei wie Lied und Stille, und was bleibt, ist der Traum von ihnen und das wache Bewußtsein der entfremdenden Erwachsenenwelt. Wer aber allein ist, braucht sich auch seiner Tränen nicht zu schämen. Um schließlich ein wunderlich scheinendes Geleit herzustellen in unserem Zusammenhang und Adorno zu zitieren: Es sind die großen Gedichte jene, die im rechten Augenblick Glück haben. Und vielleicht, obwohl voller Trauer, weil voller Trauer, auch Glück geben können.

GOTTFRIED KELLER
ABENDLIED

Augen, meine lieben Fensterlein,
Gebt mir schon so lange holden Schein,
Lasset freundlich Bild um Bild herein:
Einmal werdet ihr verdunkelt sein!

Fallen einst die müden Lider zu,
Löscht ihr aus, dann hat die Seele Ruh;
Tastend streift sie ab die Wanderschuh,
Legt sich auch in ihre finstre Truh.

Noch zwei Fünklein sieht sie glimmend stehn,
Wie zwei Sternlein, innerlich zu sehn,
Bis sie schwanken und dann auch vergehn,
Wie von eines Falters Flügelwehn.

Doch noch wandl' ich auf dem Abendfeld,
Nur dem sinkenden Gestirn gesellt;
Trinkt, o Augen, was die Wimper hält,
Von dem goldnen Überfluß der Welt!

HANS WEIGEL
DER AUGENBLICK DES ERLÖSCHENS

Als ich das »Abendlied« in Gottfried Kellers »Gesammelten Gedichten« wiederfinden wollte, mußte ich lange suchen, denn sein Titel war mir fremd, das Gedicht aber aus gymnasialen Zeiten in schönster Erinnerung geblieben, vor allem die liebe erste Zeile und das Schlußzeilenpaar, wobei es mir aber noch heute schwerfällt, das originale »Trinkt, o Augen« wiederherzustellen, denn bei mir heißt es im Gedächtnis seit sechzig Jahren, und das finde ich besser, äxcüsi, Herr Stadtschreiber, immer noch »Trinket, Augen«. Das verändernde Gedächtnis ist oft ein guter Lektor beziehungsweise Dramaturg.
Ich brauchte den Text, weil anläßlich eines meiner späten Geburtstage eine Lesung von Lieblingstexten stattfinden konnte und ich an den Schluß zwei sozusagen »Sehgedichte« nebeneinander stellte, eines von Wilhelm Busch und dieses.
Der Titel »Abendlied« bekam nun seine sehr stimmende Bedeutung. Ich bin seit frühen Schülerzeiten in der Sehkraft behindert, irreparabel und durch Brillen, später durch Operationen nur notdürftig korrigierbar; ich sehe das Entfernte deutlich, aber das Nahe völlig unzureichend. Da mit zunehmendem Alter bestenfalls die Klugheit zunimmt, alles Physische jedoch schwächer wird, war und ist die Angst berechtigt, daß die Sehkraft dahinschwinde. Und jedes Sehen, jedes Wiedersehen ist bei mir ein bewußt wahrgenommenes Geschenk.

In der Schülerzeit war der Deutschunterricht für mich eine Tortur, nicht nur in jener Klasse, welche mir das Alt- und Mittelhochdeutsche aufnötigte, da wäre ich beinahe durchgefallen, der Deutschnote wegen, sondern bis zum Schluß. Ich mußte eine Virtuosität im Weghören entwikkeln und erinnere mich in diesem Zusammenhang vor allem an Adalbert Stifter; ich wußte, daß ich zu ihm kommen würde, und wollte mir das nicht verderben lassen. Guten Zugang hatte ich indes vor allem zu Gottfried Keller und zu Theodor Storm.

Dieses schöne Abendlied ist für mich auch Erweis einer wichtigen Erkenntnis. Was dem Stümper mit Recht vorgeworfen wird, ist dem Großen mit Recht gestattet. Daß die Seele ihre Schuhe abstreift, würde ich einem Wald- und Wiesenpoeten, dem schönen »tastend« zum Trotz, nie durchgehen lassen. Gottfried Keller darf. Daß die Augen trinken, ist wunderschön, doch »was die Wimper hält« befremdet, will als Bild nicht stimmen; aber gerade diese Zeilen mit dem pathetischen »goldnen« Überfluß inmitten von Sachlichkeit machen mir die Größe der Dichtung aus. Die edle Resignation ist Wort geworden, in fast feierlichen vierfach gereimten vier trochäischen Strophen; da ist das schöne, überhaupt nicht neckische Bild der Fensterlein. Das Versmaß entspricht dem Geist der Gedanken, es ist getragen, wie die »finstre Truh« getragen werden wird, es beschwört den letzten Gang, den Augenblick des Erlöschens, doch es wendet sich vom Grabgeleite in das Wandeln auf dem Abendfeld des späten Lebens – welch eine Wortschöpfung, dieses »Abendfeld«!

Von sechzehn Zeilen verwendet der Dichter zwei auf das Bild vom Flügelwehn des Falters, das die letzten, nur noch innerlich gesehenen Fünklein verlöscht. Der goldne Überfluß der Welt deutschsprachiger Lyrik findet hier für mich in Hoffnung, Dankbarkeit, Bescheidung und holder Einfachheit einen großen Höhepunkt.

GOTTFRIED KELLER
AM FLIESSENDEN WASSER

Ein Fischlein steht am kühlen Grund,
Durchsichtig fließen die Wogen,
Und senkrecht ob ihm hat sein Rund
Ein schwebender Falk gezogen.

Der ist so lerchenklein zu sehn
Zuhöchst im Himmelsdome;
Er sieht das Fischlein ruhig stehn,
Glänzend im tiefen Strome!

Und dieses hinwieder sieht
Ins Blaue durch seine Welle;
Ich glaube gar, das Sehnen zieht
Eins an des andern Stelle!

CYRUS ATABAY
DOPPELHEIT

Dieses Gedicht mag an einem Tag geschrieben worden sein wie jenem 8. August 1843, an dem Gottfried Keller in sein Tagebuch einen Morgenspaziergang notiert. Was ihn bei solchen Gängen in »immerwährender Aufgeregtheit« behält, ist die Natur, von der er sagt, daß sie sich mit ihren »tausend Bildern und Schönheiten immer zwischen die innern Ideen drängt«. Aus der Durchdringung von Idee und Bild entsteht ein Gedicht, das eine nahtlose Osmose von Wirklichkeit und Einbildungskraft herstellt. Was evoziert wird, ist das Sichtbare, aber es rührt an das Unsichtbare, das im Gedicht eingebettet ist wie das Fischlein im Wasser der Sihl.

Das Gedicht selbst ist durchsichtig wie der Strom, auf seinem Grund zeigt es das Geflecht der Unentrinnbarkeit der Einzelhaft und die Sehnsucht, sich in einem anderen Element auszulöschen. Gottfried Keller ist kein Dichter, der sich von der Wirklichkeit absentiert hätte, obschon diese für ihn immer Teil einer anderen, umfassenderen ist.

Das Fischlein ruht in der Flut, fast ist es bewegungslos, denn es »steht am kühlen Grund«; senkrecht über ihm zieht ein Falke seinen Kreis, in dessen Mitte er nun schwebend zu verhalten scheint. Beide sind in diesem Augenblick des Gleichgewichts aufeinander bezogen, beide »sehen« sich, der eine aus der Höhe, dieses aus der Tiefe. Und dennoch und glücklicherweise: die Verschmelzung der Pole ist eine unvollkommene, es ist, als riefe die vorletzte

Zeile – »ich glaube gar« – die Erinnerung an eine Wunde wach, die der Dichter mit seiner Ahnung angeritzt hat, die Erinnerung an eine Doppelheit, die unsere Existenz bedürftig macht und die nur das Sehnen stillen kann.

Wenn es wahr ist, daß sich der Geist einer Sprache am deutlichsten in ihren unübersetzbaren Worten offenbart, so gehört zweifellos das Wort »innig« zu diesen Worten der deutschen Sprache. Genau dieses Wort ist es, das in seiner zarten Versdichtung das Wesen dieses Gedichtes für mich ausdrückt.

GOTTFRIED KELLER
DIE ZEIT GEHT NICHT

Die Zeit geht nicht, sie stehet still,
Wir ziehen durch sie hin;
Sie ist ein Karavanserai,
Wir sind die Pilger drin.

Ein Etwas, form- und farbenlos,
Das nur Gestalt gewinnt,
Wo ihr drin auf und nieder taucht,
Bis wieder ihr zerrinnt.

Es blitzt ein Tropfen Morgentau
Im Strahl des Sonnenlichts;
Ein Tag kann eine Perle sein
Und ein Jahrhundert nichts.

Es ist ein weißes Pergament
Die Zeit und Jeder schreibt
Mit seinem roten Blut darauf,
Bis ihn der Strom vertreibt.

An dich, du wunderbare Welt,
Du Schönheit ohne End,
Auch ich schreib meinen Liebesbrief
Auf dieses Pergament.

Froh bin ich, daß ich aufgeblüht
In deinem runden Kranz;
Zum Dank trüb ich die Quelle nicht
Und lobe deinen Glanz.

HELMUTH NÜRNBERGER
EIN LIEBESBRIEF

In den Jahren, die der Niederschrift dieses 1849 entstandenen Gedichts vorangingen, hat die Zeit als die »Madonna der Poeten«, als »Mater dolorosa, die gebären / den Heiland soll«, viel von sich reden gemacht: Die Autoren des Vormärz, in Rücksicht auf ihr revolutionäres Engagement als »Zeitdichter« bezeichnet, allen voran Georg Herwegh, prägten auch die lyrischen Anfänge des jungen Gottfried Keller. »Die Zeit ergreift mich mit eisernen Armen. Es tobt und gärt in mir wie in einem Vulkane.« Unverkennbar waren es persönliche Konflikte, die den zwergenhaften gescheiterten Maler zum Trommler der Radikalen machten. An die Dramatik dieser zurückliegenden Vorgänge erinnern die Verse des inzwischen Dreißigjährigen nur noch in indirekter Weise, indem sie nämlich verneinen, was doch unbestreitbar scheint: den Zeitstrahl, die stetige Wandlung der Welt aus einer ungewissen Vergangenheit in eine noch ungewissere Zukunft.

Vielmehr begegnen wir einer diesseitigen Ewigkeit, einer stillstehenden und insofern zeitlosen Zeit sowie dem pilgernden Menschen, der nur ein begrenztes Dasein und also keine Hoffnung auf Dauer kennt. Er ist auf seine ephemere Existenz verwiesen als das einzige, das er wirklich besitzt. Diese Armut bildet seinen Reichtum.

»Die Zeit geht nicht«, ist das zweite in einer Reihe von »Sonnwende und Entsagen« betitelten Gedichten, die sämtlich in Kellers erstem Heidelberger Jahr entstanden sind und die Themen seiner weltanschaulichen Wandlung variieren. Die den Reflexionen zugrundeliegende Erfahrung ist als Kellers Feuerbach-Erlebnis in zuweilen etwas verkürzter Weise bekannt. Die atheistische Lehre des Religionsphilosophen traf den verspäteten Studenten nicht unvorbereitet, aber sie klärte und festigte seine Vorstellungen. Künstlerisch wirkte sie auf ihn befreiend, denn Welt und Leben »nach Feuerbach« erschienen, wie Keller ausführt, »klarer, strenger, aber auch glühender und sinnlicher«. Folgerichtig lesen wir im »Grünen Heinrich«: »Gott ist ein weltlicher Geist, weil er die Welt ist und die Welt in ihm. Gott strahlt von Weltlichkeit.« Wenn Keller darüber hinaus sich auf den »Cherubinischen Wandersmann« des Angelus Silesius bezieht – und das geschieht auch im vorliegenden Gedicht –, wird der mystische Zug solcher Welterfahrung erkennbar.

Es ist ein von Wissen umschattetes, gleichwohl uneingeschränktes Plädoyer für die »wunderbare Welt«: für das Leben als erfüllten Augenblick, dessen Glanz das Gestaltlose, die gleichgültige Folge leerer Zeiträume, die Unrast der »Karavanserai« vergessen läßt. Letztere, dafür sorgt der für abendländische Ohren fremd klingende Name, stellt unvertraute Begegnungen und Güter in Aussicht. Aber für das Extravagante wird keine Aufmerksamkeit gezeigt. Vielmehr zielt die eher konventionelle Bildsprache des Gedichts auf das dankbare Lob einer wiederkehrenden Erscheinung. Unzerstörbar und unvergänglich leuchtet die natürliche Welt, sie atmet Anmut und Stille. Es ist eine mütterliche Natur, momentan meinen wir ein volkstümliches Marienlied zu hören (»Du Schönheit ohne End'«). Wer wollte auf das »weiße Pergament« nicht seinen Liebesbrief schreiben? Auf den individuellen Inhalt des Briefes kommt es kaum an. Die einzige, allerdings schwerwiegende Bedingung nämlich ist, daß mit rotem Blut geschrieben wird.

Wer ist dieser junge Mensch, der die »Quelle« nicht zu trüben und den »Glanz« zu loben verspricht? Zweifellos hat er viel erduldet. »Wer keine bitteren Erfahrungen und kein Leid kennt, der hat keine Malice, und wer keine Malice hat, bekommt nicht den Teufel in den Leib, und wer diesen nicht hat, der kann nichts Kernhaftes arbeiten«, lesen wir in einem Brief Kellers von 1851. Sein Werk lehrt, daß man den Teufel zuweilen sehr schnell, etwa als schmollender Pankraz bei der Begegnung mit einem Löwen, in gewissermaßen novellistischer Kürze in den Leib bekommt. Dem regelmäßigen Verlauf und der Kausalität der Zeit scheinen solche Schicksalsstunden nicht unterworfen, wie folgerichtig und in versteckter Weise gesetzmäßig Entwicklungen auch vorbereitet sein mögen. So steht es auch mit der Freude: Sali und Vrenchen (»Romeo und Julia auf dem Dorfe«) begehren nur das Glück weniger Stunden. Das Geschehen gewinnt eine neue Qualität, durch die alles Bisherige außer Kraft gesetzt wird und durch die auch die Zeit ihre Bedeutung verliert.

Die Farbe des Kellerschen Liebesbriefes hält, was sie verspricht. Sein Leben zeigt starke Auf- und Abschwünge, ausgefüllte Jahre wechseln mit solchen, die keinen Inhalt zu haben scheinen. Dementsprechend unregelmäßig und auch dem Schaffenden nicht jederzeit zugänglich ist die künstlerische Produktion: Was er webt, das weiß kein Weber. Aber der Zusammenhang mit dem eigenen Erleiden ist unlöslich. So gleicht der Autor zuletzt jenem Namenlosen bei Jorge Luís Borges, der es sich zur Aufgabe setzt, die Welt abzuzeichnen, im Laufe der Jahre einen Raum mit

Bildern von Provinzen, Königreichen, Gebirgen, Buchten, Schiffen, Inseln, Fischen, Behausungen, Werkzeugen, Gestirnen, Pferden und Personen bevölkert und, kurz bevor er stirbt, entdeckt, daß dieses geduldige Labyrinth aus Linien das Bild seines eigenen Gesichts wiedergibt.

GOTTFRIED KELLER
EHESCHEIDUNG

Zum Pfäffel kam ein Pärchen und schrie:
Geschwinde laßt uns frein!
Wir können nicht eine einzige Stund'
Mehr ohne einander sein!

Und aber ein Jährlein kaum verstrich,
Sie liefen herbei und schrien:
Herr Pfarrer, trennt und scheidet uns,
Laßt keine Minute verziehn!

Das Pfäfflein runzelte sich und sprach:
Macht euch die Scham nicht rot?
Wir haben es alle drei beschworn:
Euch trenne nur der Tod!

Rot macht die Scham, die Reue bleich!
Herr Pfarrer, gebt uns frei!
Der Mann bot einen Beutel dar.
Die Frau der Beutel zwei.

Da tat das Pfäffel zwischen sie
Ein Kätzelein, heil und ganz;
Der Mann, der hielt es bei dem Kopf,
Die Frau hielt es am Schwanz.

Der Pfaff mit großem Messer hieb
Das Kätzelein entzwei:
»Es trennt, es trennt, es trennt der Tod!«
Da waren sie wieder frei.

PETER HORST NEUMANN
EIN KÄTZLEIN, HEIL UND GANZ

Auf weniges legt sich so rasch der Staub der Geschichte wie auf polemische Texte. Das gilt auch für diese Verse von Gottfried Keller. Bläst man den Staub weg, gibt sich ein Zeitgedicht zu erkennen. Seine Tendenz ist antipfäffisch; und antipfäffisch zu sein, war im Zürich der vorigen Jahrhundertmitte eine klare politische Haltung.

Als das Gedicht 1854 erschien, lag der »Sonderbundkrieg« gerade sieben Jahre zurück – die schwerste Zerreißprobe der Eidgenossenschaft seit ihrem Bestehen. Zürich und Bern waren gegen die katholischen Kantone zu Felde gezogen, und Keller war wacker mitmarschiert – mit Reim und Lied. (»Was jesuitisch ist und heißt, / Ist und bleibt vogelfrei!«) Inzwischen war zwar durch die Schweizer Bundesverfassung von 1848 ein neues Rechtsverhältnis zwischen Staat und (katholischer) Kirche begründet worden, doch hatte die antiklerikale Propaganda noch längst ihre Häme nicht abgelegt. Sie ist auch in Kellers Scheidungs-»Romanze« noch gut zu erkennen.

Das Gedicht will als Bänkellied gelesen werden. Deshalb sein flotter Stil, deshalb die Jahrmarkts-Effekte. Alles ist überzogen: das schreiende Pärchen, rasch kopuliert, noch rascher geschieden; der verschlagene Pfaffe, wahrlich kein »Pfäfflein«. (Keller, der Meister des Diminutivs, setzt hier ein trügerisches Harmlosigkeitssignal.) Um die Korruptheit der religiösen Instanz zu beweisen, sind drei Beutel Geld gerade genug. Ruchlos wird der Treueschwur ausgelegt – buchstabentreu, ohne daß irgendein Wortbruch geschähe.

Also: ein Sittenbild, eine Sitten-Groteske, antipfäffisch und mit polemischer Tinte geschrieben. Als Keller neunundzwanzig Jahre später diese Verse noch einmal in seinen »Gesammelten Gedichten« (1883) druckte, muß ihm ihr antiklerikaler Zug zwar durchaus nicht verstaubt, aber doch inopportun erschienen sein (»Kulturkampf«-Zeit, Antijesuitengesetze). Durch das Austauschen weniger Worte hat er sein Gedicht polemisch umgepolt. Aus drei Geldbeuteln wurden drei Dollars, und unter den alten Titel schrieb er als neue Lese-Anweisung »amerikanisch«. Auch dieser moralisch gestimmte Antiamerikanismus hat inzwischen Staub angesetzt. Geblieben aber ist ein polemischer Text, der weit ins Bös-Geträumte, ins Finster-Archaische schießt: ein schaurig-absurdes Gedicht.

Untiefen sind aufgerührt. Es wird ein satanisches Ritual zelebriert, so selbstverständlich, daß einem der Atem stockt. Die Bedingung des Scheidens ist eine Leiche; ein Drittes, etwas Lebendiges muß verbluten: »ein Kätzelein, heil und ganz«. Keller mag sich an Salomons Urteil erinnert haben. In der biblischen Fabel streiten zwei Frauen um den Besitz eines Kindes; der König zog sein Schwert und wollte das Kind zerteilen; die Mutter rief: »Es soll leben!« Hier aber wird die Katze gemetzelt. Es geht auch nicht um Besitz, sondern um Freiheit. Diese Freiheit wollen ein Mann und eine Frau, koste sie, was sie wolle; die Frau will sie doppelt so heftig wie der Mann (zwei Beutel gegen einen). Wenn das Gedicht ihre Freiheitsgründe auch nicht benennt, so deutet es doch – diskret oder indiskret? – in die Richtung, wo wir sie vermuten dürfen: beim »Kopf« und beim »Schwanz«.

Man braucht nicht Sigmund Freud zu bemühen, um zu spüren, wie stark dieses Bänkellied vom Sexus betroffen ist. Vielleicht sollte man wissen, daß ein zu klein gewachsener Mann es gedichtet hat, einer, der glühende Liebesbriefe schrieb und immer vergebens warb. Ein Wunschziel war ihm das Institut der Ehe gewiß, nur ist er weder hineingelangt, noch gar hinein und wieder heraus. Auch sollte man wissen: Keller liebte die Katzen. Gelegentlich hat er sogar von einer geträumt, die sich ihm dann als Schlange zu erkennen gab; es war die Katze seiner Mutter. Er schrieb's in sein Tagebuch. – Ich denke: Durch das vergossene Katzenblut ist sein Gedicht lebendig geblieben. Es steckt ein Wahnsinn darin.

GOTTFRIED KELLER
FRIEDE DER KREATUR

Spinnen waren mir auch zuwider
All meine jungen Jahre,
Ließen sich von der Decke nieder
In die Scheitelhaare,
Saßen verdächtig in den Ecken
Oder rannten, mich zu schrecken,
Über Tischgefild und Hände,
Und das Töten nahm kein Ende.

Erst als schon die Haare grauten,
Begann ich sie zu schonen,
Mit den ruhiger Angeschauten
Brüderlich zu wohnen;
Jetzt mit ihren kleinen Sorgen
Halten sie sich still geborgen,
Läßt sich einmal eine sehen,
Lassen wir uns weislich gehen.

Hätt ich nun ein Kind, ein kleines,
In väterlichen Ehren,
Recht ein liebliches und feines,
Würd ich's mutig lehren,
Spinnen mit dem Händchen fassen
Und sie freundlich zu entlassen;
Früher lernt' es Friede halten,
Als es mir gelang, dem Alten!

GERHARD KAISER
DER TRAUM VOM KIND

Figura Leu, das lebensvollste, heiterste und am meisten geliebte unter den schönen Mädchen, die dem Landvogt von Greifensee einen Korb gegeben haben, ist von einem in ihrer Familie erblichen Wahnsinn bedroht. Ihr zuweilen grotesker Humor ist ein wenig auch dieser Wahnsinn, der ihr auflauert, ohne sie einzuholen. Ihr Humor ist aber auch ein unbewußt wirkender Schutzmechanismus, der den Wahnsinn domestiziert und damit abwendet.
Gottfried Keller, der Autor dieser Geschichte, wußte, wovon er sprach. Auch sein Humor ist ein Spiel überm Abgrund. Im »Grünen Heinrich«, dem aus seiner Biographie gespeisten Roman, gibt es greuliche Episoden; eine der schrecklichsten, wie das Kind lebende Tiere, die es in viel zu engen Käfigen gefangenhält, endlich dadurch von ihren Leiden »befreit«, daß es sie mit einem glühenden Eisen durchbohrt und, tot oder halb tot, im Garten begräbt. Unter den Tieren sind auch große Spinnen, die Heinrich »entsetzlich fürchtete« und in der Gefangenschaft »mit schauerlichem Behagen« betrachtet hatte. Die Zerstörungsaktion ist nicht nur Exzeß der Herrschaft eines selbst Ohnmächtigen über eine mißratene kleine Schöpfung; sie ist auch ein Stück Selbstzerstörung und Selbstbegräbnis eines mit Selbsthaß beladenen Kindes, das in einer krisenhaften Sozialisation nach dem Tod des Vaters psychisch schwer beschädigt worden ist. Ein »Spinner« ist es, der die Spinnen mit schauerlichem Behagen betrachtet.

Der Siebenundzwanzigjährige sieht sich in seinem »Traumbuch« grotesk-komisch als ein Schiff, beladen mit ausgestopften exotischen Tieren und sündhaften Bajaderen. Noch ist die innere Menagerie unter Deck, aber doch nicht mehr begraben. In der Realität der Kindheit konnten die Kreaturen eines finsteren kleinen Creators nicht leben und nicht sterben. Nun beginnt der verspätet Erwachsene in einem Freiraum der Phantasie mit ihnen zu spielen.
Der alte Keller hat ein ungedrucktes Gedicht hinterlassen, das von Verbrüderung spricht – mit den Spinnen, mit sich. Er hat gelernt, mit ihnen »brüderlich zu wohnen«: »Friede der Kreatur« wenigstens im Gedicht, wiederhergestelltes Paradies, wo der Löwe mit den Lämmern weidet, im Kleinformat. Der Melancholiker, der über einem unerfüllten Leben brütet, hat er das Paradies im gelassenen, monologischen Parlando seiner Verse? Er hat es – als ein Adam mit längst grauen Haaren, den Sündenfall hinter sich. All die jungen Jahre hat er getötet. In die Scheitelhaare haben sich die Spinnen niedergelassen: der Scheitel – das denkende Gehirn; die Haare – Sinnbild der Geschlechtlichkeit.
Bis in die kleinkindliche Perspektive, der ein Tisch zum »Gefild« wird, ist der Schrecken noch abrufbar gegenwärtig. Als er, der hier spricht, grau wurde, begann er zu schonen und ruhiger, nicht ruhig, anzuschauen. Und noch jetzt: Einander weislich gehen lassen – welch merkwürdig verkümmerte Vorstellung von Brüderlichkeit!
Nur im Irrealis des unerfüllbaren Wunsches ist die ganze Versöhnung, ihm eingeschrieben der Grund für die Unmöglichkeit der Erfüllung. »Hätt ich nun ein Kind, ein kleines ...« Nicht nur früher lernt es Frieden halten als der Alte, auch, weil ermutigt, mutiger, bis zur Freundlich-

keit, bis zur Hautnähe, bis zum Anfassen, das doch frei läßt. Es wäre lieblich, dieses Kind, deshalb könnte es lieben. Und es wäre lieblich, weil es lieben könnte.
Noch ins Bild unerreichbaren Glücks reicht die Spur eines kindlichen Bewußtseins, das sich nicht lieblich wußte, dem Spinnen »auch« zuwider waren. Dieses aus tiefster Tiefe heraufkommende »auch« ist der Inbegriff dessen, was gelitten wurde. Der Alte steht nicht »in väterlichen Ehren«, weil er nicht in kindlichen Ehren gestanden hat; er wird kein Vater, weil er keinen Vater hatte. Er kann keine Liebe lehren, weil er es selbst so spät und unvollkommen gelernt hat. Der Traum vom Kind, das da sein sollte, ist der Traum vom Kind, das nicht war.
Das Paradies wird nicht wiedererlangt, weil es nie verlorenging; es ist nur im einsamen Sprechen von Liebe, Väterlichkeit, Brüderlichkeit und Kindlichkeit vorhanden. Das Gedicht ist der Schatten des hellen Glücks, der auf den Melancholiker fällt. Mit Worten kann er, was er im Leben nicht kann: »bilden«, freundlich anfassen und loslassen, den ganzen Frieden halten und geben. Im Gedicht hat er das Leben so wie der Landvogt von Greifensee die unerreichbare und immer nahe Figura Leu.

GOTTFRIED KELLER
JUGENDGEDENKEN

Ich will spiegeln mich in jenen Tagen,
Die wie Lindenwipfelwehn entflohn,
Wo die Silbersaite, angeschlagen,
Klar, doch bebend gab den ersten Ton,
　　Der mein Leben lang,
　　Erst heute noch, widerklang,
Ob die Saite längst zerrissen schon;

Wo ich ohne Tugend, ohne Sünde,
Blank wie Schnee vor dieser Sonne lag,
Wo dem Kindesauge noch die Binde
Lind verbarg den blendend hellen Tag:
　　Du entschwundne Welt,
　　Klingst über Wald und Feld
Hinter mir wie ferner Wachtelschlag.

Wie so fabelhaft ist hingegangen
Jener Zeit bescheidne Frühlingspracht,
Wo, von Mutterliebe noch umfangen,
Schon die Jugendliebe leis erwacht,
　　Wie, vom Sonnenschein
　　Durchspielt, ein Edelstein,
Den ein Glücklicher ans Licht gebracht.

Wenn ich scheidend einst muß überspringen
Jene Kluft, die keine Brücke trägt,

Wird mir nicht ein Lied entgegenklingen,
Das bekannt und ahnend mich erregt?
    O die Welt ist weit!
    Ob nicht die Jugendzeit
Irgendwo noch an das Herz mir schlägt?

Träumerei! Was sollten jene hoffen,
Die nie sahn der Jugend Lieblichkeit,
Die ein unnatürlich Los getroffen,
Frucht zu bringen ohne Blütenzeit?
    Ach, was man nicht kennt,
    Danach das Herz nicht brennt
Und bleibt kalt dafür in Ewigkeit!

In den Waldeskronen meines Lebens
Atme fort, du kühles Morgenwehn!
Heiter leuchte, Frühstern guten Strebens,
Laß mich treu in deinem Scheine gehen!
    Rankend Immergrün
    Soll meinen Stab umblühn,
Nur noch ein Mal will ich rückwärts sehn!

HANS WYSLING
LINDENWIPFELWEHN

Kellers Gedichte sind brüchig, und sie sind verstimmt. Ausnahmen gibt es kaum. Auch »Jugendgedenken« (entstanden 1845) ist keine. Risse sind da, Inkonsequenzen, Holprigkeiten, Klischees. Woher denn die Unsicherheit der Sprache – und damit des Menschen? Darauf gibt gerade dieses Gedicht eine Antwort. Am Anfang zeigen märchenhafte Bilder das Paradies der Jugend, die Zeit grüngoldner Seligkeit. »Lindenwipfelwehn« hat Keller dieses Gefühl genannt, und niemand wird das Wort im Wörterbuch finden. Es ist so frisch wie die Kindheit selbst. Aber: der Märchenglanz ist entschwunden, das Ich sieht sich aus dem Paradies der Kindheit ausgestoßen. In der »fabelhaften« Zeit fühlte es sich geliebt, jetzt ist ihm die Liebe entzogen. Genau da stellen sich die Klischees ein: die zerrissene Saite, der ferne Wachtelschlag, der Edelstein, der Stab.

Mindestens zwei gedankliche Brüche machen dem Leser zu schaffen: Nur wer je das Paradies der Kindheit erlebt hat, heißt es, wird »einst« das jenseitige Paradies erkennen. Jene aber, die »nie sahn der Jugend Lieblichkeit«, bleiben ausgeschlossen – das Ich bezieht das selbstquälerisch auf sich selbst und setzt sich damit in Widerspruch zu den Bildern des Eingangs. In der überraschenden Schlußwende ist dann plötzlich nicht mehr vom jenseitigen Gottesgarten die Rede, sondern wieder vom Glanz der Kindheit, der dem *homo viator* unauslöschlich im Gedächtnis bleibt. »Jugendgedenken« bezeichnet jetzt den Wunsch, das erinnerte Paradies wiederzugewinnen, im Lindenwipfelwehn das »ozeanische Gefühl« als gegenwärtiges zu erleben.

Das alles hat seine biographischen und kulturgeschichtlichen Hintergründe. Im »Grünen Heinrich« ist vom »kleinen Paradies« im Hinterhof die Rede, dessen Licht in Heinrichs Heimatträumen wieder aufscheint. Und einmal heißt es dort (es liest sich wie ein Kommentar zu dem Gedicht): »Die Erinnerung an empfangene Liebe, als ein Zeugnis, daß man *ein* Mal im Leben liebenswürdig und wert war, ist es vorzüglich, welche die Sehnsucht nach der früheren Jugend nie ersterben läßt. Wer nicht das Glück hatte, eine aufknospende zarte und heilige Jugendliebe zu genießen, der hat dagegen gewiß eine treue und liebevolle Mutter gehabt, und in den späten Tagen bringen beide Erinnerungen ungefähr den gleichen Eindruck auf das Gemüt hervor, eine Art reuiger Sehnsucht. Wer aber in jeder Weise verwaist und einsam aufgewachsen ist, der kann wohl sagen, daß er um einen Teil des Lebens zu kurz gekommen sei.« Keller, es ist bekannt, hat mit fünf seinen Vater verloren, und als die Mutter einen zweiten Mann heiratete, empfand der Sohn das als Liebesverrat. Der Geschädigte wurde mit fünfzehn wegen Verstocktheit aus der Schule ausgestoßen. Die ferne »Jugendgeliebte« ist früh gestorben – sie wird dann im »Grünen Heinrich« verklärt.

Daß das Einst der Vergangenheit im Einst der Zukunft wiederkehren soll, entspricht jenem uralten Dreitakt, der die Menschheit immer bewegt hat, sei es in religiöser Begeisterung, idealistischem Schwung oder in heimlicher Versponnenheit. Klopstock und Goethe, Schiller und

Hölderlin, Mörike und Keller sind Zeugen. Was die einen freudig vorwegnehmen oder prophetisch fordern, kann von den späteren nur heraufgeträumt werden. Mörike hat von »golden grüner Zweige Dämmerung« gedichtet, Keller das »goldne Grün« im Lindenwipfel gesehn. Später kommt er in einem Aufsatz über Goethe und Schiller darauf zu sprechen: »Hat man noch nie von dem grünen, vom Sonnengold durchschienenen Laubdache einer Buche gehört, vom grünlichen Goldfeuer der Waldeswipfel?« Mit diesem Goldfeuer, er hatte es erfahren, konnte sich der Glanz der Frühzeit wieder einstellen.
Woher also das Stocken in Kellers Stimme? Es stammt aus der Unsicherheit. Man sagt: Wer *einmal* glücklich war, ist's für immer gewesen. Bei Keller gilt auch das Umgekehrte: Wer einmal verstoßen war, gewinnt die Gelassenheit nicht zurück. Das macht die Stimme wanken, und manchmal verschlägt es Keller buchstäblich den Atem. Dann schreibt er leere Verse, oder er verheddert sich. Aber vielleicht lieben wir seine Gedichte gerade wegen dieses Schwankens der Stimme? Letzte Frage – es soll bei der Frage bleiben: Woher dann aber die Sicherheit in Kellers Prosa?

GOTTFRIED KELLER
SCHÖNE BRÜCKE

Schöne Brücke, hast mich oft getragen,
Wenn mein Herz erwartungsvoll geschlagen
Und mit dir den Strom ich überschritt.
Und mich dünkte, deine stolzen Bogen
Sind in kühnerm Schwunge mitgezogen,
Und sie fühlten meine Freude mit.

Weh der Täuschung, da ich jetzo sehe,
Wenn ich schweren Leids hinübergehe,
Daß der Last kein Joch sich fühlend biegt;
Soll ich einsam in die Berge gehen
Und nach einem schwachen Stege spähen,
Der sich meinem Kummer zitternd fügt?

Aber *sie*, mit anderm Weh und Leiden
Und im Herzen andre Seligkeiten:
Trage leicht die blühende Gestalt!
Schöne Brücke, magst du ewig stehen,
Ewig aber wird es nie geschehen,
Daß ein bessres Weib hinüber wallt!

HERMANN KUNISCH
DAS GLÜCK WAR UNERREICHBAR

Dieses wenig bekannte, von Gottfried Keller selber verschwiegene Gedicht bedarf einiger biographischer Erläuterungen, so eng ist es mit der Person seines Verfassers verbunden. Es entstand 1849 während seines Heidelberger Aufenthalts. Keller war damals dreißig Jahre alt; nach dem Scheitern seiner Malstudien in Zürich und München hatte er seine ersten Gedichte 1846 veröffentlicht: über Politik, Vaterland, Natur, Liebe. In Heidelberg hatte sein Verhältnis zu Gott, Mensch, Welt und Natur durch das Studium bei Ludwig Feuerbach anderen Inhalt und neue Form gefunden: das Diesseits war ihm als »ewig« aufgegangen; Gott verschwand in diesem Ewigen, und der Mensch in der Gestalt des Weibes trat als letztes Glück und in reiner Gegenwärtigkeit an seine Stelle.

Gegenüber der Stadt, auf der anderen Seite des Neckars, erreichbar über die »schöne Brücke«, wohnte Johanna Kapp, Tochter des mit Feuerbach, Hermann Hettner und Ludwig Auerbach befreundeten Philosophen und Politikers Christian Kapp. Keller verliebte sich in Johanna, erfuhr aber, daß sie bereits gebunden sei: an Feuerbach. Eine öffentliche Verbindung mit Feuerbach indes war nicht möglich – Johanna wollte das Glück der Frau Feuerbachs nicht zerstören. So verließ sie Heidelberg, bald nachdem sie Keller ihr Schicksal eröffnet hatte. Später ist sie in geistiger Umnachtung gestorben.

Der Dichter band dieses Bekenntnis seines Unglücks an

die »schöne Brücke«, über die hinweg der Weg ihn oft zu der heimlich Geliebten geführt hatte; zuerst mit »erwartungsvollem Herzen«, dann nach der Aufklärung mit »schwerem Leid«. Das Gedicht berichtet, wie die Brücke dem Gefühl des Hinüberschreitenden Antwort gibt, zuerst »in kühnerm Schwung« mit ihm über den Fluß ziehend, dann sich seinem Schmerz versagend, so daß »der Last (seines Leides) kein Joch sich fühlend biegt«. Er wird sie also meiden müssen und, wenn er trotz der Aussichtslosigkeit seiner Lage dennoch zu der geliebten Frau hinüberwill, an anderer Stelle einen »schwachen Steg« zum Übergang suchen, der dem »Kummer« »zitternd« nachgibt.

Aber – das war die Noblesse dieses männlichen Herzens – die sich ihm versagende Brücke soll sich *ihr* und ihren »Leiden« und »Seligkeiten« freundlich fügen: »Trage leicht die blühende Gestalt!« Denn wer immer über sie weggehen wird: niemals wird es geschehen, »daß ein bessres Weib hinüber wallt«.

Keller hat dies Gedicht nie veröffentlicht; es ist erst aus dem Nachlaß bekanntgeworden: so sehr ging es ihn an. Liegt hier der Unterschied zu vielen Liebesgedichten unserer Zeit? Sie feiern das Glück des Augenblicks, das aber weder den oder die Sprechende noch das angeredete Gegenüber etwas »an-geht«. Die Liebenden gehen darin unter, so daß nur »Liebe« bleibt. Es will scheinen, als ob das, was heute in der Auslieferung der Liebe an die Seligkeit des Augenblicks geschieht, eben das verschweigt, was sonst ihr eigen war: daß sie »jemanden« etwas angeht, daß sie »jemanden« meint. Wer mag das entscheiden?

Unseren Dichter ging es an, was da zwischen ihm und der geliebten Frau sich begeben hatte. So sehr, daß er es nur vor sich aussprach und es niemanden sonst hören ließ.

GOTTFRIED KELLER
SEEMÄRCHEN

Und als die Nixe den Fischer gefaßt,
Da machte sie sich abseiten;
Sie schwamm hinaus mit lüsterner Hast,
Hinaus in die nächtlichen Weiten.

Sie schwamm in gewaltigen Kreisen herum,
Bald oben, bald tief am Grunde,
Sie wälzt' mit dem Armen sich um und um
Und küßt ihm das Rot vom Munde.

Drei Tage hatte sie Zeitvertreib
Mit ihm in den Meeresweiten,
Am vierten ließ sie den toten Leib
Aus ihren Armen gleiten.

Da schoß sie empor an das sonnige Licht
Und schaute hinüber zum Lande;
Sie schminkte mit Purpur das weiße Gesicht
Und nahte sich singend dem Strande.

GERHARD SCHULZ
IM RINGKAMPF DER GESCHLECHTER

Wenn ein Gedicht mit »und« beginnt, dann geht ihm etwas voraus. Von vornherein will es nur Teilstück eines poetischen Diskurses sein, in dem es dann freilich gern das letzte Wort haben möchte. In Kellers Gedicht ist uns die Vorgeschichte vertraut: Kühl bis ans Herz hinan zwar hatte sich der Fischer in Goethes Ballade dem Geschäft des Angelns gewidmet, aber dem feuchten Weib, das aus der Flut zu ihm stieg, fiel er dann doch zum Opfer. »Halb zog sie ihn, halb sank er hin«, und wiedergesehen ward er bekanntlich nimmermehr.

Keller war ein aufmerksamer und bewundernder Goethe-Leser, und daß er dessen Ballade im Sinne gehabt hat, als er sein »Seemärchen« schrieb, ist wenn nicht sicher, so doch immerhin äußerst wahrscheinlich. Allerdings hatte er rund siebzig Jahre nach Goethe anderes mitzuteilen als die Geschichte einer ins Mythisch-Dunkle reichenden Verführung.

Denn Gesundwerden, Erlösung von unstillbaren Sehnsüchten und ein ewiges Wohlsein bei den »Fischlein auf dem Grund« hatte die Goethesche Nixe dem Angler versprochen, und da über die Erfüllung solcher Versprechungen nichts verlautbart wird, muß immerhin als möglich gedacht werden, daß dergleichen geschah. Nicht so bei Keller. Da herrscht Klarheit über das Schicksal des Verführten, und über die Wasser weht der Wind einer aufgeklärten Zeit. Was sich hier metaphorisch als Meerfrau gibt, ist – wir wissen es aus der bissigen Ironie des Gedichts – ein sehr realer Dämon Weib, der den armen Fischer zu Tode liebt und von ihm nur noch eine seelenlose Hülle übrigläßt.

Nun war Keller tatsächlich ein von Liebesnöten Geschlagener. Klein von Statur, auch wohl nicht selten barsch im Auftreten und noch dazu in tiefer innerer Abhängigkeit von der Mutter stehend, fiel es ihm nicht leicht, Frauen sein Liebebedürfnis mitzuteilen. Dergleichen Nöte entwickeln sich leicht zu Frauenfeindschaft oder gar Frauenhaß. Als Zeugnis dafür läßt sich denn auch dieses Gedicht lesen, in dem ganz offensichtlich ein Verwundeter im alten Ringkampf der Geschlechter ein warnendes Beispiel erzählen will.

Aber das Gedicht wäre wenig, wenn es nur das wäre – wie ein gutes Gedicht ja ohnehin mehr zu sagen hat, als der Dichter nach seiner Absicht mitteilen will. So hat Kellers Gedicht mit etwas sehr Modernem zu tun, das hier freilich nur erst in seinen Anfängen zu erkennen ist: mit dem Selbstbewußtsein der Frau, für die Promiskuität eine Art Mittel ihrer Selbstbehauptung gegen die Besitzergreifung durch den Mann im Namen der Liebe wird. Zum gleichen Zweck hatten einst die Nixen, Undinen oder Melusinen das Geheimnis ihres Mythos benutzt. In einer geheimnisarmen Zeit ist es nun die unverhohlene Sinnlichkeit selbst, mit der sie Herrschaft auszuüben versuchen.

Im übrigen meldet sich aber auch eine Epoche an, in der sich die Sexualität überhaupt selbständig macht und von der Liebe emanzipiert; durch die Wissenschaft verklärt, will sie ganz für sich ernst genommen werden. Daß dafür dann freilich oft genug wiederum das gute Wort »Liebe« usurpiert wird, hätte Keller nicht wenig verstört, denn auf sie als Summe tiefster Empfindungen hielt er doch große Stücke, mochte sie nun besitzergreifend sein oder nicht.

GOTTFRIED KELLER
WALDLIED

Arm in Arm und Kron an Krone steht der Eichenwald
verschlungen,
Heut hat er bei guter Laune mir sein altes Lied gesungen.

Fern am Rande fing ein junges Bäumchen an sich
sacht zu wiegen,
Und dann ging es immer weiter an ein Sausen,
an ein Biegen;

Kam es her in mächt'gem Zuge, schwoll es an
zu breiten Wogen,
Hoch sich durch die Wipfel wälzend kam
die Sturmesflut gezogen.

Und nun sang und pfiff es graulich in den Kronen,
in den Lüften,
Und dazwischen knarrt und dröhnt es unten
in den Wurzelgrüften.

Manchmal schwang die höchste Eiche gellend ihren
Schaft alleine,
Donnernder erscholl nur immer drauf der Chor
vom ganzen Haine!

Einer wilden Meeresbrandung hat das schöne Spiel
geglichen;
Alles Laub war, weißlich schimmernd, nach Nordosten
hin gestrichen.

Also streicht die alte Geige Pan der Alte laut und leise,
Unterrichtend seine Wälder in der alten Weltenweise.

In den sieben Tönen schweift er unerschöpflich
auf und nieder,
In den sieben alten Tönen, die umfassen alle Lieder.

Und es lauschen still die jungen Dichter und die
jungen Finken,
Kauernd in den dunklen Büschen sie die Melodien
trinken.

PETER VON MATT
IM WELTWIND

Das gibt es also! Daß sich die Bedeutung eines Gedichts nach mehr als hundert Jahren ändert und ins Gegenteil verkehrt, das ist also möglich! Das Tosen und Branden des Waldes wird vom Lebenslied zum Requiem, vom Choral der unerschütterlichen Mächte zum trüben Abgesang. Pan der Alte klemmt die Geige unter den Arm und verdrückt sich. Den jungen Dichtern regnet's tote Eicheln auf den Kopf. Die Finken halten sich ans Streufutter.
Der Wald, den Gottfried Keller gehört, dessen Töne er in die wunderbar gestreckten Verse übersetzt hat, haben wir ihn nicht umgebracht? – Haben *wir* nicht! Haben *die* schon! Groß und berühmt waren einst die Eichenwälder der Zürcher Landschaft, dort gegen den Rhein hin, wo Keller herstammte. Aber sie waren nicht reine Natur, man brauchte sie für die Schweine. Diese lebten von den Eicheln, und man trieb sie herdenweise in den Wald, den man pflegte um des Specks und um der lieben Würste willen. Dann kamen die Kartoffeln und ersetzten die Eichelmast; und es kamen die Eisenbahnen und brauchten Millionen von hölzernen Schwellen. Man hieb die Eichen um und machte ein schönes Geschäft. Keller gehörte zur letzteren Generation, die die alte Pracht noch gesehen hat. Ein Requiem mithin, schon damals!
Aber Pracht immerhin, und im Gedicht ist sie da, und da bleibt sie auch, und mancher wird sagen, die Herrlichkeit der ersten sechs Strophen wachse noch im Maße der Zer-

störung, die wir heute mitansehen müssen. Rätselhaft ist, daß ein Dichter um 1848 herum vom tönenden Wald schreiben kann, als wäre er der erste, als hätte sich das mit all den Kerner und Lenau und Eichendorff nicht gründlich durch- und ausgerauscht. Rätselhaft ist, daß es ihm so mächtig gelingt, als wären jene andern seine Epigonen.

Die Romantiker hatten den Wald zum Ort des resignativen Rückzugs gemacht, der geträumten Vergangenheit und einer verbotenen Erotik, zum hohen Schauplatz ihrer Trauerkultur. Keller geht über sie hinaus, indem er hinter sie zurückgreift, zurück auf den Hölderlin von 1797, dem der Eichenwald ein unverhüllt politisches Sinnbild war. »...jeder ein Gott, im freien Bunde zusammen«, so redete dieser die »Eichbäume« an im gleichnamigen Gedicht und traf damit die kühnste Formel des republikanischen Denkens. In der kommenden Zeit sollte jeder ein König sein und gelassen neben seinen königlichen Brüdern stehen: Arm in Arm und Kron an Krone.

Also wäre das gar kein Naturgedicht? Doch, erst recht ist es eins. Es singt die Demokratie als eine Ordnung der Natur, als die Verlängerung des naturhaften Lebens in die Menschenwelt hinein. Wie die Musik der Bäume sich fortpflanzt in den Liedern der Dichter, pflanzt ihre Wechselrede sich fort im dröhnenden Streit der freien Volksversammlung. Dort entsteht die Kunst und hier das Recht. Durch beide bläst der Weltwind. War das nicht einst ein schöner Gedanke?

GOTTFRIED KELLER
WEIHNACHTSMARKT

Welch lustiger Wald um das hohe Schloß
hat sich zusammengefunden,
Ein grünes bewegliches Nadelgehölz,
Von keiner Wurzel gebunden!

Anstatt der warmen Sonne scheint
Das Rauschgold durch die Wipfel;
Hier backt man Kuchen, dort brät man Wurst,
Das Räuchlein zieht um die Gipfel.

Es ist ein fröhliches Leben im Wald,
Das Volk erfüllet die Räume;
Die nie mit Tränen ein Reis gepflanzt,
Die fällen am frohsten die Bäume.

Der eine kauft ein bescheidnes Gewächs
Zu überreichen Geschenken,
Der andre einen gewaltigen Strauch,
Drei Nüsse daran zu henken.

Dort feilscht um ein winziges Kieferlein
Ein Weib mit scharfen Waffen;
Der dünne Silberling soll zugleich
Den Baum und die Früchte verschaffen.

Mit rosiger Nase schleppt der Lakai
Die schwere Tanne von hinnen;
Das Zöfchen trägt ein Leiterchen nach,
Zu ersteigen die grünen Zinnen.

Und kommt die Nacht, so singt der Wald
Und wiegt sich im Gaslichtscheine;
Bang führt die ärmste Mutter ihr Kind
Vorüber am Zauberhaine.

Einst sah ich einen Weihnachtsbaum:
Im düsteren Bergesbanne
Stand reifbezuckert auf dem Grat
die alte Wettertanne.

Und zwischen den Ästen waren schön
Die Sterne aufgegangen;
Am untersten Ast sah man entsetzt
Die alte Wendel hangen.

Hell schien der Mond ihr ins Gesicht,
Das festlich still verkläret;
Weil auf der Welt sie nichts besaß,
Hatt' sie sich selbst bescheret.

PETER HAMM
SCHÖNE BESCHERUNG

Entsetzliche Schönheit, wie Robert Walser sie dem »Grünen Heinrich« attestierte, zeichnet auch viele Gedichte Gottfried Kellers aus. In seinem »Weihnachtsmarkt« treibt Keller mit Entsetzen nicht Spott, sondern Verklärung. Verklärt, nicht verzerrt ist das Gesicht der alten Wendel. Entsetzt sind wir, der Dichter und der Leser, entsetzt darüber, daß Verklärung für eine wie die alte Wendel offenbar nicht anders zu haben war als so. Freitod als schönste Bescherung.

Gedichte, die auf eine Pointe hinauslaufen, bringen sich meist um ihr Bestes. In Kellers Gedicht verleiht die provokante Schlußpointe den Eingangsstrophen erst ihr Gewicht. In der vierten Strophe hätte Keller seine Pointe fast schon verraten, Nüsse werden für gewöhnlich nicht an einen Weihnachtsbaum *gehenkt*. Aber mit diesem *gehenkt* ist der Beweis erbracht, daß Keller sein Gedichtende schon genau kannte. So selbstverständlich ist das nicht. Der genuine Lyriker hat oft nur den Einfall eines Gedichtanfangs und läßt sich dann sozusagen von der Sprache das Gedichtende diktieren. Keller war primär Prosaiker, viele seiner besten Gedichte haben einen epischen Zug. Stimmigkeit, nicht Stimmung ist ihr Ziel.

Etwas stimmt nicht mit dem *lustigen Wald*, in den der Gedichtanfang führt: weder ist er lustig, noch ist er Wald, denn es fehlen ihm die Wurzeln. Und auch das *fröhliche Leben* darin macht nicht froh, schon gar nicht die sozial

Deklassierten, vor denen Lakai und Zofe das wegschleppen, was sie sich mit ihrem *Silberling* ohnehin kaum leisten könnten: ein wenig Illusion. Nicht nur ist alles künstlich in diesem *Zauberhaine*, vom Wald bis zum Gaslicht, es ist auch alles käuflich, Marktprodukt. Dem faulen Zauber und der Warenwelt der Großstadt setzt Keller den Zauber der wahren, nicht zur Ware gewordenen Natur entgegen: im *Bergesbanne*, also im Bannwald, darf wegen Lawinengefahr kein Holz geschlagen werden. Dem fremden, flachen, fahlen Berlin, in dem sein Gedicht entstand, konfrontiert Keller die sternübersäte Berggewalt seiner Schweizer Heimat. Dem Leben, das kein Fest ist, konfrontiert er einen festlichen Tod.

Ihn hat die alte Wendel (die in einer früheren Gedichtfassung noch die *alte Schmidtin* ist) wahrlich verdient, war sie doch noch ärmer als die *ärmste Mutter*, die ihr Kind am Weihnachtsmarkt vorbeiführte – um dieses Kind ärmer. Ihr war auch nicht beschert worden, worauf sich eigentlich jede Weihnachtsbescherung gründet, die Geburt eines Kindes, das immer auch *göttliches Kind* ist.

»Der grüne Heinrich weint zum ersten Mal um Geld« (Adolf Muschg). Geld, vor allem das, das man nicht hat, spielt in den Büchern Kellers, der immer wieder schwer verschuldet war, eine gewaltige, gewalttätige Rolle. Daß auch menschlicher Wert dem Marktwert unterliegt, hat den Dichter, der als Fünfjähriger den Vater und Ernährer verlor und den sozialen Abstieg seiner Familie nicht aufhalten konnte, lebenslang gequält. Schlimmer als alle materielle Not aber quälte ihn Liebesnot, Liebesverzicht. Alle Frauen, sogar die selbstgedichteten, waren zu groß für ihn, den Zwerg, der gerade 140 Zentimeter maß, Liebeserfüllung blieb ihm versagt. Versagt blieb ihm schon eine erfüllte Kindheit und erst recht das eigene Kind, das dies hätte wettmachen können. Noch im herrlichen Nachlaßgedicht »Friede der Kreatur« vermißt er schmerzlich das Kind, das er hätte *Friede halten* lehren können.

Sein Los war Unfriede – Prügeleien und Alkoholexzesse waren nur äußerer Ausdruck dieses tief in sich Unzufriedenen, Zerrissenen, der »Lebendig begraben« nicht nur einen Gedichtzyklus nannte, sondern sich auch meist wohl so fühlte. *Im Tode erhöht* ist besser als *lebendig begraben*. Todes- und Erlösungsphantasien durchziehen Kellers ganzes Werk, Selbstmörder bevölkern es, und der grüne Heinrich mußte, obwohl der Verleger um sein Leben flehte, partout sterben, »aus melancholischer Laune«, wie eine autobiographische Notiz es vermeldet.

Im »Grünen Heinrich« heißt es einmal: »Aus Nichts hat Gott die Welt geschaffen. Sie ist ein krankhafter Abszeß dieses Nichts, ein Abfall Gottes von sich selbst. Das Schöne, das Poetische, das Göttliche besteht eben darin, daß wir uns aus diesem materiellen Geschwür wieder ins Nichts zurückabstrahieren ...« – Kellers in den vierziger Jahren entstandenes Gedicht stößt sich nicht nur blasphemisch und entsetzlich schön aus dem *Abszeß dieses Nichts* ab, es stößt auch kühn in eine lyrische Moderne vor, die recht eigentlich erst viel später mit Baudelaire und Rimbaud beginnen sollte.

GOTTFRIED KELLER
WIE GLÄNZT DER HELLE MOND

Wie glänzt der helle Mond so kalt und fern,
Doch ferner schimmert meiner Schönheit Stern!

Wohl rauschet weit von mir des Meeres Strand,
Ach, weiterhin liegt meiner Jugend Land!

Ohn Rad und Deichsel gibts ein Wägelein,
Drin fahr ich bald zum Paradies hinein.

Da sitzt die Mutter Gottes auf dem Thron,
Auf ihrem Schoße schläft ihr seelger Sohn.

Da sitzt Gott Vater, der den Heilgen Geist
Aus hohler Hand mit Himmelskörnern speist.

In einem Silberschleier sitz ich dann
Und schaue meine weißen Hände an,

Sankt Petrus aber gönnt sich keine Ruh,
Hockt vor der Tür und flickt die alten Schuh.

HEINZ POLITZER
MÄRCHENHAFTE HIMMELFAHRT

Man hat diesen Versen eine »mystisch-katholische Färbung« zugesprochen und ist versucht, sie aus dem skeptisch-gläubigen Geist zu erklären, der auch über Gottfried Kellers »Sieben Legenden« waltet. Tatsächlich handelt es sich in seinen Mittelstrophen um eine märchenhafte Himmelfahrt.

Das Gedicht besitzt eine Vorform, die um etwa dreißig Jahre zurückliegt. Diese schiebt sich nach der zweiten Strophe ein und berichtet vom abgründigen Verlust des Glücks, von Nacht und Nebel und von der Kälte des Himmels, an dem schon der kalte Mond der allerersten Zeile gestanden ist. Die Streichung dieser konventionellen und von Selbstmitleid triefenden Zeilen bildet den eigentlichen Geniestreich, aus dem sich das Gedicht erhob.

Beiden Fassungen gemeinsam ist, von geringfügiger Abweichung abgesehen, der Einsatz: die Sehnsucht nach der Jugend, nach dem Stern von seiner, des Dichters, Schönheit. Es ist nicht anzunehmen, daß der Mann Gottfried Keller, den Ernst Kretzschmer das Vorbild eines »zyklothymen Pyknikers« genannt hat, seine körperliche Schönheit im Sinne hatte. Und doch schwebt in dieser astralen Schönheit ein gut Stück Autoerotik mit, vom Verliebtsein aller Jugend in sich selbst: *quant' è bella giovinezza.* Diese Schönheit aber war Keller schon ferngerückt, als er in den Dreißigern stand.

Der Blick des lyrischen Ichs ist jedoch nicht nur rückwärts gewandt. Das »Wägelein« der dritten, neuen, Strophe, das es »gibt«, von dessen Existenz der Dichter also überzeugt ist, hebt ihn in den Himmel, und zwar »bald«. So tröstet sich ein Mensch, der weiß, daß es in Kürze vorbei sein und er dahinfahren wird. Die verflossene Jugend spiegelt sich in einer jenseitigen Zukunft (doch welche Zukunft wäre nicht jenseits?): Hier aber öffnet sich das Paradies mit der Madonna, die ihr Kind wiegt. Oder ist es eine Pietà? Der Text bleibt an dieser Stelle undeutlich. Jedenfalls erzählt er von der Heimkehr eines verlorenen Sohnes. Und jedenfalls sitzt Gott Vater gemütlich da und streut der Taube der Dreifaltigkeit paradiesischen Weizen auf. »Kein' Musik ist schöner auf Erden« als die Harmonie über dieser Himmelsszene.

Beiden Fassungen gemeinsam ist dann auch wieder die vorletzte Strophe. Der »Silberschleier«, der den Entseelten aufs durchsichtigste umhüllt, dient der Verklärung. Verwundert blickt der Tote auf seine Finger, die noch wächsern sind von der Anstrengung des Sterbens, aber durch den Schleier ein neues, gleichsam erlöstes Leben gewonnen haben. Die Schönheit der Jugend feiert ein transzendentales Auferstehen.

Dann aber spaltet's sich wieder. Die letzte Strophe der Vorform schließt an ihre Vorgängerin an: »Bis irgend eine Harfensaite springt / Und mir erschreckend durch die Seele klingt.« Verunsichert durch das Füllwort »irgend« und abgeplattet durch die Harfen-Allegorie, sind diese Zeilen Jugendstil, vor allem Jugendstil, frühester Rilke. In der Fassung letzter Hand tritt an die Stelle der geplatzten Saite ein durchaus robuster Sankt Petrus, der vor der Himmelstür hockt und alte Schuhe ausbessert. Mit dem Bild dieses sonderbaren Heiligen setzt Keller die Signatur des Realismus unter das Gedicht.

Fern davon, ihr zu widersprechen, besiegelt dieser Realismus die Symbolsprache des ganzen Gedichts. Verfolgen wir dessen Duktus von Jugendsehnsucht und Alterswehmut zu Tod und Verklärung, dann wird es klar, daß die Seele die Himmelstür schon passiert hat, während der arme Heilige noch draußen vor der Türe sitzen und sich abschuften muß. Seine Finger sind vom Flickwerk schwielig, – der Seele aber, drinnen, *hinter* der Himmelstür, ist es erlaubt und gestattet, sich mit unendlicher Muße in den Anblick ihrer weißen Finger zu versenken. Gott Vater scheint seinen Dichter zu kennen: ein wenig bleibt er auch im Paradies Narziß. So wird die Angst vor dem Tod unversehens zum Lächeln über das Gestorbensein.

GOTTFRIED KELLER
WINTERNACHT

Nicht ein Flügelschlag ging durch die Welt,
Still und blendend lag der weiße Schnee.
Nicht ein Wölklein hing am Sternenzelt,
Keine Welle schlug im starren See.

Aus der Tiefe stieg der Seebaum auf,
Bis sein Wipfel in dem Eis gefror;
An den Ästen klomm die Nix' herauf,
Schaute durch das grüne Eis empor.

Auf dem dünnen Glase stand ich da,
Das die schwarze Tiefe von mir schied:
Dicht ich unter meinen Füßen sah
Ihre weiße Schönheit Glied um Glied.

Mit ersticktem Jammer tastet' sie
An der harten Decke her und hin,
Ich vergeß' das dunkle Antlitz nie,
Immer, immer liegt es mir im Sinn!

HERMANN BURGER
DAS GESICHT IM EIS

Dieses frostklar umgrenzte Winterbild, das zu den schönsten Landschaftsgedichten Gottfried Kellers gehört, fasziniert mich aus zwei Gründen. Zum einen scheint es ganz in der Stimmung der wolkenlosen Winternacht über einem gefrorenen See aufzugehen; zum andern birgt es ein Geheimnis unter der Eisdecke, dem man mit dem Vokabular der Psychologie beizukommen meint. Beim wiederholten Lesen aber versagt dieses Instrumentarium.

Zwar kann man in der Nixe, die an dem rätselhaften Seebaum emporklettert – nach dem Grimmschen Wörterbuch ein Schlagbaum, der die Einfahrt in den Hafen sperrt –, durchaus das »schöpferische Unbewußte« sehen, das den Künstler geheimnisvoll bedrängt und in ihm nach Gestalt ringt. Seetiefe und Frostnacht, Wasserjungfrau und Eisdecke wären demnach Bilder für zwei Bereiche, die beim Schaffen zusammenwirken: das kühle, berechnende Handwerk und die irrationale »Unterwelt«.

Liest man es so, geht das Gedicht restlos auf. Der Dichter folgt dem Lockruf aus der Tiefe, wagt sich auf die Eisfläche hinaus und sieht wie durch ein Aquariumglas die weiße Schönheit der weiblichen Gestalt. Ihr verzweifeltes Tasten der Decke entlang bewahrt er im Gedächtnis, das wie später bei Celan gleichbedeutend mit Gedicht verstanden werden kann. Doch diese saubere Gleichung befriedigt nicht ganz.

Das Gedicht »Winternacht« bezeugt zwar Kellers Verbindung mit einem Seelenbereich, der sich in einem weiblichen Symbol zu erkennen gibt, aber wie das Traumbild in ein wirkendes Werk verwandelt wird, erfahren wir nicht. Die psychologische Deutung des künstlerischen Prozesses hört da auf, wo das Handwerk, das Machen beginnt.

So bleibe ich lieber bei der naiveren Lesart, die mir eine Stimmung nahe bringt und die Frage aufdrängt: Woher kommt denn das sprechende und von der Tiefe angesprochene Ich? Wie steht es mit dem horizontalen Kräfteverhältnis auf der Achse der Zeit? Über dem gefrorenen See wölbt sich ein schalltoter Raum – kein Flügelschlag –, der Festgebannte kommt aus dem Niemandsland wie der lebendig Begrabene im gleichnamigen Zyklus.

Diese Starre ist bezeichnend für Kellers Lebensfremdheit, für seine Isolation vor allem bezüglich des weiblichen Geschlechts. Der da steht auf dünnem Glas, hat sich trotz seines Staatsschreiberamtes nie eingebürgert in der Gesellschaft. Keller blieb stets der Unbehauste im kleinen Kreis, und dieses Kafka verwandte Junggesellentum des Einzelgängers, ja Sonderlings zeitigte zwei Aspekte derselben Mentalität: den Humor in den »Leuten von Seldwyla« und die tiefe Resignation im »Martin Salander«.

»Resignatio«, heißt es einmal bei Keller, sei keine schöne Gegend. Ich sehe sie in der Landschaft, die das Gedicht verschweigt. Eine weiße Einöde ohne Zeichen der Kommunikation, arktisch. Aber dem Ich, das sich da in eine gefährliche Zone begeben hat, bleiben zwei Dinge zum Trost: Das Firmament über ihm und das dunkle Antlitz unter ihm.

Und jetzt erst greift die zweite Lesart. Die Vision, die aus der Tiefe aufsteigt und ihren »Sinn« im Betrachter findet, ist ebenso der Zeit entrückt wie die Sterne. Die Froststimmung schlägt um in ein Zeichen des Lebens, in die Inspiration. Zwar bleibt die schwarze Tiefe des Weltraumes und des Sees von ihm geschieden, aber das punktuelle Zünden der Welt im lyrischen Subjekt macht die Spannung erträglich, läßt den Betroffenen die Totenstarre überwinden. Es bleibt die Melancholie, nicht hinabsteigen zu können zur Nixe.

WERNER WEBER
SCHAUER UND RESPEKT

In Heyses Novelle »Das Seeweib« passiert es: Louison, vernachlässigt in einer Abendgesellschaft, greift »mechanisch« nach einem Buch, das vor ihr auf dem Tisch liegt, blättert ein wenig und bleibt hängen bei einem Gedicht, »dessen schauerliche Schönheit selbst auf ihre nicht sonderlich tiefe Natur einen wundersamen Eindruck machte«. Sie liest es den Damen und Herren vor – Gottfried Kellers »Winternacht«.

Wie Heyses Louison, immer wieder, sind Leserinnen und Leser bei diesem Gedicht hängengeblieben. Wasserfrauen, allbekannt, tun es einem an, von Undine bis zur schönen Lau in Mörikes Blautopf; und gar Melusine, deren Name (Fontane wußte es) wirklich tief blicken läßt, tief wie Kellers Nixe. »Winternacht« ist erstmals im Rahmen der »Neueren Gedichte« erschienen, 1851; dort steht es am Schluß der Abteilung »Jahreszeiten«. In den »Gesammelten Gedichten«, 1883, schließt mit ihm das »Buch der Natur«. Nicht zufällig; Keller hat es so arrangiert: von Stück zu Stück ein Spiel um Wohlsein, aber zuletzt die Trauer, unverhohlen, die zu jenem Spiel gehört.

»Winternacht«; die Gegenwartsrede der letzten beiden Verse (nach dem von Keller in der Schlußredaktion eingesetzten Gedankenstrich) macht deutlich, was das Gedicht gibt. Es gibt in Vergangenheitsrede ein Nachsinnen über Erlebtes. Es erzählt, und im Erzählen drängt Vergangenes herauf, so, daß zuletzt in jenem verkürzten *tastet' sie* nur das Auge das volle »tastete sie« ausmachen kann; das Ohr hört pure Gegenwart, »tastet sie«.

Erlebtes, Vergangenes, das zur Gegenwart drängt. Die erste Strophe schafft dafür ein Raumverhältnis, in welchem Kosmos (Welt, Sternenzelt) und Lokal (eingeschneiter Ort, zugefrorener See) verschränkt sind. Was sich da anmeldet, trifft im Folgenden ein: Mythisierung des Erlebens; *Seebaum*, *Nix*, *schwarze Tiefe*, *weiße Schönheit* – davon ist das erlebende Ich in seiner Gewöhnlichkeit höchst prekär geschieden und doch mythisch beschienen.

Es gibt zum Gedicht »Winternacht« eine von Keller für den Druck verworfene Strophe; darin die Verse: *Mich durchschauerte ein bang Gefühl, / Wie wenn ich die eigne Seele sah*. Was aber sieht das erlebende Ich? Was sagt das Nixe-Bild? Nicht einmal mit Bezug auf Gottfried Keller selbst ist der Sinn auszuschöpfen. Ein Hinweis etwa auf den wunderbaren Schock des grünen Heinrich vor Judith in der Heidenstube gibt dem Geheimen nur noch tiefere Geltung. Judith, die Frau, wird Wasserfrau. Ihre Kleider legt sie ab am Saum zwischen tragendem Grund und rieselnden Wellen; »zu oberst ein weißes Hemd«, noch warm, »wie eine soeben entseelte irdische Hülle«. Verwandelt erscheint sie wieder in der Mondnacht. Heinrich sieht »jedes Glied in dem hellen Lichte deutlich, aber wie fabelhaft vergrößert und verschönt«. Ein Seelenbild, im reinen Sinne schamlos. »Von einem heißkalten Schauer und Respekt durchrieselt«, weicht Heinrich vor der mythisch großen Erscheinung zurück, »aber sie nicht aus den Augen verlierend«.

Das ist das sommernächtliche Gegenbild zum Nixe-Bild im Gedicht »Winternacht«. Schauer und Respekt; es sind

Schlüsselwörter für Gottfried Kellers Empfinden vor der Frau. Schauer und Respekt – und der erstickte Jammer, der damit verbunden ist: das ist im Nixe-Bild und in seinen Motiven in »schauerlicher Schönheit« aufgehoben.
Aber damit ist der Sinn des Gedichts nicht eingeholt. Es sagt mehr. Seine Bildrede steht für alles, was einem an Ersehntem, Erwartetem nahe kommt, doch einen nicht erreicht. Es nicht aus den Augen verlieren heißt: hoffen; oder einfach: überwintern.

MAX SCHNECKENBURGER
DIE WACHT AM RHEIN

Es braust ein Ruf wie Donnerhall,
wie Schwertgeklirr und Wogenprall:
Zum Rhein, zum Rhein, zum deutschen Rhein!
Wer will des Stromes Hüter sein?
  Lieb Vaterland, magst ruhig sein:
  Fest steht und treu die Wacht am Rhein!

Durch Hunderttausend zuckt es schnell,
und aller Augen blitzen hell:
Der deutsche Jüngling, fromm und stark,
beschirmt die heilge Landesmark.
  Lieb Vaterland, magst ruhig sein:
  Fest steht und treu die Wacht am Rhein!

Er blickt hinauf in Himmelsaun,
wo Heldengeister niederschaun,
und schwört mit stolzer Kampfeslust:
»Du, Rhein, bleibst deutsch wie meine Brust!«
  Lieb Vaterland, magst ruhig sein:
  Fest steht und treu die Wacht am Rhein!

»Und ob mein Herz im Tode bricht,
wirst du doch drum ein Welscher nicht.
Reich wie an Wasser deine Flut
ist Deutschland ja an Heldenblut.«
  Lieb Vaterland, magst ruhig sein:
  Fest steht und treu die Wacht am Rhein!

»So lang ein Tröpfchen Blut noch glüht,
noch eine Faust den Degen zieht,
und noch ein Arm die Büchse spannt,
betritt kein Feind hier deinen Strand.«
  Lieb Vaterland, magst ruhig sein:
  Fest steht und treu die Wacht am Rhein!

Der Schwur erschallt, die Woge rinnt,
die Fahnen flattern hoch im Wind:
Zum Rhein, zum Rhein, zum deutschen Rhein!
Wir alle wollen Hüter sein!
  Lieb Vaterland, magst ruhig sein:
  Fest steht und treu die Wacht am Rhein!

JÖRG VON UTHMANN
POETISCHE FRUCHT EINER NAHOSTKRISE

Wie sich die Zeiten ändern! Wenn heute vom Rhein die Rede ist, denkt jeder sofort an Chlorbenzol und tote Fische. Vor hundertfünfzig Jahren sang das deutsche Volk mit dem Bonner Gerichtsschreiber Nikolaus Becker: »Sie sollen ihn nicht haben, den freien deutschen Rhein!« Sie – das war nicht die chemische Industrie, das waren die Franzosen. Auf dem Wiener Kongreß hatte Frankreich seine linksrheinischen Eroberungen herausgeben müssen. Wirklich abgefunden mit dem Verlust hatte es sich jedoch nicht. 1840, nach einer schweren diplomatischen Schlappe im Nahen Osten, suchte Premierminister Thiers die Aufmerksamkeit der Öffentlichkeit abzulenken. Er verlangte die Rheingrenze und war bereit, dafür in den Krieg zu ziehen. Zwar blitzte er bei seinem friedfertigen König Louis Philippe ab und mußte zurücktreten. Aber das Unglück war geschehen: Die alte Wunde begann wieder zu bluten.

Während die Pariser Presse in schrillen Tönen nach einer Revision des schmachvollen Friedens schrie, machten sich in Deutschland die Dichter ans Werk. Eine unvorstellbare Massenproduktion vaterländischer Lyrik setzte ein. Bekkers Rheinlied war nur das bekannteste; es wurde nicht weniger als hundertmal in Musik gesetzt. Der Germanistik-Professor Hoffmann von Fallersleben unterlegte der alten Kaiserhymne einen neuen Text – das Deutschlandlied. Derweil beschloß man in Köln, am Dom – dem Sym-

bol der unvollendeten deutschen Einheit – die im Mittelalter unterbrochenen Bauarbeiten wiederaufzunehmen. Der preußische König Friedrich Wilhelm IV. legte den Grundstein und hielt dabei eine antifranzösische Rede.
In diesem überhitzten Klima wollte auch der schwäbische Hütteningenieur Max Schneckenburger nicht zurückstehen. In einer Eisengießerei im fernen Bern küßte ihn die patriotische Muse. Er griff zur Feder und brachte »Die Wacht am Rhein« zu Papier. (Auch das Deutschlandlied entstand im Ausland – auf Helgoland, das damals englisch war.) Den überwältigenden Erfolg seines Gedichts erlebte Schneckenburger nicht mehr. Er starb 1849, gerade dreißig Jahre alt.
1854 wurde »Die Wacht am Rhein« von einem gewissen Karl Wilhelm, Direktor der Liedertafel in Krefeld, vertont und zur Silberhochzeit seines Namensvetters, des Prinzen und späteren Kaisers Wilhelm, erstmals gesungen. Im Krieg 1870/71 stieg »Die Wacht am Rhein« zur inoffiziellen deutschen Nationalhymne auf und blieb es bis zum Ende des Kaiserreichs. Sie zur offiziellen Nationalhymne zu erheben, zögerte der Berliner Hof, da – wie »Meyers Großes Konversationslexikon« von 1908 feinsinnig anmerkt – »dieselbe wegen ihrer antifranzösischen Spitze nicht bedingungslos für die internationale Repräsentation geeignet« schien. Mit dem amtlichen Liedgut hatten die Deutschen, wie man sieht, schon damals ihre Not.
Nationalhymnen – auch inoffizielle – auf ihre dichterischen Qualitäten abzuklopfen, ist eigentlich nicht fair. Unter den Jupiterlampen der strengen Textkritik schmelzen sie rasch dahin. Jedes Kind kann die schiefen Bilder – den glühenden Tropfen Blut – und die vom Reimzwang diktierten Gewaltsamkeiten mit Händen greifen. Immer-

hin ist dem Freizeitpoeten mit dem dreifachen Paukenschlag »Donnerhall«, »Schwertgeklirr« und »Wogenprall« ein imposanter Auftakt gelungen, dessen Echo bis zum Schluß vorhält.
Auch wenn wir den frommen, starken, deutschen Jüngling heute belächeln – daß frühere Geschlechter den rhetorischen Bogen zwischen der Frage in der ersten Strophe und der Antwort in der letzten als begeisterndes Crescendo empfanden, läßt sich mühelos nachvollziehen.

HERMANN LINGG
DAS KROKODIL

Im heil'gen Teich zu Singapur
Da liegt ein altes Krokodil
Von äußerst grämlicher Natur
Und kaut an einem Lotosstiel.
Es ist ganz alt und völlig blind,
Und wenn es einmal friert des Nachts,
So weint es wie ein kleines Kind,
Doch wenn ein schöner Tag ist, lacht's.

JÖRG VON UTHMANN
VON WEGEN TIERISCHER ERNST

Goethe hat einen Floh besungen, Rilke einen Panther, Schiller die Kraniche des Ibykus. Hermann Lingg beschreibt ein Krokodil. Lingg, der von 1820 bis 1905 lebte, gehört zu den heute vergessenen Dichtern des neunzehnten Jahrhunderts, die vor allem die Stätten des klassischen Altertums und die Geschichte Deutschlands in Reime faßten. Als sein Meisterstück gilt »Die Völkerwanderung«, ein Versepos in vierundzwanzig Gesängen, an dem er drei Jahre lang feilte. Daß er sein Handwerk verstand, zeigt aber auch »Das Krokodil«. Den von ihm gewählten Rhythmus – vierhebige jambische Zeilen – hält Lingg eisern durch, während sogar ein Mörike (»Gelassen stieg die Nacht ans Land, / Lehnt träumend an der Berge Wand«) bisweilen schon nach wenigen Versen aus dem Takt kam: »Sie singen der Mutter, der Nacht, ins Ohr / Vom Tage / Vom heute gewesenen Tage«. Auch die Reime sind sauber gebildet. Mundartliche Schlampereien (»Ach neige, / Du Schmerzenreiche«), die man zwar in Frankfurt, nicht jedoch in Lübeck oder Berlin für Reime hält, hätte sich Lingg nie gestattet.

Warum beschäftigt sich ein Mann, der sonst Gedichte schreibt mit Überschriften wie »Paestum« oder »Friedrich der Große nach der Schlacht bei Torgau«, plötzlich mit tropischen Reptilien? Die Antwort, auch wer historische Balladen verfasse, habe schließlich ein Recht auf heitere Gelegenheitsverse, ist zu simpel. Wo kämen wir hin,

wenn wir den Dichtern erlaubten, sich einfach gehenzulassen und ohne die Hilfe der amtlich bestallten Sinnvermittler direkt vors Publikum zu treten? Dann könnte man ja gleich die germanistischen Lehrstühle abschaffen und die Sekundärliteratur dem Recycling zuführen. Nein, das geht nicht. Es ist klar, daß Lingg mit seinem Ausflug nach Südostasien etwas Tieferes gemeint haben muß.
Bekanntlich haben die Krokodile im Lauf der Geschichte eine höchst unterschiedliche Bewertung erfahren. Die alten Ägypter verehrten sie als heilige Tiere; manche wurden nach dem Tode sogar mumifiziert und beigesetzt. Die alten Juden dagegen sahen in ihnen feindselige Ungeheuer. Daß der biblische Leviathan und der Fisch, der den Propheten Jona verspeiste, in Wahrheit Krokodile waren, steht außer Frage. Auch in den Kirchen des Mittelalters wird das Höllentor, das die Sünder verschlingt, häufig als aufgesperrter Rachen eines Krokodils dargestellt. Damals kam das Tier – vermutlich wegen seiner stark entwickelten Augenwülste – in den Verdacht, nachdem es einen Menschen verzehrt habe, weine es »Krokodilstränen«. So heißt es zum Beispiel im Bestiarium des Philip de Thaun (um 1120): »S'il pot hom devure / quant manget ad si plure (frei übersetzt etwa: Erst kommt das Fressen, dann kommt die Trübsal). Nach Erasmus vergießt das Tier Tränen, *bevor* es sein Opfer angreift: »Das Crocodyl, so es eynes Menschen erblikket, weynet und frisset yhn ohnverzüglich.«
Lingg ist der erste, der dem albernen Ammenmärchen mit den Waffen der Poesie entgegentritt. Gewiß, so räumt er ein, weint das Krokodil – aber aus einem völlig anderen Grund, nämlich wenn das Wetter schlecht ist. Scheint dagegen die Sonne, lacht es. Wen der Dichter mit seiner Pa-

rabel im Visier hat, ist klar: das grämliche deutsche Volk, das fünfzehnhundert Jahre nach der Völkerwanderung noch immer nicht zur Ruhe kommen will. Vergeßt Atommüll, Aids, eure giftigen Nudeln und eure toten Wälder – so ruft er uns zu –, und denkt lieber an Friedrich den Großen, der seinen Soldaten zwar nicht bei Torgau, aber bei Kunersdorf die berühmte Frage stellte: »Kerle, wollt ihr ewig leben?« Denkt an das blinde Krokodil, fahrt in die Sonne nach Paestum oder Singapur, lacht und laßt euch den Lotos schmecken!

HERMANN ALLMERS
FELDEINSAMKEIT

Ich ruhe still im hohen grünen Gras
und sende lange meinen Blick nach oben,
von Grillen rings umschwirrt ohn' Unterlaß,
von Himmelsbläue wundersam umwoben.

Und schöne weiße Wolken zieh'n dahin
durchs tiefe Blau, wie schöne stille Träume; –
mir ist, als ob ich längst gestorben bin,
und ziehe selig mit durch ew'ge Räume.

GABRIELE WOHMANN
ZU GAST BEIM TOD

Plötzlich, zwischen der einen und der nächsten Unschlüssigkeit, bin ich beim planlosen Lesen in einer Lyrikanthologie auf den Titel »Feldeinsamkeit« gestoßen und habe mich gefreut. Warum? Endlich hatte ich den Text zu einer sehr geliebten Melodie gefunden. Den Namen des Verfassers las ich zum erstenmal. Es war schwierig, etwas zu erfahren über ihn, der von 1821 bis 1902 in Rechtenfleth bei Bremen als Bauer lebte, unterm Einfluß des Naturforschers Haeckel wissenschaftliche und künstlerische Studien betrieb, Ehrendoktor der Philosophie in Heidelberg wurde; der dichtete, malte, komponierte: eine Art Folklorist, um dessen Angedenken sich heute noch in Allmersheim eine »Allmers-Gesellschaft« kümmert.
Und warum entdeckte ich in diesem bis jetzt Unbekannten einen Altbekannten? Die vorletzte Zeile von »Feldeinsamkeit« begleitet mich seit meiner Kindheit, und immer, wenn sie mir zufällig einfällt, kann ich mich durch sie angenehm melancholisieren. Allerdings: mit Johannes Brahms' Hilfe. Der Satz fällt mir als Musikzeile ein. Brahms hat das Gedicht von Allmers vertont und mir dessen Glücks- und Trauerschönheit erst erschlossen. Nachträglich läßt sich nicht klären, ob ich für diese Verse ohne die Musik empfänglich wäre.
Also »hörte« ich, nun von Anfang an lesend, die zwei Strophen; ich hörte, zur Klavierbegleitung meines damals sehr jungen älteren Bruders, meiner Mutter zu, die für ih-

ren Gesangsunterricht übte. Schon bevor die Natur »Umwelt« hieß – ihre Moribundenbezeichnung –, empfand ich zum Beispiel eine hochsommerliche Ruheseligkeit wie die des Einsamen im Feld nur in einer Kunstform mit; im »wirklichen« Gras würden Insekten, Hitze, Heuschnupfen stören. Fehlt nicht aber auch bei Allmers jegliche naiv-robuste Natur-Lust? »Ich ruhe still ...« kündigt an, wie wenig ich es mit der heutigen Freizeit-Auffassung zu tun bekommen werde. Diesen Freund der »Feldeinsamkeit« müßte die Ausflüglermentalität unserer Ära verscheuchen. Wozu dient ihm sein Ausruhen im »hohen grünen Gras«? Er schaut »nach oben«, in Kierkegaards Lieblingsblickrichtung, und mich freut Allmers' Kunstinstinkt, durch den verschwiegen bleibt, warum »oben« das ersehnte Ziel ist. Es gibt kein Genügen zwischen den Grillen und unter Wolken.

Das irdische Glücksgefühl zerfließt in Träume, die schön und still sind, bis hin zur entscheidenden Zäsur, markiert durch Strichpunkt und Gedankenstrich. Die trennen die Erdenbehaglichkeit ab vom endlich befriedigten Todestrieb. Wer hat mit dieser Abkehr gerechnet? Wer erschrickt? Nur der, dem die Zeitlichkeit ausreicht. Der lange Blick nach oben aus der zweiten Zeile war ein Vorbote der Hinwendung zur transzendenten Vision, ohne die das Gedicht bloß eine sinnlich-szenische Verträumtheitsidylle bliebe, und ich hätte gedacht: Ach, Naturlyrik, ach, Allmers, gut warst du dran in deiner Zeit unter unvergifteten Wolken im bleifreien Gras. Sie konnten guten Gewissens besungen werden, sogar in Reimen (obgleich das Reimwort »bin«, das zu »dahin« passen soll, im Konjunktiv stehen müßte).

Aber wir haben sie ja, die interessante Pointe: den Todes-

eindruck, die schöne Täuschung. Feldeinsamkeitswahrnehmung spiegelt die Ewigkeit wider. Keine trübe Stimmung, keine Abschiedskläglichkeit. Vielmehr schätzt der Sterbensträumer, wie infiziert mit den Wolken dahinziehend, sich »selig«, tot zu sein. Und sogar: »längst«! Das schließt alle nur weich-wehmütige Todesspielerei aus. Das Wort »längst« ist definitiv, und es gibt dieser Zeile einen radikalen Schub. »Der Abschied ist gemacht« aus Bachs Kantate »Ich habe genug« fällt mir ein. Schluß mit dem – gelegentlich in einer »Feldeinsamkeit« ja doch sehr verlokkenden, aber alles in allem unzulänglichen – Diesseits.
Ich höre wieder den Gesang meiner Mutter, die jedes meiner Kinderbedürfnisse befriedigen konnte. Die meisten galten gewiß der Lebenslust, damals. Aber ein großes rätselhaftes Verlangen nach Melancholie spürte ich auch, und meine Mutter ließ mich teilnehmen an der Höchstdosis: Feldeinsamkeit.

HERMANN ALLMERS
HEIDENACHT

Wenn trüb das verlöschende letzte Rot
Herschimmert über die Heide,
Wenn sie liegt so still, so schwarz, so tot,
Soweit du nur schauest, die Heide,
Wenn der Mond steigt auf und mit bleichem Schein
Erhellt den granitnen Hünenstein,
Und der Nachtwind seufzet und flüstert darein
Auf der Heide, der stillen Heide –

Das ist die Zeit, dann mußt du gehn
Ganz einsam über die Heide,
Mußt achten still auf des Nachtwinds Wehn
Und des Mondes Licht auf der Heide:
Was nie du vernahmst durch Menschenmund,
Uraltes Geheimnis, es wird dir kund,
Es durchschauert dich tief in der Seele Grund
Auf der Heide, der stillen Heide.

HERMANN KUNISCH
ALTE UNNENNBARE TAGE

Der Schulweg in meiner niedersächsischen Heimatstadt führte mich, als ich fünfzehn oder sechzehn Jahre alt war, täglich an einer Buchhandlung vorbei (gegenüber dem romanischen Dom – mit dem Löwenpudel Karls des Großen davor), wo ich stehenblieb mit unbestimmtem Suchen, nicht wissend, daß einmal Bücher mein Schicksal sein würden.
Dort hing – wann? – im Fenster eine große Radierung eines heimischen Künstlers, eine Heidelandschaft: ein Hünengrab unter vom Sturm bewegten Eichen, darüber dräuende Wolken. Das Bild trug zwei Verszeilen als Unterschrift: »Wenn trüb das verlöschende letzte Rot / Herschimmert über die Heide.«
Mehr als das Bild mit dem vertrauten Gegenstand berührten mich die Worte; ich behielt sie im Gedächtnis, ohne mich um Herkunft und Verfasser zu kümmern. Viel später fand ich in einer alten, von der Mutter überkommenen Lyrik-Anthologie (»Aus tiefster Seele«, um 1890) das Gedicht, dessen erste zwei Zeilen mich berührt hatten, und den Namen des friesischen Dichters Hermann Allmers (1821-1902), des Verfassers des »Marschenbuches« (1858). Wer kennt ihn heute noch? Es sei denn, er kenne die Vertonung eines anderen Allmers-Gedichtes durch Johannes Brahms: »Feldeinsamkeit«.
Was hatte mich damals berührt: Klang, rhythmische Bewegung, Stimmung? Nichts eigentlich Gegenständli-

ches, es sei denn ein unbestimmt Herkömmliches, Überliefertes, mir als Lebensraum Gehöriges. Jedenfalls kein weltanschaulich Programmatisches, Ideologisches. Das Buch aber, in dem ich das Gedicht fand, war herausgegeben von einem Mann, der später die falsche, unheimliche, rauschhafte »Weltanschauung« der Boden- und Blutverfallenheit vertrat: Adolf Bartels.

Hat dieses Gedicht etwas damit zu tun? Gewiß, wir werden heute unruhig und argwöhnisch, wenn die Stimmen der Natur als Offenbarung eines uns übergreifenden, geheimnisgesättigten Alls vorgetäuscht werden. So müssen wir, auch wenn Vertrautes schöner Vergangenheit dadurch seinen Reiz verlöre, genau prüfen. Die erste Strophe ist eine anrührende Vergegenwärtigung jener Landschaft, die auch sonst Anlaß zu bildnerischer Gestaltung geworden ist (in der Dichtung etwa bei Storm): Sonnenuntergang, Mond, Hünenstein, Nachtwind. Dem Ohr sich kundtuend in der eindringlichen Wiederholung des alle Einzelheiten zusammenfassenden Reimes: Heide.

Die zweite Strophe mit der Anrede an den Hörer: »dann mußt du gehn« beschwört nun ein Fühlen, das später ins Ideologische verkehrt wurde: Wahrnehmen eines »uralten Geheimnisses«, von dem der Mensch nichts weiß. Ist das falsch oder unerlaubt, weil es dem Mißbrauch Vorschub geleistet hat, weil es entstellt werden konnte? Dann müßte auch vor Goethes »Füllest wieder Busch und Tal«, vor Mörike und vielem anderen gewarnt werden. Aber welches Glück und welchen Reichtum gäben wir dahin!

So sollten wir auch diese Strophe, auch wenn hinter ihrer traumhaften Überredungskraft uns heutigen Heimgesuchten das Bedenkliche spürbar ist, dennoch annehmen. Ihre sprachliche Verführung wird von der ersten, ganz der

Gegenwart hingegebenen Strophe entzaubert. Über dem Ganzen aber stehen die ersten beiden einfach schönen Zeilen: dicht, genau, kein Wort zuviel. Sie leisten, was Dichtung leisten soll: Empfundenes ins Gültige, Dauernde zu heben, anrührende Gegenwart zu gestalten, dem ganzen Empfinden, Auge und Ohr, mitzuteilen.

CONRAD FERDINAND MEYER
AUF DEM CANAL GRANDE

Auf dem Canal grande betten
Tief sich ein die Abendschatten,
Hundert dunkle Gondeln gleiten
Als ein flüsterndes Geheimnis.

Aber zwischen zwei Palästen
Glüht herein die Abendsonne,
Flammend wirft sie einen grellen
Breiten Streifen auf die Gondeln.

In dem purpurroten Lichte
Laute Stimmen, hell Gelächter,
Überredende Gebärden
Und das frevle Spiel der Augen.

Eine kurze kleine Strecke
Treibt das Leben leidenschaftlich
Und erlischt im Schatten drüben
Als ein unverständlich Murmeln.

HELMUT KOOPMANN
VENEZIANISCHER LEBENSAUGENBLICK

Das Venedig, das uns hier vorgestellt wird, ist nicht das des modernen Tourismus, sondern das Zeitlose der Legende, und es ist reduziert auf einige, unverwechselbare Charakteristiken: Gondeln, Paläste, der Canal grande. Von den Kirchen und Plätzen ist nicht die Rede, nicht von den zahllosen dunklen Gassen, den Menschen in ihnen, der Lagune draußen. Die Seitenwege und Nebenstraßen interessieren den Dichter nicht, das Panorama ringsum schon gar nicht.

Der Konzentration auf einen Ort, eben den allerweltsbekannten Canal grande, entspricht das Zusammenschrumpfen der Zeit auf einen Moment: Abenddämmerung, ein letzter Sonnenstrahl, der das Geschehen auf dem Wasser noch einmal hell ausleuchtet – und plötzlich wird aus dem Flüstern (selbst wenn es nur vergleichsweise erwähnt wird) ein helles Gelächter; wir sehen Einzelheiten und sogar manches, was das Tageslicht vielleicht besser scheuen würde. Aber wir sehen es nur momenthaft. Der grelle Streifen Lichtes hat geradezu filmische Effekte. Eine eigentlich hochdramatische Situation – als ob der Sonnenstrahl nun auch erst hörbar machte, was sich da auf den Gondeln tut.

Ein Postkarten-Venedig, eine neugierige Momentaufnahme aus jener Stadt zwischen Himmel und Wasser, der auch das Verruchte seit Jahrhunderten anhängt, ein lyrisches Canaletto-Porträt? Aber so kann es nur dem ungenauen Leser erscheinen. Denn spätestens beim wiederholten Lesen wird das Fassadenhafte durchsichtig, und wir erkennen ein symbolistisches Gedicht. Das Impressionistische ist Mittel, nicht Selbstzweck, der eine strahlende Augenblick zwischen den Dunkelheiten ein Abbild des Lebens selbst, der Canal grande der Lebensstrom, Vergängliches befördernd. In den Gondeln treibt's dahin, die abendliche Erotik ist wachgeworden – aber wir sehen: ein Moment ist's nur, nicht mehr. Das ist Schopenhauer-Stimmung, wie sie dem ganzen neunzehnten Jahrhundert nicht fremd war. Das Leben nur ein buntes Bild, rasch wieder in Dämmerung und Dunkel tauchend. Das ist die Stimmung einer sich selbst nicht mehr sehr sicheren Generation, wissend zwar, aber vom Leben selbst doch ausgeschlossen.

Was macht das Gedicht so einzigartig? Es ist gerade das, was auf den ersten Blick so abstoßend wirken mag: die Stilisierung dessen, was sich kaum darstellen läßt. Man muß nicht Pessimist sein, um Gefallen zu finden an diesem Gedicht: an der strengen Form, am so scharf zugeschnittenen Augenblick, an der sparsamen Präsentation der Lebensrequisiten, der bloßen Andeutung dessen, was Leben ist. Nichts von der Griesgrämigkeit dessen, der am Leben nicht mehr teilhat – es ist die Unbestechlichkeit des Blickes von außen. Ein kleines existentielles Lehrgedicht, gewiß. Doch die Lehre ist hier so eindringlich, weil sie anschaulich geworden ist.

Was sich anfangs wie eine statuarische Szene ausnehmen mochte, ist voller Bewegung; dem einen Moment, in dem die Sonne ihre Flammen auf die Boote wirft, steht das Gleiten der Schiffe entgegen, und einen Augenblick lang scheint stillzustehen, was in Wirklichkeit doch unaufhaltsam entlangtreibt. Das ist eine höchst raffinierte Bildkomposition. Überhaupt haben wir es in diesem Gedicht ja nur mit Bildern zu tun, die ihre Sprache sprechen; von Gedankenlyrik keine Spur, auch nicht von Bedauern oder Trauer; der Kommentar, wenn man die letzte Zeile so benennen will, stellt fest, was die Bilder lehren. Aber braucht ein Gedicht überhaupt mehr als das?

CONRAD FERDINAND MEYER
DÄMMERGANG

Du lebst meerüber
In blauer Ferne
Und du besuchst mich
Beim ersten Sterne.

Ich mach im Felde
Die Dämmerrunde,
Umbellt, umsprungen
Von meinem Hunde.

Es rauscht im Dickicht,
Es webt im Düster,
Auf meine Wange
Haucht warm Geflüster.

Das Weggeleite
Wird trauter, trauter,
Du schmiegst dich näher,
Du plauderst lauter.

Da gibt's zu schelten,
Da gibt's zu fragen,
Und hell zu lachen
Und leis zu klagen.

Was wedelt Barry
So glückverloren?
Du kraust dem Liebling
Die weichen Ohren …

PETER VON MATT
LIEBESGLÜCK IM ZWIELICHT

Ein Liebesgedicht – was weiter? Schöne, herzliche Zeilen, gewiß, aber sie erschließen sich von selbst. Oder ist da doch ein Geheimnis?

Die Situation könnte einfacher nicht sein. Der Mann ist beim Eindunkeln allein unterwegs. So macht er es jeden Abend. Eine kurze Stunde geht er die Hecken entlang über die Felder, zusammen mit seinem Hund. Die Frau, die er liebt, ist abwesend, verreist vielleicht, und er denkt an sie. Fast will ihm vorkommen, sie sei bei ihm, so vertraut fühlt er sich, so gern hat er sie, so geborgen ist er in ihrer Liebe. Sie wird wohl bald wieder zurückkehren. Von Sehnen und Verlangen ist jedenfalls die Rede nicht, eher von einem ruhigen und vergnügten Zusammengehören.

Seltsam ist nur das *meerüber* gleich am Anfang. Es rückt die Frau viel weiter weg, als es vom gelassenen Reden der folgenden Strophen her zu erwarten wäre. Und die *blaue Ferne*, jetzt, da es Nacht wird? Flüchtig wird man vom Gedanken gestreift, es könnte der Himmel sein, in dem gerade der erste Stern aufflimmert. Aber dann wäre sie ja tot, verloren, und von toten Geliebten spricht man nicht so gegenwartsfroh. Sie ist wohl doch eher auf einer Reise, in Sizilien vielleicht, meerüber eben.

Ein Verdacht bleibt trotzdem hängen. Vor allem, wenn man beobachtet, wie das Gedicht immer deutlicher mit den Elementen einer Gespenstergeschichte spielt. Ohne die Angst allerdings, die sonst stets dazugehört. Aber wie in so vielen schauerlichen Erzählungen beginnt es mit zweideutigen Geräuschen im Dickicht, mit schattenhaften Bewegungen im Halbdunkel. Es folgt die körperliche Nähe, ein gefühlter Anhauch an der Wange, schließlich die flüsternde, drängende Stimme. Doch was im »Erlkönig« das höchste Grauen bewirkt: *Jetzt faßt er mich an!*, erscheint hier wie eine liebe Gewohnheit.

Am frappierendsten ist, was mit dem Hund geschieht. Die Schlußstrophe ist zauberhaft, von einem sinnlichen Charme, wie er bei Meyer selten ist, und wunderbar taucht darin ein neues Wort auf: *glückverloren*! Gleichzeitig aber deckt sich der Vorgang mit einem der ältesten Elemente der Geistergeschichten. Bei Kleist, bei Hoffmann, noch bei Thomas Mann im »Zauberberg«, aber schon beim altgriechischen Erzähler Lukian wird der Hund, der auf ein Gespenst reagiert, als Beweis für das übernatürliche Ereignis eingesetzt. So bezeugt er auch hier selig wedelnd die Anwesenheit der geliebten Frau.

Also doch ein spiritistisches Gedicht? Keineswegs. Ein Liebesgedicht nur um so mehr. Alle Liebe schafft das geliebte Wesen um zu einem neuen, einzigartigen Menschen, und vielleicht ist dies überhaupt die höchste Form von Schöpferkraft. Sie kann auch wirken, wo die Geliebte fern ist, kann sie aus der Luft heraus bilden und formen, und schon ist sie da und spricht und lacht und strahlt und klagt. Ein diesseitiger, ein weltvergnügter Spiritismus ist das, die okkulte Seite der Erotik.

Vieles deutet darauf hin, daß das Gedicht an Meyers Schwester Betsy gerichtet ist, seine Lebensfrau, mit der er nicht nur brüderlich verknüpft war. Ohne sie wäre er nie Dichter geworden, und sein wesentliches Werk hat er mit ihr zusammen, in ihrer leibhaftigen Gegenwart, geschrieben. Als er mit fünfzig Jahren doch noch heiratete, eine reiche Frau aus einer eher langweiligen Ecke der Zürcher Gesellschaft, wurde dies zur Katastrophe für die Symbiose der Geschwister. Die Frauen haßten einander, und Meyer kam vom »Schwesterchen« nicht los.

So gelesen, ist *meerüber* nicht nur ein geographischer Begriff. Er steht für die Tragödie einer verbotenen Liebe. Wie erfüllt sie auf ihre Weise dennoch war, zeigt der glückverlorene Barry.

CONRAD FERDINAND MEYER
DAS ENDE DES FESTES

Da mit Sokrates die Freunde tranken
Und die Häupter auf die Polster sanken,
Kam ein Jüngling, kann ich mich entsinnen,
Mit zwei schlanken Flötenbläserinnen.

Aus den Kelchen schütten wir die Neigen,
Die gesprächesmüden Lippen schweigen,
Um die welken Kränze zieht ein Singen ...
Still! Des Todes Schlummerflöten klingen!

EMIL STAIGER
AN DER SCHWELLE DES TODES

Die beiden Strophen sind im Sommer 1891 entstanden, also kaum ein Jahr vor Conrad Ferdinand Meyers zweiter Umnachtung. Wir kennen das Fest aus Platons »Gastmahl«. Dort wird erzählt, in vorgerückter Stunde sei Alkibiades in trunkenem Zustand mit Freunden und einer Flötenbläserin erschienen und habe Sokrates gepriesen. Meyer kannte zweifellos auch das Gemälde Anselm Feuerbachs, das diesen Auftritt darstellt. Weder bei Platon noch bei Anselm Feuerbach ist ein Hinweis auf den Tod zu finden, es sei denn in der Schwermut, die der Maler auch bei festlichen Themen nie ganz überwindet. Conrad Ferdinand Meyer aber drängte der Bezug sich auf. Er fühlte sich gerade in erhöhtem Leben am tiefsten bedroht.

In »Ende des Festes« sind die Zeilen mit der äußersten Behutsamkeit in das trochäische Metrum eingelegt. Keine unbetonte Silbe ist auch nur im geringsten beschwert. Kein Zeilensprung verrät eine Spur von jener Unruhe und Zufälligkeit, die bei den meisten Dichtern der neueren Zeit, im Widerspiel zum Gesetz, den Reiz lebendiger Verse ausmacht. Dennoch wirkt die Sprache nicht despotisch wie so oft bei Schiller, auch nicht peinlich abgezirkelt wie bei Dichtern des Rokoko. Sie scheint entrückt. Vielmehr, wir glauben ihrer Entrückung beizuwohnen. Es ist, als ob sie auf der Schwelle von dem Reich der Lebenden in das Totenreich verlauten würde, als ob sie eben erst – mit einem Wort aus Conrad Ferdinand Meyers Gedicht »Im Spätboot« – »süß erkalte«.

Dem scheint nun auch die dritte Zeile der ersten Strophe zu entsprechen: »Kam ein Jüngling, kann ich mich entsinnen«. Der Verdacht liegt nahe, daß die Worte »kann ich mich entsinnen« nur die Zeile füllen und den erforderten Reim erzielen müssen. Dann glauben wir aber zu verstehen: Ein Sterbensmüder fährt über die Stirn, um aus verlöschender Erinnerung ein bezauberndes Bild zu retten.

Die Entstehungsgeschichte des Gedichts bestätigt diese Deutung. Ursprünglich waren die Verse nämlich als Teilstück einer längeren Rede des tödlich verwundeten Kaisers Julianus an seine Freunde gedacht. Es ist nicht anzunehmen, daß es der Abfall dieses Kaisers vom Christentum war, der Meyer zu ihm hinzog. Was ihm Eindruck machte, war wohl eher der Versuch, im Stil einer untergegangenen Zeit zu leben, das Künstlertum eines Herrschers der Welt, das seine Todesstunde krönte. Ammianus Marcellinus berichtet, der sterbende Kaiser habe seine Freunde im Zelt versammelt und sie ermahnt, nicht traurig zu sein, wenn seine Seele nun, von keinem Frevel belastet, aus diesem Leben in ein höheres übergehe – ein Auftritt, der in jeder Gebärde dem Sterben des Sokrates nachgespielt ist, wie Platon es im »Phaidon« schildert.

Ähnlich hat Conrad Ferdinand Meyer, von der Gegenwart angewidert, zwar nicht im Leben, doch in der Dichtung sein Denken und Empfinden auf vorgeprägte Muster der bildenden Kunst und der Geschichte ausgerichtet und seine Sehnsucht als Chastelard, seine geheime Schwäche im Namen Pescaras, die Sorge des Menschenbildners im Gewand Michelangelos vorgetragen. So verfährt ein Spätling, der sich einer gewaltigen Überlieferung nicht entziehen kann und will, weil er, von ihr getragen, eine Vollendung erreicht, die Zeiten der Frühe des Aufbruchs ins Ungewisse versagt bleibt.

Auf eine späte Stunde deutet aber alles in diesem Gedicht. Das Fest ist zu Ende, die Kränze sind welk, die Becher bis zur Neige geleert. Der Kaiser Julianus gehört einer Welt an, die sich schon selbst überlebt hat; und seine milden Worte spricht er angesichts des nahen Todes, wie der Dichter, dessen Geist, schon einige Jahre vor seinem Tod, die innere Nacht zu umfangen beginnt.

CONRAD FERDINAND MEYER
DER RÖMISCHE BRUNNEN

Aufsteigt der Strahl und fallend gießt
Er voll der Marmorschale Rund,
Die, sich verschleiernd, überfließt
In einer zweiten Schale Grund;
Die zweite gibt, sie wird zu reich,
Der dritten wallend ihre Flut,
Und jede nimmt und gibt zugleich
Und strömt und ruht.

HANS-ULRICH TREICHEL
HARMONIE DER KRÄFTE

Mehr als vierzig Jahre nach ihrer gemeinsamen Rom-Reise im Frühjahr 1858 erinnert sich Betsy, die Schwester Conrad Ferdinand Meyers, an die letzten Tage des Dichters in der Ewigen Stadt: »An den letzten Mondscheinabenden, die er in Rom vor seiner Abreise verlebte, wanderte er noch allein an die Stätten, die ihm besonders lieb geworden waren und deren Eindruck er bewahren wollte. Mit schriftlichen Zeichen festgehalten hat er nur zwei dieser Eindrücke: den ›schönen Brunnen‹ der Villa Borghese und einen Abschiedsblick vom Ponte Sisto...« Glauben wir der Schwester, dann hat Meyer den »Römischen Brunnen« unmittelbar unter dem Eindruck eines Brunnens in der Villa Borghese geschrieben. Wir sehen den Dichter vor uns, wie er, beflügelt vom Rauschen des Wassers, betört vom Duft der Zypressen und begleitet vom Zirpen der Grillen, unter einem hellen südlichen Mond zur Feder greift und eines seiner vollendetsten Gedichte zu Papier bringt.

Die Realität, auch die des Dichters, ist freilich um einiges prosaischer. Ein Blick in die historisch-kritische Werkausgabe Meyers zeigt, daß der 1882 erstmals publizierte »Römische Brunnen« nicht in einem Wurf entstanden ist, sondern zahlreiche frühere Fassungen durchlaufen hat, deren älteste aus dem Jahr 1860 stammt und den Titel »Springquell« trägt. Die zu Recht gerühmte poetische Meisterschaft des »Römischen Brunnens« ist also weniger das Resultat unmittelbarer Anschauung als vielmehr einer langjährigen und mühevollen Arbeit am Text. Diese hat sich allerdings gelohnt, auch das zeigt der Blick auf die Fassungen. *Es steigt der Quelle reicher Strahl / und sinkt in eine schlanke Schaal* (»Springquell«) ist ungleich schwächer als der nun vorliegende Gedichtanfang. Durch die Wortumstellung – »Aufsteigt der Strahl« statt »Der Strahl steigt auf« – heben Text und Wasserstrahl nachdrücklich an, um dann, der Logik von Metrik und Schwerkraft gehorchend – »und fallend gießt« –, ins Fallen zu geraten. Einmal in Gang gesetzt, behält das Gedicht den Rhythmus von Steigen und Fallen so lange bei, bis der Dichter am Schluß mit einem geradezu lehrbuchhaften Kunstgriff, der Verknappung, dem Text seine formale Vollendung ermöglicht. Weder der Schluß des »Springquells« von 1860, *Und ob's auf allen Stufen quillt, / So bleibt die Ruhe doch im Bild*, noch die Variante *alle Fluten leben / (und) ruhen doch zugleich* konnten den Dichter und können uns so recht überzeugen. Und auch nicht »Und alles strömt und alles ruht« aus einer der späteren Fassungen kommt dem regelverletzenden und darum besonders effektvollen »Und strömt und ruht« der Schlußversion gleich. Wir begreifen sofort: hier ist etwas zu sich selbst gekommen, zu vollendeter Harmonie der Kräfte und der Bewegung.

Man hat dem pietistisch geprägten Autor nachgesagt, er habe mit dem »Römischen Brunnen« der entsagungsethischen Maxime »Du mußt ganz leer sein, um empfangen zu können« seine poetische Reverenz erweisen wollen. Das Gegenteil scheint mir der Fall zu sein: Der Brunnen verkörpert vielmehr das Modell und die Utopie schöpferischen Glücks, wie es der von Depressionen und psychotischen Störungen geplagte und zeitweilig psychiatrisch internierte Autor nie gekannt hat. Das Glück, sich zu verströmen und über sich hinauszugehen, ohne sich dabei zu verlieren.

CONRAD FERDINAND MEYER
DIE TOTE LIEBE

Entgegen wandeln wir
Dem Dorf im Sonnenkuß,
Fast wie das Jüngerpaar
Nach Emmaus,
Dazwischen leise
Redend schritt
Der Meister, dem sie folgten,
Und der den Tod erlitt.
So wandelt zwischen uns
Im Abendlicht
Unsre tote Liebe,
Die leise spricht.
Sie weiß für das Geheimnis
Ein heimlich Wort,
Sie kennt der Seelen
Allertiefsten Hort.
Sie deutet und erläutert
Uns jedes Ding,
Sie sagt: So ist's gekommen,
Daß ich am Holze hing.
Ihr habet mich verleugnet
Und schlimm verhöhnt,
Ich saß im Purpur,
Blutig, dorngekrönt,
Ich habe Tod erlitten,
Den Tod bezwang ich bald,

Und geh in eurer Mitten
Als himmlische Gestalt –
Da ward die Weggesellin
Von uns erkannt,
Da hat uns wie den Jüngern
Das Herz gebrannt.

ELISABETH ENDRES
DER SCHMERZ DES HIMMLISCHEN

Conrad Ferdinand Meyer ist uns bekannt als ein Dichter, der die Geschichte mit den kräftigen Farben der Sehnsüchte des neunzehnten Jahrhunderts wiedergab, der die italienischen Feldherren und die sarazenischen Prinzessinnen so schilderte, daß jedem Bürger im industriellen Zeitalter das Herz höher schlug: so müßte man bei Schwerterklang und Herzensqual leben können.

Aber lassen wir die Erzählungen und die Balladen beiseite! Es gibt einige Gedichte Meyers, die auf eine erschreckende Weise modern sind. Dieser Schweizer Dichter, der sich in die Historie verliebt hat, findet für die Leiden seiner Zeit, die doch so anders sind, Worte, die das Herz erschüttern. Seiner Zeit? Besser gesagt, unserer Zeit.

Zwei Menschen, die sich lieb hatten, gehen einem Dorf entgegen.

Eine biblische Assoziation stellt sich ein. So gingen die beiden Jünger, von denen der Evangelist Lukas berichtet, nach dem Kreuzestod von Jesus Christus nach Emmaus. Sie erlebten ein Wunder. Ein Unbekannter gesellte sich ihnen zu. Er hörte sich ihre Reden des Zweifels an und schalt sie. Dies alles, was sie beklagten, mußte geschehen, mußte erlitten werden. Nur so konnte Christus in seine Herrlichkeit eingehen. Er legte ihnen Moses und die Propheten aus. Als sie schließlich in Emmaus angekommen waren, verweilte er im abendlichen Zwielicht noch bei ihnen, segnete das Brot und ver-

schwand. Ihre Augen waren geöffnet worden. Sie hatten Jesus erkannt.
Den beiden Menschen, die in Meyers Gedicht wandeln, wird von einer rätselhaften, offenbar im Zwielicht beheimateten Weggefährtin etwas erklärt. Sie weiß die Vergangenheit zu deuten, weiß von der Liebe zu sprechen. Sie kennt die Geheimnisse der Seelen, und sie kennt die Passion, die man mit dem Wort Leiden übersetzen kann, aber auch mit dem Wort Leidenschaft. Ihre Zuhörer sind keine blassen, frommen Jünger mehr. Sie sind Betroffene, Schuldige. Sie sind es, die ihre Weggesellin verhöhnt und gepeinigt haben, die dafür sorgten, daß sie »am Holze hing«.
Welch kühnes Bild in dieser Zeit, in dieser gesitteten Zürcher Umgebung! An die Stelle von Christus tritt eine Allegorie der Liebe, die irdisch ist. Stellen wir uns den Hintergrund vor: ein Paar, das nicht durch äußere Umstände getrennt wurde, sondern sich gegenseitig das Leben grauenhaft schwer machte. Wenn der andere gequält wurde, ging es nicht ohne Schmerz für den Quäler ab. Er schlug auf sein eigenes Empfinden ein. Der Tod, den er der Liebe gab, war ein Stück seines eigenen Todes.
Und doch weiß der Dichter, daß eine Verwandlung möglich ist. Mit einer Geste, die an barocke Auferstehungsbilder erinnert, spricht die Weggefährtin: »Den Tod bezwang ich bald.« Die tote Liebe dieser Erde erscheint als himmlische Gestalt. Sie öffnet die verblendeten Augen.
Welch kühne Allegorie im Rahmen der poetischen Sitten! Die Weggefährtin Liebe hat die Leiden auf sich genommen. Sie hat sich in eine poetische Figur verwandelt, die den Schmerz zu Ende führt. Ob sie die Menschen von ihrer Schuld zu erlösen vermag? Der Dichter bleibt uns die

Antwort schuldig. Er hat, immerhin, das tröstliche, wenn auch nicht hoffnungsvolle Wort »Abendlicht« ausgesprochen. Das poetische Bild verweist uns auf einen Gott – dem Schatten gleich, der sich dem Anblick rasch entzieht. Am Ende steht die Trauer. Es sind Verse, die von dem schrecklichen, augenblicklich seligen Brennen der in Schuld geratenen Herzen künden.

CONRAD FERDINAND MEYER
EIN PILGRIM

's ist im Sabinerland ein Kirchentor
– Mir war ein Reisejugendtag erfüllt –
Ich saß auf einer Bank von Stein davor,
In einen langen Mantel eingehüllt,
Aus dem Gebirge blies ein harscher Wind –
Vorüber schritt ein Weib mit einem Kind,
Das, zu der Mutter flüsternd, scheu begann:
Da sitzt ein Pilgerim und Wandersmann!

Mir blieb das Wort des Kindes eingeprägt,
Und wo ich neues Land und Meer erschaut,
Den Wanderstecken neben mich gelegt,
Wo das Geheimnis einer Ferne blaut,
Ergriff mich unersättlich Lebenslust
Und füllte mir die Augen und die Brust,
Hell in die Lüfte jubelnd rief ich dann:
Ich bin ein Pilgerim und Wandersmann!

Es war am Comer- oder Langensee,
Auf lichter Tiefe trug das Boot mich hin
Entgegen meinem ew'gen stillen Schnee
Mit einer andern lieben Pilgerin –
Rasch zog mir meine Schwester aus dem Haar,
Dem braungelockten, eins, das silbern war,
Und es betrachtend, seufzt ich leis und sann:
Du bist ein Pilgerim und Wandersmann!

Mit Weib und Kind an meinem eignen Herd
In einer häuslich trauten Flamme Schein
Dünkt keine Ferne mir begehrenswert.
So ist es gut! So sollt es ewig sein ...
Jetzt fällt das Wort mir plötzlich in den Sinn
Der kleinen furchtsamen Sabinerin,
Das Wort, das nimmer ich vergessen kann:
Da sitzt ein Pilgerim und Wandersmann!

GOLO MANN
LEBENSLUST UND WELTANGST

Durch alle die Jahrzehnte hieß es in meinem Gedächtnis: Jugendwandertag. So war ich, dem Klang wie der Sache nach, enttäuscht, »Reisejugendtag« zu finden. Gerne hätte ich mir den jungen Meyer als einen Wanderer in den Sabiner Bergen vorgestellt, einsam, wandermüd und abends zufrieden. Es war aber, meine ich nun, wirklich eine »Reise«, zusammen mit der Schwester, der Freundin und Helferin, die davon erzählt: Man fuhr im Einspänner von Rom über Castel Gandolfo nach Albano, wo übernachtet wurde. Am nächsten Tag Ritt, von einem Führer begleitet, auf den Monte Cavo, von dort hinunter nach Frascati und Grotta Ferrata. Dort mag der Dichter vor einer Kapelle, Betsy Meyer erwähnt sie, gesessen haben, bis der bestellte Vetturino eintraf, um das Paar vor Dunkelheit nach Rom zurückzubringen. Schönes hatten sie unterwegs allerdings gesehen, das weite Land vom Gipfel des Monte, die Seen tief unten, die uralte, der Natur vermählte Zivilisation, so daß von erfüllten Tagen die Rede sein durfte. Übrigens war Conrad Ferdinand nicht mehr *ganz* jung, 33 Jahre. Wir wissen, daß er spät sich fand, mit 33 noch nichts seinen Mitbürgern Schätzenswertes getan hatte, erst mit 45 eigentlich begann.

»Begann« – die Wortwahl in der ersten Strophe ist um des Reimes willen. Das Kind beginnt ja keine Rede, es sagt nur dies und nichts anderes. Oft habe ich mich gewundert, wie das leichte, untergeordnete Talent, zu reimen, bei großen

Dichtern mit ihren höchsten Gaben wie selbstverständlich koinzidiert, zum Beispiel bei Goethe. Dagegen fiel es Conrad Ferdinand schwer, die rechten Reime zu finden, das ließe sich zeigen.
Weil auf Schwächen angespielt wird, das Gedicht enthält noch eine: »am Comer- *oder* Langensee«. Er mußte doch wissen, welcher See es gewesen war. Aber er brauchte vier Silben; und die durch ein Epitheton zu finden, »am lieblich-blauen Langensee« oder dergleichen, das wollte er nicht. – Zwei Mattheiten in einem Sprachwerk, das sonst mir vollkommen scheint.
Es steht am Ende der ganzen Sammlung, als »Epilog«, letztes Wort, Résumé. So war ich, bin ich noch, so mein Bild von mir selber. Lebenslust, immer gesucht, manchmal gefunden, und Weltangst, die gar nicht gesucht zu werden brauchte, hier rationalisiert zu Angst vor Alter, Tod, Vergänglichkeit überhaupt.
In Meyers Erlebnisdichtung spielt Wandern sehr stark mit, Quell der Freude, »noch einmal ein flüchtiger Wandergesell«, wie auch Schicksal:

> Zu Wandern ist das Herz verdammt,
> Das seinen Jugendtag versäumt ...

Wandern in Bünden, »Burg Fragmirnichtnach«, Wandern im Tal der Reuß, »Die alte Brücke«, Gotthard, italienwärts. Nordgebirge mit südlichem Licht, germanisch-romanische Landschaft. Liebe zur Natur und zur Vergangenheit in einem. Flucht vor »der Märkte Dunst, der Städte Staub«. »Ich bedarf Schneenähe. Die Herberge soll höchstens vier Gastzimmerchen haben, geländerlose Treppen und Bedienung ohne Kellner. Sie darf nur nach frischem Heu riechen.« Eben: Sehnsucht nach der »Heilen

Welt«; Entfremdung. Die Gescheiten lehren es uns neuerdings: In Conrad Ferdinand Meyer haben wir den ersten spätbürgerlichen Dichter zu erblicken. Weil es Poeten, die an ihrer Zeit und Umwelt, also an sich selber litten, ihr Leid zu Rhythmen gestalteten, die kühl erscheinen, aber nur scheu sind, und dem, der lesen mag, ihre tiefste Aussage recht wohl enthüllen – weil es solche, bekanntlich, im Zeichen von Früh- und Hochbürgertum gar nicht geben konnte ...

Der Schluß: der gefeierte Dichter nun, Ehrenbürger von Kilchberg, Weib und Kind, das gesellige Haus. »So ist es gut!« Völlig gut war es trotzdem nicht, weder damals noch später. Die Frau hat zu der Schwester, der wahren Lebensgefährtin, sich schändlich verhalten. Die Furcht des Pilgrims möchte auch Furcht vor der Geisteskrankheit gewesen sein, die ihn 1892 ergriff. Die Tochter, in den dreißiger Jahren eine große, obgleich zurückgezogen lebende Zürcher Dame, starb plötzlich, es wurde verborgen, wie. In dem Gedicht »Schwüle« heißt es:

> Eine liebe, liebe Stimme ruft
> Mich beständig aus der Wassergruft –
> Weg, Gespenst, das oft ich winken sah! ...

Wen hat Meyer da gemeint? Die Mutter, die den Wassertod starb, wie einmal die Tochter ihn sterben würde.

Aus der Heilanstalt entlassen, war er kein Dichter mehr, nahm aber seine großen Spaziergänge alsbald wieder auf. Ich kenne die Gegend, die arg sich verwandelt hat, wo gebaut werden durfte. Der »vielliebe Wald«, »mein täglich Wanderziel«, ist geblieben.

CONRAD FERDINAND MEYER
LETHE

Jüngst im Traume sah ich auf den Fluten
Einen Nachen ohne Ruder ziehn,
Strom und Himmel stand in matten Gluten
Wie bei Tages Nahen oder Fliehn.

Saßen Knaben drin mit Lotoskränzen,
Mädchen beugten über Bord sich schlank,
Kreisend durch die Reihe sah ich glänzen
Eine Schale, draus ein jedes trank.

Jetzt erscholl ein Lied voll süßer Wehmut,
Das die Schar der Kranzgenossen sang –
Ich erkannte deines Nackens Demut,
Deine Stimme, die den Chor durchdrang.

In die Welle taucht' ich. Bis zum Marke
Schaudert' ich, wie seltsam kühl sie war.
Ich erreicht' die leise ziehnde Barke,
Drängte mich in die geweihte Schar.

Und die Reihe war an dir zu trinken,
Und die volle Schale hobest du,
Sprachst zu mir mit trautem Augenwinken:
»Herz, ich trinke dir Vergessen zu!«

Dir entriß in trotzgem Liebesdrange
Ich die Schale, warf sie in die Flut,
Sie versank und siehe, deine Wange
Färbte sich mit einem Schein von Blut.

Flehend küßt' ich dich in wildem Harme,
Die den bleichen Mund mir willig bot,
Da zerrannst du lächelnd mir im Arme
Und ich wußt' es wieder – du bist tot.

DIETER BORCHMEYER
EINLADUNG ZUM TODE

Eine »intime Sympathie« habe ihn stets mit Conrad Ferdinand Meyer verbunden, hat Thomas Mann bekannt, der seine letzte Wohnung in »Meyers Kilchberg« bei Zürich nahm, wo er wie der Schweizer Dichter starb und bestattet wurde. »Sympathie mit dem Tode«, Thomas Manns Lebensformel, ließe sich auch als Motto über Meyers Gedichte schreiben. Die tote Geliebte in »Lethe« ist übrigens reine Fiktion; mit Erlebnislyrik hatte Meyer wenig im Sinne, sehr viel mehr mit dem durch Bildeindrücke inspirierten Dinggedicht, in dem das lyrische Ich bis zum gänzlichen Verstummen hinter den symbolistisch chiffrierten Gegenständen zurücktritt. In »Lethe« freilich macht sich das Ich – das eine Rolle, mitnichten das Ich des Dichters ist – leidenschaftlich geltend, tritt der evozierten Traumbildwelt gar mit heftiger Opposition entgegen. Doch diese Bildwelt weist sein rasendes Drängen mit wahrhaft tödlicher Gelassenheit ab.

Der Titel des Gedichts verrät es: Der Nachen mit der Geliebten ist die Barke, auf der die Schatten der Toten in die Unterwelt geleitet werden, und der Strom, aus dem die Lotosbekränzten ihre Schale füllen, ist der Lethefluß, der Strom des Vergessens, von dem sie trinken müssen, um das irdische Leben hinter sich zu lassen. Das Totenschiff geistert ständig durch Meyers Lyrik – das Wasser, in dem seine Mutter den Tod suchte, ist ihm das Totenreich –, und es braucht kaum erwähnt zu werden, wie sehr diese Motivverbindung von Schiff, Wasser und Tod zum Symbolhaushalt auch des ihm so nahe verwandten Thomas Mann gehört (Aschenbachs Überfahrt nach Venedig!).

Unverkennbar ist der Tod für die Kranzgenossen kein Schrecknis, sie befinden sich in melancholisch-festlicher, ja ritueller Übereinstimmung mit ihm, wie ihre Lotoskränze, das Zeremoniell der kreisenden Schale, das Wort von der »geweihten Schar« und der Chorgesang zeigen: ein letales Symposion. Die Bewegungsart des Geisternachens ist ein ziel- und zweckloses Gleiten, hat er doch weder Segel noch Ruder, scheint kein Woher und kein Wohin zu kennen, wie auch das Himmelslicht Morgen und Abend zugleich verkündet: Die aufgehobene Zeit als Zustand des Todes wie der Schönheit. Bereits Schiller – der erste, der das für die symbolistische Poesie so hochbedeutsame Motiv eingeführt haben dürfte – vergleicht in seinem Gedicht »An Goethe« das Reich der Kunst mit dem Unterweltkahn, der nur »Schatten und Idole« tragen kann.

Das Ich in Meyers »Lethe« begehrt mit aller Macht des Willens zum Leben gegen die Todeslethargie auf. Sosehr es vor der Kälte des Unterweltstroms schaudert, drängt es doch durch sie zu dem Nachen hin, der mitnichten wie bei Schiller umzuschlagen droht: Das Leben steht dem Tode machtlos gegenüber. In seinem Lebens- und Liebestrotz entreißt das Ich der Geliebten die Schale des Vergessens, und mit deren Versinken scheint – aber scheint eben nur – das Leben auf ihre Wange zurückzukehren. Wie der Schatten Eurydikes vor dem leidenschaftlich sich umwendenden Orpheus zerfließt, so zerrinnt die Geliebte – den wild-verzweifelten Liebeskuß mit gelassenem Todeskuß beantwortend – in lächelnder Zustimmung zum Sterben.

In anderen Gedichten Meyers wird das Ich selber zum Steuermann oder Passagier des Totenschiffs und macht sich die Todeskälte der absoluten Dichtung zu eigen. In »Lethe« jedoch schlägt es die Einladung zum Tode aus. Dieses Aufbegehren des Lebens gegen den Tod und gegen eine in seinem Zeichen stehende Kunst dringt heute gewiß unmittelbarer zum Herzen als jene »Sympathie mit dem Tode«, die einer längst verblichenen Epochenstimmung zugehört.

CONRAD FERDINAND MEYER
MÖWENFLUG

Möwen sah um einen Felsen kreisen
Ich in unermüdlich gleichen Gleisen,
Auf gespannter Schwinge schweben bleibend,
Eine schimmernd weiße Bahn beschreibend,
Und zugleich in grünem Meeresspiegel
Sah' ich um dieselben Felsenspitzen
Eine helle Jagd gestreckter Flügel
Unermüdlich durch die Tiefe blitzen.
Und der Spiegel hatte solche Klarheit,
Daß sich anders nicht die Flügel hoben
Tief im Meer, als hoch in Lüften oben,
Daß sich völlig glichen Trug und Wahrheit.

Allgemach beschlich es mich wie Grauen,
Schein und Wesen so verwandt zu schauen,
Und ich fragte mich, am Strand verharrend,
Ins gespenstische Geflatter starrend:
Und du selber? Bist du echt beflügelt?
Oder nur gemalt und abgespiegelt?
Gaukelst du im Kreis mit Fabeldingen?
Oder hast du Blut in deinen Schwingen?

RUTH KLÜGER
DIALEKTIK DER ORDNUNG

Das erste, was beim Lesen dieses Gedichts von 1882 auffällt, ist, schlicht gesagt, seine makellose Schönheit. Die Sätze und Verse sind ausgewogen, das Reimschema sehr gekonnt, und dargestellt wird eine ruhige Naturszene. Möwen, die sich im Wasser spiegeln. Bei aller Regelmäßigkeit ermüden diese Verse nicht, was sonst bei Meyers Gedichten öfters vorkommt, eher beruhigen sie, wie die Bewegung einer Schaukel, denn sie sind nicht einförmig. Das Reimschema der ersten Strophe wird für drei Teilbilder dreimal variiert: Auf aabb für die fliegenden Vögel folgt cdcd über die Spiegelung im Wasser und schließlich effe über die Wirkung dieser Spiegelung. Die Abweichungen sind konservativ und gering, sie sind einbezogen in die formelle Ordnung und betonen die zauberhafte Dynamik des abgestimmten Vogelflugs. Erst im letzten Vers der ersten langen Strophe kommt ein Gedanke ins Bild, der den Wert des perfekten Gleichgewichts in Frage stellt, ja aufzuheben droht: Falsches und Echtes sind nicht zu unterscheiden. In der zweiten, kürzeren Strophe ist der Beobachter der Szene in den Mittelpunkt gerückt. Dem Bild der objektiven Realität folgt nun der subjektive Geisteszustand des Ichs. Und diesem geht es nicht gut. Wo es eben noch *eine helle Jagd gestreckter Flügel* sah, bemerkt es nun ein *gespenstisches Geflatter*. Die dreidimensionale Wahrnehmung der wirklichen Möwen wird durch ihr allzu vollkommenes Spiegelbild verunsichert, obwohl ja für normale Augen das

Medium Wasser und die fehlende Tiefendimension eine solche Sinnverwirrung verhindern sollte.
Und so erweckt die Perfektion, die der Sprecher durch fehlerfreie Verse vor uns entstehen ließ, in ihm in der zweiten Strophe den tiefsten Zweifel, den ein Mensch erleiden kann, nämlich den an der eigenen Identität, an der handfesten Wirklichkeit seiner Existenz. Nun ist aber die Frage, ob man wirklich lebt oder nur eine Illusion sei, im Grunde eine Wahnsinnsfrage: Der gesunde Menschenverstand zweifelt nicht am eigenen Dasein.
In einer früheren Version von »Möwenflug« lauten die letzten fünf Verse: *Auf das doppelte Geflatter starrend: / Und du selbst? ... Bist du lebendig Leben? / Oder nur ein traumgespiegelt Schweben? / Treibst du dich im Kreis mit nicht'gen Dingen, / Oder hast du Kraft in deinen Schwingen?* Der Vergleich mit der endgültigen Fassung zeigt, daß alle Änderungen die Gefährdung der Psyche unterstreichen. Aus *doppelt* wird *gespenstisch*, aus *Kraft* wird das eindeutigere *Blut*. Das romantisch-rhythmische *traumgespiegelt Schweben* evoziert einen angenehmen Zustand; hingegen suggeriert *gemalt und abgespiegelt* in diesem Zusammenhang eher »erstarrt und erledigt«.
Hugo von Hofmannsthal, der nur wenige von Meyers Gedichten gelten ließ, schrieb über die eigentümliche Beklemmung, die von dieser Lyrik ausgehe: »...ein etwas, dem wir nicht völlig entflohen sind, nicht unversehrt entfliehen werden, umgibt uns mit gespenstischer Halblebendigkeit; wir sind eingeklemmt zwischen Tod und Leben, wie in einem üblen Traum, und möchten aufwachen«. Das war nicht unbedingt als Kompliment gemeint, und es mutet merkwürdig an als Beschreibung der wie gemeißelten sprachlichen Ordnung, die Meyer so meisterhaft be-

herrschte. Es gibt aber eben auch das Ordnungsbedürfnis der Bedrohten, solcher, die es, in den Worten unseres Gedichts, gelegentlich *wie Grauen beschleicht* und die in selbstgeschaffener Form einen Halt im Chaos suchen. Conrad Ferdinand Meyer war nicht nur ein angesehener Zürcher Bürger und geschätzter Autor, sondern auch Patient in der Irrenanstalt Préfargier, zweimal sogar, sowohl als junger Mann wie als alter Herr. In seinen späten Jahren soll er sich allen Ernstes gefragt haben, ob sein Leben ein Traum gewesen sei. Der Reiz unseres Gedichts liegt darin, daß Inhalt und Form einander gleichzeitig widersprechen und bedingen, wie jenes Gewölbe in Kleists Metapher, das nur deshalb steht, weil alle seine Teile stürzen wollen.

CONRAD FERDINAND MEYER
NICOLA PESCE

Ein halbes Jährchen hab ich nun geschwommen
Und noch behagt mir dieses kühle Gleiten,
Der Arme lässig Auseinanderbreiten –
Die Fastenspeise mag der Seele frommen!

Halb schlummernd lieg ich stundenlang, umglommen
Von Wetterleuchten, bis auf allen Seiten
Sich Wogen türmen. Männlich gilt's zu streiten.
Ich freue mich. Stets bin ich durchgekommen.

Was machte mich zum Fisch? Ein Mißverständnis
Mit meinem Weib. Vermehrte Menschenkenntnis.
Mein Wanderdrang und meine Farbenlust.

Die Furcht verlernt' ich über Todestiefen,
Fast bis zum Frieren kühlt' ich mir die Brust –
Ich *bleib* ein Fisch und meine Haare triefen!

PETER VON MATT
DER MEERMENSCH

Es hat sich gerächt, daß Conrad Ferdinand Meyer dieses Gedicht den Lesern kommentarlos vorlegte. So gebildet war man nun auch wieder nicht in jenen besseren Kreisen, an die der Dichter beim Schreiben als an die seinen zu denken liebte. Niemand kannte Nicola Pesce, einen Italiener anscheinend, aber gleich eingestehen mochte man das auch nicht – vielleicht war's doch eine peinliche Lücke. Und da sich ohnehin kein rechter Reim auf das Gedicht machen ließ, blätterte man eben weiter und hielt sich um so inniger an den »Römischen Brunnen«. Den kannten viele von der Hochzeitsreise.
Nur der Verleger äußerte einmal ganz diskret den Wunsch, der Autor möge doch dieses seltsame Stück wieder aus der Sammlung entfernen. Was nicht geschah. Zum Glück. So blieb eines der wenigen genuin phantastischen Gedichte aus dem späten deutschen neunzehnten Jahrhundert erhalten.
Daß jede Erläuterung fehlt, ist nämlich der Clou. Es zwingt die Vorstellungskraft auf das Ereignis selbst, auf das unerhörte Phänomen. Was man wissen muß, steht alles da, ausführlich sogar. Einer hat die Menschen kennengelernt und sie satt bekommen, hat eine Ehe geführt und das Glück nicht unersetzlich gefunden. Er war stets schon ein Schwimmer, ein Meermensch; nun bleibt er immer länger im Wasser, länger, als es menschenmöglich scheint, menschenmöglich ist – Wandlung geschieht tat-

sächlich, amphibisch wird er, kühl und kühler, ein Fisch und Mann zugleich, und ein Glück erschwimmt er, erstmals schwimmt er in einem unersetzlichen Glück.

Ein Asozialer, ganz ohne Zweifel. Wenn er wenigstens karitativ tätig würde, Schiffbrüchige rettete zum Beispiel, bescheiden, ein Barry des Ozeans: die Geretteten möchten ihm danken, da schaufelt er schon wieder fern am Horizont dahin... Nichts davon. Er hat der Menschheit den Laufpaß gegeben und genießt es. Farben und Lichter, Schweben, Schaukeln, Gleiten, abgekühlt – wörtlich – bis ans Herz hinan.

Das darf nicht sein, ist unmoralisch. Misanthropen sind doch verbittert, düstere, heimlich ächzende Gesellen. Sie leiden am Alleinsein noch mehr als vorher an der Gesellschaft. Eines Tages kehren sie schluchzend zurück und dienen zur Belehrung für die Heranwachsenden. Hier trifft das alles nicht zu. Der Verleger, scheint es, hatte Grund zu seinen Bedenken.

Für Psychologen ist der Text verlockend: ein kleines narzißtisches Lehrstück. Nur liegt die Diagnose in diesem Fall ein bißchen zu sehr auf der Hand. Die labile Schwebe, die der Schwimmer findet zwischen dem Ersticken an den Menschen oben und dem Ertrinken in der Tiefe unten, ist mehrdeutig, aus einem Punkt allein nicht auszulegen.

Übrigens kennen alle den Mann, sie haben nur nicht gewußt, wie er heißt. Schiller hat ihn als Taucher verewigt, auf Grund des gleichen sizilianischen Sagenstoffs. Bei ihm ist die Lösung sittlich einwandfrei. Der Held stirbt.

MATHILDE WESENDONK
IM TREIBHAUS

Hochgewölbte Blätterkronen,
Baldachine von Smaragd,
Kinder ihr aus fernen Zonen,
saget mir, warum ihr klagt?

Schweigend neiget ihr die Zweige,
malet Zeichen in die Luft,
und der Leiden stummer Zeuge,
steiget aufwärts süßer Duft.

Weit in sehnendem Verlangen
breitet ihr die Arme aus,
und umschlinget wahnbefangen
öde Leere nicht'gen Graus.

Wohl, ich weiß es, arme Pflanze:
ein Geschicke teilen wir,
ob umstrahlt von Licht und Glanze,
unsre Heimat ist nicht hier!

Und wie froh die Sonne scheidet,
von des Tages leerem Schein,
hüllet, der, der wahrhaft leidet,
sich in Schweigens Dunkel ein.

Stille wird's, ein säuselnd Weben
füllet bang den dunklen Raum:
schwere Tropfen seh' ich schweben
an der Blätter grünem Saum.

H. H. STUCKENSCHMIDT
RAFFINIERTE POETIK

Unter den »Fünf Gedichten für eine Frauenstimme in Musik gesetzt von Richard Wagner« steht »Im Treibhaus« an dritter Stelle. Der königlich sächsische Kapellmeister und Freund des Anarchisten Michael Bakunin, steckbrieflich verfolgt wegen Beteiligung am Dresdner Mai-Aufstand 1849 und in die Schweiz emigriert, hatte Anfang 1857 ein Asyl gefunden. Otto Wesendonk, Kaufmann aus Düsseldorf, stellte dem bewunderten Komponisten ein Häuschen nahe der eigenen Villa am Zürichsee billig zur Verfügung. An so willkommener Hilfe hatte die wachsende Neigung Mathilde Wesendonks zu Wagner teil. In dem Briefwechsel der beiden, der von 1853 bis 1875 dauerte, finden sich Reflexe der »Fünf Gedichte« und ihrer Vertonungen.

So schrieb Wagner der Freundin am 1. Mai 1858: »...Deine schönen, edlen Verse ...« Es war der Tag, als Mathilde ihm das Treibhausgedicht hinübergeschickt hatte. Er arbeitete an der »Ring«-Partitur; seit dem Sommer 1857 beschäftigte ihn auch der »Tristan«-Stoff.

Die schöne Mathilde, 1828 in Elberfeld geboren, schrieb schon als junges Mädchen Gedichte, Märchen und Schauspiele. Von den Dichtungen, die sie Wagner schenkte, hat er zwei als »Studien zu Tristan« vertont: »Träume« und »Im Treibhaus«, das im Juni 1858 als letztes der Lieder komponiert wurde. Sein musikalischer Hauptgedanke, d-Moll, Sechsachtel, »langsam und schwer«, kehrt als Vorspiel zum dritten Aufzug von »Tristan und Isolde« wieder, nach f-Moll transponiert, metrisch und rhythmisch leicht verändert. Die Töne streben aufwärts, in mehrfachem, chromatisch durchsetztem Gleiten, das mit einer hohen Quinte ätherisch endet.

Über Mathildens Versen hängt das zerstreute Licht botanischer Glaspaläste. Das Gedicht ist als Stimmungsbild suggestiv und dabei voll symbolischer Anspielungen, die in der vierten Strophe deutlich werden. Hier identifiziert sich die Verfasserin mit den Kindern aus fernen Zonen: »arme Pflanze: / ein Geschicke teilen wir, / ob umstrahlt von Licht und Glanze, / unsre Heimat ist nicht hier!«

Wer Wagners Texte der gleichen Zeit kennt, kann sich der Assoziationen nicht erwehren: die Dreiecke Hunding-Sieglinde-Siegmund und Marke-Isolde-Tristan reflektieren das Verhältnis der Freundnachbarn auf dem »grünen Hügel« am Zürichsee: Otto-Mathilde-Richard.

Im »Treibhaus« herrscht eine raffinierte Poetik. Mathilde verschränkt die Reime ihrer sechs Vierzeiler mit wagnerischen Alliterationen. Die zweite Strophe schwelgt in Gleichklängen des Doppellautes »ei«: »Schweigend neiget ihr die Zweige ... Zeichen ... Leiden ... Zeuge, steiget ... «. Aus der Schlußzeile mit dem aufsteigenden süßen Duft hat Wagner die Inspiration zu der himmelwärts gleitenden Figur seines Liedes empfangen.

Mathilde verstand sich auf höhere Formkünste als die gut erzogenen Reimerinnen von Stammbuchversen. Sie hat nicht nur Heine, sondern auch Platen gelesen. Ihre Wortwahl ist eindringlich vom ersten Einfall der »hochgewölbten Blätterkronen« an, und die »Baldachine von Smaragd« beschwören ein Bild, dem schon die Kombination italienisch-arabisch-griechischer Wurzeln die Aura des Absonderlichen gibt. An die Blätterkronen wird die letzte Strophe mit »der Blätter grünem Saum« anknüpfen, während als Gegenkraft des steigenden süßen Duftes »schwere Tropfen ... schweben«. Die innere Komposition des Gedichtes tritt auch in der Verwandtschaft von zweiter und fünfter Strophe zutage; wie dort begegnen sich hier die Doppellaute: ... scheidet ... Schein ... leidet ... Schweigens ... ein.«

Seelenschmerz einer reichen, unbefriedigten Frau hat dichterische Verklärung gefunden. Das etwas selbstgefällige Leiden, das sich einhüllt »in Schweigens Dunkel«, gehört zu dem Bilde romantischer Sehnsucht, die ihr Gedicht ausdrückt.

MARIE VON EBNER-ESCHENBACH
EIN STUMMER VORWURF

Ein stummer Vorwurf Freund?
Ach nein, ein schmerzlich lauter,
Auf meines Merkbuchs Grund
Mit Sorgfalt auferbauter.
Im ganzen langen Jahr
Nur sieben Male schaut er
Sich ärztlich nach mir um,
Mein Doktor und Vertrauter!
Der Nächstenliebe Held,
Mir gegenüber flaut er,
Und seines Mitleids Strom
Vor'm Rabenhaus – da staut er.
Und doch! ich wanke nicht
Im Glauben still und lauter
An seine Freundestreu,
Geschaut und – ungeschauter!

HELMUTH NÜRNBERGER
EINLADUNG AN DEN HAUSARZT

Gelegenheitsgedichte haben etwas an Reputation verloren. Vielleicht liegt es ja an Molière und der verständlicherweise nervösen Aufforderung seines Misanthropen, dem Trieb zur Reimerei möglichst *nicht* nachzugeben. Oder es ist damit wie mit dem Stadttheater und der Operette: Die Grenze zwischen dem (nur) Gefälligen und dem Banalen und Dilettantischen scheint fließend, und wir fühlen uns befugt, streng zu richten. Gar dem Doktor mit Versen zu kommen wird niemandem mehr einfallen: Er könnte uns zuletzt für kränker halten, als wir sind.

Es war aber ein außergewöhnlicher Mediziner, der hier angeredet wird, und eine außergewöhnliche Briefschreiberin. Wer Josef Breuer war, kann der fachwissenschaftlich nicht informierte Leser jetzt in Irvin D. Yaloms Roman »Und Nietzsche weinte« beschrieben finden. Da steigt das Wien des Fin de siècle auf, in dessen Vorfeld gewissermaßen auch unser Gedicht situiert ist. Der seelenkundige, zugleich kunstsinnige Arzt hat seine gräfliche Patientin nicht nur medizinisch, sondern auch literarisch beraten.

Kritischen und ermutigenden Zuspruchs war unsere Autorin lange bedürftig. Als Lyrikerin hat sie sich nie gefühlt, aber um das Drama hat sie vergeblich gerungen, bis sie endlich als Erzählerin und Aphoristikerin ihre wahre Begabung entdeckte, die noch immer Aufmerksamkeit verdient. Jedoch die Nachwelt flicht nicht nur den Mimen keine Kränze, sie hat auch sonst ein schlechtes Gedächtnis und ist eine Egoistin.

Als vermögende Tochter aus altem mährischen Adel (ihr Vater, ein Baron Dubsky, wurde 1843 gegraft), als Frau eines k.u.k. Feldmarschalleutnants (seine Spezialität waren Seeminen) führte Marie von Ebner-Eschenbach scheinbar ein geborgenes Leben, im Sommer auf dem Lande, im Winter im »Rabenhaus« in Wien, von dem das Gedicht spricht. In Wahrheit hatte sie es als eine Aristokratin, die partout schrifstellern wollte, schwer. Das war keine standesgemäße Beschäftigung, und solange schlechte Rezensionen erschienen, sogar eine lächerliche und peinliche. Mann kann es in ihren Schloßgeschichten nachlesen, wie entbehrlich Bücher sind. In der Bibliothek bekommt das Hündchen der Komtesse Junge, dort wird es bestimmt nicht gestört.

Auch der Weg zu eigenem Ausdruck war für die Ebner nicht leicht, denn das Deutsche war nach dem Tschechisch der Kinderfrauen und dem Französisch der Bonnen zunächst ihre dritte Sprache. Ihr Urmuttergesicht wurde in Rassetafeln später als typisch »ostisch« geortet. Diese Libussa mit dem altösterreichischen Herzen (sie vertraute Breuer auch ihre Meinungen von der Weltlage an, bemerkenswert hellsichtige, wiewohl sie nichts von Politik zu verstehen vorgab, und auch er schreibt nebeneinander von Theobromin und von Sarajevo) war ein starker Charakter, der viel Güte für andere, aber wenig Nachsicht mit sich selbst zeigte. Wie sie in einem ihrer Aphorismen formuliert, die Kinderlosen haben die meisten Kinder – kinderlos war sie selbst geblieben. Was die Disziplin anbetraf, glich sie dem alten Kaiser, dessen Lebensdaten mit den ihren (1830 – 1916) genau übereinstimmen. Ihre Intelligenz machte sie vielen überlegen (»Eine kluge Frau hat Millionen Feinde – alle dummen Männer«), ihre Menschlichkeit

und Demut ließen sie gewissermaßen unschlagbar erscheinen. Allerdings schützen alle humanen Vorzüge doch nicht vor Einsamkeit und Kopfschmerzen.
Da war dann Doktor Breuer gefragt, »der Nächstenliebe Held«, der ihr ebenbürtig war an Rücksicht, Takt und Humor und der sie bis zuletzt behandelte. »Ihr letztes Wort«, schrieb er an einen Kollegen, »war natürlich: ›Ich dank' Euch allen für alles‹; das vorletzte aber: ›Hat die Angela der Schneiderin das Geld geschickt?‹« Das, was ihr selbstverständlich schien, äußerte sie nicht kompliziert. So hat die Ebner, der »gute Mensch von Zdisslawitz«, wie man sie nach dem väterlichen Familienbesitz, ihrem Geburts- und Begräbnisort, auch genannt hat, »dem Arzt, dem ich befehle, / den Leib, den Geist, die Seele«, stets mit unbefangener Herzlichkeit zu schreiben gewußt, darunter auch Verse wie die gereimte Mahnung, die der Herausgeber des Briefwechsels seiner Edition als eine Art Motto vorangestellt hat.
Gelegenheitsgedichte, wenn sie gut sind, sind intim und verspielt zugleich. Es ist natürlich nicht nötig, die Musen zu bemühen, wenn es sich um die Frage handelt, ob sieben oder fünfzehn Tropfen eines Medikaments eingenommen werden sollen, aber mit der Lust am Wort beginnt alle Literatur.

PAUL HEYSE
ASYLRECHT

(Den Antisemiten gewidmet)

In eine Stadt des alten Hellas kam
Einst ein verfemter Mann mit Weib und Kind,
Um schwere Blutschuld als ein Götterfeind
Verjagt von Haus und Herd.
Er siedelte
Sich schüchtern an und sorgte Tag und Nacht,
Dem Hunger wehrend mit geduld'gem Fleiß,
Und da die Not erfindrisch macht, gedieh
Ihm sein Gewerb.
Das sahn die Mächtigen
Der Stadt voll Neid und Haß und sprachen so:
Liegt nicht die Blutschuld über seinem Haupt
Noch ungesühnt, und der Verfemte doch
Wird hier geduldet? Wenn der Götter Zorn
Auf uns herabfährt, büßen wir für ihn.
Und doch – ein Gastrecht ward ihm eingeräumt;
Wer es verletzt, den straft Zeus Xenios.

So sandten sie nach Delphi Botschaft hin,
Zu forschen aus Orakelmund, wie sie
Mit ihm verfahren sollten. Da erscholl
An des Gesandten Ohr der Pythia Spruch:
Nimm alle Nester junger Vögel aus,
Die droben hangen rings am Tempelsims! –
Und jener, ob erschreckt und zögernd auch,

Gehorcht und tat's. Da, wie er noch am Werk,
Erklang aus heitrer Luft ein Donnerschlag,
Und unterirdisch dröhnt' ein Echo nach.
Tag ward in Nacht verkehrt, als bräch' herein
Von Erd' und Himmel her Weltuntergang.
Entsetzt zur heil'gen Pythia flüchtete
Der Mann und klagte: War's nicht dein Gebot,
Was nun der Über-, Unterird'schen Grimm
Zumal empört? Nun schütze mich! –
Alsbald
Kam Antwort ihm aus gottgeweihtem Mund:
Dir zum Verderben tat ich meinen Spruch!
Wer fragt, ob er am Gastrecht freveln darf,
Ist gottlos, und gerechter Götterzorn
Fällt auf sein Haupt. –
So sprach ein Heidenmund
Vor zwei Jahrtausenden. Und ihr, die ihr
Euch rühmt der reinern, tiefern Gottesfurcht,
Wie redet ihr?

Nach Herodot

HANS CHRISTOPH BUCH
ABGRÜNDIGE EINSICHTEN

Ich habe das vorliegende Gedicht nicht nur wegen seines thematischen Bezugs ausgewählt – schon der Titel allein ist von bestürzender Aktualität –, sondern auch um einen gründlich vergessenen Autor zu würdigen, dessen Nachruhm bis heute durch üble Nachrede verdunkelt wird. Das Schaffen des Dichters Paul Heyse, der von 1830 bis 1914 lebte, umspannt die Epoche von Goethes Tod bis zum Ausbruch des Ersten Weltkriegs nicht bloß im chronologischen Sinn: anders als seine Freunde und Weggefährten Storm, Keller und Fontane gilt Heyse als Prototyp des nachgoetheschen Klassizismus, dessen Eigenart der Begriff »bürgerlicher Realismus« nur ungenau umschreibt: ein *poeta laureatus* der Gründerzeit, der schon zu Lebzeiten zur Gipsbüste erstarrt ist. Was Paul Heyse von seinen literarischen Mitstreitern unterschied, war seine halbjüdische Herkunft: Sein Vater war Sprachwissenschaftler an der Berliner Universität, seine Mutter, eine geborene Salomon, war weitläufig mit Rahel Varnhagen und Moses Mendelssohn verwandt.

Obwohl der kunstsinnige Bayernkönig Maximilian II. den jungen Dichter 1854 nach München berief und ihm ein lebenslanges Stipendium gewährte und obwohl seine literarische Produktion Heyse bald so viel Geld einbrachte, daß er 1868 freiwillig auf sein Gehalt verzichtete, holte der Makel seiner jüdischen Herkunft ihn auch hier ein. Dabei ließ er nichts unversucht, um gesellschaftlich akzeptiert zu werden: anders als Heine verzichtete er auf satirische Provokation und hielt sich aus der Politik heraus, was ihm den Ruf einbrachte, ein konservativer Monarchist zu sein. (Erst nach Heyses Tod wurde bekannt, daß seine Münchner Wohnung zur Zeit der Sozialistengesetze als Deckadresse diente für politisch Verfolgte, denen er diskret Unterstützung zukommen ließ.)

Alles, was bei den Zeitgenossen Anstoß hätte erregen können, hat er aus seinen als mustergültig gelobten Werken getilgt: Nicht tragische Außenseiter wie Hölderlin oder Kleist – die zu nationalen Geistesheroen avancierten Weimarer Klassiker waren es, die Heyse sich zum Modell erkor. Aber selbst die extreme Anpassung hat den Dichter vor Ausgrenzung nicht bewahrt. Die Kritik der Naturalisten an der Glätte und Virtuosität seines Stils verband sich schon früh mit dem Vorwurf, allzu exzessiv fremdländischen Vorbildern gehuldigt und die deutsche Literatur an den romanischen Erbfeind verraten zu haben. Von hier war es nicht mehr weit zu offenem Antisemitismus. Karl Bleibtreu schrieb 1885, Heyse, der »anmutig im Salonfrack die Sünde spazierenführte«, sei »von Rabbinerhafter Spitzfindigkeit«, und der völkische Germanist Josef Nadler charakterisierte Heyses Werk als »Kunst ohne innere Heimat ... die unverkennbare Kunst des Halbjuden«.

Was an schmerzlicher Betroffenheit in sein Gedicht eingegangen ist, hat der Autor durch historische und geographische Distanz zu überspielen versucht. Es handelt sich um Gesinnungslyrik im guten wie im schlechten Sinn: eine von Herodot überlieferte, erbauliche Fabel, deren moralische Nutzanwendung klar ist: Die Leser sollen immun gemacht werden gegen den Virus der Fremdenfeindlichkeit.

Wer einen Blick riskiert hinter die klassizistische Fassade, dem eröffnen sich abgründige Einsichten in Wesen und Ursprung der Xenophobie, deren aggressivste und virulenteste Form der Antisemitismus war und ist: Wer das heilige Gastrecht verletzt, sagt das Orakel der Pythia, der frevelt gegen die Götter und gegen die Natur wie jemand, der Vogelnester ausplündert. In dieser biologischen Metapher ist die Idee des Völkermords – Vernichtung der Brut – ebenso enthalten wie das vermeintliche Naturrecht des Stärkeren, auf den sich der Rassismus bis heute beruft.
So weist Heyses Gedicht hinaus über seine Vorläufer, wie etwa Lessings Nathan mit seiner idealistischen Toleranz, und nimmt die Dialektik der Aufklärung vorweg, deren Grenzen erst in unserem Jahrhundert deutlich sichtbar geworden sind.

WILHELM RAABE
DES MENSCHEN HAND

Legt in die Hand das Schicksal dir ein Glück,
mußt du ein anderes wieder fallenlassen;
Schmerz und Gewinn erhältst du Stück um Stück,
Und Tiefersehntes wirst du bitter hassen.

Des Menschen Hand ist eine Kinderhand,
Sie greift nur zu, um achtlos zu zerstören;
Mit Trümmern überstreuet sie das Land,
Und was sie hält, wird ihr doch nie gehören.

Des Menschen Hand ist eine Kinderhand,
Sein Herz ein Kinderherz im heftgen Trachten.
Greif zu und halt! . . . Da liegt der bunte Tand,
Und klagen müssen nun, die eben lachten.

Legt in die Hand das Schicksal dir den Kranz,
So mußt die schönste Pracht du selbst zerpflücken;
Zerstören wirst du selbst des Lebens Glanz
Und weinen über den zerstreuten Stücken.

WALTER HELMUT FRITZ
NICHT AUS ALLEN FEHLERN WIRD MAN KLUG

Ich lernte das Gedicht vor bald vierzig Jahren kennen, während der Schulzeit, und schrieb es mir damals ab. Es hatte mich sehr berührt, obwohl ich es nicht verstand.
Daß die Strophen ein bißchen sentimental sind, daß wir nicht mehr von »heftgem Trachten« und zumindest zögernder von »Schicksal« sprechen, liegt auf der Hand. Aber was der Text sagt, deckt sich mit einer schmerzlichen Erfahrung, die früher oder später, in schwächerem oder stärkerem Maß, viele Menschen machen.
Des Menschen Hand ist eine Kinderhand: diese Einsicht, formuliert am Anfang der zweiten und der dritten Strophe, ist die Mitte des Gedichts. Alles andere ist von ihr her zu verstehen: daß man jetzt Sehnsucht nach etwas hat und nachher nicht mehr; daß man »achtlos« zerstört, was einem eben noch wichtig schien; daß einem auch das, was man »hält«, nicht gehört.
Wehleidigkeit? Keine Spur. Bitterkeit? Vielleicht. Eher beherrschte Fassungslosigkeit über die erschreckende Beobachtung. Und die zwar nicht formulierte (auch nicht bündig zu beantwortende), aber doch im Hintergrund stehende Frage, warum des Menschen Hand eine Kinderhand ist, warum wir den Kranz zerpflücken und den Glanz des Lebens, wenn er uns einmal begegnet, zerstören.
Woher die Unruhe, die Ungeduld, die Unbeständigkeit, die uns dazu bringt, fallenzulassen, was wir gerade noch in

Händen hatten? Weil uns die Neugier, ein Verlangen weitertreibt? Weil das Glück seiner Natur nach jeweils nur ein besonderer Augenblick sein kann? Weil das alltägliche Chaos, das wir Leben nennen, ein Nicht-Chaos nur kurz erträgt? Weil, wie Arthur Miller einmal schrieb: »Endgültiges immer so unwirklich« ist?

Gewiß ergänzt der heutige Leser in Gedanken, daß nicht nur wir selbst verantwortlich sind für die »Trümmer«, die »zerstreuten Stücke« unseres Lebens. Und gewiß hat auch Wilhelm Raabe nicht davon abgesehen. Was er aber in diesem Gedicht akzentuierte, ist etwas, was schwieriger zu verstehen ist: daß wir nicht »erwachsen« werden (was immer das heißen mag), daß unser Herz ein Kinderherz bleibt und daß wir am Ende »weinen«, wenn wir sehen, was wir angerichtet haben.

Bestimmte Fehler machen wir immer wieder. Das alte Sprichwort, aus Fehlern werde man klug, stimmt nicht in jedem Fall. Es gibt Fehler, aus denen man *nicht* klug wird.

WILHELM BUSCH

Sahst du das wunderbare Bild von Brouwer?
Es zieht dich an, wie ein Magnet.
Du lächelst wohl, derweil ein Schreckensschauer
Durch deine Wirbelsäule geht.

Ein kühler Doktor öffnet einem Manne
Die Schwäre hinten im Genick;
Daneben steht ein Weib mit einer Kanne,
Vertieft in dieses Mißgeschick.

Ja, alter Freund, wir haben unsre Schwäre
Meist hinten. Und voll Seelenruh
Drückt sie ein andrer auf. Es rinnt die Zähre,
Und fremde Leute sehen zu.

GERT UEDING
AUFGESPÜRT UND AUFGESCHNITTEN

Adrian Brouwers »Operation am Rücken« hängt im Städelschen Kunstinstitut, und Wilhelm Busch wird es dort schon gesehen haben, als er im Juni 1867 als Gast im Hause Keßler weilte, zwei Jahre bevor er Atelier und Wohnsitz in Frankfurt bezog. Das Gedicht auf dieses Bild erschien 1874 in dem Gedichtband »Kritik des Herzens«, der so wenig Anklang beim Publikum fand, daß der Verleger seinem Autor mitteilen mußte, nur »mehrere alte Geheimräte und Professoren wie junge Privatdozenten« hielten »dies Büchlein« für sein bestes. In einer Zeit großer Worte und pathetischer Phrasen, nach der glorreichen Reichsgründung, war man mehr auf den altdeutsch hohen Ton eines Julius Wolff oder auf die sentimentale Butzenscheibenlyrik nach Art Rudolf Baumbachs gestimmt.
Wilhelm Busch hat sich noch einmal mit Brouwers Bild auseinandergesetzt: siebzehn Jahre später kopiert er es in Wiedensahl nach einigen Fotografien, die er von seinem letzten Besuch in Frankfurt kurz zuvor mitgebracht hatte. Das Ergebnis schickt er der nach einem langen Zerwürfnis gerade wieder versöhnten Johanna Keßler, damit sie daraus ersehen könne, »was eine geschicktere Hand in ein oder zwei Stunden mit der Manier so beiläufig fertig brächte.« Buschs Kopie gibt nicht das ganze Bild wieder, sondern konzentriert sich auf den Operationsvorgang. Stuhl und Tisch mit den medizinischen Utensilien fallen weg und die drei beteiligten Personen sind nur mit ihrem

Oberkörper im Bilde zu sehen. Die Aufmerksamkeit des Malers konzentriert sich genau wie früher die des Lyrikers auf die Operation, selbst das greinend verzerrte Gesicht des Patienten wird vom Bildrand zur Hälfte weggeschnitten.

»Mein genre ist genre«, so hat Wilhelm Busch einmal seine künstlerische Konfession formuliert, und ob in Bild, Vers oder Prosa, immer sind es die Sujets des gewöhnlichen bürgerlichen oder bäuerlichen Alltags, der gemeinen und kleinen Leute, ihrer Sorgen, Nöte und Vergnügungen, die ihn interessieren. Während Genremalerei und Genredichtung im 19. Jahrhundert zunehmend verflachen, weil sie sich immer ausschließlicher der sentimentalen Verschönerung des kleinbürgerlichen Lebens widmen, konzentriert sich Busch auf das Angesicht der menschlichen Dinge, das sichtbar wird, wenn die Ordnung des Genres zerfällt.

Brouwers Bild, und darin liegt seine programmatische Bedeutung für Busch, wurde ihm zum Gleichnis für die *Condition Humaine*, die nur aus den Sonderlichkeiten und Gemeinheiten, den unedlen Begierden und peinlich berührenden Emotionen des Menschen noch erschließbar ist. Die ganze poetologische Bedeutung seines Gedichts wird aber erst aus dem Zusammenhang jener »Operationen« ersichtlich, die in der »Kritik des Herzens« vorgeführt werden.

Dabei handelt es sich nun nicht um eine Anthologie selbständiger Gedichte, die für sich bestehen könnten. Die Busch eigentümliche Kompositionsweise der lockeren, offenen, aber dennoch gegliederten Reihung, wie sie die Bildergeschichten und noch jene zu »Sammelbildern« auf einem Karton vereinigten Ölskizzen zeigen, bestimmt auch die Konstellation der Gedichte: sie stehen in einem engen philosophisch begründeten Zusammenhang. Dem frühen Leser Kants, der dann aber in Schopenhauer den philosophischen Gewährsmann seiner Ansichten fand, bedeutet das Herz die natürliche Unfähigkeit des Menschen, das moralische Gesetz in die Maxime seiner Handlungen aufzunehmen, und was Kant das gute Herz genannt hat, ist für Busch nur das Zeichen seiner Neigung, die unmoralischen Triebfedern mit moralischen Motiven zu verdecken. Seiner Gebrechlichkeit, Unlauterkeit und Bösartigkeit gilt die Kritik des Herzens, und der Schriftsteller gleicht darin dem kühlen Doktor auf Brouwers Bild, daß er die menschlichen Schwären im Rücken des Bewußtseins, dort, wo es die »gebildeten wohldressierten Leute« gar nicht merken, aufspürt und aufschneidet, zum höchst gemischten Vergnügen des zuschauenden Publikums, das die Absicht wohl merkte und daher eben verstimmt reagierte.

Daß Busch sich dazu auch noch jener Literaturgattung bediente, von der man, nach seinen Worten, »rührend schöne Herzgeschichten« zu hören gewöhnt war, liegt in der ästhetischen Konsequenz seines ganzen Werkes, das die überkommenen Formen und Figuren in sich selber auflöst und zerfallen läßt, um dann »möglichst schlicht und bummlig die Wahrheit zu sagen«.

WILHELM BUSCH
TRÖSTLICH

Nachbar Nickel ist verdrießlich,
und er darf sich wohl beklagen,
weil ihm seine Pläne schließlich
Alle gänzlich fehlgeschlagen.

Unsre Ziege starb heut morgen.
Geh und sag's ihm, lieber Knabe!
Daß er nach so vielen Sorgen
Auch mal eine Freude habe.

CHRISTA ROTZOLL
MITLEID UND SCHADENFREUDE

Man kann gegen Lyrik unempfindlich, man kann geradezu verhärtet sein, sie streift und ritzt das eigene Leben doch. Das kleine Stück Gedicht, das »Ich besaß es doch einmal« beginnt, hat schon die wildesten Schmerzen nach einem Liebesentzug – nein, nicht betäubt, aber durch Wohlklang und so etwas wie ein fernes Mitgefühl gelindert und ein bißchen in Genuß, in Selbstgenuß verwandelt. Es muß nicht Goethe sein und auch nicht Rilke – »Wer jetzt kein Haus hat«, diese immer wieder nutzbare Passage –, unter Umständen und in den Grenzen meiner Altersklasse ist schon Peter Igelhoff was wert: »Ach, verzeih'n Sie, meine Dame, Gottfried Schulze ist mein Name, und ich liebe Sie!«
In der Gesellschaftsklasse, die mich einst umfangen hat, im Mittelstand, im deutschen Bildungsbürgertum oder wie immer man das schimpfen mag, wurden, soweit ich zurückdenken kann, hauptsächlich Busch und Morgenstern aufgesagt. »Ein Architekt, der dieses sah ...« und »Heissa, rufet Sauerbrot!« – vom achtjährigen Vetter habe ich's gehört und später von der höheren Tochter auf dem Flur der Universität, und eben erst vom pensionierten Lehrer nebenan. Je öfter ich nun Busch und Morgenstern von neuem lese – gerade das halbtot Zitierte, schrecklich Populäre –, um so heftiger bedrängt mich eine Konsequenz: Ein Bürgertum, daß so viel hohe Albernheit und schöne Nüchternheit nicht bloß geduldet, sondern für den

täglichen Gebrauch bevorzugt hat, muß besser sein, als man es macht.
Das unbebilderte Gedicht »Tröstlich« von Wilhelm Busch ist längst nicht so berühmt wie viele Busch-Zweizeiler, die zu Zeichnungen gehören. Das Thema des Gedichts, die Macht der Schadenfreude, allerdings wird überall bei Busch so drastisch durchgespielt, daß einige Pädagogen nach dem Krieg auch unseren Humoristen mit dem Hitler-Urschlamm wegzukippen wünschten.
»Unsre Ziege starb heut morgen.« Ist das nicht als nachbarliches Unglück, aus dem jemand Trost saugt, eigenes Glück, etwas zu schlicht? Eine andere Busch-Weisheit gibt ein schon etwas diffizileres Verfahren preis: »Die Reiter machen viel Vergnügen. Besonders, wenn sie drunten liegen.« Wer hoch zu Roß sitzt, blickt auf Fußgänger, auch wenn sie seinesgleichen sind, hernieder. Ein Sturz gleicht das zugunsten jener, die schon unten waren, aber wenigstens nicht auf der Nase, wieder aus. An jedem Unglück unserer Freunde, sagt der geistreiche Franzose, sei auch etwas, das uns nicht mißfalle. Mitleid und Schadenfreude sind einander eng verwandt, weit enger, als sich Schopenhauer, für den eins das Beste war, das Menschen fertigkriegen, und das andere das Schlimmste, träumen ließ.
Jene Menschen, die am gierigsten nach Unglück ausschauen, sind es, die, sobald sie darauf stoßen, auch am innigsten mitweinen und am freundlichsten trösten und zufassen. Die Schadenfreude ist ein unermeßlich weites Feld, ein Labyrinth, der große Abgrund, wie Sie wollen. Das »Ätsch«, mit dem wir über unsere Feinde und Verräter triumphieren, braucht noch keinen Reim. Mit Nachbars Ziege aber hat der Hauspoet, so glaube ich, den rech-

ten Griff getan. Der Nachbar, dürfen wir wohl annehmen, ist nur der Nachbar, weder Freund noch Feind. Was Wilhelm Busch auf dem so weiten Feld, auf einem kleinen Ausschnitt dieses Feldes, sieht, kann uns verblüffen, aber keinesfalls verwirren. Der Ausschnitt läßt sich ohne Mühe überblicken – kein geringer Vorzug. Wer will, mag weiterforschen und, vielleicht, auch weiterreimen.

FERDINAND VON SAAR
HERBST

Der du die Wälder färbst,
Sonniger, milder Herbst,
Schöner als Rosenblühn
Dünkt mir dein sanftes Glühn.

Nimmermehr Sturm und Drang,
Nimmermehr Sehnsuchtsklang;
Leise nur atmest du
Tiefer Erfüllung Ruh.

Aber vernehmbar auch
klaget ein scheuer Hauch,
Der durch die Blätter weht,
Daß es zu Ende geht.

HELMUTH NÜRNBERGER
WORTE FÜR DAS UNSAGBARE

Als »Blüte und Krone der Dichtung« hat Ferdinand von Saar die Lyrik gepriesen, denn »überall sonst befehden sich Stoff und Form /.../ Du aber, atmend reinster Empfindung Hauch, / Folgest in sanften Rhythmen dem Geist / Und lenkst ihn zuletzt, / Die du Worte hast für das Unsagbare...« Wer so reflektiert, ist mutmaßlich kein Meister der Lyrik, er hat nur die Sehnsucht nach Meisterschaft. Tatsächlich ist Saar als Lyriker nicht lebendig geblieben, und aus der großen Mehrzahl seiner kunstvoll geformten Poesien weht uns heute der Geist eines vergangenen Jahrhunderts an, mit dem wir zuweilen heftig hadern, weil es uns noch so nahe ist.

Worte für das Unsagbare kann es nicht geben, und doch fehlt es nicht an Stimmungen der Natur und der Seele, die nach solchem Ausdruck verlangen. Saars »Herbst«, eins unter mehreren Herbstgedichten aus seiner Feder, sucht eine Stunde undefinierbaren Glücks und undefinierbaren Schmerzes in der Sprache zu bewahren. Es geht um eine Weile der Ruhe und späten Erfüllung, der keine Dauer beschieden sein kann. Zugespitzt läßt sich sogar sagen: Saar beschreibt den Augenblick der Umkehr, das Noch-Nicht und das Nicht-Mehr, Besitz und Verlust. Leidenschaftlich und doch zurückgenommen wird die Wahrnehmung beschrieben, »sanft« ist das »Glühn« des Herbstes, und solchem Farbenschauspiel wird vom Betrachter der Vorzug gegeben vor »Rosenblühn«. Die Metaphorik von

Rosen und Herbst für die Prozesse von Werden und Vergehen, Jugend und Alter ist nicht originell. Der konventionelle Ausdruck wird jedoch nicht naiv gebraucht. Er stimmt zu der gedämpften, unaufdringlichen Aussage.
Der Ausdruck des Elegischen ist Saar besonders gemäß, auch seine vielen österreichischen Festgedichte sind ungeachtet der mehr oder weniger glanzvollen Anlässe letztlich elegisch gestimmt. Die Äußerungen seiner Naturliebe, wie wir sie auch in seinen Briefen finden, sind stets von dem Wunsch nach Harmonie und Frieden begleitet. Es handelt sich bei Saar letztlich immer um ein Danach – nach der Höhe des Sommers, nach dem Zenit der Kunst, nach der Fülle des Lebens beginnt seine, Saars Zeit.
Drückt »Herbst« nur eine Naturstimmung aus, oder spricht es auch von Kultur und Geschichte? Claudio Magris hat an Saars Erzählwerk gerühmt, es sei »bis in die feinsten Schattierungen von einem wehmütigen Wissen um den habsburgischen Untergang durchdrungen«. Er beschreibt die »Novellen aus Österreich« als »Bild einer Welt im Augenblick ihres Einsturzes« und rühmt die analytische Klarheit und verzehrende Anteilnahme, mit denen ein bevorstehender Verfall beschrieben wird, sowie Saars »Fähigkeit des Durchfühlens«. So treffend dies gesehen ist, so schwer ist es zu vermitteln. Auch als Novellist hat Saar wie jeder Dichter Worte für das Unsagbare gesucht, aber die Reflexe dieser Bemühung sind unlösbar mit dem Stoff verbunden: Was Saars Novellen voraussetzen, bedarf mittlerweile der Erklärung, was sie beschreiben, ist nicht mehr gegenwärtig, und wie sie es sagen, scheint konventionell. Keiner der üblichen Schlüssel für das Interesse paßt.
Durch die österreichische Kultur des neunzehnten Jahr-

hunderts und bis weit ins zwanzigste Jahrhundert hinein zieht sich eine Geste des Verzichts, die aus den historischen und gesellschaftlichen Gegebenheiten ableitbar ist. Schlägt man in der Literatur einen Bogen von Grillparzer zu Joseph Roth, so findet man Saar annähernd in der Mitte. Diesen und vielen anderen Künstlern der Epoche eignete jene besondere Fähigkeit des Durchfühlens, von der Magris spricht, eine gefährliche Gabe, die bis zur Selbstaufgabe führen kann und geführt hat. Der ästhetische Gewinn ist unberechenbar. Saars melodisches Herbstgedicht ist dafür ein schlichtes Zeugnis – in einem großen Kontext.

CHRISTIAN WAGNER
IM GARTEN DES ALBERGO DEL SOLE
(POMPEJI)

Tod und Leben, nahe hier beisammen,
Aschenurnen neben Rosenflammen.

Jeder Morgen ist ein Blumenbringer,
Jeder Blick streift einen Totenzwinger.

Und den Trümmerrest von Architraven
Überdecken siegreich der Agaven

Bläulichgrüne, riesige Rosetten;
Auf dem Boden nackte Amoretten,

Tonfiguren, Statuettentrümmer; –
Und ich frag mich: Ob nicht auch im Zimmer,

Wo ich Fremdling gestern übernachtet,
Eine Aschenurne eingeschachtet,

Da im Traum ein Weib mit Kahn und Ruder
Mich willkommen hieß als ihren Bruder? –

ECKART KLESSMANN
DIE ROSENFLAMMEN DES TODES

Christian Wagner war 69 Jahre alt, als ihm Freunde und Gönner 1904 eine Italien-Reise finanzierten, die ihn auch nach Pompeji führte. Der 1835 im schwäbischen Warmbronn geborene und dort lebende Wagner erwarb sich seinen Unterhalt als Bauer und schrieb als Dichter, doch ein »Bauerndichter« ist er nie gewesen, auch wenn ihm diese Bezeichnung bis heute anhaftet. Über seinen Aufenthalt in Pompeji berichtete er: »Mein Bädecker hatte mir das Albergo del Sole, deutsch: Wirtschaft zur Sonne, zur Einkehr empfohlen. Es war Mitte des August, eine wahre Backofenhitze, und ich der einzige Gast. Auch die andern Hotels waren sämtlich leer, leer die ausgegrabene Stadt, die ich volle zwei Nachmittage durchwanderte ... Es flimmerte alles vor Hitze. Es war der 17. August.« Zwei Wochen später, bei der Rückkehr in die Heimat, lagen schon mehrere Pompeji-Gedichte fertig vor, darunter auch dieses.

Die über den Ruinen wuchernde Natur als Zeichen unvergänglichen und jährlich auferstehenden Lebens mußte Wagner, dessen Denken immer wieder die Vorstellung von einer Wiedergeburt umkreiste, hier besonders anrühren. Gerade in Pompeji erfährt der Besucher ganz bildhaft die Vernichtung durch die plötzlich hereingebrochene Katastrophe des Jahres 79 und zugleich eine die Trümmer überwachsende Natur als Zeugnis des immer wiederkehrenden Lebens. In Pompeji sehen wir die Spuren des hastigen Aufbruchs flüchtender Menschen, haben Gipsabgüsse die Körper der Opfer im Todeskampf über zweitausend Jahre bewahrt. Wagner spricht von einem »Totenzwinger«, ein schreckliches, aber genau treffendes Wort, das uns an beides erinnert: den »Zwinger« im Sinne eines Käfigs und den Zwang des Todes.

Ich selber habe 1973 an der Freilegung eines bis dahin verschüttet gewesenen Hauses in Pompeji teilnehmen dürfen. Ein Arbeiter schaufelte vorsichtig die federleichten grauen Lapilli auf ein Förderband, und ganz langsam sank die Aschenschicht und gab eine buntbemalte Wand frei, die ein Menschenauge zuletzt im Jahre 79 erblickt hatte. In diesen Minuten schien die Zeitmauer aus zwei Jahrtausenden sich in jene Lapilli aufzulösen und zu fallen.

Christian Wagner hat solches Entschwinden als Traumbild erlebt. »Ein Weib mit Kahn und Ruder.« Soweit ich mich besinnen kann, gibt es dieses Motiv auf den erhalten gebliebenen Wandgemälden Pompejis nicht, es ist Wagners ganz eigenes Traumgesicht. Bei »Kahn und Ruder« denken wir an Charon, den Fährmann der Unterwelt, dem der Mythos nicht eben Freundlichkeit nachsagt. Hier aber empfängt den Dichter eine Frau in geschwisterlicher Liebe und läßt uns an des Matthias Claudius »Bin Freund und komme nicht zu strafen« denken. Für Wagner, der sich der Verwandlungen wiederholter Erdenleben sicher war, bedurfte es solcher Beruhigung nicht, er empfand vor dem Tod keine Furcht.

»Aschenurnen« und »Rosenflammen«, die Blüten der Agaven und die schönen Reste zerbrochener Kultur schienen ihm nur gegensätzlich im Sinne ihres kontrapunktischen Wirkens, ihrer notwendigen Ergänzung. Und so ist auch dieses Gedicht in sieben Verspaare gegliedert, in denen sich in wechselnden Bildern Tod und Leben wie in einem Spiegel anblicken, nicht als ein *Memento mori*, sondern als freundlich lächelndes Geschwisterpaar.

CHRISTIAN WAGNER
OSTERSAMSTAG

Wie die Frauen
Zions wohl dereinst beim matten Grauen
Jenes Trauertags beisammen standen,
Worte nicht mehr, nur noch Tränen fanden;

So noch heute,
Stehen als in ferne Zeit verstreute
Bleiche Zionstöchter, Anemonen,
In des Nordens winterlichen Zonen:

Vom Gewimmel
Dichter Flocken ist er trüb der Himmel;
Traurig stehen sie, die Köpfchen hängend,
Und in Gruppen sich zusammendrängend.

Also einsam,
Zehn und zwölfe hier so leidgemeinsam,
Da und dort verstreut auf grauer Öde,
Weiße Tüchlein aufgebunden Jede.

Also trauernd,
Innerlich vor Frost zusammenschauernd,
Stehn alljährlich sie als Klagebildnis
In des winterlichen Waldes Wildnis.

PETER HÄRTLING
FAST MUSIK

Dieses Gedicht scheint an ein Datum gebunden, an den Ostersamstag, den Tag nach der Kreuzigung Christi, doch es erzählt von einem Schnee, der immer und überall fallen, und einem Frost, der einen auch in der größten Hitze überkommen kann. Wenn ich die metrisch eigensinnigen Strophen mehrfach nacheinander lese, kommt es mir vor, als hörte ich eine helle Stimme makellos singen, als sei es ein Lied, dessen Melodie ich schon lange kannte und dessen Wörter die Erinnerung an die Musik brauchten, um wieder gegenwärtig zu sein. Christian Wagners Gedicht befindet sich in der schwebenden Mitte zwischen Kunst- und Volkslied, so wie manche Gedichte Mörikes oder Brentanos. Es hat seinen Autor schon beinahe vergessen. Es ist denkbar, daß der es gar nicht anders wollte.
Mit fünfzig Jahren hat Wagner sein erstes Buch veröffentlicht, »Sonntagsgänge«, in dem auch das Gedicht von den fröstelnden Anemonen steht. Das Leben, das er bis dahin geführt hatte, war arm, eng und voller verborgener Phantastereien gewesen. 1835 wurde er in Warmbronn, einem kleinen Dorf unweit von Stuttgart, geboren. Sein Vater war Schreiner und Bauer. Er besuchte die Volksschule mit so viel Erfolg, daß die Familie ihn aufs Lehrerseminar nach Esslingen schickte. Lang konnte er dort nicht bleiben. Der Vater starb. Er mußte das elterliche Anwesen übernehmen und blieb Zeit seines Lebens Bauer. (Das kleine Haus steht noch, man kann es besuchen; die Gemeinde pflegt das An-

denken ihres sonst weithin vergessenen Sohnes.) Tagsüber arbeitete er auf dem Feld, im Stall, nachts las er, was er nur in die Hände bekam. Er war ein Sinnierer, ein Spinner, verquickte seine selbstverständlichen Kenntnisse der Natur mit religiösen Gedanken aus dem Hinduismus und dem Christentum, bezeichnete sich als »Märchenerzähler, Bramine und Seher« und verband die Gedichte in den »Sonntagsgängen« mit krausen, naiven Prosabetrachtungen. Als er 1918 starb, wurde er verehrt von so unterschiedlichen Geistern wie Hermann Hesse und Gustav Landauer.

Albrecht Goes, der einen liebevollen Hinweis auf Wagner schrieb, vergleicht die Anemonen-Verse mit dem Bariton-Rezitativ aus Bachs Matthäuspassion: »Am Abend, da es kühle ward ...« Wieder hört einer zuerst Musik. Es fragt sich, weshalb. Schon der Auftakt jeder Strophe suggeriert es. Es sind jeweils vier Silben; und reiht man die Anfänge auf, ergibt sich fast wieder ein Gedicht: Wie die Frauen, So noch heute, Vom Gewimmel, Also einsam, Also trauernd. Verhaltene, eigentümlich ruhige Auftakte – und dann, in der ersten Strophe, ein nicht zu Ende gekommener Satz, der, ehe er zur Frage werden will, aufgefangen wird; ein einfaches, unerhört einfach ausgesprochenes Bild: die trauernden Frauen Zions. Es ist nicht vom Kreuz die Rede, im Gegenteil: ein Eindruck furchtbarer Leere stellt sich her. Man kann den begonnenen Satz nicht auseinanderreißen, keine Details zitieren. Er teilt, ein vollkommenes Arioso, das Thema mit: Klage, Verlassenheit, Kälte.

»So noch heute«: ein weiterer Auftakt und schon keiner mehr, eine aufseufzende Überleitung zur Metamorphose, zur dauerhaften Verwandlung der Frauen Zions ins Sinnbild. Der singende Bauer holt sich die Trauernden in die winterliche Einöde seiner Heimat. Er macht das, was zum Beispiel viele Maler vor ihm getan haben. Jerusalem und Golgatha bekommen einen vertrauten Hintergrund und werden darum um so befremdender. Nach dieser Zäsur und dem zweiten Thema kommt kein drittes mehr hinzu. Es wird variiert. Doch wie! Die Nähe und das Wohlbekannte frieren förmlich in eine nie enden wollende Trauer hinein. Zwar erscheinen die Anemonen dem Dichter für einen Augenblick wie Frauen aus seinem Dorf, »Weiße Tüchlein aufgebunden Jede«, doch gleich erstarrten sie wieder zum »Klagebildnis«.

Nicht ein einziger Schnörkel, nicht eine falsche Koloratur unterbricht die ruhig fließende, alle Trauer aufnehmende Rede (eine Prägung wie »leidgemeinsam« kann einen allerdings entzücken), bis zu den Schlußversen hin, die die Wiederholung (»Stehn alljährlich sie als Klagebildnis«) zur Ewigkeit werden lassen. Wagners »Ostersamstag« gehört zu jenen poetischen Gebilden, die nur so sein können und, eben weil sie so sind, sich von ihrem Autor entfernt haben.

CHRISTIAN WAGNER
SPÄTES ERWACHEN

So wie ein Mensch nach lärmendem Gelag
Noch spät zu Mitternacht nicht schlafen mag
Und seine Ruh erst findet knapp vor Tag;

Und süß erst schläft beim hellen Morgenschein,
So reichte in die Jugend mir hinein
Versäumter Schlaf von einem vorigen Sein. –

O wüßt ich doch, was mich nicht schlafen ließ!
Ob mich ein Gott vom Bacchanal verstieß?
Ob ich betrunken kam vom Paradies?

WALTER HELMUT FRITZ
UNAUFHÖRLICHE VERWANDLUNG

In Ludwig Tiecks »William Lovell« heißt es einmal: »Wir sollten überhaupt zu unseren Kinderjahren in die Schule gehen ... Es ist, als wenn noch ein flüchtiger Schein einer früheren Existenz in die zarten Kinderjahre hineinspiegelte.« Die Ahnungen, die zu solchen Sätzen führen und die viele Menschen aus eigener Erfahrung kennen, auch wenn sie immer nur für Bruchteile von Sekunden da und von Täuschungen nicht zu unterscheiden sind – diese Ahnungen nennt Christian Wagner, der von 1835 bis 1918 lebte, »Lichtreflexe ... vorüberhuschend wie die Spiegglung eines Glasscherbchens von wer weiß woher? Vorüberhuschend wie die Spieglung einer blanken Pflugschar irgendwo im Felde.«

Solche Worte und Wagners Gedicht kommen – unter anderem – aus seinem Glauben an Seelenwanderung, an den Wechsel der Formen und die Dauer der Kraft, die die Formen hervorbringt; aus der uralten Sehnsucht, sich weiter zurückerinnern zu können (»O wüßt ich doch, was mich nicht schlafen ließ!«).

Es wäre aber falsch, nähme man an dem Gedicht nur das Grüblerische, Sinnierende wahr. Wagner (einziges Kind eines Schreiners in dem Dorf Warmbronn bei Stuttgart), der nach kurzem Besuch eines Lehrerseminars daheim das kleine Anwesen bewirtschaftete, weil sein Vater gestorben war, alle vier Kinder aus seiner ersten Ehe nicht lange nach der Geburt verlor, mitansehen mußte, wie seine zweite

Frau in geistige Umnachtung trieb – Wagner arbeitete, schrieb vor allem mit einem wachen Blick für die Schönheit der Natur, für die unauffälligen oder aufleuchtenden, die bewußtseinshellen oder rauschhaften Formen des Lebens. Nicht umsonst tauchen in seiner Träumerei, seiner Vorstellung die orgiastischen Feste der Römer, die Bacchanalien, auf.

Kurt Tucholsky notierte in einem Brief aus dem Krieg, daß er die Gedichte Christian Wagners immer bei sich führe. Was ihn anrührte, war dessen brüderliches Gefühl allen Lebewesen gegenüber. (»Gräßlicher Irrtum der Menschen«, schrieb Wagner zum Beispiel, »zu wähnen, daß die Tierwelt bloß um ihretwegen da sei und folglich rücksichtslos verbraucht werden dürfe. Ein entsetzlicher Irrtum ...«)

Das alles gehörte für diesen Dichter zusammen: der Umgang mit Mensch, Tier, Pflanze, Stein; das Aufspüren der zwischen ihnen bestehenden Gemeinsamkeiten; die Wahrnehmung der unaufhörlichen Verwandlung, der wir unterworfen sind (»Du bist nicht mehr ganz derselbe, der du gestern, und gar nicht mehr derselbe, der du vor Jahren warst«) und das Nachdenken über Zusammenhänge, wie sie in dem Gedicht »Spätes Erwachen« zum Ausdruck kommen, einem »kindlichen«, die Meditation anregenden, unmittelbar verständlichen Gedicht. Hermann Hesse sprach im Hinblick auf diese und andere Strophen Christian Wagners von der »Erinnerung hinter der Erinnerung«.

FRIEDERIKE KEMPNER
FROHE STUNDEN

Jedesmal, wenn frohe Stunden
Mir im Herzen stattgefunden,
Haben sich mir vorgestellt
Auch die Leiden dieser Welt.

Schon, daß gar so sehr verschieden
Unsre Lose sind hienieden –
Goethe zwar fand nichts dabei,
Doch mir scheint's nicht einwandfrei.

Pilz des Glücks ist dieser eine,
Jener Stiefpilz des Geschicks;
Einem sind als O die Beine,
Andern wuchsen sie als X.

Sorglos aalen sich die Reichen,
Andern sind die Gelder knapp,
Und noch ungestorb'ne Leichen
Senkt zum Orkus man hinab.

Wißt ihr nicht, wie weh das tut,
Wenn man wach im Grabe ruht?

RUDOLF KRÄMER-BADONI
DAS GLÜCK IST NICHT GEHEUER

Sie beginnt mit einer scharfen Antithese: ihre eigenen frohen Stunden rufen im Herzen der Dichterin das Gegenbild der Leiden anderer hervor. Sie ist sozial engagiert. Außerdem ist sie antiidealistisch, sogar in der Wortwahl: Frohe Stunden werden ihr nicht aus mystischer Höhe geschenkt, sondern sie finden schlicht und einfach statt.
Soziale Unterschiede sieht sie kritisch. Um die Leser aufzustören, bricht sie furchtlos das Tabu des damals unantastbaren Namens Goethe; sie tadelt seine soziale Indifferenz, ganz in der Nachfolge des ihr teuren Börne. Sie selbst nämlich findet die sozialen Verhältnisse keineswegs »einwandfrei«. Man beachte diese Wendung, die nicht aus sozialromantischem Gehabe, sondern aus der hier angebrachten sachlichen Sphäre des Geschäftsgebarens stammt.
Die Metapher »Pilz des Glücks« statt »Glückspilz« ist zwar ein Metaplasmus, rückt aber gleichzeitig die allegorische Funktion des rasch aufschließenden Pilzes scharf vors Auge. (Im Englischen genügt der Einzelbegriff *»mushroom«* für »Emporkömmling«.) Auf der gleichen Grundlage folgt unmittelbar eine kühne Neuschöpfung: »Stiefpilz«, der gerade nicht hochschießt, ganz so wie Stiefkinder gewollt oder ungewollt niedergehalten werden. Im Altertum hätte man diese vollmundige Kühnheit als Asianismus bezeichnet. Doch ist ihr auch das Glück nicht geheuer, denn es folgt eine scheinbar parallele Figur

über den Wuchs der Menschenpilze, die der Autorin in keinem Fall so richtig gerade gewachsen vorkommen, sondern immer nur in der Abweichung entweder in Richtung O- oder in Richtung X-Beine.
Noch einmal werden den Glückspilzen, den Reichen, die Stiefpilze gegenübergestellt, aber nicht als »Arme«, sondern wieder in registrierender Sprache als Leute, denen »die Gelder knapp« sind. (Denn überhaupt nichts hat ja wohl niemand.)
Jetzt aber mitten in der Strophe die eminent lyrische Wendung, Verzicht auf logische Deduktion, ruckartiger thematischer Umschwung. Stärker als alles andere rufen die im Grabe erstickenden Scheintoten das Engagement der Dichterin auf. Das geht alle an, ob ihnen die Gelder knapp und unknapp sind. Und dabei gelingt ihr eine große Redefigur, die bei den Alten Antiphrasis hieß: »Ungestorb'ne Leichen«. (Dieselbe Figur hat der zeitgenössische Volksdichter Philipp Keim benutzt, den ich in »Deutschland, deine Hessen« nicht umhin konnte, den Homer von Diedenbergen zu nennen. Über die Pulverexplosion in der Mainzer Zitadelle dichtete er: »Der oben lag, schien tot zu sein, / der unten lag, der war aus Bretzenheim. / Auch viele Tote grub man aus, / die noch lebendig waren.«)
Und hier muß vermerkt werden, daß die Dichterin nicht nur gegen alle Zeitübel insgesamt engagiert war, gegen Unsoziales, gegen Vivisektion, Alkohol, Luftverschmutzung, Jagd, Singvogelmord, Einzelhaft auf Lebenszeit, eilfertige Verscharrung der Toten und so weiter, sie hatte auch ganz im Gegensatz zu den heutigen engagierten Dichterinnen und Dichtern praktischen Erfolg! Mit ihren Gedichten und mit zahlreichen Denkschriften an den Kaiser erreichte sie die Abschaffung der lebenslänglichen Ein-

zelhaft und die Errichtung von Leichenhäusern zwecks mehrtägiger Aufbahrung zwischen Tod und Beerdigung. Wilhelm I. nahm bei seiner Anordnung ausdrücklich Bezug auf die Denkschrift der Dichterin.

Der Schluß unseres Gedichtes ist eine aggressive »Apostrophe« an den Leser: »Wißt ihr nicht, wie weh das tut« – poetisch gemildert durch zierliche Alliterationen. Das Wort »ruht« ist in diesem Zusammenhang ein Euthymema.

Wer das Gedicht trotz der poetologischen Analyse für einen verselbständigten Asteismos nimmt, begibt sich ins Gebiet der Wirkungsästhetik, die hier außer acht bleibt. Er erlebt dann das »Stattfinden« einer frohen Stunde.

DETLEV VON LILIENCRON
DER HANDKUSS

Viere lang,
Zum Empfang,
Vorne Jean,
Elegant,
    Fährt meine süße Lady.

Schilderhaus,
Wache raus.
Schloßportal,
Und im Saal
    Steht meine süße Lady.

Hofmarschall,
Pagenwall.
Sehr graziös,
Merveillös
    Knixt meine süße Lady.

Königin,
Hoher Sinn.
Ihre Hand,
Interessant,
    Küßt meine süße Lady.

Viere lang,
Vom Empfang,
Vorne Jean,
Elegant,
  Kommt meine süße Lady.

Nun wie wars
Heut bei Czars?
Ach, ich bin
Noch ganz hin,
  Haucht meine süße Lady.

Nach und nach,
Allgemach,
Ihren Mann
Wieder dann
  Kennt meine süße Lady.

IRING FETSCHER
DER HAUSMANN

Hier werden wir nicht belastet mit deutscher Schwere und teutschem Tiefsinn, das Gedicht kommt flott und leicht daher wie die vierspännige Kutsche, die jene elegante Dame zum Empfang bei Hofe fährt. Auf zwei Reimpaare folgt jeweils eine längere Zeile, die gleichsam als Unterschrift das pointillistische Bild bezeichnet: Die süße Lady fährt, steht, knixt, küßt, kommt, haucht und kennt. Siebenmal erfahren wir nur jeweils diese eine Tätigkeit von ihr, allein in der vorletzten Strophe läßt sie sich wörtlich vernehmen »Ach, ich bin / Noch ganz hin«. Wer so spricht, ist jung und eindrucksfähig.

Ein toller Kerl, der hier seine Erfahrung mit einer Frau – seiner Frau? – beschreibt, so denkt man nach der ersten Lektüre. Die »süße Lady«, die er nonchalant so nennt, muß ja wohl einer vornehmen Familie angehören, wie sonst könnte die Wache für sie raustreten; auch die vierspännige Kutsche und der Diener Jean sind ja nicht von armen Leuten. Ein Interpret meinte, der Hauptmann a. D. Friedrich Freiherr von Liliencron, der sich als Dichter Detlev nannte, habe hier ein Erlebnis mit der Baronin Helene von Bodenhausen beschrieben, die er 1878 geheiratet hatte. Davon kann keine Rede sein.

Das Gedicht ist 1881 oder 1882 entstanden, seit 1882 war Liliencron Hardesvogt auf der kleinen friesischen Insel Pellworm. Vermutlich lebte er schon damals von seiner Frau getrennt, 1883 erfolgte die offizielle Scheidung. Die

Armut des stets verschuldeten Dichters und Verwaltungsbeamten war schließlich für die Baronin unerträglich geworden.

In einem Brief klagt Liliencron, daß er sich nicht einmal ein Dienstmädchen leisten könne, noch viel weniger eine Kutsche und vier Pferde – von einem Diener ganz zu schweigen. Aber selbst wenn er sich das alles hätte leisten können, von Pellworm aus wäre es keiner süßen Lady möglich gewesen, per Kutsche zum Empfang bei Hofe zu fahren. Gewiß war Liliencron ein Naturalist und ein entschiedener Gegner süßlich-idealistischer Lyrik, wie sie seinerzeit in der »Gartenlaube« zu lesen stand. Das Gedicht »Der Handkuß« aber dürfte ein reines Phantasieprodukt sein. Zahlreiche Liebschaften des Freiherrn stammten – wie dessen Freund Otto Julius Bierbaum 1909 in seinem Nachruf, übrigens in der Frankfurter Zeitung, berichtete – aus den unteren Bevölkerungsschichten. Vielleicht schlug er da seinem Großvater nach, der schließlich eine Leibeigene heiraten mußte, weil der dänische König, sein Landesherr, die Legalisierung seiner Beziehung verlangte.

Nur einmal habe er sich »in eine höhere Sphäre begeben«, weiß Bierbaum zu melden, »damals glaubte er ernsthaft, es handele sich um eine Prinzessin von Geblüt, in Wahrheit war es eine Gesellschafterin. Aber er hegte die ihm sympathische Phantasie von der Dame aus dem Hofkalender ruhig weiter, als es sich längst ergeben hatte, daß diese nur ihm zu Gefallen auf die Rolle der Prinzessin aus dem ›Tasso‹ eingegangen war«. Liliencron liebte Glanz und Gloria. In dem Gedicht »Der Handkuß« hat er durch eine imaginierte Geliebte teil am Treiben bei Hofe – und bleibt doch im stillen Heim zurück, um die Geliebte zu erwarten.

Er schätzte die frühe Lyrik Goethes und Heines Gedichte. Auf seine Ironie hat er sich selbst etwas zugute gehalten. Ironisch dürfte auch die Frage »Nun wie wars / Heut bei Czars?« zu deuten sein. Nehmen wir an, daß es sich um den Berliner Hof handelt, dann wäre mit dem Czar der Kaiser gemeint, der zugleich preußischer König war. »Nun wie wars heut bei Kaisers?« hätte aber doch allzu respektlos geklungen.

DETLEV VON LILIENCRON
DIE MUSIK KOMMT

Klingling, bumbum und tschingdada,
Zieht im Triumph der Perserschah?
Und um die Ecke brausend bricht's
Wie Tubaton des Weltgerichts,
  Voran der Schellenträger.

Brumbrum, das große Bombardon,
Der Beckenschlag, das Helikon,
Die Piccolo, der Zinkenist,
Die Türkentrommel, der Flötist,
  Und dann der Herre Hauptmann.

Der Hauptmann naht mit stolzem Sinn,
Die Schuppenketten unterm Kinn,
Die Schärpe schnürt den schlanken Leib,
Beim Zeus! Das ist kein Zeitvertreib!
  Und dann die Herren Leutnants.

Zwei Leutnants, rosenrot und braun,
Die Fahne schützen sie als Zaun;
Die Fahne kommt, den Hut nimm ab,
Der bleiben treu wir bis ins Grab!
  Und dann die Grenadiere.

Der Grenadier im strammen Tritt,
In Schritt und Tritt und Tritt und Schritt,

Das stampft und dröhnt und klappt und flirrt,
Laternenglas und Fenster klirrt.
  Und dann die kleinen Mädchen.

Die Mädchen alle, Kopf an Kopf,
Das Auge blau und blond der Zopf;
Aus Tür und Tor und Hof und Haus
Schaut Mine, Trine, Stine aus.
  Vorbei ist die Musike.

Klingling, tschingtsching und Paukenkrach,
Noch aus der Ferne tönt es schwach,
Ganz leise bumbumbumbum tsching;
Zog da ein bunter Schmetterling,
  Tschingtsching, bum, um die Ecke?

PETRA KIPPHOFF
UND DANN DIE KLEINEN MÄDCHEN

Ein Herr in den allerbesten Jahren erzählte mir, daß seine ganze Knaben-Klasse in schallendes Gelächter ausgebrochen sei, als man, das war im Berlin der Vorkriegszeit, beim Vorlesen von Detlev von Liliencrons Ballade »Die Musik kommt« zu der Zeile »Und dann die kleinen Mädchen« gelangt war. Warum?

Natürlich haben die bösen Berliner Buben sich amüsiert über die törichten kleinen Mädchen vom Lande, über Mine, Trine, Stine, die so ganz Auge und Ohr sind, wenn die Kompanie mit dem Musikzug durch das Städtchen zieht. Aber dieses Lachen hatte wahrscheinlich eine andere Qualität als das höhnische Gelächter, mit dem wir im Deutschunterricht Gedichte wie zum Beispiel Uhlands »Glück von Edenhall« plattzuwalzen suchten. Denn Liliencron selber freut und amüsiert sich ja über das bunte, bewegte Bild, das er vor unseren Augen entwirft, das kleine, klingende Schauspiel, das da abrollt. Er amüsiert sich, obwohl er, der in seinen Tagebüchern über den Krieg von 1870/71 ebenso naiv schwärmerisch wie auch betroffen berichtete, die Soldatenuniform liebte: durch sie erhielt sein Draufgängertum die Legitimation, den staatlichen Segen.

Nicht das Militär kommt, sondern, wie es im Titel präzise heißt, die Musik. Und deshalb sehen wir zunächst auch nichts, sondern spitzen (mit Mine, Trine, Stine) die Ohren. Wir hören fröhliche Musik (nicht in der Beschreibung, sondern in Aktion), die wie ein jubelndes Donnerwetter in den, die Namen sprechen dafür, holsteinischen Sommertag hineinplatzt. Wir hören die mit Lautmalerei evozierten Töne und Klänge, dann erst sehen wir die Instrumente, danach die Musikanten, schließlich die Militärs, die sich in einer letzten, refrainartigen Zeile ein bißchen schleppend anschließen an das flirrende Geschehen und erst in der ersten Zeile der nächsten Strophe richtig vorgestellt werden.

Eine kleine Szene rollt ab, Klänge und Bilder kommen näher, entfalten ihre volle Pracht, entschwinden wieder. Mit Tubaton, dem Schellenträger und dem Herren Hauptmann beginnt es triumphal, mit dem sich entfernenden Trommelklang und einem Schmetterling klingt es aus – und Mine, Trine, Stine schauen wohl versonnen hinterdrein, horchen noch einmal nach.

Ein Kindergedicht, und heute nicht einmal mehr das, denn die Kinder von heute werden mit zur Demo geschleppt, und durch das Städtchen rollt höchstens eine olivfarbene Wagenkolonne der Bundeswehr. Ein Gedicht für Augen und Ohren, ohne die Sinnfrage, Gedankenballast und langwierige Beschreibungen. Mit ein paar Worten ist die Szene hingetupft, das Geschehen zum Leben und Klingen gebracht. Keiner kann das so wie Detlev von Liliencron, der, ein Nachfahr halb von Eichendorff und halb von Heine, neben schrecklichem Sprachgerümpel hier ein paar Verse und dort ein paar Strophen hinterlassen hat, die reiner, leuchtender Impressionismus sind. Wie zum Beispiel: »Die Musik kommt«.

Gewiß, die Lyrik dieses Mannes, der so gern den tollen Junker spielte, aber es weder zu Geld noch Ansehen brachte, bewegt sich eigentlich nur zwischen den Knicks und Küsten von Schleswig-Holstein. Aber was er angesichts dieser Erfahrung in ein paar glücklichen Zeilen formulierte, läßt die Region weit hinter sich und manches Alpenglühen erblassen.

DETLEV VON LILIENCRON
DORFKIRCHE IM SOMMER

Schläfrig singt der Küster vor,
Schläfrig singt auch die Gemeinde.
Auf der Kanzel der Pastor
Betet still für seine Feinde.

Dann die Predigt, wunderbar,
Eine Predigt ohnegleichen.
Die Baronin weint sogar
Im Gestühl, dem wappenreichen.

Amen, Segen, Türen weit,
Orgelton und letzter Psalter.
Durch die Sommerherrlichkeit
Schwirren Schwalben, flattern Falter.

BENNO VON WIESE
IDYLL OHNE VERKLÄRUNG

Eigentlich war er zum Reiteroffizier oder zum Großgrundbesitzer geboren; statt dessen wurde er frühzeitig verabschiedet und geriet in Schulden. Ich spreche von Detlev von Liliencron, dem damals hochberühmten, heute fast vergessenen Lyriker der Bismarckzeit, gefeiert von der jungen revolutionären Generation der »Naturalisten«, heute von vielen abgetan als Poet von gestern und vorgestern, noch dazu mit patriotischem Hintergrund.
Ich liebe ihn trotzdem. Gewiß: das Denken war nicht seine Stärke. Aber die dichterische Sensibilität und Wahrnehmungsfähigkeit dieses Aristokraten, der eigentlich ein Bohemien und ein armer Teufel war, haben kaum ihresgleichen. Leidenschaftlich in das Leben verliebt, kam er trotzdem und eben deswegen nie zur Ruhe.
»Dorfkirche im Sommer« überrascht durch seine schlichte Gegenständlichkeit. Keinerlei Reflexion, keine »Probleme«. Vers und Rhythmus bieten keine Schwierigkeiten. Wer es gelangweilt als verklärende spätbürgerliche Idylle beiseite schiebt, hat es nicht verstanden. Wer es allzusehr mit symbolischem Tiefsinn überfrachtet, sieht an Liliencrons beobachtender und verknappender Stilkunst vorbei. Es steckt eine Gerechtigkeit gegen das Leben darin, die das Kleine und das Große gleichzeitig gelten läßt, ohne »ideologisch« Partei zu ergreifen. Das Kleine, Begrenzte ist hier die Dorfkirche mit Küster, Pastor und Gemeinde und dem rituell ablaufenden, etwas sommerlich

»schläfrigen« Gottesdienst und seiner »wunderbaren« Predigt, einer »Predigt ohnegleichen«.

Wer urteilt hier eigentlich? Gewiß nicht der Autor, der eher ein Atheist als ein Christ war. Die Atmosphäre des Ganzen ist gemeint, das Einverständnis zwischen Pfarrer und Gemeinde bis zum Ausklingen in Amen, Segen, Orgelton und letztem Psalter. Das hat etwas Rührendes, jedoch ohne jeden kitschigen oder auch nur empfindsamen Unterton, ebenso wie der Landpastor, der still für seine Feinde betet.

Der Realismus der genauen Beobachtung hat aber auch seine sozialkritische Note. Der Vers über die Baronin rückt die »wunderbare« Predigt in eine andere Beleuchtung. In seinem unverkennbaren Spott könnte er von Heine sein. Bereits räumlich ist die vornehme, adelige Dame durch ihren bevorzugten Sitz in der Kirche von der simplen Gemeinde geschieden. »Stilles« Gebet und tränenreiche Selbstdarstellung werfen sehr verschiedene Schlaglichter auf dieses Idyll eines sonntäglichen Friedens. Nostalgische Verklärung ist das nicht, sondern eine sehr realistische und perspektivenreiche Darstellungskunst.

Liliencron lehnt sich nicht etwa auf. Er war ein Einzelgänger, der es als Dichter verstanden hat, der Alltagssprache einen damals neuen poetischen Reiz abzugewinnen; in seiner politischen Haltung war er jedoch eher konservativ als revolutionär. Er relativiert, er skizziert, er zeigt die genauen Umrisse und läßt die »Stimmung« nur zwischen den Zeilen mitschwingen; er läßt gelten. Aber das »Türen weit« ist für ihn dennoch ein Akt der Befreiung aus der liebenswürdigen Enge und Beschränktheit dieser kleinen Dorfkirche in die Unermeßlichkeit des Draußen, in die bewegte lebendige Natur, die ihm weit mehr bedeutet als jede Art von kirchlicher Institution.

Erst der Schlußvers ist die Alternative zum ganzen vorausgegangenen Gedicht. Er ist das poetische Credo des lyrischen Ich, ohne daß der nach außen gerichtete Realismus der Darstellung dabei ins Symbolische oder Tendenziöse verfälscht würde. In seiner Art bleibt dieses kleine Gedicht ein Meisterwerk.

DETLEV VON LILIENCRON
EINEN SOMMER LANG

Zwischen Roggenfeld und Hecken
Führt ein schmaler Gang;
Süßes, seliges Verstecken
Einen Sommer lang.

Wenn wir uns von ferne sehen,
Zögert sie den Schritt,
Rupft ein Hälmchen sich im Gehen,
Nimmt ein Blättchen mit.

Hat mit Ähren sich das Mieder
Unschuldig geschmückt,
Sich den Hut verlegen nieder
In die Stirn gerückt.

Finster kommt sie langsam näher,
Färbt sich rot wie Mohn;
Doch ich bin ein feiner Späher,
Kenn die Schelmin schon.

Noch ein Blick in Weg und Weite,
Ruhig liegt die Welt,
Und es hat an ihre Seite
Mich der Sturm gesellt.

Zwischen Roggenfeld und Hecken
Führt ein schmaler Gang;
Süßes, seliges Verstecken
Einen Sommer lang.

WOLFGANG LEPPMANN
SPÄHER UND SCHELMIN

Bei Erwähnung des Namens Liliencron gähnen einige Leute, zu Unrecht. Andere tauchen in Schulerinnerungen ab: War das nicht der mit den Pferdeköpfen und den Mädchenzöpfen und mit Klingling, bumbum und tschingdada? Der Reitersmann aus den »Adjutantenritten«, dessen Kriegsnovellen von 1870 und 1871 noch 1940, also in wiederum »großer« Zeit, neu aufgelegt wurden? Detlev von Liliencron war beides, und er hat neben manchen heute vergessenen Werken auch einige Gedichte verfaßt, denen die Jahre so wenig anhaben können wie den genannten, will sagen: wie »Viererzug« oder »Die Musik kommt« oder eben auch »Einen Sommer lang«.
Leichte, gleichsam aufs Papier gehauchte Verse zu einem Thema, das so taufrisch bleibt wie eh und je. Auch wenn uns die Ausdrucksweise etwas veraltet vorkommen mag, denn *süß* und *selig*, *Mieder* und *unschuldig* und *Schelmin* sind Wörter, die in einem heutigen Liebesgedicht kaum mehr Platz fänden. Sogar der ursprüngliche, in der handschriftlichen Fassung erhaltene Titel »Stelldichein« klingt naiv und altertümelnd im Vergleich etwa zu »Rendezvous«. Antiquiert will uns schließlich auch die Macho-Rolle des Mannes beziehungsweise Erzählers erscheinen, der alleine bestimmt, was wann zu geschehen hat. Doch ist eine Art Versöhnung mit eingebaut. Denn die Metapher vom Sturm zeigt, daß für Gerechtigkeit gesorgt wird und daß der »feine Späher« seinen Gefühlen genauso ausgeliefert ist wie die »Schelmin« den ihren.

Einwände, wenn's denn welche sind, die sich verflüchtigen angesichts der vollkommensten Übereinstimmung von Inhalt und Form. Vergeblich greifen die Finger der Textexegese nach einem Halt in der festgefügten Fassade dieser Strophen, die in sich selbst ruhen und wegen ihrer geradezu undeutschen Transparenz weder »erarbeitet« noch gar »hinterfragt« zu werden brauchen. Man liest sie, freut sich, und blättert weiter. Was natürlich nicht bedeutet, daß man das Gelesene nicht in sich weiterwirken läßt und sich seine Gedanken darüber macht.

Hier ein Mädchen, wohl keine Unschuld vom Lande, sondern eine junge Frau, die ahnt, was den Männern bei ihrem Anblick durch den Kopf geht; daher der zögernde Schritt, der *verlegen* in die Stirn gerückte Hut, das errötende Gesicht. Und dort ihr Freund, der Dichter, mit dessen Augen wir die Handlung verfolgen und zwar bis zum Augenblick der beginnenden Intimität. Was Liliencron an dieser Stelle mit sicherem Instinkt einhalten läßt, ist die Überzeugung, daß die Phantasie des Lesers oder der Leserin mehr hergibt als die Aufzählung körperlicher Reize. Wer das berühmte »Knistern« zwischen Mann und Frau so gut wiedergeben kann wie er, dem genügt ein ährengeschmücktes Mieder.

Diese Zurückhaltung hat nichts mit viktorianischer Schamhaftigkeit zu tun. Liliencron war kein ätherischer Poet, sondern ein Vollblutlyriker, der freilich auch ganz andere Töne beherrschte und zum Beispiel einem Kritiker vorwarf, dieser habe »nie auf dem Gaule gesessen oder einem frischen Mädel auf das Popochen geklopft«. Seine Reserve ist keine Idiosynkrasie, sondern ein Stilprinzip, das auch anderswo zur Geltung kommt. So schläft etwa in dem Gedicht »Müde« in den »Adjutantenritten« ein vom Tanz zurückkehrendes Mädchen am Wegesrand ein und

wird von einem vorbeireitenden Junker überrascht; kaum ist sie erwacht und hat den ritterlichen jungen Mann gesehen, da zieht der Dichter auch schon den Vorhang zu mit den Worten: *Ich denke, wir lassen die beiden allein / in der Sommernacht.*
Geschmack ist ein fast wertfreier Begriff geworden, elitär und *politically most incorrect*. Doch fällt auf, wie geschmackvoll diese Liebesbegegnung geschildert wird, in welcher die Annäherung der beiden um vieles spannender und »romantischer« wirkt als der Vollzug.

DETLEV VON LILIENCRON
SCHÖNE JUNITAGE

Mitternacht, die Gärten lauschen,
Flüsterwort und Liebeskuß,
Bis der letzte Klang verklungen,
Weil nun alles schlafen muß –
Flußüberwärts singt eine Nachtigall.

Sonnengrüner Rosengarten,
Sonnenweiße Stromesflut,
Sonnenstiller Morgenfriede,
Der auf Baum und Beeten ruht –
Flußüberwärts singt eine Nachtigall.

Straßentreiben, fern, verworren,
Reicher Mann und Bettelkind,
Myrtenkränze, Leichenzüge,
Tausendfältig Leben rinnt –
Flußüberwärts singt eine Nachtigall.

Langsam graut der Abend nieder,
Milde wird die harte Welt,
Und das Herz macht seinen Frieden,
Und zum Kinde wird der Held –
Flußüberwärts singt eine Nachtigall.

CHRISTA MELCHINGER
EINE KETTE BUNTER FÄHNCHEN

Was an diesem Gedicht kann unsre Aufmerksamkeit über die Minute hinaus fesseln, die wir zum Lesen brauchen? Gleich vorweg: Ich finde keine ästhetischen Kriterien, die erklärten, warum ein Gedicht, das sich in eine Tradition fügt, ein konventionelles Gedicht also, von einem bestimmten Zeitpunkt an schwer zu ertragen ist.

Um 1880, als Liliencron zu dichten beginnt, dichtet auch Nietzsche, auch Mallarmé, rüsten sich die Programmatiker des Naturalismus. Holz protestiert gegen die Reimklingelei, die Leierkastenrhythmik. Geschwätz mit den Mitteln der Romantik. Eichendorff-Ton. Wir hören ihn auch aus diesem Gedicht: die romantische Thematik, das traditionelle Andichten der Natur, die konventionelle Symbolik, das Versschema, die einfachen Vierheber, der stimmungsvolle Refrain, der das Volksliedhafte unterstreicht.

»Man mag von ihm aussagen, was man will: es ist immer auch das Gegenteil richtig ...« – so Richard Dehmel über Liliencron. Das gilt bis heute. Und nicht nur für den Dichter, auch für die Zeit, in der er dichtet. Für beide muß man im Auge haben: die Gleichzeitigkeit von Tradition und Protest dagegen, von Übernahme des Überlieferten und Abkehr davon. Diese Mischung schafft eine eigene Form, einen eigenen Reiz.

Darin liegt für mich der Wert des Gedichts mit dem belanglosen Titel »Schöne Junitage«. Zugegeben: die letzte

Strophe mit ihrer altbackenen Symbolik schleppt sich kaum über die Jahrhundertwende. Ich lasse sie, für mich, einfach weg. Den Refrain nehme ich mit in Kauf, des lokkenden »Flußüberwärts« wegen. Und die Natur, die da vor mich hingestellt wird – ich habe sie ganz gern, weil in dem alten Rahmen die neuen Farben so viel heller leuchten: artikellose Substantive, lauter Signale, eins neben das andre gesetzt, eine Kette bunter Fähnchen, nichts bedeutend als sich selbst.

Das ist neu. Und ganz in Übereinstimmung mit dem, was das naturalistische Programm für die Lyrik fordert: die Verknappung und Intensivierung des Ausdrucks, die Reduktion der Sprache auf Nomina, das direkte umweglose Benennen, Registrieren von Sinneseindrücken.

Und besonders reizvoll: Zur Präsentation des Neuen bedient sich Liliencron einer Urform der Poesie, des »Summationsschemas« (Curtius), das verschiedene Gegenstände in paralleler Aufzählung aneinanderreiht und in einem Schlußglied zusammenfaßt. Ich denke, Liliencron greift, ohne sich dessen bewußt zu sein und nur aus seinem künstlerischen Instinkt heraus, zu einem Mittel, das aus der Antike bekannt ist und auch in der mittelalterlichen und barocken Lyrik gebraucht wird und das hier so ganz am rechten Platz erscheint:

Auf kurzem Weg führen die Zeilen, jeweils einen Sinneseindruck nennend, Stufe für Stufe auf den Gipfel. »Tausendfältig Leben rinnt –«. Nach den Einzelausblicken des Aufstiegs ergibt sich der Rundblick vom Gipfel ganz von selbst: Leben, der wichtigste Begriff des 19. Jahrhunderts – die Fülle des Lebens, abgelesen, abgeschaut den Bildern, wie sie sich ergeben an schönen Junitagen, und in Worte gebracht, die nichts hinzutun. Keine bewußte Absicht,

keine vorgefaßte Form, keine tiefere Bedeutung, nur Auge und Ohr, für alles Lebendige geschärfte Sinne.
Nun, damit ist das Gedicht angekommen in seiner Zeit, steht da am rechten Platz. Von hier aus kann die letzte Strophe nicht anders gedeutet werden als eine Konzession an die Tradition, die man vergessen soll. Um der vorangegangenen Verse willen, die sich daran nicht messen lassen.

FRIEDRICH NIETZSCHE
DER EINSAME

Verhasst ist mir das Folgen und das Führen.
Gehorchen? Nein! Und aber nein – Regieren!
Wer *sich* nicht schrecklich ist, macht Niemand
Schrecken:
Und nur wer Schrecken macht, kann Andre führen.
Verhasst ist mir's schon, selber mich zu führen!
Ich liebe es, gleich Wald- und Meeresthieren,
Mich für ein gutes Weilchen zu verlieren,
In holder Irrniss grüblerisch zu hocken,
Von ferne her mich endlich heimzulocken,
Mich selber zu mir selber – zu verführen.

WERNER ROSS
KEIN FÜHRER

Nietzsche dichtete nicht nebenbei. Je reifer er wurde, um so unbedenklicher nahm er Verse in sein Repertoire. Die »fröhliche Wissenschaft« verwies schon in ihrem Titel auf die provenzalischen Poeten, und so wurden ihre Aphorismen eingerahmt von »Scherz, List und Rache« vorn und den »Liedern des Prinzen Vogelfrei« am Ende. Diese Gedichte und Sprüche waren leicht und sind leicht geblieben; in einem der Aphorismen heißt es: »Alle Menschen der Tiefe haben ihre Glückseligkeit darin, einmal den fliegenden Fischen zu gleichen und auf den äußersten Spitzen der Wellen zu spielen.« So wollen diese Liedchen gelesen sein, »Scherz« ist das erste Wort des Titels. Oft sind es Porträtskizzen, so auch unser Gedicht. Es hat ein Leitwort, das von den zehn Reimen sieben zusammenverbindet: »führen«. Es ist eine erbitterte, in jedem Satz durchgehaltene Absage daran, ebenso wie an seine andere Seite, das Folgen. Ach, das hätte man zu Hitlers Zeiten an die Wände spritzen sollen, als die meisten »Führer« und »Gefolgschaft« geradezu wollüstig sich auf der Zunge zergehen ließen.
Aber meint Nietzsche, der doch angeblich den Willen zur Macht proklamierte und Gewaltmenschen pries, mit diesem Einsamen wirklich sich selbst? Man kann beruhigt sein. Er selbst hat tatsächlich nie jemanden kommandiert, war ausgesucht höflich, fügte sich freilich auch nicht ein, war auf seiner Stube unabhängig; nur weil er halb blind

und fast arm war, der Not gehorchend und auf die Notwende hoffend. Mit einer lässigen Selbstverständlichkeit, die im nachhinein erschauern macht, formuliert er das Gesetz der Diktatur, der Führung, die für die Ungehorsamen den Schrecken nicht entbehren kann. Im Ernst: er hätte gern einen Jünger wie Rée, eine Jüngerin wie Lou Salomé gehabt, aber auch sein Meistermodell Zarathustra lehrt ausdrücklich, daß man ihm nicht folgen solle, sondern nur sich selbst. Oder, so legt der nächste Vers nahe, ist selbst das Selbst schon zuviel?

Dem zweimaligen »Verhasst« tritt nun das »Ich liebe es« entgegen, die Vor-Liebe nach dem Abscheu, das Sichverlieren als die extremste Form des Führungsverzichts, das »Weg von der Bildfläche« als Ideal, die Waldtiere im Dikkicht, die Meerestiere in ihren Schalen als Modelle. So hat er ja gelebt, in Sils, in Venedig, in Nizza, in Turin, alle Jubeljahre ein Besucher, die Freunde nur in Briefen präsent. Kein Stubenhocker im strengen Sinn, dazu wanderte er zu gern, aber »hocken« wird nun ein liebenswertes Wort, an »hold« sich anschmiegend, und hold ist ebendas Irren und Verirren, der Zustand »Irrniss« als neues Paradies.

Der Wanderer, der sich auch gern als Seefahrer nach Columbus-Art sieht, will nicht nach Haus, zu den etablierten Bekannten und zu den bekannten Gedanken, und um ihn zu locken, muß das Führen seine Qualität ändern, hin zu jener Gewaltlosigkeit, die Ver-Führen heißt (eine Schlußpointe, die durch den Gedankenstrich, als Spannungspause, angezeigt wird). Was so poetisch umschrieben wird, heißt mit Nietzsches Wort programmatisch-prosaisch: »Werde, der du bist.« Wer ist *er* denn? Die schönste Formel dafür hat er auf französisch gefunden: *poète-prophète*, beides in einem. Das Gedicht ist dafür so legitim wie das Prosafragment, das Aphorismus heißt.

Der Titel des ganzen Zyklus, »Scherz, List und Rache«, stammt übrigens von Goethe, der ein Lust- und Singspiel so überschrieb, in jener Glanzzeit, die Rokoko hieß und ein paar Jahre später jäh zu Ende ging. Und ebendiesen Titel heftete Nietzsche der Oper seines Freundes Peter Gast an, die nach seinem Willen den bescheidenen Komponisten zu einem neuen Mozart erheben würde. Dergleichen hat er als Wald- und Meerestier geträumt.

FRIEDRICH NIETZSCHE
DER FREIGEIST

I. Abschied

Die Krähen schrei'n
Und ziehen schwirren Flugs zur Stadt:
Bald wird es schnei'n –
Wohl dem, der jetzt noch – Heimat hat!

Nun stehst du starr,
Schaust rückwärts ach! wie lange schon!
Was bist du Narr
Vor Winters in die Welt – entflohn?

Die Welt – ein Thor
Zu tausend Wüsten stumm und kalt!
Wer Das verlor,
Was du verlorst, macht nirgends Halt.

Nun stehst du bleich,
Zur Winter-Wanderschaft verflucht,
Dem Rauche gleich,
Der stets nach kältern Himmeln sucht.

Flieg', Vogel, schnarr'
Dein Lied im Wüsten-Vogel-Ton! –
Versteck', du Narr,
Dein blutend Herz in Eis und Hohn!

Die Krähen schrei'n
Und ziehen schwirren Flugs zur Stadt:
– Bald wird es schnei'n,
Weh dem, der keine Heimat hat!

II. Antwort

Daß Gott erbarm'!
Der meint, ich sehnte mich zurück
In's deutsche Warm,
In's dumpfe deutsche Stuben-Glück!

Mein Freund, was hier
Mich hemmt und hält ist *dein* Verstand,
Mitleid mit *dir*!
Mitleid mit deutschem Quer-Verstand!

GERT UEDING
DIE EINSAMKEIT ZARATHUSTRAS

Die postmoderne Nietzsche-Konjuktur und was an vieltönigen Wellenschlägen vom 100. Todestag ausging: in einem Punkte treffen sie sich, in der Vernachlässigung der Lyrik. Dabei hatte Nietzsche seine Gedichte nicht bloß als lyrische Fußnoten zum philosophischen Werk angesehen, sondern manche darin integriert und aus ihnen sogar einen gewichtigen Teil der poetischen Inspirationen des »Zarathustra« bezogen. Im Herbst 1884 plante er schließlich einen eigenen Gedichtband, für den er einige neue Stücke schrieb, darunter das einst bekannteste Gedicht, das in den späteren Anthologien deutscher Poesie unter wechselnden Titeln erschien (»Vereinsamt«, »Aus der Winterwüste«, »Abschied« oder »Mitleid hin und her«) und mit dem eindringlichen Bild der vor der Kälte in die Stadt fliehenden Krähen beginnt. Nur der chronologisch letzte der von Nietzsche erwogenen Titeln, »Der Freigeist«, taucht selten einmal auf – und das hat Gründe.

Denn natürlich haben die späteren Interpreten dieses Gedicht – wie Nietzsches Lyrik überhaupt – an dem Maßstab deutscher Erlebnispoesie gemessen und in diesem Beispiel etwa den »Aufschrei des unmittelbarsten Gefühls« wahrnehmen wollen. Nun gibt es keinen Zweifel, daß Einsamkeit, Heimatlosigkeit, Isolation zu den frühesten und bleibenden Lebenserfahrungen Nietzsches gehören, doch schon die Verse des Gymnasiasten in Schulpforta verraten auch die pathetische Lust, die er aus seiner Vereinzelung zu ziehen wußte: »Noch einmal eh ich weiter ziehe / Und meine Blicke vorwärts sende / Heb' ich vereinsamt meine Hände ...«

Denn die Einsamkeit, die Nietzsche für sich reklamiert, ist die Einsamkeit der inkommensurablen Größe, der Einmaligkeit und Auserwähltheit, die Einsamkeit Zarathustras. Sie ist auch in unserem Gedicht gemeint. Nietzsche arbeitete an seinem Zarathustra-Buch, als er es niederschrieb. Er bietet eine ganze pathetische Bildergalerie auf, um das Gefühl der Verlassenheit sichtbar zu machen. Doch mögen darin auch zeitgeschichtliche Anspielungen mitschwingen (»Im deutschen Spätherbst« lautete eine andere Titelvorstellung des Autors) und der Vers »Vor Winters in die Welt – entflohn?« mag auf seine historische Lebenssituation gemünzt sein. Die Motive haben sich längst von ihr gelöst, gehören seit jeher zu den lyrischen Requisiten der Melancholie und des Weltabschieds.

Sie werden vom Autor höchst effektvoll in Szene gesetzt; und man meint den »schwirren« Flug der Krähen im Wechsel der Lang- und Kurzzeilen auch über der Winter- und Wüstenwelt der Folgezeilen zu vernehmen. Das zielt nicht allein auf Darstellung, sondern vor allem auf Erregung von Gefühlen, von Gefühlen zudem, die Nietzsche zwar zu empfinden und genießen, aber als Psychologe und radikaler Aufklärer zudem auch zu durchschauen vermochte. Denn kaum hat er sie kunstvoll aufgebaut, zerstört er sie auch schon wieder. Das Gedicht hat nämlich zwei Teile, von denen in der Regel nur der erste gedruckt wurde und mit »Abschied« überschrieben ist. Ihm folgt ein zweiter Teil mit dem Titel »Antwort«; wir haben es also mit einem Rollengedicht zu tun. Der erste Sprecher erhält vom zweiten eine rüde Abfuhr: nur aus der Perspektive dumpfen Stubenglücks erscheint jene Einsamkeit auch verzweiflungsvoll. In Wahrheit zeigt sich darin die Weltferne des freien Geistes, der seinerseits voller Mitleid auf die Beschränktheit um sich her herunterblickt.

FRIEDRICH NIETZSCHE
DIE KRÄHEN SCHREI'N

Die Krähen schrei'n
Und ziehen schwirren Flugs zur Stadt:
Bald wird es schnei'n –
Wohl dem, der jetzt noch – Heimat hat!

Nun stehst du starr,
Schaust rückwärts ach! wie lange schon!
Was bist du Narr
Vor Winters in die Welt – entflohn?

Die Welt – ein Thor
Zu tausend Wüsten stumm und kalt!
Wer Das verlor,
Was du verlorst, macht nirgends Halt.

Nun stehst du bleich,
Zur Winter-Wanderschaft verflucht,
Dem Rauche gleich,
Der stets nach kältern Himmeln sucht.

Flieg', Vogel, schnarr'
Dein Lied im Wüsten-Vogel-Ton! –
Versteck', du Narr,
Dein blutend Herz in Eis und Hohn!

Die Krähen schrei'n
Und ziehen schwirren Flugs zur Stadt:
Bald wird es schnei'n,
Weh dem, der keine Heimat hat!

HERMANN KURZKE
TRISTESSE DER LEBENSGIER, TRISTESSE DER EINSAMKEIT

Stockend in den kurzen, treibend in den langen Zeilen, zerreißt schon der Rhythmus dieses Gedichts das teilnehmende Herz. Fliehen oder bleiben? Die zwei Krähenstrophen umrahmen ein unheimliches Selbstgespräch. Einer verhöhnt sich: du Narr!

Den Einsamen lockt die Welt und verrät ihn zugleich. Was ist »die Welt«? Sie ist Liebe und Leben, Glück und Gier; der Ort des Widersachers, wie in der asketischen Tradition. Ein Tor zu tausend Wüsten nennt sie der Enttäuschte. Was sind Wüsten? Die Wüste ist die Weltlust. »Unter Töchtern der Wüste« heißt der gequälte Bordellpsalm, in dem Nietzsche seinen Zarathustra, »umsphinxt« von »Mädchen-Katzen«, »lüstern nach einem runden Mädchen-Maule«, zeigt.

Nach Freiheit vom wüsten Begehren lechzt der Unerlöste, zum Trieb Verfluchte. Die Lust ist Pein. Ihr Geräusch ist nicht lieblich, sondern rasselnd. Schnarr dein Lied im Wüsten-Vogel-Ton! Die R-Laute des Gedichtes bilden die ratternde Mechanik der Weltgier ab. In »schwirr« und »starr«, »Narr« und »schnarr« echot der heisere Schrei der Krähen. In Schwärmen fliegen sie zur Stadt. Sie fliehen vor dem Winter. Sie lassen den Einsamen in der Kälte zurück. Derjenige, der hier mit sich selbst spricht, behauptet, stolz zu sein auf seine Einsamkeit. Angeblich will er nichts anderes. In einem Antwortgedicht zu »Die Krähen schrei'n«

verspottet er das »dumpfe deutsche Stuben-Glück«. Er verachtet sich für seine Sehnsucht nach der Welt und panzert sich mit einer nihilistischen Winter-Metaphysik. Der wirbelnde Schnee bedeutet die tödliche Leere, die radikale Ungeborgenheit, das absolute Nichts. Der Einsame will ein Freigeist sein, der das Nichts aushält. Lieber mit den Zähnen klappern als Götzen anbeten. Aber in Wirklichkeit ist er eine Krähe. Die Krähen ziehen schwirren Flugs zur Stadt.

Nietzsche hat dem im Herbst 1884 entstandenen und erst aus dem Nachlaß veröffentlichten Gedicht wechselnde und einander widersprechende Titel und Untertitel gegeben – »Vereinsamt« und »Der Freigeist«, »Abschied«, »Heimweh«, »Aus der Wüste« und »Die Krähen schrei'n«. Man kann es biographisch lesen als Reaktion auf enttäuschte Liebe und als Flucht in die Selbststilisierung zum Einsiedler im ewigen Eis.

Aber nicht Nietzsches Person soll hier interessieren, sondern die fundamentale Erfahrung, die sein Gedicht zum Ausdruck bringt. Die Welt ist schal. Es gibt in ihr keine Erfüllung ohne Verrat am Anspruch des Geistes. Es gibt umgekehrt keinen Anspruch des Geistes, der je erfüllt werden könnte, und doch blutet das Herz, wenn es enttäuscht wird. Es ist der ewige Widersinn der Liebe, daß sie sich in der Sehnsucht verzehrt und in der Erfüllung zerstört – die Tristesse der Lebensgier, die Tristesse der Einsamkeit. Daher kommt die Melancholie des Krähenrufes. »Flieg, Vogel, schnarr' dein Lied im Wüsten-Vogel-Ton!«

Je größer ein Gedicht, desto größer die Gefahr, mit allen erklärenden Worten dahinter zurückzubleiben und plötzlich innehalten zu müssen wie ein Ertappter.

FRIEDRICH NIETZSCHE
DIE SONNE SINKT

Heiterkeit, güldene, komm!
  du des Todes
heimlichster süssester Vorgenuss!
–Lief ich zu rasch meines Wegs?
Jetzt erst, wo der Fuss müde ward,
  holt dein Blick mich noch ein,
  holt dein *Glück* mich noch ein.

Rings nur Welle und Spiel.
  Was je schwer war,
sank in blaue Vergessenheit,
müssig steht nun mein Kahn.
Sturm und Fahrt – wie verlernt er das!
  Wunsch und Hoffen ertrank,
  glatt liegt Seele und Meer.

Siebente Einsamkeit!
  Nie empfand ich
näher mir süsse Sicherheit,
wärmer der Sonne Blick.
–Glüht nicht das Eis meiner Gipfel noch?
  Silbern, leicht, ein Fisch
  schwimmt nun mein Nachen hinaus …

WERNER ROSS
WELLE UND SPIEL, SEELE UND MEER

Als Prediger, Prophet, Hammerschwinger war er aufgebrochen, als Gesetzgeber für ein neues Jahrtausend. Der Zarathustra war das neue Evangelium. Aber unter der Hand gedieh ihm dieser Donnertext zur Dichtung, zu einem großen, pathetischen, verkündenden Gesang, und als er Bilanz zog, konnte er sich durchaus zu Recht »Nur Narr! nur Dichter!« nennen, seufzend und triumphierend.

»Nur Narr! nur Dichter!« ist das erste der Gedichte überschrieben, die zunächst die Überschrift »Lieder Zarathustras« trugen, die er dann in dem euphorischen Zustand, der im Herbst 1888 seinem Wahnsinn voranging, noch einmal säuberlich abschrieb und mit dem Titel »Dionysos-Dithyramben« versah. Dithyramben nicht für Dionysos, sondern *des* Dionysos, denn der spricht nun durch ihn, den Sänger, wie Zarathustra durch ihn gesprochen hatte.

Unversehens wurde der schnauzbärtige Philosoph zum größten Lyriker des ausgehenden Jahrhunderts, niemand von den Älteren war mehr da, Storm in ebendiesem Jahr 1888 gestorben, Kellers »Gesammelte Gedichte« waren 1883 erschienen, aber was waren Storm und Keller, die Dichter des deutschen Bürgerhauses, gegen diese Sprachgewalt, die sich wahrhaft dithyrambisch nennen konnte, ohne vor-gegebene Form, *ein*gegeben!

Eines der schönsten Gedichte der Dionysos-Dithyramben

ist mit »Die Sonne sinkt« überschrieben. Unser Text ist das dritte und letzte Stück davon. Es bezeugt die Glücksstimmung des vielgeliebten Herbstes, die er bei der Ankunft in Turin so beschrieb: »Wunderbare Klarheit, Herbstfarben, ein exquisites Wohlgefühl auf allen Dingen.« Der Tod nicht als Drohung, sondern als Elysium, die goldene Sterbezeit als süßester Vorgenuß. Heiterkeit, *serenitas*, die den Himmel meint und die vom südlichen Klima erzeugte getragene Gelassenheit. Sie wird angerufen, so wie Ahnherr Goethe einst den »süßen Frieden« angerufen hat. Keine Reime, nur sanftes Vor-sich-hin-Sprechen, aber es reimen am Ende der ersten Strophe »Blick« und – vom Autor unterstrichen – »Glück«, das zweite der Superlativ des ersten.

Rückblickend sah er den ganzen Zarathustra so, schrieb in der Vorrede zur »Genealogie der Moral« von »dem halkyonischen Element, aus dem jenes Werk geboren ist, seiner sonnigen Helle, Ferne, Weite und Gewißheit«. Aber damals war er noch der kühne Seefahrer auf seinem »Genueser Schiff«. Nun nichts mehr davon, und die zweite Strophe wiegt sich wie der Kahn, von dem sie spricht, zwischen Welle und Spiel, und Seele und Meer. Meeresstille nicht mehr als Hemmnis, sondern als Ziel. Absage an die Schwere, auch an die hochgetürmte Aufgabe, unerhörtes Glücksgefühl in der bescheidensten Turiner Existenz. »Alles wird mir leicht, alles gerät mir«, schreibt er an Overbeck.

Kein Pathos mehr versiegelt die »siebente Einsamkeit« des Zarathustra. Das schlichteste Glück ist in die einfache und intensive Formel gefaßt, die süße Sicherheit, den wärmenden Blick der Sonne. Nur einmal zuckt die Erinnerung an einstige Größe auf, an die Gipfel, die der Wanderer mit eigenen Füßen oder symbolisch bestieg, an Eis und Glut. Weg damit! Kein Genueser Abenteuer mehr. Die Metapher vom Nachen gleitet leicht in eine andere hinüber. Der silbern schimmernde Fisch ist die Antwort des lyrischen Ichs auf die güldene Heiterkeit der Welt. Zwar immer noch »hinaus«, aber Fische, glücklicherweise, haben kein Ziel.

»Meine Kellner«, schrieb er an Overbeck, »glänzen von Feinheit und Entgegenkommen«, die Obstverkäuferin sucht ihm die schönsten Trauben aus und läßt sie ihm billiger. Dieser euphorische Zustand sublimiert sich in den Glücksversen von »Die Sonne sinkt«. »Silbern, leicht, ein Fisch«, schwimmt sein Kahn hinaus – in den Wahnsinn hinein.

FRIEDRICH NIETZSCHE
IM SÜDEN

So häng ich denn auf krummem Aste
Und schaukle meine Müdigkeit.
Ein Vogel lud mich her zu Gaste,
Ein Vogelnest ists, drin ich raste.
Wo bin ich doch? Ach, weit! Ach, weit!

Das weiße Meer liegt eingeschlafen,
Und purpurn steht ein Segel drauf.
Fels, Feigenbäume, Turm und Hafen,
Idylle rings, Geblök von Schafen, –
Unschuld des Südens, nimm mich auf!

Nur Schritt für Schritt – das ist kein Leben,
Stets Bein vor Bein macht deutsch und schwer.
Ich ließ den Wind mich aufwärts heben,
Ich lernte mit den Vögeln schweben, –
Nach Süden flog ich übers Meer.

Vernunft! Verdrießliches Geschäfte!
Das bringt uns allzubald ans Ziel!
Im Fliegen lernt ich, was mich äffte, –
Schon fühl ich Mut und Blut und Säfte
Zu neuem Leben, neuem Spiel…

Einsam zu denken nenn ich weise,
Doch einsam singen – wäre dumm!
So hört ein Lied zu eurem Preise
Und setzt euch still um mich im Kreise,
Ihr schlimmen Vögelchen, herum!

So jung, so falsch, so umgetrieben
Scheint ganz ihr mir gemacht zum Lieben
Und jedem schönen Zeitvertreib?
Im Norden – ich gestehs mit Zaudern –
Liebt ich ein Weibchen, alt zum Schaudern:
»Die Wahrheit« hieß dies alte Weib…

LUDWIG HARIG
LOB DES LUFTKUTSCHERS

Von Kind an fasziniert mich das Kopfreisen auf Flügeln. »Von oben herab sieht die Welt eben ganz anders aus«, heißt es im Märchen: Der Daumerling sitzt auf der Stopfnadel, der Kaufmannssohn im Lederkoffer, Sindbad auf dem Rücken des Vogels Roch. Die Schwerkraft ist aufgehoben, ich geselle mich zu ihnen, und fliegend betrachten wir »Luft-Schiffahrer des Geistes« die Welt unter uns mit den Augen des Abenteurers.

Friedrich Nietzsche, ein verführerischer, mit seiner berauschenden philosophischen Poesie bis in schwindelnde Höhen vordringender Visionär, ruft im »Zarathustra« aus: »Ungeduldig zu fliegen, davonzufliegen – das ist nun meine Art: wie sollte nicht etwas daran von Vogel-Art sein! und zumal, daß ich dem Geist der Schwere feind bin, das ist Vogel-Art!«

Schon in der »Morgenröte« singt Nietzsche von den kühnen Vögeln, die weit hinausfliegen, und ruft, wenn diese sich am Ende ihrer Flugbahn ermüdet auf einer Klippe niederhocken: »Andre Vögel werden weiter fliegen!« An allen Ecken und Enden und mit mächtigem Organ stimmt er in seiner schwelgerischen Schrift »Die fröhliche Wissenschaft« den Gegengesang zum moralisierenden Schlußchoral seines ausgehenden Jahrhunderts an. Widerstand gegen jedes Dogma, jede Theorie, jedes übergreifende Prinzip: das ist seine Losung, der Auftrag an alle, die mitfliegen wollen, das »Gelüste, das uns mehr gilt als irgendeine Lust«. In der Vorrede verweist er auf »die Handvoll Lieder, welche dem Buche diesmal beigegeben sind – Lieder, in denen sich ein Dichter auf eine schwer verzeihliche Weise über alle Dichter lustig macht«.

Hier versetzt sich Nietzsche nicht einfach in den Vogel, der sich in die Luft erhebt. Er hat sich in den singenden Vogel-Menschen verwandelt, ist der »Prinz Vogelfrei« geworden, der mit den Vögeln fliegt und singt. Sein Gedicht »Im Süden« spricht es aus: Er ist zwar Mensch geblieben, hängt auf krummem Ast, räsoniert über die Beschwerlichkeit des Gehens, verlästert die Geschäfte der Vernunft, doch ein Vogel hat ihn zu Gast geladen, lehrt ihn das Schweben, unterweist ihn im Fliegen, bringt ihm das Singen bei. So hat er einerseits die charakteristischen Eigenschaften des Menschen behalten, andererseits aber von den Vögeln deren Art angenommen: Er ist frei zum Abschuß für jeden Menschen, der ihn antrifft – und frei, wie er es nur in den Lüften sein kann. Er ist vogelfrei, in zweierlei Bedeutung.

Nietzsche, der Prinz Vogelfrei aus dem grauen Norden, ist in den Süden gereist, wohin es die Deutschen immer schon gezogen hat. An den Sehnsuchtsgestaden deutscher Könige und Ritter, Künstler und Touristen kostet er das Licht, die Wärme, das leichtere Leben aus. Von Sils-Maria nach Genua »herabgeflogen« an den Strand des Ligurischen Meeres, ist er von morgens bis abends unterwegs, der deutschen Dumpfheit und Schwerfälligkeit sein Springen, sein Tanzen, sein Fliegen, seine spielerischen Bewegungen entgegenzusetzen.

»So wenig als möglich sitzen«, schreibt er, »das Sitzfleisch – ich sagte es schon einmal – die eigentliche Sünde wider den heiligen Geist.« Folglich versammelt er seine

Zuhörer, die »schlimmen Vögelchen«, nur so lange um sich, bis er ihnen seinen Rat vorgesungen hat: den Gesang vom neuen Leben, vom neuen Spiel, das Lied wider die Vernunft, die Weise gegen die sogenannte Wahrheit.

»Nein, dieser schlechte Geschmack, dieser Wille zur Wahrheit, zur ›Wahrheit um jeden Preis‹..., wir glauben nicht mehr daran, daß Wahrheit noch Wahrheit bleibt, wenn man ihr die Schleier abzieht«, schreibt Nietzsche in seiner Vorrede zur »Fröhlichen Wissenschaft« und weitet seinen Südrausch bis zu den Griechen aus, »vielleicht ist die Wahrheit ein Weib, das Gründe hat, ihre Gründe nicht sehen zu lassen? ... Oh diese Griechen! Sie verstanden sich darauf, zu leben: dazu tut not, tapfer bei der Oberfläche, der Falte, der Haut stehenzubleiben, den Schein anzubeten, an Formen, an Töne, an Worte, an den ganzen Olymp des Scheins zu glauben! Diese Griechen waren oberflächlich – aus Tiefe!«

FRIEDRICH NIETZSCHE
TROST FÜR ANFÄNGER

Seht das Kind umgrunzt von Schweinen,
Hülflos, mit verkrümmten Zeh'n!
Weinen kann es, Nichts als weinen –
Lernt es jemals stehn und gehn?
Unverzagt! Bald, sollt' ich meinen,
Könnt das Kind ihr tanzen sehn!
Steht es erst auf beiden Beinen,
Wird's auch auf dem Kopfe stehn.

GÜNTER KUNERT
ICH BIN DYNAMIT

Falls wir Goethes Ausspruch »Nur die Lumpe sind bescheiden« als Grundsatz bewerten wollen, müssen wir Nietzsche ans genau entgegengesetzte Ende der Verhaltensskala plazieren. Ja, unser durch eine überschäumende Renaissance propagierter Philosoph war mehr als unbescheiden – er war extrem überheblich. Goethe und Luther siedelte er Stufen unter sich an: er sei über beide hinausgegangen, erklärt er hochgemut. Welche Furore hätte das gemacht, wäre das Fernsehen schon erfunden gewesen! Und seine Selbstbekundung »Ich bin kein Mensch, ich bin Dynamit« klingt eher wie die Stimme des Expressionismus als die der Philosophie, deren Argumentation wir uns gewöhnlich gemäßigt und verklausuliert vorstellen. Nietzsche ist von anderem Kaliber; in ihm treibt eine unausgelebte Motorik ihr Wesen, was sich in manchen seiner Gedichte unverhohlen zeigt. Das dionysische Moment ist, etwas verkürzt gesagt, dem körperlichen Ausagieren der leiblichen Entfesselung unablöslich verbunden. Das Schlüsselwort heißt: Tanz. Freiwerden im Rausch des Tanzens, in diesem archaischen Exerzitium.

Der Tanz spielt bei Nietzsche anfangs eine symbolische, zum Ende hin jedoch eine konkret grausige Rolle. Sein Dreizeiler »Für Tänzer: Glattes Eis / Ein Paradeis / Für den, der gut zu tanzen weiß« enthält keinen metaphorischen Ratschlag für andere, sondern spricht pro domo. Um sich aufs Glatteis begeben zu können, muß man sich selbst für einen guten Tänzer halten und die Gefährdung genüßlich in einen Antrieb umzuwandeln verstehen. Und aufs Glatteis, auf dem Denker in seiner Nachfolgeschaft ausgeglitten sind, hat er sich stets und ständig begeben.

Im »Trost für Anfänger« ist das Kind niemand anderer als das dergestalt maskierte Ich, das (in der dritten Person) für sich künftiges, »artistisches« Vermögen erwartet. Es verweist auf seine Einzigartigkeit, auf Verachtung für die »Allzuvielen«, hier als Schweine apostrophiert, die in späteren Schriften zu »demokratischen Heerdenthieren« ernannt werden. Noch aber ist das Kind am Beginn seiner Karriere reglos und hilflos und in scheinbarer Ungewißheit, ob es überhaupt jemals stehen und gehen könne – bald schon soll es dem Publikum etwas vortanzen, daß diesem Hören und Sehen und vor allem die Gemütlichkeit vergehen wird. Ist der Kopfstand nicht bereits andeutungsweise die Umwertung aller Werte, die Abkehr von tradierter Moral, vom Christentum, von der Humanität, die nach 1933 von den Nazis im Sinne Nietzsches das Pejorativ »Humanitätsduselei« erhält? Was der Nietzsche-Biograph Safranski dem Philosophen zuschreibt, nämlich daß er das »Wohlwollen ohne Ansehen der Person« durch das Prinzip der Begünstigung des singulären Gelingens von Lebensentwürfen und Lebenswerken ersetze, das steckt keimhaft in dem Trost-Gedicht.

Freilich: Noch ist der Kopfstand nur einer des Intellekts, der Tanz noch kein Totentanz in der Wirklichkeit. Aber in der besten aller Welten pflegt es oftmals eigentümlich zuzugehen: Das Erdachte, Ausgedachte, spekulativ Ersonnene mausert sich zur Realität.

Nie vordem waren in der deutschen Geistesgeschichte Theorie und Praxis so fatal ineinander verwoben wie im zwanzigsten Jahrhundert, das eines der Emanzipation sein sollte, doch auch das von den Rigorismen religiöser Verblendung, von den Komplexen der geplagten Psyche. Insofern erscheinen Nietzsches Tanz-Assoziationen wie die kaum verkappte Sehnsucht nach innerer und äußerer Freiheit; eine Sehnsucht, die sich beim Ausbruch der Krankheit und durch kein auferlegtes Tabu länger behindert ans Licht wagt. Man findet Nietzsche splitternackt und tanzend in seinem Zimmer. Eine Rückkehr in den nicht mehr lebbaren Urgrund des Seins, ein heilloser, kein heiliger Wahn, fast symptomatisch für alles folgende Geschehen.

FRIEDRICH NIETZSCHE
VENEDIG

An der Brücke stand
Jüngst ich in brauner Nacht.
Fernher kam Gesang:
Goldener Tropfen quoll's
Über die zitternde Fläche weg.
Gondeln, Lichter, Musik –
Trunken schwamm's
   in die Dämmerung hinaus . . .

Meine Seele, ein Saitenspiel,
Sang sich, unsichtbar berührt,
Heimlich ein Gondellied dazu,
Zitternd vor bunter Seligkeit.
– Hörte jemand ihr zu? . . .

CHRISTA MELCHINGER
ZU EINSAM WUCHS ICH UND ZU HOCH

Die absolute Einsamkeit – umspielt in leichten, eleganten Wendungen und Bildern: Wo kann man das sonst so lesen?
Der Einsatz tausendfach gehabt: traditionelles Andichten der Natur nach romantischem Muster. Und, nimmt man die Überschrift hinzu, in der Bildungstradition des 19. Jahrhunderts. Platens Venezianische Sonette fallen mir ein, ich denke an C. F. Meyers »Auf dem Canal Grande«. Aber von diesem symbolischen Tiefsinn (typisch für die achtziger Jahre), der den lyrischen Vorgang nur als uneigentlich gelten läßt, als Mittel zur Erkenntnis: so ist auch das menschliche Leben – nichts davon in diesem Gedicht. Doch die romantische Subjektivierung? Der empfindsame Blick, die Perspektive des lyrischen Ichs, aus der die Szenerie sich füllt – das Gegenständliche ist rasch dahin, was wird bestimmend?
Wo sind Gefühle, die von den Dingen erregt werden, auf sie bezogen sind? Die Programmatiker der Zeit fordern: genaues Benennen der Dinge. Nietzsche spricht von der »zitternden Fläche«. Die Eigenschaft verselbständigt sich, dient nicht länger dem Gegenstand, verweigert die Eindeutigkeit. Und worauf bezieht sich die Metapher? »Goldener Tropfen quoll's« – Gondeln, Lichter oder Musik? Sie scheint auf merkwürdige Weise zerdehnt, nicht fixierbar, in ihrer ambitiösen Künstlichkeit den Realitätsbezug zerstörend. Dafür Assoziationen schaffend: Stimmungen,

Reize, Impressionen: »trunken schwamm's ...« – die Welt zerflimmert, sie erscheint als Projektion des Ichs, seiner Empfindungen. Die Subjektivierung Nietzsches geht weit über die der Romantiker hinaus.

Das Ich füllt alles aus, alles ist in ihm begründet: »zitternd vor bunter Seligkeit« – das ist nicht mehr eine subjektive Deutung der Welt, das ist die Welt als Ich, das Ich als Welt. Es gibt keinen Bezugspunkt mehr, mit den Bezügen fallen die Beziehungen. Absolute Subjektivität – absolute Einsamkeit. »Zu einsam wuchs ich und zu hoch«, heißt es an anderer Stelle (»Pinie und Blitz«). Und: »Hoch wuchs ich über Mensch und Tier; / Und sprech ich – niemand spricht mit mir.«

Mit sparsamsten Mitteln schafft Nietzsche eine äußerste Steigerung. Die aus wenigen suggestiven Bildern aufgebaute Szenerie der ersten Strophe, das »heimliche« Saitenspiel der Seele, das sie ausfüllt, sie weisen auf einen Zuschauer hin. Und um einen Zuhörer geht es auch in der ironisch pointierenden Frage am Schluß.

Max Kommerell hat Nietzsche den »Erfinder des transzendentalen Mimus« genannt. Eine ungemein treffende Formulierung. Nietzsche führt das lyrische Ich in einer bis dahin nicht bekannten Rolle ein: Da die Einsamkeit, die er statuiert, so umfassend ist, daß sie kein Publikum mehr zuläßt, erfüllt das Ich beide Funktionen, nämlich Sänger und Zuhörer zu sein. Und jede seiner Äußerungen ist zugleich Selbstentwurf, Selbstdarstellung, Selbstbeobachtung, Selbstdeutung, Selbstgespräch.

EDWIN BORMANN
KINDERSCENE

Morgen zum Geburtstagsfeste
Lädt sich Käthchen kleine Gäste:
Anni Hoffmann, Suse Beyer,
Minchen Walther, Doris Schreier,
Evchen Müller, Elsa Strauch –
»Kommt denn das Rebekkchen auch?« –
»Was, Rebekka Silberstein?!
Juden lad' ich niemals ein.
Gabst du in der Schul' nicht acht,
Daß sie Jesum todt gemacht?« –
»Unser Lehrer meint das, ja;
Doch es sagt mir die Mama
(Und die weiß doch vielerlei):
Silberstein's war'n nicht dabei!«

Schlichte Kinderseele du,
All mein Herz es lacht dir zu.
Besser wär's um sie bestellt,
Zöge siegreich durch die Welt
Deine Friedensmelodei:
»Silberstein's war'n nicht dabei!«

JÜRGEN STENZEL
SILBERSTEIN'S WAR'N NICHT DABEI!

Wer wollte wohl behaupten, dies sei ein gutes Gedicht? 1893 stand es in einer opulenten, großformatigen Berliner Sammlung von Stellungnahmen, gereimt oder in Prosa, gegen jene 1879 gegründete Bewegung des politischen Antisemitismus, die bereits lautstarke und handfeste Erfolge zeitigte. »Freiheit, Liebe, Menschlichkeit! Ein Manifest des Geistes von hervorragenden Zeitgenossen« hieß wohlmeinend der Goldschnittband, und der Zeitgenosse, der unser Gedicht beitrug, hieß Edwin Bormann, der von 1851 bis 1912 lebte. In Sachsen kannte man ihn als Lieferanten zahlloser gereimter Scherzartikel vornehmlich, die er in seinem Selbstverlag veröffentlichte. Außerdem hatte er sich in die damals umlaufende Theorie verbohrt, Shakespeares Werke stammten von Francis Bacon. Wiederentdeckt aber hat das Gedicht in Jerusalem der jüdische Dichter und bedeutende, wenn nicht derzeit bedeutendste Verfasser deutscher Aphorismen, Elazar Benyoëtz.

Wer also wollte behaupten, dies sei ein gutes Gedicht? Ein Kindergespräch darüber, ob »Rebekkchen« dazugehört, wo man doch in der Schule das Gegenteil lernt. Und dann sagt uns der Dichter noch laut und deutlich, wie schön und empfehlenswert er das Argument findet, das die Mama dem Kind da mitgegeben hat gegen die Lehre des Lehrers, daß die Juden »Jesum todt gemacht« hätten (hören wir das nicht jedes Jahr wieder in Bachs »Matthäuspassion«?). Und wie das klappert: dam ta dam ta dam ta dam ta! –

vierhebige Trochäen (vom fünften Vers an schon mit betonter Silbe endend), alle zu Paaren gereimt. Nun ja.
Ein wunderbares Gedicht gleichwohl, denn in seiner Holzwolle, ohne sie nicht zu haben, liegt das Juwel dieses einen Verses: »Silberstein's war'n nicht dabei!« Das Auf und Ab der Betonungen stampft den Vers ins Gedächtnis, das trochäische Klappern läßt ein zweites Muster durchhören: dam ta dam, »Silberstein«, »nicht dabei« (und dazwischen eine unbetonte Silbe). Die naive Simplizität von Satz und Metrum verbindet sich unauflöslich mit elementarer Einsicht. Schlicht ist sie, diese Einsicht, wahrhaftig, aber ist sie nicht menschlich wahr? Und ist sie nicht wahrhaft grundlegend? Ihre Wahrheit liegt indessen nicht in ihrem Inhalt allein, sondern in der naiv metrisierten, in Sprachmagie gesteigerten Einsicht, die die Begabung ihres Autors weit übersteigt.
Ganz und gar? Der inzwischen bestochene oder geschärfte Blick mag gelungene Vorbereitungen entdecken: zum Beispiel die Verkürzung des Versschemas in der fünften Zeile, Heikles ankündigend: »Rebekkchen auch?« Und dann den erkältenden Wechsel von Diminutiv »Rebekkchen« zum distanzierten »Rebekka«, mit dem Käthchens kategorisches Vorurteil zu den (zu allen) »Juden« übergeht (»niemals« einzuladen). Oder das unselbständig nachplappernde Echo des bigotten Lehrers im lateinischen Akkusativ »Jesum«, zusammengespannt mit dem kindlich einfältigen »todt gemacht«. Respekt also für den sächsischen Poeten. Umarmung aber für den Dichter des herrlichen Verses und für den Wiederentdecker der »Kinderscene«.
In seinem Aufsatz »Über Lessing« erwähnt Friedrich Schlegel »Nathans Geschichte vom Verlust der sieben

Söhne und von Rechas Adoption, die jedem, der welche hat, in die Eingeweide greift«. Drastisch gesagt. Doch eben das tut auch diese Zeile: »Silberstein's war'n nicht dabei!« Aber, wenn sie ins Eingeweide gegriffen hat, müßte sie dann auch in Herz und Kopf wandern, müßte für immer dort haften zum Schutz für alle Silbersteins dieser Erde, ob sie nun Rebekkchen heißen oder Chaim, Fatima oder Mohammed, Iwan oder John oder Hans.

PETER HILLE
SEEGESICHT

Die Küste ruht.
Hohles Tritonengetut.
Silberne Wunden der Flut.
Tobende Augen der Wut.
Krähende Pausbacks auf prustenden Rossen,
Plätschernde leuchtende purpurne Flossen,
Neckisch Bedräuen mit Zacken und Spießen,
Kräftig erfassendes Leiberumschließen.

Sieh eine Muschel fleischgelb und zart,
von Amorinen flüsternd bewahrt.
Hingegossen ruhende Linien,
Grüßender rauschen Palmen und Pinien.
Angeblühete rosige Brüste,
Lächelnde sonnengestreifte Küste.

Fürder kein Dräuen mit Zacken und Spießen,
Lallend einnickendes Leiberumschließen,
Schlummernde Pausbacks auf ziehenden Rossen.
Grünhinflüsternde finstere Flossen.
Stierende Augen der Wut.
Erloschene Wunden der Flut,
Fernes Tritonengetut,
Die Küste ruht.

GERTRUD FUSSENEGGER
AUFRUHR DER ELEMENTE

Else Lasker-Schüler schrieb über den kurz zuvor verstorbenen Freund: »St. Peter Hille / war eine Welt ...« In unserem Gedicht trägt diese Welt meerische Züge. Der Großstadt-Vagabund, der Hille war, verliert (und findet) sich in der Vision dramatisch bewegter Natur.

Ich muß gestehen: Beim ersten Lesen fiel mir Böcklin ein; dann erinnerte ich mich an die Steilküste von Lanzarote, wo ich einmal Gelegenheit fand, der Brandung stundenlang ungestört zuzusehen. In meiner Erinnerung kamen mir Hilles Bilder mit einemmal sehr einleuchtend vor, ich mußte ihnen recht geben: der bestimmende Eindruck, den die Brandung hervorruft, ist »Wut«, elementare Wut, welche die »silbernen Wunden« des Gischts aufreißt, welche die »tobenden Augen« der Wirbel rund um die Riffe dreht und aus den tieferen Schichten etwas wie ein »hohles Tuten« tönen läßt.

Im Zug der Personifizierung der Elemente taucht Mythologisches wie von selbst auf: »Rosse« (des Poseidon?), »krähende Pausbacks« (übermütiges Gesinde der Schaumgeborenen?), Nereiden und Fischmänner. Hille vermeidet es zwar, seine antikischen Anspielungen namentlich aufzuführen und damit auf Bildungsgut einzugrenzen. Dafür läßt er uns ihr Getümmel sehen, wie es flüchtig auftaucht zwischen Wellen und Wasserschleiern, ein Getümmel zwischen Kampf und Zärtlichkeit, zwischen Balgerei und Umarmung.

In der nächsten Strophe wird die Szene intimer. Der Dichter ruft sich selbst zu betroffenem Innehalten: »Sieh eine Muschel fleischgelb und zart / von Amorinen flüsternd bewahrt ...« Ein Symbol höchst persönlicher Sehnsüchte, und schon öffnet sie auch – wie ein Schlüssel – einen neuen Ausblick, weg von Brandungswut und -getobe, auf die »hineingegossen ruhenden Linien« einer paradiesischen Bucht, deren »Palmen und Pinien« um so »grüßender« rauschen, als sich dort als Zielpunkt aller »Seegesichte« mit »angeblüheten rosigen Brüsten« Kindhaft-Weibliches zeigt, das den Küstenwanderer anlockt und zugleich festbannt.

Darum: »Fürder kein Dräuen mit Zacken und Spießen ...« Der Aufruhr der Elemente ist abgeflaut, »eingenickt«. Haben die Gezeiten gewechselt? Ist Ebbe der Flut gefolgt? Freilich bleibt des Unheimlichen noch immer genug: »Grünhinflüsternde finstere Flossen« und »Stierende Augen der Wut«. Die Gewalt der Dämonen ist aus der Welt Peter Hilles nicht wegzudenken. Von fernher mahnt sie immer mit »Tritonengetut«. Sie mag sich für einen Augenblick seliger Ermattung zurückgezogen haben: sicher ist es, daß sie zurückkehrt und den Heimatlosen einholt, immer wieder einholt, bis er, der oft obdachlos Vazierende, Kneipenbruder und Kaffeehaushocker, Ende April 1904 auf einem Berliner Vorortbahnhof mit einem Blutsturz zusammenbricht. Dann gilt auch für ihn: »Die Küste ruht.«

PETER HILLE
WALDSTIMME

Wie deine grüngoldenen Augen
funkeln,
Wald, du moosiger Träumer,
Wie so versonnen deine Gedanken
dunkeln,
Saftstrotzender Tagesversäumer,
Einsiedel, schwer von Leben!

Über der Wipfel Hin- und
Wiederschweben:
Wie's Atmen holt
und näher kommt
und braust,
Und weiter zieht
und stille wird
und saust!

Über der Wipfel Hin- und
Wiederschweben,
Hoch oben steht ein ernster Ton,

Dem lauschten tausend Jahre schon
Und werden tausend Jahre lauschen.
Und immer dieses starke,
donnerdunkle Rauschen.

HANS BENDER
WALD, DU MOOSIGER TRÄUMER

»Wer sind Sie? Was sind Sie? Wo sind Sie? Ein anonymer Prinz? Ein Geheimrat im Ministerium des Äußern? Ein stiller Stubengelehrter? Ein Lebemann? Ein Sportsmann? Ein Professor?« Die aufgeregten Fragen standen 1885 in einem Brief des jungen Detlev Freiherr von Liliencron. Er hatte eben das erste Heft einer Zeitschrift mit dem seltsamen Titel »Die Völkermuse – ein kritisches Schneidemühl« begeistert gelesen und wollte wissen, wer ihr Herausgeber war. Peter Hille hieß er, war 31 Jahre alt, hatte nach Aufenthalten in England und Holland und mehreren Städten in Deutschland einen Unterschlupf gefunden bei den Brüdern Heinrich und Julius Hart in Berlin. Was Liliencron erwarten oder vielleicht nur spöttisch ins Gegenteil verdrehen wollte, war er nicht.
Er war ein Bohemien, ein Literaturzigeuner, ein Vagabund, ein Asket, ein Träumer, ein Weiser, ein Heiliger. Die ihm begegneten, sahen ihn so. Corinth, Zille, Käthe Kollwitz haben ihn so porträtiert. Else Lasker-Schüler hat ihn als »Petrus« angehimmelt und mit Legenden umwoben. Die Kennzeichnungen wurden weitergereicht, bis in unsere Zeit. Sie stimmen – und stimmen nicht. Gewiß, er war ein unsteter, mittelloser, sonderbarer Mensch. Er legte keinen Wert auf Kleidung. Haupt- und Barthaar ließ er wachsen, wie es wollte. Er schlief in Elendsquartieren; manchmal unter freiem Himmel. So erfolgreich wie Ema-

nuel Geibel, Friedrich Wilhelm Weber oder Gerhart Hauptmann wollte er nicht sein.
Die Epoche, in die er hineingeboren worden war, gefiel ihm nicht. Die Prosperität, die Skat- und Bierwelt der Gründerjahre waren ihm zuwider. Er blieb lieber an der Peripherie. Zugleich war er ein polemischer Beobachter dessen, was rechts und links geschah. Er reflektierte über die »gesellschaftliche Therapeutik« der Literatur. Er war auf der Seite der Naturalisten und Sozialisten. Er bewunderte Ibsen, Zola, Turgenjew, Poe, Hart. Und war stolz: »Ich bin mir selber Gesetz.« Oder: »Ich bin, also ist Schönheit.«
Peter Hille schrieb Aphorismen, Gedichte, Essays, Dramen, Romane, ohne sie immer zu vollenden. Die Gesammelten Werke in sechs Bänden, deren Erscheinen angezeigt ist, werden nachweisen, was er geleistet hat; und wie unrecht es war, ihn fast ganz zu vergessen. Lediglich *ein* Gedicht hatte sich in den ersten fünf Jahrzehnten nach seinem Tod (1904) noch in Schullesebüchern und Lyrikanthologien behauptet: »Waldstimme«. Wie kühn und frei es in der Zeit seiner Entstehung gewirkt hat, ist ihm nicht anzusehen. Dahinter stand ein Theoretiker der Lyrik. Einer, der bewußt sich absetzen wollte von der Nachahmung verbrauchter Formen, Rhythmen und Gefühle.
Früher als Arno Holz hat Peter Hille »Dinglaute und Dinggedichte« propagiert. »Die graziöse Inkongruenz, die Einzigartigkeit der Dinge muß durch den Laut gegeben werden« war eine von vielen anderen Forderungen. Der Dichter, der den Wald ansprach, übernahm von ihm den Laut oder die Stimme. Der »Wipfel Hin- und Wiederschweben«, des Waldes »Atem«, »ernster Ton« und »Rauschen« verliehen dem Gedicht seine frei-rhythmische Sprechweise; auch seine damals ungewohnte Gra-

phik. Ein Grund auch, warum der Wald nicht angedichtet und seiner Huldigung keine falsche Empfindung hinzugefügt wurde.

Man weiß, Peter Hille liebte die Landschaft und die Wälder seiner ostwestfälischen Heimat. »Waldstimme« war jedoch nie und nimmer als Protestgedicht gemeint. Uns aber, die wissen, daß es den Wald, wie Peter Hille ihn ansprach (»du moosiger Träumer«, »saftstrotzender Tagesversäumer«), bald nicht mehr geben wird, trifft seine poetische Beschwörung deshalb noch viel mehr als vorher.

GERHART HAUPTMANN
TESTAMENT

Schauspieler sollen mich zu Grabe tragen,
nachdem der Vorhang endlich ist gefallen.
Dorfkinder mögen »Frösche« lassen knallen,
Dorfmusikanten sollen Pauken schlagen.

Erkläre mich Hanswurst den Leuten allen!
Er mag voran auf einem Eslein reiten:
»Er hatte gute, hatte schlechte Zeiten,
er wurde ausgezischt und hat gefallen.«

So mag der Possenreißer sich verbreiten!
Und sorgt dafür, daß mir die Leute lachen,
die feiertäglich meinen Sarg begleiten.

Kein Staatsvertreter möge Witze machen,
denn ihre Kunst war niemals auf der Höhe:
nichts da von Staats- und von gelehrten Sachen!

Die Leichenpredigt handle über Flöhe!

ULRICH LAUTERBACH
DIE LUST AN DER MASKERADE

Die Anordnungen des Dichters für die Aktivitäten nach seinem Verscheiden sahen anderes vor: Einkleidung in die Franziskanerkutte, als Grabbeigabe das zerlesene Handexemplar des »Neuen Testaments«, das ihn ein Leben lang begleitet hatte, und eine Prachtausgabe der Terzinendichtung »Der große Traum«. Diese Weisungen wurden erfüllt, und da das Abschiedszeremoniell nicht in Agnetendorf vonstatten gehen konnte, sondern nach Hiddensee verlegt werden mußte, gab man dem Toten zusätzlich ein Säckchen schlesischer Erde mit in den Sarg.
Daß die Leichenpredigt umrahmt war von gelehrten Reden der Staatsvertreter – bis hin zum politischen Chef der sowjetischen Militäradministration –, lag jenseits der Direktive des nach langer Reise zur Ruhe Gebrachten. Aber der feiertägliche Akt hätte doch wohl seine Billigung gefunden.
Ist also dieses Testament des Zweiundsiebzigjährigen – »Rapallo am 5. Februar 1935, morgens in der Sonne auf dem Balkon sitzend« – nur einer Laune entsprungen? Will dieses leicht kokette, Bescheidenheit signalisierende Gedicht als Absage an weihrauchschwingende Literaturpriester gewertet werden? Oder reagiert hier ein Enttäuschter sarkastisch auf das rundum zu beobachtende Mißverständnis seiner eigentlichen Intentionen?
Das eine wohl ebenso wie das andere. Aber die Entstehungszeit der kunstvoll verschränkten Strophen könnte

auch auf das gestörte Verhältnis zu den Regierenden – zu allen, nun aber nach einer zwielichtigen Anfangsphase endlich auch zu den zeitgenössischen – verweisen; sie könnte belegen, daß der Dichter sich endgültig seines mangelnden politischen Instinkts bewußt geworden war. Eine selbstkritische Reimerei vom Vortage spricht dafür: *Der politische Wind, / mein Kind, / ist niemals gelind! / Du bist eben, wie Kinder sind, / geschwind. / Trittst in den Wind: / und bist blind.* Der politische Kindskopf fühlt sich nur noch auf der Dorfkirmes zu Hause – so ließe sich das zweite Gedicht als grimmige Antwort auf das erste deuten.

Aber jenseits des aktuellen Bezugs erkennt man in diesem Testament auch den mimetischen, eulenspiegelhaften Grundzug der persönlichen und schöpferischen Existenz Hauptmanns, dessen bisher viel zuwenig gedacht worden ist. Trotz der vielgerühmten Lust an der List der Waschfrau Wolff, trotz der genüßlichen Entlarvung der Hassenreuther-Theatralik (»Die Ratten«), trotz der Verwandlungsgaudi mit den schlesischen Tippelbrüdern Schluck und Jau, trotz der Adaption des Narrenfabulierers Till als deutsche Symbolfigur.

Die Weltsicht des üppig produzierenden Autors von wechselnden Standorten aus, sein in der Prosa inhaltlich ebenso wie stilistisch zu beobachtendes Rollenverhalten, seine Neigung, sich als Medium oder Sprachrohr zu fühlen, ordnen ihn den zur inneren und äußeren Verwandlung drängenden darstellenden Künstlern zu. Hauptmanns Sprachmutationen von Werk zu Werk, seine Begabung, mit fremden Zungen reden zu können, stehen in deutlicher Entsprechung zu seinem Bedürfnis, sich zu kostümieren, vom »untadeligsten Rockschnitt« (Fontane) des Debütanten über den Gehrock des Dichterfürsten bis zur Franziskanerkutte. Sie verweisen auf die gleiche Anlage wie seine politischen Anpassungsposen bei gleichzeitiger Distanz zu Richtungen, Parteien, Bewegungen. Sie bestätigen seine Absage an den »Charakter«, die er schon vor der Jahrhundertwende ausführlich und temperamentvoll begründete.

Diese dem Schauspielerischen eigene Disposition zur Identitätsveränderung, diese Lust am Auftritt im Rampenlicht bei gleichzeitiger Tagesblindheit, diese Verwandtschaft mit Bühnenkünstlern und Narren mögen ihn an jenem Februarmorgen zur Niederschrift des Testaments bewogen haben.

Was er mit den Flöhen gemeint hat, von denen die Leichenpredigt handeln solle? Vielleicht seine Kritiker und ihre irritierenden, wenn auch nicht nachhaltig wirkenden Stiche. Im »Märchen« hat er sie sechs Jahre später »Irrlichter« genannt, die der schöpferischen Narretei, der Phantasie den Garaus zu machen suchten. Vielleicht aber wollte er auch nur einen Hinweis auf den Wert des hautnahen Juckreizes geben im Gegensatz zur Höhenluft der gelehrten Sachen. Er hat es uns freigestellt.

ARTHUR SCHNITZLER
FLIESSEN DIE THRÄNEN

Fliessen die Thränen für dich, die längst zu den Schatten gegangen?
Nein doch. Einer die lebt; – drum in so nutzloser Qual.
Denn so gelassen die Toten im Schein der Erinnerung wandeln,
Trübe gespenstert im Licht – Liebe, die starb vor der Zeit.

ULRICH WEINZIERL
LEIDEN NACH DER LEIDENSCHAFT

Wer den Lyriker Arthur Schnitzler geringschätzt, tut dem großen Dichter kaum unrecht: Vor allem seine frühen poetischen Versuche sind psychologisch ebenso aufschlußreiche wie literarisch belanglose Zeugnisse. Manche von Schnitzlers epigonalen Wendungen streifen den Bezirk unfreiwilliger Komik. Ein Beispiel: *Der Liebe ganze Völle / Entströmt allein der Hölle* reimte der dreiundzwanzigjährige Doktor der Medizin durchaus ernsthaft im Sommer 1885 in Reichenau an der Rax. Aber zumindest ein Gedicht, mit gutem Grund sein bekanntestes, hält selbst strengen Ansprüchen stand: In ihm wurden Aussage und Ton, Form und leidvolle Erfahrung eins. Der Verfasser hat das Entstehungsdatum – den 18. Juni 1918 – und in Klammern die Erläuterung hinzugefügt: »Als ich in meiner Lebensgeschichte das Reichenauer Buch schrieb.«

Postum ist die Miniaturelegie zu hohen Ehren gelangt, sie diente als Motto des Briefwechsels mit Olga Waissnix, der von den Herausgebern nach den abschließenden Daktylen »Liebe, die starb vor der Zeit« genannt wurde. Fürwahr, eine schöne, eine treffliche Formel. Schnitzlers Liebestheorie und -praxis scheinen darin auf den denkbar knappsten Begriff gebracht. Für den Don Juan des Wiener *Fin de siècle* endete Liebe stets »vor der Zeit«. Das Bewußtsein der Vergänglichkeit gerade in sexuellen Dingen hat ihn geprägt, ja zutiefst verstört. Er war mit der Gabe des zweiten

Gesichts begnadet und geschlagen zugleich. Schon während der Blüte der Leidenschaft ahnte er deren unvermeidliches Welken, im betörenden Duft der Frauen vermeinte er den Hauch der Verwesung zu spüren.

Was der Beziehung zur eleganten Reichenauer Thalhofwirtin in Schnitzlers Registerarie den Rang des »Abenteuers seines Lebens« verlieh, war zuvorderst ein Scheitern: So viele »süße Mädel« und Damen der Gesellschaft er auch erobert hat, die unglücklich verheiratete Olga Waissnix verweigerte sich seinem Stürmen und Drängen beharrlich – bis es zu spät war. Sie spielte, zu ihrem eignen Kummer, mit vollendeter Grazie die Rolle der mondänen Vertrauten, der treuen Herzensfreundin. Dank untrüglicher Intuition erkannte sie sein Talent, sie tröstete und ermunterte ihn, ohne je zu ermüden. Ihr Tod, anno 1897, sollte den notorisch Flatterhaften freilich nur mäßig erschüttern. Sie auf ihrem letzten Weg zu begleiten, lehnte er ab. Muß uns ein Nekrolog auf das Objekt unerfüllten Begehrens nicht um so mehr berühren? Handelt es sich vielleicht um eine Art dichterischer Wiedergutmachung?

Bei genauer Betrachtung lautet die Antwort: nein. Die tote Olga Waissnix wurde das Opfer eines kleinen Editionsfehlers mit beträchtlichen Folgen und in Wirklichkeit sogar um die Trauer des geliebten Mannes betrogen. Arthur Schnitzler widmete ihr kein ergriffenes Epitaph, nichts als gelassenes Erinnern hatte er für sie übrig: Sentimentalitäten aus schlechtem Gewissen waren nun einmal seine Sache nicht. Statt »Einer, die liebt«, wie das Vorsatzpapier der veröffentlichten Korrespondenz verkündet, heißt es nämlich im Originaltyposkript zweifelsfrei »Einer die lebt«.

Des Poeten Tränen flossen für eine andere Olga, für

Schnitzlers Gattin, und die zerbrechende, zerbrochene Ehe. Just am 18. Juni 1918 hat ihm die Mutter seiner Kinder im Verlauf einer der regelmäßigen, zermürbenden Auseinandersetzungen mitgeteilt: »das erotische zwischen uns ist aus...« Daß es so war, wußte er bereits seit langem, daß sie ihn mit einem weitaus Jüngeren hinterging, übersah der alternde Casanova indes hartnäckig. Die Liebe war erloschen, das genügte seiner Verzweiflung. Es blieb die Passion, das Leiden nach der Leidenschaft. Ihm, und keiner bestimmten Person, errichtete Arthur Schnitzler ein Grabmal in Versen. Seinen Reichenauer Roman, so heftig er ihn einst bewegt hatte, verwendete er bloß als Grundstein.

RICHARD DEHMEL
FITZEBUTZE

Lieber, ßöner Hampelmann!
fing die kleine Detta an;
ich bin dhoß und du bist tlein,
willst du Fitzebutze sein?
Tomm!

Tomm auf Haterns dhoßen Tuhl,
Vitzlibutzki, Blitzepul!
Hater sagt, man weiß es nicht,
wie man deinen Namen sp'icht.
Pst!

Pst, sagt Hater, Fitzebott
war einmal ein lieber Dott,
der auf einem Tuhle saß
und sebratne Menßen aß.
Huh!

Huh, sei dut, ich bin so tlein
und will immer a'tig sein;
Fitzebutze, du bist dhoß,
kleine Detta spaßt ja bloß.
Ja?

Ja, ich bin dir wirktlich dut!
Willst du einen neuen Hut?

Tlinglingling: wer b'ingt das Band?
Königin aus Mohrenland!
Tnicks!

Tnix, ich bin F'au Tönidin,
hab zvei Lippen von Zutterrosin;
Fitzebutze, sieh mal an,
ei, wie Detta tanzen kann!
Hoppß!

Hopßa, hopßa, hopßassa:
Tönigin von Af'ika!
Flitzeputzig, Butzebein,
wann soll unse Hochzeit sein?
Du!

Du! Mein tleiner lieber Dott!
Du?! Sonst geh ich von dir fo't! –
Ach, du dummer Hampelmann,
siehst ja Detta garnicht an!
Marsch! –

MATTHIAS WEGNER
DIE VERSUCHUNG DES STUMMEN HAMPELMANNS

Poetischer Blick in die gute Kinderstube: Ein Mädchen spielt mit seinem Hampelmann, setzt ihn auf Vaterns großen Stuhl, um mit ihm ein naiv-raffiniertes Traum- und Rollenspiel und eine Einübung in das Flirten zu beginnen. Schaurige Erzählungen des Vaters vom furchterregenden Aztekenkönig Fitzliputzli, der gebratene Menschen verspeist, haben in dem Mädchen trotzige Allmachtsphantasien geweckt, die sich ein Opfer suchen. Doch in der Phantasie des Mädchens wird der stumme Hampelmann immer unerreichbarer. In der vierten Strophe zieht sie bereits alle Register der Verführung. Weil ihr das hölzerne Gegenüber inzwischen als bedrohlicher Gott erscheint, will sie ihm jetzt eine königliche Gattin – und damit ebenbürtig sein. Das kokette Werben nimmt jedoch ein jähes Ende. Die kecken Träume sind in Selbstzweifel umgeschlagen. Das Versuchsobjekt fügt sich nicht in die Rolle des Göttergatten. Das Mädchen versucht es mit Drohen. Mit einem zornigen »Marsch!« holt sie den stummen Partner und sich selbst wieder auf den Boden der Tatsachen zurück: Er ist und bleibt eben nur ein hölzerner Hampel-Mann. Das Spiel ist aus.
Richard Dehmel, der Vater der kleinen Detta, galt zur Jahrhundertwende als vitaler, revolutionärer Neuerer der deutschen Poesie. Geradezu schwärmerisch wurde er eine Zeitlang verehrt und begeistert gelesen. Frank Wedekind nannte ihn »den größten Dichter Deutschlands«, nicht

wenige sahen in ihm einen neuen Goethe. In den Gedichten, aber ebenso in der lustbetonten, zugleich aristokratisch-stilisierten Lebensführung des märkischen Förstersohnes artikulierte sich das neue Selbstbewußtsein der Jugendstil-Generation. Statt elegischer Beschwörungen von Dekadenz und Vergangenheit feierte Dehmel auf Nietzsches Spuren schon vor den Expressionisten den »neuen Menschen«, über allen Tabus stehend und nur »dem Geistigen« und der Mitmenschlichkeit verpflichtet – vor allem aber befriedet in gleichberechtigter (!) Liebe und Partnerschaft. Bei aller Kultiviertheit und raffiniert eingesetzter Eleganz war Dehmel ein verführerischer Abenteurer in Wort und Tat, der seine Umgebung verzaubern konnte. Auf seine vielen Verehrerinnen wirkte das so befreiend wie auf wilhelminische Moralwächter verstörend. Eine uns heute harmlos erscheinende Passage in einem seiner jubelnden Gesänge auf die Allmacht der Venus mußte in der Werkausgabe bei S. Fischer per Gerichtsbeschluß getilgt werden. Der unheimlich-sinnliche Rhapsode beschwor wortreich und hochfahrend ein »Zurück zur Natur«, rüttelte an den Grundfesten wilhelminischer Sittsamkeit – und wurde als Freiwilliger des Ersten Weltkrieges später dennoch zu einem Propagandisten deutscher (Selbst-)Herrlichkeit. Aber da war seine Schaffenskraft längst verblaßt und der Jugendstil Geschichte.
Das oft nachgedruckte Fitzebutze-Gedicht entstand 1901, auf der Höhe seines Ruhmes. Der Dichter und seine erste Frau Paula haben es später zu einem gleichnamigen, von Ernst Kreidolff jugendstilig-märchenhaft illustrierten Kinderbuch erweitert. Auch dieses Gedicht provozierte zuerst Empörung: Ein aufgebrachter Schulrektor beschimpfte es als »anarchistisch, umstürzlerisch . . . ein päd-

agogischer Fehlgriff erster Sorte!« Den liebevollen Vater und Freiheits-Pädagogen Richard Dehmel fochten solche Verdikte nicht an. Er wollte ja auch mit seinem kleinen Ausflug in die genau beobachtete Kindersprache seiner Tochter nur seine oft so pathetisch vorgetragenen Botschaften von erotischer Unbedingtheit und weiblicher Stärke, von der Gleichwertigkeit der Geschlechter und individueller Autonomie an frühkindlichen Erfahrungswelten poetisch variieren. Und des Jubels einer großen Dehmel-Gemeinde konnte er sicher sein. In einer späteren Fassung hat er dem Gedicht »Fitzebutze« übrigens noch eine Strophe angefügt, in der es heißt: »Ja, ihr Klugen, merkt ihr was? / dumm tun tat sie bloß zum Spaß!« Die kleine Detta ist so wenig »naiv« wie ihr sich seiner Mittel immer sehr – Kritiker meinten: allzu – bewußter, aber in alles »Natürliche« verliebter Dichtervater. Dehmel, immer auf der Suche nach neuen Grenzen – als Bergsteiger kühner Montblanc-Bezwinger, als Frauenverehrer träumend von einer »Ehe zu dritt« –, wußte besser als jener deutsche Oberlehrer, die Rollenspiele von »Minderjährigen« zu verstehen und zu respektieren. Die Liebe zwischen Mann und Frau kann nur als königlich-souveränes Gleichgewicht funktionieren, und früh übt sich ... Dehmels oft so pathetische Lyrik ist uns längst entrückt. Einige Kleinode haben seine Popularität überdauert – auch diese vergnügten Verse über das Ende eines Kindertraums.

RICHARD DEHMEL
MANCHE NACHT

Wenn die Felder sich verdunkeln,
fühl ich, wird mein Auge heller;
schon versucht ein Stern zu funkeln,
und die Grillen wispern schneller.

Jeder Laut wird bilderreicher,
das Gewohnte sonderbarer,
hinterm Wald der Himmel bleicher,
jeder Wipfel hebt sich klarer.

Und du merkst es nicht im Schreiten,
wie das Licht verhundertfältigt
sich entringt den Dunkelheiten,
plötzlich stehst du überwältigt.

PETER RÜHMKORF
VOM SCHLIESSLICH DOCH VERFEHLTEN ZAUBERWORT

Richard Dehmel galt um die vorletzte Jahrhundertwende neben George, Liliencron, Hofmannsthal und Arno Holz als Epochenfigur und sein nächtliches Stimmungsbild von 1896 als kanonisches Vorzeigestück aller repräsentativen Lyrikanthologien. Aber ist es überhaupt ein Stimmungsbild oder nicht viel eher eine kleine Ballade, ein Nervendrama in der Nußschale? Während der Tag sich zunehmend eindunkelt – Büchsenlicht für den impressionistischen Wahrnehmungskünstler, aber auch für mystische Grenzerfahrungen –, beginnen sich die Sinneneindrücke des Beobachters überraschend zu verinnerlichen und das Gespür für optische und akustische Außenreize einer Hellsichtigkeit der dritten Art Platz zu machen.
Das steht wortwörtlich so da und bedarf eigentlich keiner weiteren Hinzufügungen. Außer vielleicht, daß Poesie nicht von Willenserklärungen lebt, sondern von einem insgeheimen Einvernehmen zwischen Innen- und Außenwelt, und da kommt es nun darauf an – was wir spätestens seit Eichendorff wissen –, ob der Poet das angemessene, sprich allgemeinverbindliche Zauberwort wirklich trifft oder nicht.
Ja, wenn es in der dritten Zeile einfach nur hieße, »schon beginnt ein Stern zu funkeln«, dann wäre es um den Sympathiezauber vermutlich bereits geschehn und das Überspringwunder verpatzt. So heißt es aber nicht. Es heißt, be-

ziehungsreich genug, »schon *versucht* ein Stern zu funkeln«, was uns als magischer Lichtbogen zwischen einem fühlsamen Subjekt und seinem nächtlichen Gegenüber schon ganz anders zu Augen geht und uns weiteren Korrespondenzen erwartungsvoll entgegenblicken läßt.
Anders gesagt, wie man in die Welt hineinfunkt, so funkelt es zurück, und tatsächlich kommt das Gedicht aus dem Flimmern und Glimmern nun gar nicht mehr heraus. Bei verdimmendem Abendlicht und entsprechend verblassenden Lokalfarben intensivieren sich Schritt für Schritt die insgeheimen Nervensensationen, höchst effektvoll durch ein wahrhaftiges Feuerwerk an Komparativen in Szene gesetzt und durch den synästhetischen Wahrnehmungssprung »Jeder Laut wird bilderreicher« beinahe überdeutlich mit Bedeutung aufgeladen.
Die dritte Strophe wechselt nicht nur die Gangart. Sie macht uns überhaupt erst bewußt, daß wir uns nicht auf einem Jägerhochsitz befinden, sondern eine aufsteigende Horizontlinie abgeschritten haben, die in der Gipfelsilhouette eines Waldstückes dann eine kritische Grenze erreicht. Es ist jene kunstsinnig angepeilte Wendemarke, wo die locker aneinandergereihten Eindrücke oder Empfindungen vehement zur gesammelten Offenbarungswahrheit zusammenschießen: die Dunkelheit als Erkenntnisquelle eines mystischen Einvernehmens zwischen Ich und Weltall, was sowohl auf vertraute romantische Erleuchtungswunder zurückweist wie auf expressionistische Entrückungsphantasien voraus. Es ist in unserem Fall allerdings so. Wo die Vermittlung übersinnlicher Heilserfahrungen die hier immer heimlich auf der Lauer liegende Komik nicht vorausschauend einkalkuliert, geraten wir unversehens in einen sprachlichen Grenzbereich, wo die

Epiphanie uns »plötzlich« als der altbekannte und bereits parodiewürdige Kronleuchter aufgeht.
Was Gottfried Benn etwa fünfzig Jahre später vorsorglich zu vermeiden wußte, als er vergleichbare musikalische Gemütsanwallungen lieber gleich im Boxerjargon anging (»Die schlagen dein Inneres nieder / und du bleibst am Boden bis neun«) und mit der rüden Knockoutmetapher genau jenes Zauberwort traf, das Richard Dehmels biedermännisches »überwältigt« fast schon um Balkenbreite verfehlte.

ARNO HOLZ
ER KLAGT / DASS DER FRÜHLING SO KORTZ BLÜHT

Ode Trochaica

Kleine Bluhmen wie auß Glaß
seh ich gar zu gerne /
durch das tunckel-grüne Graß
kukken sie wie Sterne.

Gelb und rosa / roht und blau /
schön sind auch die weissen;
Trittmadam und Himmelstau /
wie sie alle heissen.

Kom und gib mir mitten-drin
Küßgens ohnbemessen.
Morgen sind sie lengst dahin
und wir sälbst – vergessen!

GERHARD SCHULZ
KUNST UND NATUR

Alle Jahre wieder, wenn Strom und Bäche vom Eise befreit sind, regnet es Frühlingsgedichte in die Redaktionen. Den Schriftsteller Tonio Kröger hatte Thomas Mann klagen lassen, daß ihn der Frühling nervös mache und die »holde Trivialität der Erinnerungen und Empfindungen«, die er erwecke, ihn in Verwirrung setze. Zu gleicher Zeit, da Tonio Kröger und seine Freunde in die Cafés gingen, um sich Frühlingsstimmungen zu entziehen, erfand Arno Holz seinen Schäfer Dafnis. Die Novelle Thomas Manns und das »lyrische Portrait aus dem 17. Jahrhundert« erschienen im selben Jahre 1903. Antipoden? Denn Einfaches, ja hold Triviales wird bei Holz in der Tat empfunden.

Nun gibt es allerdings zwei Arten von Gedichten: solche, die unsere Erkenntnis von uns selbst um neue Dimensionen erweitern, und solche, die längst Erkanntes auf neue, überraschende Art zu Gehör und Gesicht bringen. Es ist offensichtlich, daß Holz' kleines Frühlingsgedicht eher jener zweiten Gruppe angehört und wohl sogar ein typisches Beispiel dafür ist. Daß das Leben schön sein kann, aber dennoch eben leider vergänglich ist, und daß das Bewußtsein der Vergänglichkeit wiederum den Genuß des Lebens zu steigern vermag, war als Weisheit um 1900 gewiß nicht mehr originell.

Trotzdem gefallen diese zwölf Verse; trotzdem sind sie auf ihre eigene Art schön und neu, und nicht nur ein Aufguß von längst Abgestandenem. Denn wie Tonio Kröger, so entflieht auch Arno Holz der Unmittelbarkeit des Frühlings – sein Refugium ist die Literaturgeschichte. Man darf sich nicht täuschen lassen: die Lieder des Schäfers Dafnis sind nicht parodistisches Spiel mit alter Poesie, sondern Gedichte eines Modernen, der wie der Mannsche Held durch die Simplizität seiner Erinnerungen und Empfindungen verwirrt ist und sie guten Gewissens nur vortragen kann, wenn er zugleich einen Schritt von ihnen zurücktreten darf. Das aber geschieht durch das altmodische Kostüm. Holz hat sich viel Mühe gegeben, es so echt als möglich zu schneidern: jedes ungewöhnliche Wort und jede orthographische Eskapade lassen sich, so hat er behauptet, aus den Quellen des Barock belegen. Das mag im einzelnen stimmen, im ganzen ist etwas anderes, Eigenes entstanden.

Einen Gegenstand fremd zu machen, um ihn dadurch auf neue Art bekannt und anziehend werden zu lassen, war nicht nur Ziel romantischer Poetik; so ist Literatur zu allen Zeiten verfahren, und auch Holz tut es in seinem Gedicht. Allerdings geschieht es nicht nur durch historische Distanzierung, sondern zugleich auch durch eine ganz entschiedene Konkretisierung. Der Frühling wird sozusagen gleichzeitig durch ein Verkleinerungs- und ein Vergrößerungsglas betrachtet. Blumennamen erscheinen, so präzis wie ausgefallen. Dergleichen wurde später bei manch tiefernstem Naturlyriker unsres Jahrhunderts willkommenes Auskunftsmittel in poetischen Nöten. Bei Holz bleibt das Botanische leicht. »Eines echten Boeten Leyer darff nicht nach Schweiß stincken«, heißt es von Dafnis, Kunst und Natur verschmelzen in eins, wie sich »Glaß« auf »Graß« reimt. Den musikalisch gewählten, aber exakten »Trittmadam« und »Himmelstau« folgt ein öffnendes, allgemeines, fast skeptisch überlegenes »Wie sie alle heißen ...«

Nein, das ist kein Barockgedicht und auch keine Parodie davon. Lebenslust und Lebensskepsis begegnen sich hier auf eine Weise, wie sie nur eine sehr viel spätere Zeit erfahren hat. Das *carpe diem* des Barock stützte sich auf die Überzeugung von der Möglichkeit zur Transzendenz. Davon ist bei Holz nicht mehr die Rede. Der Mensch dreht sich hier sozusagen um seine eigene Achse; die Vergänglichkeit ist absolut, wie auch die Blumen jedes Frühlings unbarmherzig verwelken müssen. Aber es ist bemerkenswert, daß solch kleine, ein wenig selbstironische Elegie über Blühen und Vergehen, Zusammenfinden und Vergessenwerden gerade nicht so rasch vergänglich ist. Darin ist die Kunst dann doch der Natur überlegen.

ARNO HOLZ
IM THIERGARTEN

Im Thiergarten, auf einer Bank, sitz ich und rauche;
und freue mich über die schöne Vormittagssonne.

Vor mir, glitzernd, der Kanal:
den Himmel spiegelnd, beide Ufer leise schaukelnd.

Über die Brücke, langsam Schritt, reitet ein Leutnant.

Unter ihm,
zwischen den dunklen, schwimmenden Kastanienkronen,
pfropfenzieherartig ins Wasser gedreht,
– den Kragen siegellackrot –
sein Spiegelbild.

Ein Kukuk
ruft.

REINHOLD GRIMM
SPIEGELUNGEN

Was Impressionismus in der Malerei ist, weiß jeder. Beim Impressionismus in der Dichtung scheinen selbst die Kenner manchmal zu zögern. Doch wenn irgend etwas, so vermitteln diese zwölf Zeilen von Arno Holz (ursprünglich ohne Überschrift, weil dessen »Phantasus«-Zyklus entstammend) eine geradezu klassisch zu nennende Vorstellung davon, was impressionistische Lyrik war und zu leisten vermochte. Und da sie obendrein, bezeichnenderweise, in einen jugendstilhaften Schnörkel auslaufen, so markieren sie zugleich aufs genaueste den literarhistorischen Ort ihres Dichters.

Denn hier, zwischen Impressionismus und Jugendstil, nicht etwa in den Gedichten des Naturalisten, die fast durchweg leiernd und epigonal bleiben, liegt in der Tat der geschichtliche Ort des Lyrikers Holz, soweit dieser zählt. Und die Momentaufnahme aus dem Berliner Tiergarten, trotz oder eigentlich wegen ihres bescheidenen Sujets und der behäbigen Beschaulichkeit, die sie atmet, ist sicher eine seiner gelungensten Leistungen. Angesiedelt in der konkreten Lokalität der preußisch-deutschen Hauptstadt um die Jahrhundertwende, wo offenbar nicht bloß die wohlhabenden Bürger, sondern auch die armen Poeten müßiggehen konnten, vom Drohnenleben der Offizierskaste zu schweigen, bietet dieses Gedicht ein kleines, ganz auf die subtile Wiedergabe des optischen Eindrucks abgestelltes Augenblicksbildchen, das beinah nur aus Lichtern und Farben und deren zitternden Schwingungen besteht.

Zwei einleitende Zeilen geben die Situation; zwei abschließende setzen eine zierliche, gleichsam synästhetische Pointe; dazwischen entfaltet sich die lyrische Miniatur, die einerseits exakteste impressionistische Schilderung ist – unübertrefflich der Farbtupfen »siegellackrot« – und andererseits, damit verknüpft, verschlungenste Ornamentik im Sinne des Jugendstils. Denn was könnte jugendstilhafter sein als diese Verdoppelung durch Spiegelung, diese durchs leise schaukelnde Wellenspiel aufgelösten, gebrochenen, spiralig gewundenen Konturen, die »pfropfenzieherartig ins Wasser gedreht« sind, wie es abermals mit glücklichster Formulierung heißt? Ja, sogar die mechanische Anordnung der Verse um eine Mittelachse, von Holz als revolutionäre Neuerung proklamiert, ist hier mehr als doktrinäre Marotte: nämlich zusätzliches Ausdrucksmittel, das tatsächlich das im Gedicht Ausgesagte typographisch »verbildlicht«. Der lautmalende Schlußsatz aber, der Kuckucksruf, verdoppelt die Verdoppelung noch einmal, indem er sie, durch Assonanz unterstützt, nun zudem ins Akustische überführt und so dieses inhaltlich wie formal vollkommene, schwerelose Gebilde vollends abrundet.

Zugegeben, statt »schwerelos« könnte man, mit weniger feinsinniger Wendung, auch sagen, das von Holz Gebotene sei doch wirklich fast ohne Gewicht und Gehalt, sei selbstzufrieden, ja spießig und letztlich eine Banalität. Und zumindest jenes Bürgerlich-Pläsierliche, das Gottfried Benn – zu Unrecht, wie ich glaube – dem alten Fontane vorwarf, trifft auf den Lyriker Holz zweifellos in vieler Hinsicht zu. Vielleicht sollte man daher sein Gedicht

»Im Thiergarten« farbige Postkarte aus dem wilhelminischen Berlin, nicht lediglich als selbstgenügsame Spiegelung lesen, sondern auch als spiegelverkehrte Ergänzung zu anderen poetischen Grüßen, etwa dem »Park Monceau« Kurt Tucholskys aus dem Paris der zwanziger Jahre unseres Jahrhunderts. Mir jedenfalls scheint, daß gerade diese zwei Gedichte einander wechselseitig spiegeln. Und in beiden spiegelt sich außerdem, meine ich, was deutsche Dichter, ob auf einer Bank sitzend oder sonstwo und – wie, so dachten oder auch nicht dachten.

RICARDA HUCH
MEIN HERZ, MEIN LÖWE

Mein Herz, mein Löwe, hält seine Beute fest,
Sein Geliebtes fest in den Fängen,
Aber Gehaßtes gibt es auch,
Das er niemals entläßt
Bis zum letzten Hauch,
Was immer die Jahre verhängen.
Es gibt Namen, die beflecken
Die Lippen, die sie nennen,
Die Erde mag sie nicht decken,
Die Flamme mag sie nicht brennen.
Der Engel, gesandt, den Verbrecher
Mit der Gnade von Gott zu betauen,
Wendet sich ab voll Grauen
Und wird zum zischenden Rächer.
Und hätte Gott selbst so viel Huld,
Zu waschen die blutrote Schuld,
Bis der Schandfleck verblaßte, –
Mein Herz wird hassen, was es haßte,
Mein Herz hält fest seine Beute,
Daß keiner dran künstle und deute,
Daß kein Lügner schminke das Böse,
Verfluchtes vom Fluche löse.

ULLA HAHN
DER FLUCH SOLL EWIG WÄHREN

Zu den Dichtern, deren Leben als Werk das künstlerische zu überdauern scheint, zählt auch Ricarda Huch. Vor allem ihre Ablehnung des Nationalsozialismus, unbeirrbar seit ihrem Rücktritt aus der Preußischen Akademie der Künste – in die sie übrigens als erste Frau 1926 gewählt worden war –, bleibt unvergessen. Wer wird sie nicht loben? Aber lesen? Ihr Werk umfaßt nahezu 12000 Seiten, Prosa zumeist, Romane, Erzählungen, Essays, historische Schriften. Gedichte hat Ricarda Huch nur wenige geschrieben, häufig Ausdruck der unglücklichen Liebe zu ihrem Vetter Richard Huch, dem Mann ihrer Schwester, den sie 1907 schließlich heiratete. Im selben Jahr erscheinen ihre »Liebesgedichte«. Erst nach einer Pause von 37 Jahren veröffentlichte Ricarda Huch eine zweite Sammlung neuer Gedichte »Herbstfeuer«, die am 18. Juli 1944 zu ihrem achtzigsten Geburtstag erschien.

Das Gedicht »Mein Herz, mein Löwe« stammt aus diesem Band. Es ist das Gedicht einer alten Frau, aber ungebrochene Lebenskraft, Lebensmut, Leidenschaft finden schon in den ersten Zeilen zu einem kämpferischen, ja gewalttätigen, stolzen Bild, das die Dichterin selbst charakterisiert. Denn weibliche Hingabe, Schmiegsamkeit, Unterwerfung spielten in ihren Liebesbeziehungen oder in ihrem Verhältnis zur Welt niemals eine große Rolle.

So könnte man also die ersten beiden Zeilen nur als ein pointiertes Wiederanknüpfen an ihre frühen Liebesgedichte deuten – wären da nicht die folgenden Zeilen, die einen Haß zum Ausdruck bringen, der weit über private Verletzungen hinausgeht. Zügellos überschäumend ist dieser Haß; sogar die Grammatik geht in Zeile vier über Bord, wo sich »er« auf »Löwe«, nicht aber auf »Herz« beziehen läßt. Haß, Verzweiflung, Rachedurst steigern sich von Zeile zu Zeile. Irdische Bilder – Lippen, die sich an verhaßten Namen nicht besudeln möchten, Erde und Flamme, die ihren Dienst versagen – werden von göttlichen übertroffen: Selbst der Engel, abgesandt zur Begnadigung des Verbrechers, wird zum »zischenden Rächer«. Und dann der nahezu blasphemische Höhepunkt: Auch wenn Gott selbst vergäbe, die Dichterin bliebe unversöhnlich, gnadenlos. Sie hält an Haß und Rache fest. Der Fluch soll ewig währen. Fürwahr, das Gedicht einer Frau mit einem Löwenherz. Eine späte Abrechnung mit Richard Huch, der die Dichterin nach dreijähriger Ehe wegen einer Jüngeren wieder verlassen hatte, ist dieses Gedicht also gewiß nicht. Es ist ein leidenschaftliches politisches Bekenntnis. Erstaunlich, daß es 1944 überhaupt gedruckt werden konnte.

Ricarda Huch war eine politische Frau. Im ersten Buch ihrer mehrbändigen »Deutschen Geschichte«, das noch 1934 erscheinen durfte, findet man eine ausführliche Abhandlung über die tragische Geschichte der Juden in Deutschland, wobei die Autorin ihren Zeitgenossen deren Haltung im Spiegel der Vergangenheit unverblümt kundtat: »Die Judenverfolgungen des 14. Jahrhunderts wühlten auf, was an bestialischen Trieben in den Untiefen des deutschen Volkes sich verbarg, und offenbarte den Heroismus, dessen die Juden fähig waren.« Und in einem Brief vom November 1945 heißt es: »Besser kein Deutschland als ein

Deutschland der Nazisten.« Ricarda Huch, die in ihrem persönlichen Leben die dunkelsten Seiten als notwendige Stufen ihrer Entwicklung sah, suchte auch aus den Erfahrungen unter dem Hakenkreuz Lehren zu ziehen und weiterzugeben. Nach dem Krieg erscheint »Herbstfeuer« erneut, mit zusätzlichen Gedichten, eines davon heißt: »An unsere Märtyrer«. Es kann als Gegenstück zu dem verzweifelten Fluch von »Mein Herz, mein Löwe« gelesen werden. Die Namen der Verbrecher sollen die Lippen nicht »beflecken«, aber für die »heiligen Namen« fordert die Dichterin »Gedenken« ein. Sie selbst wollte dieses Gedenken einlösen. In einem Aufruf »Für die Märtyrer der Freiheit« schrieb sie: »Ich habe es mir zur Aufgabe gemacht, Lebensbilder dieser für uns Gestorbenen aufzuzeichnen und zu sammeln, damit das deutsche Volk einen Schatz besitze, der es mitten im Elend reich macht.« Sie hat dieses Werk nicht vollenden können. Aber das Gedicht »Mein Herz, mein Löwe« zählt zu diesem »Schatz«.

RICARDA HUCH
NICHT ALLE SCHMERZEN

Nicht alle Schmerzen sind heilbar, denn manche
schleichen
Sich tiefer und tiefer ins Herz hinein,
Und während Tage und Jahre verstreichen,
Werden sie Stein.

Du sprichst und lachst, wie wenn nichts wäre,
Sie scheinen zerronnen wie Schaum.
Doch du spürst ihre lastende Schwere
Bis in den Traum.

Der Frühling kommt wieder mit Wärme und Helle,
Die Welt wird ein Blütenmeer.
Aber in meinem Herzen ist eine Stelle,
Da blüht nichts mehr.

WERNER FULD
GEGEN DAS VERGESSEN

Das Gedicht liest sich rasch. Es scheint alles schon bei der ersten Lektüre zu sagen, und was es sagt, ist für jeden sofort verständlich – und gleichzeitig sonderbar fremd. Denn Ricarda Huch widerspricht nachdrücklich den verbreiteten Maximen, daß die Zeit alle Wunden heile und das Leben weitergehe: Man muß schließlich auch vergessen können. Solcher Apologie des schlechten Gedächtnisses setzt das Gedicht eine Kontinuität der Trauer entgegen, die nicht durch die Zeit gestillt wird, sondern sich als Erfahrung verfestigt hat. Von ihr sprechen die drei Strophen mit einer Direktheit, die von keinem Trost mehr erreicht wird.

Es ist ein einfaches Gedicht. Der Schmerz zieht ins Innerste und läßt bis zur lakonischen Banalität abgebrannte Sätze hinter sich. Den Anlaß erfährt der Leser nicht. Doch der auch rhythmisch so betonte Antagonismus zwischen dem erstarrten Herzen und einer stets veränderlichen Welt deutet auf eine private Erschütterung, auf eine Verwunderung vielleicht, wie sie der unerwartete und unerklärte Verlust eines Menschen bedeutet, von dem man sich geliebt glaubte. Alltägliche Gewißheiten verlieren dadurch ihren Wert und werden ungültig. Nicht mehr beantwortete Fragen verdichten sich zu einem ungelebten Dialog, aber man kann nicht immer antwortlos ins Leere lieben; schließlich bleibt nur noch der bittere Monolog.

Als das Gedicht 1944 in der Sammlung »Herbstfeuer« erschien, war Ricarda Huch bereits achtzig Jahre alt. Zwei vehement gescheiterte Ehen lagen lange hinter ihr. Die Freundin und erste Biographin Marie Baum ordnete die nicht datierten Verse in die Lebensdokumente der späten zwanziger Jahre ein, wobei ungeklärt bleibt, ob sie mit dieser Festlegung die Niederschrift selbst oder einen damals erlittenen, erst später in diesem Gedicht angesprochenen Verlust meinte.

1927 war Ricarda Huchs erster Mann und Vater ihres einzigen Kindes, der italienische Arzt Ermanno Ceconi, gestorben, mit dem sie sich Jahre nach der Scheidung auf ein freundschaftliches Verhältnis einigen konnte. Bei seinem Tod war sie bei ihm. Da war auch schon längst ihr Jugendtraum, den Vetter Richard zu heiraten, durch seine Erfüllung zur Strafe geworden. Die Dokumente jener unglücklichen zweiten Ehe bleiben im Nachlaß noch auf Jahre der Veröffentlichung entzogen.

Möglicherweise ausgelöst durch den Verlust Ceconis, sind beide Erfahrungen des Scheiterns ihres privaten Glücks in dieses Gedicht eingegangen. Ricarda Huch hat Männer geliebt, die ihre Stärke nicht aushielten und ihre Treue nicht ertrugen. Sie konnte sich nicht raschen Herzens entlieben, also hielt sie noch dem Schmerz die Treue. Gegen das Schweigen zu lieben verhärtete, weil mit jedem vergehenden Tag so viele Möglichkeiten ungelebt bleiben. Dennoch sind auch diese unsentimentalen Strophen ein Liebesgedicht – gegen eine Zufriedenheit, die auf schlechtem Gedächtnis beruht, gegen das Vergessen und Vergessenwerden.

RICARDA HUCH
URALTER WORTE KUNDIG

Uralter Worte kundig kommt die Nacht;
Sie löst den Dingen Rüstung ab und Bande,
Sie wechselt die Gestalten und Gewande
Und hüllt den Streit in gleiche braune Tracht.

Da rührt das steinerne Gebirg sich sacht
Und schwillt wie Meer hinüber in die Lande.
Der Abgrund kriecht verlangend bis zum Rande
Und trinkt der Sterne hingebeugte Pracht.

Ich halte dich und bin von dir umschlossen,
Erschöpfte Wandrer wiederum zu Haus;
So fühl ich dich in Fleisch und Blut gegossen,

Von deinem Leib und Leben meins umkleidet.
Die Seele ruht von langer Sehnsucht aus,
Die eins vom andern nicht mehr unterscheidet.

ULLA HAHN
IN FLEISCH UND BLUT

In der Stunde zwischen Tag und Nacht geht die Zeit der Trennungen vorbei. Die Grenzen der Dinge zerfließen, die Gegensätze von Licht und Schatten versöhnen sich in der Dämmerung, selbst die Naturgesetze werden in ihr Gegenteil verkehrt. Das Gebirge gibt sein Wesen preis und vertraut sich dem Meer an, Abgrund und Rand verschwimmen ineinander, heben sich selber auf. Alles ist möglich. Weil alles menschlich ist.
Für den, der hier spricht, ist Natur nur als Widerpart seiner Innenwelt vorhanden. Nicht die Logik kommt zu Wort, sondern die Liebe. Genauer: die liebende Frau. Das Gedicht freilich läßt das Geschlecht der Sprecherin nicht erkennen. Im Gegenteil, wie in vielen Liebesgedichten Ricarda Huchs sind die traditionellen Rollen, die dem Mann die aktive Werbung, der Frau die passive Hingabe zuschreiben, auch hier vertauscht: »Ich halte dich...«, beginnt das erste der beiden Terzette, nicht »Du hältst mich«. Die Frau sieht sich als Subjekt, als Handelnde, sie ist der Kern, den der Mann umschließen darf, »umkleiden« – welch ein enthüllendes Wort!
Verräterischer noch ist die Grammatik. »So fühl ich dich in Fleisch und Blut gegossen«: ein Bild vollkommenen Einsseins? Nein. Selbst im Augenblick der Hingabe gibt Ricarda Huch sich nicht preis, macht sie sich nicht zum Objekt. Sie bleibt die reflektierende Herrin der Lage. Im ganzen Gedicht taucht der Mann nicht einmal als Subjekt

auf, nicht einmal faßt ein »wir« oder »uns« die beiden Liebenden zusammen. Die letzte Zeile mit ihrem »eins vom anderen« – auch hier wieder die ausdrückliche Trennung – ist nichts als eine flehentliche Behauptung.

Und die Naturbilder der beiden Quartette? Spiegeln sie wirklich die Innenwelt der Sprecherin? Prägen diese Verse nicht vielmehr der Natur das leidenschaftliche Verlangen der Dichterin nach Erlösung vom eigenen Ich auf? In der Tat findet in den Naturbildern jene Verschmelzung der Gegensätze statt, die in der Vereinigung der Liebenden nur behauptet wird. Die Frau geht nicht im Geliebten auf, ihr Ich verlöscht nicht, sondern entzündet, erhöht sich an ihm. Die Liebende gibt sich dem Geliebten nicht, sie ergreift von ihm Besitz. Der Widerspruch zwischen dem Wunsch der Frau nach Hingabe und der starken, ja stolzen Persönlichkeit der Dichterin ist nicht in versöhnlichen Bildern aufzulösen. Er mußte von Ricarda Huch gelebt werden.

Ich glaube nicht, daß sie dieses Gedicht so hat schreiben *wollen*. Sie wollte nur eines: ihren sehr viel älteren Geliebten, den Ehemann ihrer Schwester, von ihrer grenzen- und selbstlosen Liebe und Hingabe überzeugen. Aber sie hat das Gedicht so schreiben *müssen*. Die Liebende konnte sich zeitweise etwas vormachen – die Dichterin nicht.

RICARDA HUCH
WIEGENLIED

Aus dem Dreißigjährigen Krieg

Horch, Kind, horch, wie der Sturmwind weht
Und rüttelt am Erker!
Wenn der Braunschweiger draußen steht,
Der faßt uns noch stärker.
Lerne beten, Kind, und falten fein die Händ'
Damit Gott den tollen Christian von uns wend'!

Schlaf, Kind, schlaf, es ist Schlafens Zeit,
Ist Zeit auch zum Sterben.
Bist du groß, wird dich weit und breit
die Trommel anwerben.
Lauf ihr nach, mein Kind, hör deiner Mutter Rat;
Fällst du in der Schlacht, so würgt dich kein Soldat.

»Herr Soldat, tu mir nichts zu Leid,
Und laß mir mein Leben!«
»Herzog Christian führt uns zum Streit,
Kann kein Pardon geben.
Lassen muß der Bauer mir sein Gut und Hab.
Zahle nicht mit Geld, nur mit dem kühlen Grab.«

Schlaf, Kind, schlaf, werde stark und groß.
Die Jahre sie rollen;
Folgst bald selber auf stolzem Roß

Herzog Christian dem Tollen.
Wie erschrickt der Pfaff' und wirft sich auf die Knie –
»Für den Bauer nicht Pardon, den Pfaffen aber nie!«

Still, Kind, still, wenn Herr Christian kommt,
Der lehrt dich zu schweigen!
Sei fein still, bis dir selber frommt
Ein Roß zu besteigen.
Sei fein still, dann bringt der Vater bald dir Brot,
Wen nach Rauch der Wind nicht schmeckt, und nicht der Himmel rot.

RUTH KLÜGER
DAS OPFER SOLL TÄTER WERDEN

In Ricarda Huchs Roman »Der große Krieg in Deutschland« ist Herzog Christian von Braunschweig eine schillernde Gestalt, abstoßend und faszinierend in seiner Tollheit, die den klinischen Wahnsinn nur streift, weichlich und verstört, meist grausam und manchmal ritterlich. In unserem Gedicht wird er mehrfach namentlich genannt. Er bringt entweder Sold oder den Tod und verkörpert den Geist eines Krieges, der die Nachwelt, von Schiller über Döblin und Brecht bis zu Golo Mann, zu immer neuen Inszenierungen gereizt hat.

Das »Wiegenlied«, 1917 geschrieben, ist eher ein Anti-Wiegenlied, wie das Märchen in Büchners »Woyzeck« eher ein Anti-Märchen ist, also kein Text, den ein Erwachsener einem Kind zur Belustigung oder gar zur Beruhigung vorsagt oder vorsingt. Die Sprecherin erweckt unsere Sympathie, doch gleichzeitig auch unser kritisches Befremden. Aus der Frau spricht die Unvernunft einer Mutter, die in der Ausweglosigkeit der allgemeinen Zerstörung ihr Schäfchen, das heißt ihr Kind, ins trockene bringen möchte. Wie Brechts »Mutter Courage«, die fast dreißig Jahre später entstand, hofft sie, das Kind vor dem Krieg zu retten, indem sie es in den Krieg schickt.

Ihr Denken ist sprunghaft, vom natürlichen Übel, dem Sturm, zum menschlichen Bösen, dem Wüterich, zu der zweifelhaften Hoffnung auf ein Kindergebet. Dann wieder vom Schlaf zum Tod: Schlafenszeit sei eigentlich Sterbenszeit. Und nun der rettende Gedanke: Wenn der Junge nur die Kindheit überlebt, so soll er dem Herzog dienen, also genau das Handwerk ergreifen, das der Mutter Furcht einflößt. Neben der Angst vor der Raub- und Mordsucht der Soldateska sieht sie das Militär als den einzig möglichen Beruf für ihren Sohn. Immer noch besser, in der Schlacht umzukommen als wehrlos erdrosselt zu werden. Ein Kriegsende oder auch nur das Ende des Herzogs (der übrigens schon 1626 im Alter von 26 Jahren starb) übersteigt ihr Vorstellungsvermögen.

Vom würgenden Soldaten führt die dritte Strophe assoziierend zu einer dramatischen Szene, in der ein Soldat einem Unbewaffneten die Bitte um sein Leben abschlägt, weil – zwingender Grund! – Christian der Befehlshaber sei. Die Unvernunft pervertiert die Sprache, wenn es heißt, daß der Bauer seinen Besitz aufgeben muß und als »Zahlung« den Tod erhält. Hier also nicht mehr die Wahl zwischen Sold und Tod, sondern Tod als Sold. Wenn das Ironie ist, so geht sie von der Autorin aus, nicht von der Mutter, denn aus der letzteren spricht nur geistige und moralische Verwirrung und Verarmung.

Für diese Mutter gibt es Opfer und Täter und nichts dazwischen. Wer möchte seinem Kind da nicht eher das »stolze Roß« der letzteren wünschen? Nicht daß ihr Sohn barmherziger sein wird als andere Soldaten: *Für den Bauer nicht Pardon, den Pfaffen aber nie.* Das *nicht/aber* ist eine logische Sackgasse: es sollte »weder/noch« heißen. Doch der Text will ja gerade die Unlogik eines Menschen demonstrieren, der den Krieg erlebt und erleidet.

Das Kind muß nach diesen furchtbaren Szenen geweint haben, die Mutter beschwichtigt es, und so taucht in der letzten Strophe als Gegenbild zum tollen Christian der Vater, der Brotbringer, auf. Nur ist er leider nicht zu Hause, und wird auch nicht kommen, bis die Gefahr vorbei ist. Dieser abwesende Vater verstärkt nur den Eindruck der Hilflosigkeit von Frauen und Kindern in den brennenden Dörfern.

Das »Wiegenlied« ist ein Beispiel dafür, wie Lyrik den fließenden Übergang von Gefühl und Denken intensiver und direkter als die Prosa zu gestalten weiß. Reime haben es in sich, daß sie gerade »Ungereimtes« – hier ein von Angst geschütteltes Denken – veranschaulichen können. Das Kriegselend wird in diesem Lied intim. Es erschien während des Ersten Weltkriegs. Sein »historischer« Inhalt sollte im Laufe des Jahrhunderts immer aktueller werden.

RICARDA HUCH
WO HAST DU ALL DIE SCHÖNHEIT HERGENOMMEN

Wo hast du all die Schönheit hergenommen,
Du Liebesangesicht, du Wohlgestalt!
Um dich ist alle Welt zu kurz gekommen.
Weil du die Jugend hast, wird alles alt,
Weil du das Leben hast, muß alles sterben,
Weil du die Kraft hast, ist die Welt kein Hort,
Weil du vollkommen bist, ist sie ein Scherben,
Weil du der Himmel bist, gibts keinen dort!

ELISABETH BORCHERS
ERSCHAFFEN, WAS ES NICHT GIBT

Ricarda Huch wurde 1864 geboren. Im Jahre 1907 – sie war damals 43 Jahre alt – erschienen ihre »Neuen Gedichte«, die 1913 – unter dem Titel »Liebesgedichte« – als 22. Band der Insel-Bücherei neu aufgelegt wurden. Sechzig Gedichte; viel Gedichte für sehr viel Liebe. Der Band enthält, selbstredend, kein Nachwort, das dies und jenes der Nachwelt verraten könnte. Zum Beispiel, wie alt sie war, als sie dermaßen entbrannte, und über welche Zeit sich die Ekstase hinzog, und ob es immer nur *der eine* war, an den wir, allen Erfahrungen zum Trotz, bereit wären zu glauben. Die letztgenannte Neugier jedoch ist ohne Gewicht. Vielleicht hätten Recherchen Erfolg, doch am Ende wozu. Unser Gedicht gibt genug an die Hand.
Es ist das modernste von allen, von solcher Modernität, daß wir nichts einzuwenden hätten, käme es als ein heutiges, zur Feier der Liebe, in die Zeitung. Zu einer Zeit, als die Autorin noch mit Feuer sprühendem Atem arbeitete, um Liebe darzustellen, fällt in *diesem* Gedicht die Sprache sozusagen in sich zusammen, läßt von »Göttern« und »Dämonen« ab, um sich auf sich selbst zu besinnen, auf die Kraft der einfachen Kombination. Was richtet ein »Abgott«, ein »Olympier«, ein »Schoß des Glückes« aus gegen ein »Liebesangesicht«. Aufgeputztes Theaterzeug, das beim Anblick des Liebenangesichts beschämt hinter die Kulissen zurückweichen muß.
Ricarda Huch kann die Jüngste nicht mehr gewesen sein,

als sie das Gedicht schrieb. Ein junger Mensch ist für die Betrachtung von Jugend nicht geeignet. Um atemlose Leidenschaft geht es nicht. Hier wird mit der Erfahrung dessen gesehen, der nicht zum ersten Mal der Schönheit, der Jugend, der Kraft begegnet. Hier erfährt – aus der Distanz, dem Begreifen einer unmöglichen Erreichbarkeit – der Gegenstand des Staunens eine objektive Einschätzung. Von Steigerung zu Steigerung, bis zur allerletzten, und ohne die Stimme zu erheben, im Gegenteil, im immer von neuem sich bewußtwerdenden Staunen scheint die Stimme ruhiger zu werden. Wer begreift, was hier begriffen wird, dem ist jede Chance genommen, selbst die, verzweifelt zu sein.

Ungefährlich noch sind die beiden ersten Zeilen in ihrer zärtlich bewundernden Anfechtung. Der nächste Schritt wird kühner. Das Liebeangesicht wird über »alle Welt« gesetzt. Inmitten von Schönheiten setzt sich dies eine ab, oder es reißt die Schönheit in solchem Maße an sich, daß der Rest der Welt karg und kümmerlich zurückbleibt. Nicht nur die Schönheit, nun wird ihm auch die Jugend zugesprochen, ihm allein, und dem Rest der Welt abgesprochen. Nicht nur die Schönheit und Jugend, nein, nun auch noch das Leben; und der Rest muß sterben. Also versammelt sich dort, und nur dort allein, die Kraft; was bleibt, ist keine Wohnstatt mehr wert.

Weil sich alle Vollkommenheit auf das eine und einzige Wesen konzentriert, sich in ihm versammelt und verkörpert, geht die Welt zu Bruch (man bedenke nur: all die Kontinente und Berge, die Ozeane und Städte). Und schließlich der den Menschen unmögliche letzte Schritt, die letzte menschenmögliche Kühnheit: die Entäußerung alles Lebensspendenden (wie da sind Sonne, Mond und

Sterne, ganz zu schweigen von dem, was darüber ist): Weil du der Himmel bist, gibt's keinen dort!
Ein ungeheuerlicher Vorgang. Ein sich bis zum Zerreißen spannender Bogen, der nicht zerreißt. Was gilt der Reichtum aller Schönheit und Jugend, gemessen an der Erhöhung, die sich dort abspielt, wo erlebt wird; und keinesfalls in dem, der gemeint ist. Der, der gemeint ist, was mag er taugen. Die, die es sagt, hat erschaffen, was es nicht gibt.

FRANK WEDEKIND
DER TANTENMÖRDER

Ich hab' meine Tante geschlachtet,
Meine Tante war alt und schwach;
Ich hatte bei ihr übernachtet
Und grub in den Kisten-Kasten nach.

Da fand ich goldene Haufen,
Fand auch an Papieren gar viel
Und hörte die alte Tante schnaufen
Ohn Mitleid und Zartgefühl.

Was nutzt es, daß sie sich noch härme! –
Nacht war es rings um mich her –
Ich stieß ihr den Dolch in die Därme,
Die Tante schnaufte nicht mehr.

Das Geld war schwer zu tragen,
Viel schwerer die Tante noch.
Ich faßte sie bebend am Kragen
Und stieß sie ins tiefe Kellerloch. –

Ich hab' meine Tante geschlachtet,
Meine Tante war alt und schwach;
Ihr aber, o Richter, ihr trachtet
Meiner blühenden Jugend-Jugend nach.

WULF SEGEBRECHT
IN DER SACHE »TANTENMÖRDER«

Der Tantenmörder spricht in eigener Sache. Er wendet sich, wie sich am Ende herausstellt, an seine Richter, die ihn verurteilen wollen. Seine Rede vor Gericht beginnt mit einem uneingeschränkten Geständnis: Jawohl, er hat seine Tante getötet, er hat sie sogar »geschlachtet«, wie der Metzger ein Tier schlachtet. Der Tantenmörder scheut sich nicht, diesen Ausdruck auf seine eigene Tat anzuwenden. Er will sich gar nicht verteidigen, obwohl er als Angeklagter vor Gericht steht, er will seine Tat vielmehr rechtfertigen. Schließlich war die besagte Dame »alt und schwach«. Das muß genügen. Denn schon das spricht, meint er, gegen sie.

Es folgt die Beschreibung der Tatvorbereitung und des Tathergangs. Die Tante, erfahren wir, war nicht nur hinfällig, sondern auch reich, und auf ihre Wertpapiere und ihr Bargeld hatte es ihr Neffe abgesehen. Möglicherweise schon mit dem Vorsatz der Bereicherung und unter Ausnutzung des Vertrauensverhältnisses zwischen Verwandten hatte er sich in der Wohnung der Tante einquartiert und dort ihre »Kisten-Kasten« »ohn Mitleid und Zartgefühl« durchwühlt, wobei offenbleibt, ob diese Gefühlskälte nur von dem rücksichtslosen Neffen ausgeht oder nicht auch von seiner schweratmenden Tante, die, obwohl schon altersschwach, ihm von ihrem Besitz nichts mitgeteilt hatte.

Erst jetzt, angesichts der entdeckten Reichtümer, kommt

es zum Entschluß, die Tante zu ermorden: Nicht nur ihr Alter und ihre Schwäche, so argumentiert der Täter, machten ihr das Leben schon schwer genug; künftig würde sie auch noch den Verlust ihres Besitzes zu verkraften haben, sie müßte sich, würde er sie lediglich berauben, fortan nur noch »härmen«. Der Mord wird geradezu als Erlösung für sie gedeutet. Selbstbewußt und ohne Beschönigung seiner Tat kann er daher, pathetisch stabreimend, bekennen: »Ich stieß ihr den Dolch in die Därme.«
Zum »erfolgreichen« Abschluß des Raubmords gehört es, die Leiche zu beseitigen und die Beute zu sichern. Das erfordert, selbst für einen jugendlich-kraftvollen Täter, harte Arbeit. Bis an den Rand der Erschöpfung habe er sich dabei verausgabt, so legt er seinen Richtern dar, als wollte er sie fragen: Verdient denn diese Mühe nicht auch Anerkennung?
Dann aber – und das gibt seinem Wort für Wort wiederholten Geständnis die zusätzliche Pointe – wendet er sich an seine Richter. Er bittet sie in seinem Schlußwort nicht, wie das andere Angeklagte tun, um ein mildes Urteil. Er fleht nicht um Gnade, er greift sie an. Er wirft ihnen vor, sie trachteten ihm nach seiner »Jugend-Jugend«, nach seinem »blühenden« Leben. Die Strafverfolgung, die sie betreiben, wird als jugend- und lebensfeindlich diskreditiert. Statt zwischen den Interessen der maroden »Kisten-Kasten«-Besitzer und denen der vitalen »Jugend-Jugend«-Inhaber abzuwägen – eine Abwägung, die nur zugunsten der Jugend ausfallen dürfe –, mache sich die Rechtsprechung nach Auffassung dieses jugendlichen Raubmörders einseitig zum Instrument der Alten und Schwachen, wenn sie zugleich reich sind; die Justiz wird als Interessenvertreterin lebensunwerten Lebens attackiert.

Der ungeheuren Tat folgt damit ein ungeheuerlicher Vorwurf. Mit keiner Silbe enthält das Gedicht auch nur die Andeutung eines Widerrufs der Amoral, der es Sprache gibt. Der Raubmörder hat das erste und behält das letzte Wort, er wird nicht widerlegt. Das Gedicht entblößt schamlos die erschreckende sozialdarwinistische Kehrseite des Jugend-, Kraft- und Lebenskultes der Jahrhundertwende. Die Besucher des Kabaretts »Die elf Scharfrichter« in der Münchener Türkenstraße mögen sich verblüfft und ungläubig auf die Schenkel geschlagen haben, wenn Wedekind in den ersten Jahren unseres Jahrhunderts dieses (wie er selbst schrieb) »bedenklichste und gefährlichste« Paradestück aus seinem Brettl-Repertoire vortrug. Die Vorstadt-Bohemiens genossen die antibürgerliche Attitüde des parodistischen Bänkellieds, das so scheinheilig als Volkslied daherkam. Erst dreißig Jahre später sollte ihnen das Lachen in der Kehle steckenbleiben.

FRANK WEDEKIND
XANTHIPPE

Die böse Frau Xanthippe heißt,
Die ihren Mann am Halstuch reißt.
Sie goß das volle Nachtgefäß
Hinunter über Sokrates.
Da sprach der Weise sehr verlegen:
»Aufs Donnerwetter folgt der Regen.«

GEORG WÖHRLE
DER PHILOSOPH ALS PANTOFFELHELD

Xanthippe gehört sicher zu jenen Gestalten der Antike, mit denen auch heute noch etliche Menschen auf Anhieb eine Vorstellung verbinden: die nämlich einer zänkischen, übelgesinnten oder, wie es im ersten Vers von Wedekinds Gedicht heißt, »bösen« Frau. Ihre »Erfindung« ist dem Militär und Schriftsteller Xenophon, einem Zeitgenossen und Verehrer des Sokrates, zu verdanken, der in zweien seiner Werke, den »Erinnerungen an Sokrates« und dem »Symposion«, auf das »mürrische Wesen«, die »Unverträglichkeit« der Xanthippe eingeht. Fast prophetisch läßt Xenophon einen Gesprächsteilnehmer des Symposions sogar sagen, Xanthippe sei die unverträglichste von allen Frauen, die es gibt, gegeben hat und geben wird. Wohl gab es eine »historische« Xanthippe, Ehefrau des Sokrates. Doch Xenophon – wie auch späteren antiken Autoren, die »Geschichten« über Sokrates und Xanthippe verbreitet haben – diente »Xanthippe« als sicherlich mehr oder weniger misogyn gedeutete Kontrastfigur, wesentlich, um Gleichmut wie Schlagfertigkeit des Philosophen gegenüber einer übellaunigen Frau zu bezeugen.
Die Anekdote, auf die Wedekinds Verse von 1878 zurückgehen, ist am ausführlichsten von dem kaiserzeitlichen Philosophiehistoriker Diogenes Laertios (3. Jh. n. Chr.) innerhalb des Abschnittes über Sokrates erzählt. Von einem »Nachtgefäß« ist allerdings hier nicht die Rede. Es heißt nur, Xanthippe habe Sokrates einst beschimpft und ihn

dann noch (mit Wasser) übergossen. Worauf Sokrates bemerkte, er habe immer gesagt, daß Xanthippe, wenn sie donnere, auch Regen bringe.

Wedekind mag die anschauliche Weiterung »Nachtgefäß« in einer Wiedergabe der Anekdoten bereits gelesen oder sie auch selbst erfunden haben. Jedenfalls formt er die Anekdote in einer Weise, die durchaus bereits Tendenzen seines späteren Schaffens erkennen läßt. Dazu gehören formal die kunstlose Dreigliedrigkeit der Strophe in jambischen Vierhebern und damit verbunden der schlichte Ton des Bänkelsangs oder der Moritat. Als »Ballade« bezeichnet denn auch der Vierzehnjährige sein Produkt auf dem Manuskript und weist damit die Richtung, die diese Gattung, durch Wedekind wesentlich beeinflußt, im 20. Jahrhundert über Brecht bis hin zu Biermann genommen hat.

Mag sein, daß in den Versen auch Biographisches steckt: die elterliche Ehe, die, wie ein Biograph schreibt, »sich vor den Augen der Kinder als tägliche Katastrophe abspielt«. Wichtiger aber ist, wie sich in diesem kurzen Gedicht bereits der vom Dichter der Lulu in allen Bereichen seines Werkes immer wieder zum Ausdruck gebrachte Konflikt zwischen Natur und Gesellschaft, zwischen emotionaler Sinnlichkeit und intellektuell verbrämter Moral andeutet. Die in den ersten beiden Versen gewählte Gegenwartszeit enthebt dabei Xanthippe gewissermaßen des historischen Rahmens. »Xanthippe« wird zur Metapher der »bösen Frau«, die durch ihr Verhalten ihre Natur ausleben kann und dadurch ganz im Gegensatz zur im »Halstuch« symbolisierten bürgerlichen Konvention des ausgehenden 19. Jahrhunderts steht.

So ist »Xanthippe« in Wedekinds Gedicht nicht nur eine

bloß negative Folie zur Beurteilung des Sokrates wie bei den antiken Autoren. Oder eine eher neutrale wie bei Brecht, dessen »Xanthippe« in der entsprechenden Strophe des »Alfabets« von 1934 vergleichsweise blaß bleibt: »Xanthippe sprach zu Sokrates: / ›Du bist schon wieder blau.‹ / Er sprach: ›Bist du auch sicher dess'? / Kein Mensch weiß was genau.‹ / Er gilt noch heut als Philosoph / Und sie als böse Frau.« Während es bei Brecht wohl in erster Linie um einen ironischen Seitenhieb auf den Mythos Sokrates geht, wird bei Wedekind im Kontrast zwischen der derb handelnden Xanthippe und dem »sehr verlegen« antwortenden und nicht nur mit Wasser übergossenen Philosophen vielmehr der Glaube an eine Überlegenheit des männlichen Intellekts demontiert. Kaum zufällig scheint dabei die »weibliche« Kadenz des letzten Reimpaars im Gegensatz zur »männlichen« der beiden vorhergehenden.

OTTO JULIUS BIERBAUM
ER ENTSAGT

Fahl zieht der Strom in letzter Abendhelle,
Bald wird es Nacht und alles Schweigen sein.
Nun kommt die Zeit, daß ich mein Glück bestelle,
Dies schwarze Ährenfeld, dies Dein und Mein.

Das ist viel stiller, als das tiefste Schweigen
Und ist viel schwärzer als die tiefste Nacht;
Die hohen Halme beugen sich und neigen
Ehrfürchtig ihrer schweren Ähren Pracht.

Denn du bist dort. In deinem weißen Kleide,
Von dem ein Leuchten wie von Sternen weht,
Und ein Gesang vom Rauschen deiner Seide,
Wenn leis dein Fuß durch diese Ähren geht.

HANS CHRISTOPH BUCH
LYRISCHER ABGESANG

Vor ein paar Jahren erstand ich in einem West-Berliner Trödelladen einen schon leicht stockfleckigen Lyrikband von Otto Julius Bierbaum mit dem barock ausladenden Titel: »Der neubestellte Irrgarten der Liebe / um etliche Gänge und Lauben vermehrt / verliebte / launenhafte / moralische und andere Lieder / Gedichte und Sprüche aus den Jahren 1885 bis 1905«. Was mich – außer den hübschen Jugendstilminiaturen von Heinrich Vogeler – zum Kauf dieses Buches bewogen hatte, war sein für Gedichtbände erstaunlicher Umfang von 437 Seiten und der, daran gemessen, erstaunlich niedrige Preis von nur einer Mark: das war sehr viel Lyrik für sehr wenig Geld. Trotzdem nahm ich den Band ohne allzu große Erwartungen zur Hand. Über seinen Verfasser wußte ich nur, daß er um die Jahrhundertwende als Dichter außerordentlich populär war – der »Irrgarten der Liebe« erreichte die für heutige Lyriker astronomische Auflagenhöhe von 85 000 Exemplaren – und daß sein Hauptwerk, der Künstlerroman »Stilpe«, durch freimütige Schilderungen des erotischen Treibens der damaligen Kunst- und Literaturschickeria Anstoß und Aufsehen erregte.

Beim Durchblättern seines Buches stellte ich mir den Autor als wilhelminischen Philister vor, der sich als junger Bohémien mit Dienstmädchen und Kammerzofen ausgetobt hatte, um hinterher als langbärtiger Dichterfürst in der bayerischen oder preußischen Akademie zu enden –

ein Hindenburg der Poesie wie Arno Holz oder der alte Gerhart Hauptmann.
Als ich Bierbaums Gedichte dann las, schienen sich meine schlimmsten Vorurteile zu bestätigen: Das waren, ähnlich wie in der ungefähr gleichzeitig erschienenen Lyriksammlung »Daphnis« von Arno Holz, unerträglich platte »Sauf-, Freß- und Venuslieder«, in denen von den »Niederungen« des Geschlechtslebens bis zu den vermeintlichen Höhen von Religion und Philosophie alles gestreift und nichts ausgelotet wurde. Das einzige, was diesem Dichter über 437 Seiten hinweg nie abhanden kam, war sein sprichwörtlich gesunder Humor, die unverwüstlich gute Laune des saturierten Bildungsbürgers, der von seinem gut gepolsterten Schreibtischstuhl aus augenzwinkernd das törichte Treiben der Welt kommentierte, die für ihn so lange noch in Ordnung war, wie ihm seine Frau frühmorgens den Kaffee ans Bett brachte ...
Ich hätte Bierbaum auf sich beruhen lassen und sein Buch ungelesen in den Papierkorb geworfen, wenn mir nicht beim Durchblättern diese Verse unter die Augen gekommen wären, die auch bei wiederholtem Nachlesen nichts von ihrem Glanz verloren und für mancherlei lyrischen Leerlauf entschädigten: eine matt schimmernde Perle, zwischen stumpfen Kieseln versteckt.
Hier zeigt sich der unerschütterlich optimistische Bohémien endlich einmal *nicht* von seiner feuchtfröhlichen Seite, hier läßt er seinen Zweifeln und seiner Melancholie freien Lauf. In einem unkontrollierten Augenblick zwischen zwei Liebesabenteuern bricht sein perfekt organisiertes Abwehrsystem zusammen und gibt den Blick frei auf den wirklichen Menschen Bierbaum, der sich hinter den Jugendstilschnörkeln seiner Dichtermaske verbirgt:

ein virtuoser Verkleidungskünstler, der sich abwechselnd als Pierrot und Hanswurst, Rokokoschäfer und wilhelminischer Lebemann kostümiert, um die hinter der glänzenden Fassade lauernde Leere seiner Existenz zu übertünchen.

Das Gedicht schildert nicht nur das Ende einer Liebesbeziehung, es ist zugleich ein Abgesang auf eine zu Ende gehende Epoche, die hier noch einmal all ihren verblichenen poetischen Dekor aufbietet – im Bewußtsein seiner Vergänglichkeit. Mich erinnern diese Verse, in ihrem morbiden Glanz, an eines der berühmtesten Gemälde der Epoche, Böcklins »Toteninsel«, bis in die Details der Farbgebung hinein.

Ähnlich wie Böcklins Bild (das Bierbaum an anderer Stelle poetisch kommentiert hat) ist das Gedicht kontrapunktisch komponiert, es schwingt im Spannungsbogen zwischen zwei zentralen und gleichermaßen preziösen Metaphern: dem schwarzen Ährenfeld und dem weißen Seidenkleid in der Abenddämmerung. Nicht nur der klassizistisch bemühte Formwille der wilhelminischen Kunstperiode, der zuletzt nur noch Gipsabgüsse seiner klassischen Vorbilder zustande brachte, ist hier am Ende angekommen: das Gedicht wird zur Metapher für eine Endzeitstimmung, wie sie gerade heute, im Zeitalter der ökonomischen und ökologischen Krisen wieder aktuell ist.

Die drohende Explosion aller überkommenen Werte glimmt als Zündschnur im Dämmerlicht dieser trügerisch schillernden Verse, die mich dazu veranlaßt haben, meine Vorurteile über den Dichter Otto Julius Bierbaum zu revidieren: ich würde nicht zögern, dieses zu Unrecht viel zuwenig bekannte Gedicht in jede repräsentative Anthologie deutschsprachiger Lyrik aufzunehmen.

RICHARD BEER-HOFMANN
SCHLAFLIED FÜR MIRJAM

Schlaf, mein Kind – schlaf, es ist spät!
Sieh, wie die Sonne zur Ruhe dort geht,
Hinter den Bergen stirbt sie im Rot.
Du – du weißt nichts von Sonne und Tod,
Wendest die Augen zum Licht und zum Schein –
Schlaf, es sind soviel Sonnen noch dein,
Schlaf, mein Kind – mein Kind, schlaf ein!

Schlaf, mein Kind – der Abendwind weht.
Weiß man, woher er kommt, wohin er geht?
Dunkel, verborgen die Wege hier sind,
Dir und auch mir und uns allen, mein Kind!
Blinde – so gehn wir und gehen allein,
Keiner kann keinem Gefährte hier sein –
Schlaf, mein Kind – mein Kind, schlaf ein!

Schlaf, mein Kind, und horch nicht auf mich!
Sinn hat's für mich nur, und Schall ist's für dich.
Schall nur, wie Windeswehn, Wassergerinn,
Worte – vielleicht eines Lebens Gewinn!
Was ich gewonnen, gräbt mit mir man ein,
Keiner kann keinem ein Erbe hier sein –
Schlaf mein Kind – mein Kind, schlaf ein!

Schläfst du, Mirjam? Mirjam, mein Kind,
Ufer nur sind wir, und tief in uns rinnt
Blut von Gewesenen – zu Kommenden rollt's,
Blut unsrer Väter, voll Unruh und Stolz.
In uns sind alle. Wer fühlt sich allein?
Du bist ihr Leben – ihr Leben ist dein –
Mirjam, mein Leben, mein Kind – schlaf ein!

PETER HÄRTLING
DER TRIUMPH DER VIERTEN STROPHE

Über dieses Gedicht kann ich nicht schreiben, ohne nicht wenigstens flüchtig auf seinen Autor hinzuweisen. Denn er ist kaum mehr bekannt. Richard Beer-Hofmann, 1866 in Wien geboren, gehörte in den ersten drei Jahrzehnten dieses Jahrhunderts zu jenen Schriftstellern, die den Gestaltenreichtum und den Tonfall der vergehenden Donaumonarchie in ihrem Werk bewahrten. Mit Hofmannsthal und Schnitzler befreundet, veröffentlichte er, dem Zeitgenossen nachsagen, er sei ein Grandseigneur gewesen, eine Handvoll schmaler Werke: Erzählungen, zwei Bühnenstücke, Gedichte. Am bekanntesten wurden die Erzählung »Der Tod Georgs« (1900) und das Trauerspiel »Der Graf von Charolais« (1904). 1939 verließ er Wien, ging ins Exil. Er war Jude. Beinahe jede Zeile, die er schrieb, spricht davon. In dem Briefwechsel mit Hugo von Hofmannsthal wird diese eigentümlich reine Gestalt für wenige noch einmal sichtbar. 1945 starb Beer-Hofmann in New York.

1897 heiratete er Paula Lissy. Die erste Tochter, Mirjam, kommt zur Welt. Für sie schreibt der Vater, glücklich und angstvoll, eines seiner wenigen Gedichte. Er wird an Wiegenlieder gedacht haben, an ihren monotonen Singsang, an all den sentimentalen Schlummertrost, an »Schlafe, mein Prinzchen«, und so setzt er auch ein, nur trockener, leiser, direkter: »Schlaf, mein Kind – schlaf, es ist spät!« Und schon hier, in der ersten Zeile, schlägt er, wenn auch wunderbar doppeldeutig, sein Thema an. Man sieht den Vater neben dem Bettchen sitzen; das neugeborene Wesen kann ihn noch nicht verstehen; er redet in es hinein und über es hinweg. »... es ist spät«: Der Tag endet, aber nicht nur der Tag, auch das Leben, das eben begonnen hat; auch das Volk, dem es angehört. Beer-Hofmann hat unaufhörlich den Tod angesprochen, flehend und drohend, er ging mit ihm um, anders als Elias Canetti, der ihn schreibend zu überlisten versucht.

Die nächsten Zeilen kopieren fast arglos die Banalität vieler Schlaf- und Todeslieder. Das Rot der untergehenden Sonne. Das kindliche Unwissen. Das Versprechen hellster Zukunft. Als wolle der Vater Atem holen, als fürchte er sich vor der Last, die er mit dem Heranwachsenden wird teilen müssen.

Denn die beiden folgenden Binnenstrophen sind eine einzige Klage. Er fragt, als wisse er keine Antwort, obwohl er sie in der letzten Strophe gibt. Der Abendwind vorm Fenster wird zum Sinnbild ziellosen Wanderns. Da erscheint der ahasverische Individualist der Spätromantik. Es ist gleich, ob es bei Beer-Hofmann heißt: »Dunkel, verborgen die Wege hier sind, / Dir und auch mir und uns allen, mein Kind« oder bei Hesse: »Seltsam, im Nebel zu wandern! / Leben ist Einsamsein. / Kein Mensch kennt den andern, / Jeder ist allein.« Offenbar kann nichts die Menschen verbinden, verbünden. Kein Glaube und keine Hoffnung. Was bleibt, ist der stilisierte Hochmut der Einsamen.

In der ersten Zeile der dritten Strophe beginnt sich der Vater gegen das Übermaß von Schwarzseherei zu wehren. Nein, diese Last soll die Tochter nicht tragen müssen. Erschrocken und mit unvergleichlicher Zärtlichkeit sagt er: »Schlaf, mein Kind, und horch nicht auf mich!«

Er nimmt die düstere Beschwörung zurück, bezieht sie nur noch auf sich: »Sinn hat's für mich nur.« Die Bedrohung, der Verlust, die Einsicht in die Vergeblichkeit sind allein Worte gewesen, mehr nicht. Aber von Worten lebt er. Reichen sie weit? Reichen sie in das Leben des schlummernden Säuglings hinein? Schroff verneint er es. Seine Worte werden mit ihm enden. So wird die vorletzte Zeile der dritten Strophe zum krassen Echo der vorletzten Zeile der zweiten Strophe: »Keiner kann keinem Gefährte hier sein« – »Keiner kann keinem ein Erbe hier sein«.

Das Gedicht schafft sich selbst seinen Morgen, widerspricht sich triumphal selber. Jetzt wünscht sich der Vater, daß das Kind ihn höre. Er redet es nicht mehr in den Schlaf, sondern er fragt: »Schläfst du, Mirjam?« Dieses eine Mal wache, fordert die Zeile, und versteh, was du nicht verstehen kannst. Eine andre Stimme wird laut, die eines Rabbis, der sich murmelnd wiegt. Mirjam ist doch nicht allein, zur Einsamkeit verdammt. Sie ist Glied ihres Volkes; der Juden. »In uns sind alle ...« Nachdem diese Formel, die ihr Leben einschließt, ausgesprochen ist, darf das Kind endlich schlafen: »Mirjam, mein Leben, mein Kind – schlaf ein!«

Was mich an diesem Gedicht ergreift, ist seine Wärme. Wer es liest, hört es, hört noch immer, nach achtzig Jahren, den Atem dessen, der es sprach. Sein Pathos ist seltsam unanfechtbar.

Er mußte sich vor Wörtern wie Blut und Volk nicht scheuen. Sie waren uralt und hatten Gettos gesprengt. Daß später andere diese Begriffe zu schauderhaftem Gesetz erheben und in dessen Namen morden würden, konnte er nicht wissen. Hat er es geahnt, ist das die Angst, gegen die er ansang? Er und die Kinder, für die er das Gedicht schrieb, haben es noch erfahren.

Dieses Lied kommt von weit her und ist dennoch ganz nah.

MAX DAUTHENDEY
DRINNEN IM STRAUSS

Der Abendhimmel leuchtet wie ein Blumenstrauß,
Wie rosige Wicken und rosa Klee sehen die Wolken aus.
Den Strauß umschließen die grünen Bäume und Wiesen,
Und leicht schwebt über der goldenen Helle
Des Mondes Sichel wie eine silberne Libelle.
Die Menschen aber gehen versunken tief drinnen im Strauß,
Wie die Käfer trunken und finden nicht mehr heraus.

LUDWIG HARIG
HEILIGE TRUNKENHEIT

Nach diesem Gedicht habe ich lange gesucht. Ich habe es zum erstenmal in einem pädagogischen Lehrbuch der Literatur gelesen, kurz nach dem Krieg. In diesem Buch war von Eindruckskunst und Ausdruckskunst die Rede: Dauthendeys Gedicht stand als Beispiel für Motive und Formenreichtum der Eindruckskunst. Dieses einzige Mal habe ich mich von der Literaturwissenschaft zur Lektüre eines Gedichts verführen lassen; ich erinnere mich sogar an eine Rüge des Verfassers. Das Gedicht enthalte zu viele Wie-Vergleiche, sagt er, vier insgesamt. Mich haben sie nie gestört: In meiner Phantasie erwuchs mir aus diesen Bildvergleichen ein Abendhimmel, der sich unter den Wörtern des Dichters in einen üppigen Blumenstrauß verwandelt; ich folgte den Wörtern nach, sie hatten Charme und Zauberkraft, mich in die seltsam leichte und schwebende Atmosphäre jener Bilderwelt zu versetzen.

Ein Stimmungsbild, ein poetisches Abendporträt: Sanftes Wolkenrosa, helles Baum- und Wiesengrün explodieren in blendendem Gold und Silber des letzten Sonnen- und ersten Mondlichts. Es ist kein Stilleben, das mich bezaubert, eher das Gegenbild einer *nature morte*. Denn in der Abendidylle entpuppt sich der Mensch zu einem Käfer, fast zu einer Kafkafigur, die in Verzückung geraten ist und taumelnd ihre verlorengegangene Identität sucht. Über Georg von der Vrings Gedichtstrophe »Der Mohn hat rote Wände, / Er lodert riesengroß, / Ein Krater im Gelände«, schrieb Günter Eich: »Es wird eine Mohnblume gezeichnet, und man spürt Hiroshima.« Das Rote ist bei Dauthendey ein sanftes Rosa, geheimnisvolle Mohnblumen sind hier freundliche Wicken; dort, wo die Mohnblume das Gefühl der Weltangst beschwört, ruft ein Wolkenstrauß aus Wicken und Klee die Empfindung der Weltverlorenheit hervor. Es ist ein gegenwärtiges Gefühl, es kann jedermann in jeder Abendstunde befallen, und der Dichter, der es heraufruft, ist kein illusionärer Beschwörer von gestern. Eich sagt, der »zeitferne Dichter« sei ein Widerspruch in sich, »wo die Bezüge zur Zeit nicht mehr sichtbar sind, beginnt nicht die Idylle«.

Max Dauthendey, in Würzburg geboren, auf Java gestorben, war zeitlebens unterwegs, ein Geistesverwandter Jack Londons, ein Seelenbruder Gauguins. Er feierte reisend sein Weltfest in ekstatischen Gedichten. Was bei Hölderlin die heilige Nüchternheit, ist bei Dauthendey der heilige Rausch: Doch es ist ein keuscher, gar nicht düsterer Rausch, kein Panskoller, keine zarathustrische Hitze, es ist die leichte Trunkenheit des Selbstvergessens, aus der es nur schwer eine Ernüchterung gibt. Einmal bin ich mit wildfremden Menschen unter einem solchen dauthendeyschen Abendhimmel dahinflaniert. Es war auf den Ramblas von Barcelona, ich spazierte, in Gedanken versunken, unter den Bäumen der breiten Allee, plötzlich, am Blumenmarkt, überkam mich ein heftiges Gefühl des Entrücktseins. Ich roch den Duft der Blumen, und ohne nach den anderen Menschen zu schauen, kam es mir vor, als irrte ich ziellos umher mitten zwischen den Passanten, die gleichfalls hin und her, in Bögen und Kreisen, in Kurven und Spiralen über das Pflaster liefen und sich in wechselndem Spiel näher kamen und wieder entfernten. Damals fiel mir das Gedicht von Dauthendey ein, doch ich brachte die Verse nicht mehr zusammen, außer dem letzten, den ich von da an nie mehr vergessen habe.

STEFAN GEORGE

An baches ranft
Die einzigen frühen
Die hasel blühen.
Ein vogel pfeift
in kühler au.
Ein leuchten streift
erwärmt uns sanft
und zuckt und bleicht.
Das feld ist brach
der baum noch grau.
Blumen streut vielleicht
der lenz uns nach.

EUGEN GOMRINGER
BLUMEN FOLGEN UNSEREM ABGANG

Wer am Lande wohnt oder als Spaziergänger hin und wieder Landschaft besichtigt, dem ist die äußere Szene dieses Liedes vertraut. Ein Bach schlängelt sich durch eine Vorfrühlingslandschaft. Er schlängelt sich, denn das Wort »Ranft« deutet auf ein abrissiges Ufer, dem gegenüber sich das flache Innenufer der Bachkrümmung befindet. Am abrissigen Ufer blühen Hasel. Das sieht man. Ein hübsches, sparsames Bild in drei Zeilen. Erst die Hasel blühen, die einzigen, ausgezeichneten. Das Wort »einzigen« ist das stärkste der drei Eingangszeilen. Das Übermaß einer Silbe sei ihm erlaubt. Man betont die erste und läßt die beiden auslautenden fast zu einer »einzigen« Silbe werden. Jetzt tritt ein Hörvorgang hinzu: Ein Vogel pfeift in kühler Au. Ein Vogel allein, das fällt immer auf. Bis zur fünften Zeile haben Auge, Ohr und Fühlung Wahrnehmungen zu verzeichnen, die Frühzeit, Einsamkeit und Kühle suggerieren. Das kann erst das halbe Gedicht sein. Auch sind noch Reime zu erwarten, nachdem zwei sich reimende Wörter bereits auf solche klanglichen Abschließungen hingedeutet haben.

Die nächsten drei Zeilen gehören trotz größter Gegensätzlichkeit ihrer Aussage zusammen. Zuerst: Ein Leuchten streift. Als äußerliches Leuchten, als Strahl, der über die Landschaft gleitet, kann dies eine konkrete Seh-Wahrnehmung sein. Dieses Leuchten erwärmt jedoch »uns«, und zwar »sanft«. Es ist anzunehmen, daß das streifende

Leuchten »uns« gilt, der Figur in der einsamen Landschaft. Mit dem »uns« wird einesteils die dialogische Tendenz Stefan Georges erfüllt, andererseits zeigen einige der schönsten deutschen Lieder – etwa das fünfte Schilflied von Nikolaus Lenau – einen ähnlichen Aufbau. Überdies wird dieses »uns« im Zusammenhang zu sehen sein, der im ganzen Buch »Der siebente Ring« waltet.

Das Leuchten meint es gut mit uns – aber es ist von erschreckend kurzer Dauer. Die sanfte Bewegung, die es in das Bild der spröden Landschaft bringt, nimmt ein dramatisches Ende. Direkt durch ein »und« verbunden folgen das Zucken und Bleichen. Was aber machen wir, nachdem uns das Leuchten zuckend und bleichend verlassen hat? Wir stehen ärmer da als zuvor. Wir sehen uns wieder um in der äußeren Szene und stellen fest: Das Feld ist brach. Der Baum noch grau. Der Schluß liegt nahe, daß, nachdem uns das Leuchten innerlich angesprochen, aufgewühlt hat, diese beiden Zeilen eine symbolische Mitbedeutung besitzen, daß sie Projektionen festhalten. Sie sind ein äußerliches Bild des inneren Zustandes der Figur in dieser Landschaft. Zwar heißt es immerhin vom Baum, er sei »noch« grau. Damit könnte auch Hoffnung angetönt sein.

Die beiden letzten Zeilen dieses Liedes bilden wohl einen der unvergeßlichsten deutschen Verse: Blumen streut vielleicht der Lenz uns nach. Überraschend wird der ganze Gedicht-Rhythmus auf den Kopf gestellt. Eine große Gebärde wird ausgesprochen. Blumen folgen vielleicht unserem Abgang. Daß der Lenz uns vielleicht Blumen »nachstreut«, habe ich immer als Jugendstilgebärde gesehen. Auch Böcklin schwebt mir als Vorbild vor. Ich sehe eine seiner ungelenken Damen beim Blumenstreuen auf »gestirnter Wiese«. Lange bevor Nostalgie eine Welle wurde, habe ich mir diese echte, doppelte Nostalgie erlaubt. Vielleicht aber war es auch das Wort »Ranft«, an dem ich hängen blieb. Der »Ranft« wirkt auch klanglich so stark nach, daß sich das Reimwort »sanft« erst in der siebenten Zeile einzustellen braucht.

Man kann dieses einfache Lied, in dem wenig, aber viel geschieht und das uns ungewiß, aber in Hoheit entläßt, auch klanglich bewahren. Ein scharfes »z« geht durch von »einzigen« über »zuckt« zu »lenz«. Man bewahrt das fröhliche Reimpaar »frühen – blühen«, aber auch die »b-r«- und »g-r«-Kombination dort, wo das Lied t-rostlos wird: brach – grau. Auch Bau und Konstruktion machen das Lied zu einem Kunstwerk.

STEFAN GEORGE
AN GUNDOLF

Warum so viel in fernen menschen forschen und in sagen
lesen
Wenn selber du ein wort erfinden kannst dass einst es
heisse:
Auf kurzem pfad bin ich dir dies und du mir so gewesen!
Ist das nicht licht und lösung über allem fleisse?

ECKHARD HEFTRICH
POETISCHE GLUT

Von George war während meines Germanistik-Studiums in den fünfziger Jahren nie die Rede gewesen, von Rilke desto mehr. 1963 erschien aber in der »Zeit« eine lange Rezension des Briefwechsels zwischen George und Gundolf, durch die mein bleibendes Interesse geweckt wurde. Mit dem Anspruch auf längst fällige Aufklärung erzählte der Rezensent, Walter Boehlich, eine »Geschichte«: wie nämlich Gundolf, »ein großes Talent«, von George »erst für immer verborgen und dann kalt einer spinnigen Ideologie geopfert worden ist, bis zum physischen Tod«.
Doch schon die Belegstellen, die der Ankläger da gegen George vorbrachte, lagen quer zum schäumenden Redefluß. Dieser Widerspruch weckte die Neugierde und damit ein rasch wachsendes Interesse an dem großen Lyriker, dem zu Lebzeiten so verehrten wie umstrittenen, dann tabuisierten und nun so heftig verklagten »Meister« des Kreises. Die Lektüre des Briefwechsels selbst erregte den Verdacht, da habe ein tiefsitzendes Ressentiment den Kritiker zur blinden Parteinahme für das angebliche Opfer von Georges »Unmenschlichkeit« verführt.
Der Rezensent zitierte auch den Anfang des kleinen Spruchgedichtes, aber nur bis »... erfinden kannst ...«, und er tat's, um zu diesem Schluß zu kommen: »Gescheitheit beunruhigte ihn.« Das war so falsch wie schnöde. George brauchte sein Leben lang niemandes Gescheitheit zu fürchten, und schon gar nicht, wenn es sich, wie dem

Briefwechsel zu entnehmen, um die Mahnung des dreißigjährigen Dichters an einen ihn verehrenden Studenten handelte. Den Vierzeiler sandte der Ältere im August 1899 nach der zweiten Begegnung dem Neunzehnjährigen. Er redete den Jüngling noch mit »Sie« an, hatte aber dessen Familiennamen Gundelfinger schon in den poetischeren Gundolf verwandelt: ein Zeichen nicht nur der Zuneigung, sondern auch dafür, daß seine Hoffnung statt der wissenschaftlichen der dichterischen Begabung galt. Und ebendiese sah er bereits bedroht, obwohl sie vorerst kaum mehr als ein Versprechen war.

Schon beim ersten Gespräch soll Gundolf von George eine Antwort auf die kindlich anmutende Frage erhofft haben, welcher von seinen beiden Heroen, Caesar oder Alexander, die bedeutendere Rolle für die Weltgeschichte gespielt habe. Darauf beziehen sich wohl zunächst die »fernen menschen« und die »sagen«. Hat George gespürt, daß sich da eine Obsession vorbereitete? Gundolf ist von seiner Fixierung auf Caesar nie mehr losgekommen. Aber die Mahnung des Gedichtes geht weit darüber hinaus, versucht sie doch zu bannen, was dann auch die sehr persönliche Tragödie grundieren sollte, die nach zwei Jahrzehnten fruchtbarer Einwirkung und Zusammenarbeit zur Entfremdung und zum Bruch des Meisters mit dem Jünger führte: den fortschreitenden Verlust des Dichterischen, also des Vermögens, ureigenste Erfahrungen unverwechselbar und gültig auszudrücken.

Gundolf wurde kein Dichter, wohl aber ein Literarhistoriker und -interpret von hohem Rang. Ohne die poetische Glut, die durch George angefacht wurde, hätte er vielleicht ein Leben lang fleißig geforscht und gelesen, und der Zweifel des »Warum« wäre ihm nicht fruchtbar geworden. So aber war sein Schicksal, statt »licht« und »lösung«, der produktive Riß in der eigenen Existenz. Über dieses Schicksal hinaus, an dem auch George auf seine Weise zu tragen hatte, bleibt das »Warum« als der Zwiespalt, der jeden begleitet, der mit dem Wort, das selber er erfinden kann, dem Wort der Dichter dient.

STEFAN GEORGE
DAS WORT

Wunder von ferne oder traum
Bracht ich an meines landes saum

Und harrte bis die graue norn
Den namen fand in ihrem born –

Drauf konnt ichs greifen dicht und stark
Nun blüht und glänzt es durch die mark …

Einst langt ich an nach guter fahrt
Mit einem kleinod reich und zart

Sie suchte lang und gab mir kund:
»So schläft hier nichts auf tiefem grund«

Worauf es meiner hand entrann
Und nie mein land den schatz gewann …

So lernt ich traurig den verzicht:
Kein ding sei wo das wort gebricht.

WOLFGANG HILDESHEIMER
DIE GRENZEN DES SAGBAREN

Meine Verehrung Stefan Georges hält sich in ganz bestimmten Grenzen. Doch innerhalb dieser Grenzen bewundere ich ihn, was heute – schon wieder oder immer noch? – Verteidigung gegen Anwürfe bedeutet, sachliche oder nicht. Er hat aus seinem Leben ein exemplarisches Dichterleben gemacht, par excellence, unbedingt und einzigartig. Er hat sich nach einem selbstentworfenen – genauer: nach einem allmählich sich herauskristallisierenden – Modell streng stilisiert und ihm entsprechend sein Leben im Pathos verbracht. Diese Zucht, diese formale – und formelle – Disziplin des Ausdrucks, die der Demonstration einer vollkommenen und meist schmerzlichen Einheit zwischen Dichter und Mensch galt, ließ keinerlei Verhalten zu, das dieser Stilisierung nicht entsprochen hätte, so daß für das Lachen kein Raum blieb.

Die Frage, wie ich ein solch durch und durch artifizielles Verhaltensmuster bewundern kann, würde ich mit dem Geständnis beantworten, daß ich jede Lebenshaltung bewundere, die sich zu einem solchen Grad auf ästhetischen Kategorien aufbaut, daß sie eine Konsequenz und eine Selektivität zeitigt wie bei George. Ich würde allerdings betonen, daß Bewundern und Zum-Vorbild-Wählen zweierlei sind. Ich bewundere zum Beispiel auch den Beau Brummel, den perfektesten aller Dandies, der niemals aus seiner Rolle fiel, was nicht bedeutet, daß er »mein Typ« gewesen wäre. Ohne Zweifel war er ein Nichtsnutz.

Bezeichnenderweise übrigens bewunderte auch George den Dandy.

Aber anders als beim Dandy wird Stefan Georges Verhalten zumindest teilweise durch sein Werk gerechtfertigt, in dem zwar eine exzentrische Esoterik und eine – man möchte sagen: gezüchtete – Preziosität obwalten, anhand derer es dem Dichter jedoch gelingt, weite Räume und Landschaften, Gärten und Parks, Orte von verführerischer, wenn auch morbider Schönheit heraufzubeschwören, geheimnisvolle Vergangenheiten und erregende Versprechen. Er sät Mythen, deren Objekt freilich immer er selbst bleibt; niemals aber singt er sein Selbstmitleid wie Rilke, sondern er verharrt in einer Art gebieterischer Emphase, deren Gestus ihm abzunehmen nicht jedermanns Sache ist.

Die Gedichte, die meine rezeptive Phantasie am meisten anregen, befinden sich in dem Zyklus »das jahr der seele«, der 1897 herauskam, als der Dichter noch keine dreißig Jahre alt war. Das Gedicht »Das Wort« aber entstammt dem viel späteren Zyklus »das neue reich«. Es ist ein eigentümlich ambivalentes Gedicht, denn es geht um die Frage, die weder emotional noch meditativ beantwortet werden kann, sondern, wenn überhaupt, nur gedanklich spekulativ, obgleich es nur zwei mögliche Antworten gibt.

George stellt die Frage anhand einer Märchenkonstellation, die zwar eine Antwort nicht ersetzt, ihr aber als Parabel einen fremden und seltsamen Reiz verleiht. In der letzten Zeile wird das letzte Wort darüber apodiktisch gesprochen. »Kein ding sei wo das wort gebricht«. Diese Erkenntnis ist in ihrem Gehalt nicht neu, nur ist sie in der Manier einer Verkündigung noch nicht ausgesprochen worden, die allerdings die Begründung, *warum* es so ist, nicht ersetzt. Der Dichter meint jedenfalls, daß ihm hier das letzte Wort gebühre.

Seltsamerweise ist es eine Norn, also eine aus der Schar namenloser Schicksalsgöttinnen, der der Wortsammler das namenlose reiche und zarte Kleinod zur Namengebung überantwortet. Sie sucht in ihrem Wortschatz und findet das Entsprechende nicht, worauf es der Hand des Dichters sofort entrinnt. Es wird also nicht, wie die anderen Funde, durch die Mark blühen oder glänzen, da ihm das Glück der Benennung nicht zuteil wird, in offensichtlichem Gegensatz zu den lange eingeordneten Wörtern, die sich, dicht und stark, greifen lassen: »Wunder von ferne oder traum.«

Anscheinend macht der Finder diese schmerzliche Erfahrung zum ersten Mal. In diesem Gedicht geht es also um das Unsagbare, wobei offenbleibt, ob dies nur das Konkrete oder auch das ins konkrete Bild gebrachte Abstrakte ist. Was mich an diesen Versen immer beschäftigt hat, ist denn auch die Frage: Hat der Dichter von diesem reichen und zarten Kleinod eine bestimmte Vorstellung gehabt, und ist es überhaupt möglich, das Nichtexistierende, das Selbsterfundene, sei es Ding, Gefühl oder Gedanke, als etwas potentiell Genanntes vor sich zu sehen? Ich denke nicht.

Reich und zart, diese Adjektiva wollen denn auch nicht so recht zueinander passen. Wäre ich die Norn gewesen, so hätte ich den Born nach Wörtern für Vögel abgesucht und wäre auf den brasilianischen Kolibri gestoßen. Aber das hätte ja auch dem Finder einfallen können. Jedenfalls stimmt der Verlust ihn traurig, er ist auf das Unsagbare gestoßen, wo er es nicht vermutet hat. Hier hat einer versagt, der sein Land, sein Reich, großzügig mit Worten beschenkt zu haben glaubt. Einer, der sich groß sah und über den das letzte Wort noch nicht gesprochen ist.

STEFAN GEORGE
DER HERR DER INSEL

Die fischer überliefern dass im süden
Auf einer insel reich an zimmt und öl
Und edlen steinen die im sande glitzern
Ein vogel war der wenn am boden fussend
Mit seinem schnabel hoher stämme krone
Zerpflücken konnte · wenn er seine flügel
Gefärbt wie mit dem saft der Tyrer-schnecke
Zu schwerem niedrem flug erhoben: habe
Er einer dunklen wolke gleichgesehn.
Des tages sei er im gehölz verschwunden ·
Des abends aber an den strand gekommen ·
Im kühlen windeshauch von salz und tang
Die süsse stimme hebend dass delfine
Die freunde des gesanges näher schwammen
Im meer voll goldner federn goldner funken.
So habe er seit urbeginn gelebt ·
Gescheiterte nur hätten ihn erblickt ·
Denn als zum erstenmal die weissen segel
Der menschen sich mit günstigem geleit
Dem eiland zugedreht sei er zum hügel
Die ganze teure stätte zu beschaun gestiegen ·
Verbreitet habe er die grossen schwingen
Verscheidend in gedämpften schmerzeslauten.

WOLFGANG LEPPMANN
L'ART POUR LA VIE

Es gibt leicht zugängliche Gedichte, die wie gewisse mathematische Probleme ohne weiteres und restlos »aufgehen«, und schwierige, zu denen auch der Eingeweihte noch einen Kommentar benötigt. Das vorliegende verdankt seinen Reiz nicht zuletzt dem Umstand, daß es, zumindest vordergründig, zu den leichtesten Gedichten eines als schwierig geltenden Lyrikers gehört.

Denn was hier geschildert wird, ist eindeutig: ein riesiger, in den Tropen beheimateter Vogel stirbt bei – an – der Ankunft der Menschen, die seine Insel entdeckt haben. Weder Titel noch Sprache, weder Syntax noch Metrum, ja nicht einmal Georges eigenwillige Kleinschreibung und Zeichensetzung verbauen uns den sofortigen Zugang zu diesen Zeilen. Auch die gelehrten Anklänge tun dies nicht; es ist nützlich, aber nicht notwendig zu wissen, daß man im Altertum den Purpur, Symbol der Macht und Würde, aus dem Saft einer Schnecke gewann und daß Delphine als musikalisch galten, weil der Sage nach ein solcher dem Dichter Arion, dessen Gesang er gehört hatte, das Leben rettete (eine jener Einsichten, bei denen der Mythos die Wissenschaft weit hinter sich läßt: erst in unseren Tagen haben die Forscher den Nachweis erbracht, daß Delphine tatsächlich Töne unterscheiden und sich über große Entfernungen hinweg auf akustischem Wege verständigen können).

Das ist Bildungsballast, der kaum ins Gewicht fällt gegenüber so augenscheinlichen Schönheiten wie »windeshauch von salz und tang« und »meer voll goldner federn goldner funken« oder der subtilen Steigerung von »insel« und »flügel« zu »eiland« und »schwingen« oder gar der meisterhaften ersten Zeilen, in der »die fischer« (traditionelle Märchenerzähler) ins Epische, »überliefern« in die ferne Vergangenheit und »süden« ins Malerisch-Exotische verweisen: mit nur sechs Worten ist der prosaische Alltag ausgelöscht.

Ein wahres Bravourstück ist schließlich das mit »dass« einsetzende Ostinato des eigentlichen Berichts. Wie sonst nur noch Kleist in seinen besten Stunden hat George aus der Not, dem Zwang zum Konjunktiv bei indirekter Rede, eine Tugend gemacht. Trotz dreimal wiederholtem »habe« und zweimaligem »sei« wirkt diese Aussageweise hier, im wohl längsten aller im Konjunktiv geschriebenen deutschen Gedichte, nicht pedantisch, sondern erhöht im Gegenteil die epische Spannung.

George hat sich gehütet, das Tier zum Phönix oder (nach dem bekannten, von ihm verdeutschten Gedicht von Baudelaire) zum Albatros zu machen. Trägt der Herr der Insel nicht vielmehr den Gattungsnamen »Vogel«, gerade weil er stellvertretend für alle Natur leidet, die wir verschandelt, und alle Kreatur, die wir zu Tode gebracht haben?

Das Gedicht wird meist mit Georges hieratischem Bild vom Künstler in Verbindung gebracht. Er war aber nicht nur Ästhet, er war auch Prophet. Und so will es uns scheinen, daß diese Zeilen nicht von der Selbstbeweihräucherung eines Poeten handeln (der sich und sein Lied kaum als »zu schwerem niedrem flug erhoben« geschildert hätte), sondern von der Gefährdung der Erde durch den Menschen.

Das Gedicht verkörpert somit kein wirklichkeitsfremdes »L'Art pour l'art«, sondern ein im höchsten Maße aktuelles »L'Art pour la vie«: Lyrik im Dienst eines Lebens, das heute ungleich gefährdeter ist als zur Zeit der Jahrhundertwende. So gefährdet, daß mitsamt den Vögeln längst auch die Delphine, ja die Menschen selber von der Ausrottung durch Menschenhand bedroht sind.

STEFAN GEORGE
DER WIDERCHRIST

›Dort kommt er vom berge · dort steht er im hain!
Wir sahen es selber · er wandelt in wein
Das wasser und spricht mit den toten.‹

O könntet ihr hören mein lachen bei nacht:
Nun schlug meine stunde · nun füllt sich das garn ·
Nun strömen die fische zum hamen.

Die weisen die toren – toll wälzt sich das volk ·
Entwurzelt die bäume · zerklittert das korn ·
Macht bahn für den zug des Erstandnen.

Kein werk ist des himmels das ich euch nicht tu.
Ein haarbreit nur fehlt · und ihr merkt nicht den trug
Mit euren geschlagenen sinnen.

Ich schaff euch für alles was selten und schwer
Das Leichte · ein ding das wie gold ist aus lehm ·
Wie duft ist und saft ist und würze –

Und was sich der grosse profet nicht getraut:
Die kunst ohne roden und säen und baun
Zu saugen gespeicherte kräfte.

Der Fürst des Geziefers verbreitet sein reich ·
Kein schatz der ihm mangelt · Kein glück das ihm weicht . . .
Zu grund mit dem rest der empörer!

Ihr jauchzet · entzückt von dem teuflischen schein ·
Verprasset was blieb von dem früheren seim
Und fühlt erst die not vor dem ende.

Dann hängt ihr die zunge am trocknenden Trog ·
Irrt ratlos wie vieh durch den brennenden hof . . .
Und schrecklich erschallt die posaune.

GERHARD SCHULZ
EIN NEUER WELTZUSAMMENBRUCH

Claus von Stauffenberg, einer der Jüngsten und Letzten aus dem Kreis um Stefan George, soll sich besonders durch dieses Gedicht in seinem Widerstand gegen Hitler haben bestärken lassen. Bezüge liegen auf der Hand. Die Macht des Verführers beruht auf dem Triumph des Wahns über die Wahrheit, und die Verführten bringt sie dorthin, wo aller Wahn letztlich hinleitet: zur Ernüchterung und der Nötigung zur Verantwortung vor den Tatsachen. Wie kein zweites mir bekanntes Gedicht lassen sich diese 1907 zuerst gedruckten Verse als Prophetie jener Selbstzerstörung lesen, in die sich die Deutschen 1933, im Jahr von Georges Tod, hineinbegaben. Ein erster Entwurf des Gedichtes trägt den Titel »Nova Apocalypsis« – Offenbarung eines neuen Weltzusammenbruches.

George hat sich stets gegen die Aufnahme seiner Gedichte in Anthologien gewehrt. Aber dürfte der »Widerchrist« allein in dem Zusammenhang des auf eine Mythenstiftung ausgehenden Georgeschen Gedichtbuches »Der siebente Ring« gelesen werden, so entzöge man es allen jenen, die sich von Sprachkunstwerken bewegen lassen, ohne doch auf die Gesamtphilosophie eines Dichters zu subskribieren.

Was George in den Bildern dieses Gedichtes entwickelt, ist ein Verhaltens- und Wirkungsmuster für falsche Propheten, das sich sehr viel genereller aus der Geschichte ableiten läßt und nicht zuletzt aus jenem großen Geschichts-

und Geschichtenbuch, das hier zu Georges spezieller Quelle geworden ist: aus der Bibel. Aus ihr stammt die Vorstellung eines Widerchrist überhaupt, des Baal-Sebub oder Fliegengottes, den Goethes Mephisto als Herrn der Ratten und der Mäuse, der Fliegen, Frösche, Wanzen, Läuse apostrophierte und den George den Fürsten des Geziefers nennt. Aus der Bibel stammt das Bild des vom Berge herabsteigenden Propheten mit der Aura und Autorität eines von Gott Begnadeten. Biblisch sind Wein- und Erweckungswunder, biblisch die Posaunen des Jüngsten Gerichts und biblisch selbst der Hamen, das Fangnetz für Fische. Seit langem ist die Bibel ein Spracharsenal für gute und schlechte Prophetien, und das Bibelzitat ist ein beliebtes Stilmittel, das erhellen, aber auch manche Rede über Argumente hinwegtransportieren kann. Im Gebrauch des Widerchrist und seines Dichters werden die beiden Verwendungsmöglichkeiten offenbar.

Im reichen Klang seiner Vokale, im gemessenen Schritt der assonierenden Terzinen, in der bedacht archaisierenden Sprache und in den üppigen Metaphern ist Georges Gedicht als Kunstwerk zugleich ein Kunststück und Balanceakt von Ernst und Ironie. Kaum merklich wechseln die Sprecher. Aus dem am Anfang zitierten naiven Staunen des Volkes wächst seine Verblendung hervor, markiert durch jene zwei Losungen, die den Fortschritt der Verführung sichtbar machen: freie Bahn zuerst für den Erstandenen durch die Menge der noch Ungläubigen und danach Tod dem »rest der empörer«, die sich dem Zug nicht angeschlossen haben. Im Vordergrund des Gedichtes freilich steht der Hohn des Verführers selbst, das Bekenntnis seiner zynisch berechneten Versprechungen von gleißend drapierten Nichtigkeiten, und die triumphierende Beschreibung seines Erfolges. Aber es ist schließlich der Dichter, der in der sechsten Strophe den Satz des Verführers ironisch enthüllend zu Ende führt und dann das Wort zu seiner Apokalypse übernimmt.

Man mag fragen, was es denn mit dem Seltenen und Schweren auf sich habe, dem der Widerchrist sein Leichtes entgegensetzt, jenes Nichtige in sich selbst, dem er nur im Wie-Vergleich einen Wert zu bestimmen sucht. Der große Prophet Moses fordert seinem Volk sechs Tage Arbeit ab. Daß die tatsächlich erreichten Erleichterungen des menschlichen Lebens im letzten Jahrhundert mit den Parolen des noch Leichteren, Besseren, Reicheren, Bequemeren zugleich Ansatzpunkte zu ständigen, immer neuen gefährlichen Verführungen boten, ist zusammen mit ihnen offenbar geworden.

Stefan Georges Gedicht »Der Widerchrist« tritt für die meisten heutigen Leser aus dem engen Kontext von persönlichen und politischen Mythen Georges heraus; es ist ihm keine richtungweisende Philosophie zu entnehmen. Es etabliert sich vielmehr als eine Art kritische Instanz gegenüber dem Sophismus und der Gaukelei von Gurus, Propheten, Weltbeglückern und Heilsideologen. Es stellt in seiner ästhetischen Geschlossenheit und Anschaulichkeit eine Erfahrung dar, die der Leser in Beziehung zu seinen eigenen Erfahrungen setzen kann. Man sollte es sich hin und wieder einmal vorsagen.

STEFAN GEORGE
DIE GRÄBER IN SPEIER

Uns zuckt die hand im aufgescharrten chore
Der leichenschändung frische trümmer streifend.
Wir müssen mit den tränen unsres zornes
Den raum entsühnen und mit unserm blut
Das alte blut besprechen daß es hafte
Daß nicht der Spätre schleicht um tote steine
Beraubte tempel ausgesognen boden ...
Und der Erlauchten schar entsteigt beim bann:

Des weihtums gründer strenge kronenstirnen,
Im mißglück fest, in buß groß: nach Konrad
Der dritte Heinrich mit dem stärksten zepter –
In wälschen wirren, in des sohnes aufruhr
Der Vierte reichsten schicksals: haft und flucht,
Doch wer ihn wegen sack und asche höhnte
Den schweigt er stolz: der orte sind für euch
Von schmählicherem klange als Kanossa.

Urvater Rudolf steigt herauf mit sippe,
Er sah in seinem haus des Reiches pracht
Bis zu dem edlen Max dem letzten ritter,
Sah tiefste schmach noch heut nicht heiler wunde
Durch mönchezank empörung fremdengeissel,
Sah der jahrtausendalten herrschaft ende
Und nun die grausigen blitze um die reste
Des stamms dem unsre treue klage gilt.

Vor allem aber strahlte von der Staufischen
Ahnmutter aus dem süden her zu gast
Gerufen an dem arm des schönen Enzio
Der Größte Friedrich, wahren volkes sehnen,
Zum Karlen- und Ottonen-plan im blick
Des Morgenlandes ungeheuren traum,
Weisheit der Kabbala und Römerwürde
Feste von Agrigent und Selinunt.

KARL KORN
KLAGE, SCHELTE, BESCHWÖRUNG

Dieses wahrhaft große Gedicht enthält Verse, die man dem Jahr des Denkmalschutzes 1975 als Inschrift hätte mitgeben sollen: »Daß nicht der Spätre schleicht um tote Steine beraubte Tempel ausgesognen Boden.«

Das Ereignis, das den Dichter aus seinem esoterischen Kreis heraustreten und ein epochales Zeitgedicht hat schreiben lassen, fiel ins Jahr 1900. Es war die Öffnung der über acht Jahrhunderte unangetasteten Kaiser- und Königsgräber der Salier und Staufer im Dom zu Speyer. Noch heute wird dieser in der Tat erstaunliche, durch königliche Archäologenkommissionen und bischöfliche Assistenz abgesegnete Vorgang unter Fachleuten als Raubgrabung bezeichnet.

Doch Georges Jahrhundertgedicht, wie man, was bei seiner rheinhessischen Herkunft naheliegt, in Anlehnung an das Winzerwort Jahrhundertwein sagen könnte, ist mehr als ein Beitrag zu einem archäologischen Thema. Mit der dem germanisch-romanischen Seherdichter eigenen visionären Kraft hat George vorweggenommen, was wir heute als Geschichtsverlust beklagen. Wer je die Bände der Kunstdenkmäler des neuen Landes Rheinland-Pfalz durchgeblättert und darin Fotos von den aufgebrochenen Bleisärgen gesehen hat, worin die großen Toten der Geschichte noch in ihren umhüllenden Gewändern zu sehen sind, bevor sie zerfielen, der wird trotz des musealen Bildungsgewinns Georges harte Tadelworte von der Lei-

chenschändung im aufgescharrten Chore, zumal in heutiger Perspektive, voll ermessen.
Aber die traditionelle Zeitklage und Zeitschelte, durch die politischen Lieder Walthers von der Vogelweide vorgeprägt, sind nur der Introitus zu dem, was das Gedicht in seinem Kern ist, Beschwörung. Sie entsteigen in der Tat dem Banne, die Konrad, die Heinriche, Philipp von Schwaben, Rudolf von Habsburg bis hin zu Maximilian, den der Dichter den Gründerfiguren von Reich und Dom anfügt, obwohl er nicht in Speyer bestattet ist, wo es aber einmal ein Projekt für ein Grabmal des letzten Ritters gegeben hat.
Was durch die Entweihung und Musealisierung an magischer Bann- und Strahlkraft der Königsgräber verlorengegangen ist, der Dichter läßt sie in Verszeilen von so grandioser Monumentalität erstehen, daß das Gedicht gleichsam zur neuen Grablege wird, zur Hocharchitektur der Geschichte: Monumenta Germaniae. Die Worte sind wie Arkadenbögen aneinandergefügt, des Weihtums Gründer, die Kronenstirnen, das stärkste Zepter, die welschen Wirren, des Sohnes Aufruhr, Haft und Flucht, Mönchezank, Empörung, Fremdengeißel, ein Geschichtsbuch des Heiligen Römischen Reiches Deutscher Nation in ein paar Worten nur, gewaltig aber wie Quader und von der strengen Schönheit romanischer Kapitelle.
Aber dann leuchtet in der vierten Strophe wie ein großes Fresko in einer visionären Apsis jenes Kulturbild auf, das George als einen Poeta mundi ausweist, die Vision eines Erdkreises, in dem staatsbildende germanische Kraft (der Karlen- und Ottonen-plan) mit dem Orient und dem alten Mittelmeer (der jüdischen Geheimlehre der Kabbala, Hellas und Rom) in eine neue Welteinheit gefaßt sind, zu der

ich allenfalls des alten Goethe westöstliche Ahnungen im Divan in Parallele zu stellen wüßte. Das dichterische Wort klingt so mächtig, daß es Steine, Boden, Tempel wieder mit dem geschichtlichen Sinn erfüllt, der in den Trümmern der Königsgräber verloren schien.

STEFAN GEORGE
DIE TOTE STADT

Die weite bucht erfüllt der neue hafen
Der alles glück des landes saugt · ein mond
Von glitzernden und rauhen häuserwänden ·
Endlosen strassen drin mit gleicher gier
Die menge tages feilscht und abends tollt.
Nur hohn und mitleid steigt zur mutterstadt
Am felsen droben die mit schwarzen mauern
Verarmt daliegt · vergessen von der zeit.

Die stille veste lebt und träumt und sieht
Wie stark ihr turm in ewige sonnen ragt ·
Das schweigen ihre weihebilder schüzt
Und auf den grasigen gassen ihren wohnern
Die glieder blühen durch verschlissnes tuch.
Sie spürt kein leid · sie weiss der tag bricht an:
Da schleppt sich aus den üppigen palästen
Den berg hinan von flehenden ein zug:

›Uns mäht ein ödes weh und wir verderben
Wenn ihr nicht helft – im überflusse siech.
Vergönnt uns reinen odem eurer höhe
Und klaren quell! wir finden rast in hof
Und stall und jeder höhlung eines tors.
Hier schätze wie ihr nie sie saht – die steine
Wie fracht von hundert schiffen kostbar · spange
Und reif vom werte ganzer länderbreiten!‹

Doch strenge antwort kommt: ›Hier frommt kein kauf.
Das gut was euch vor allem galt ist schutt.
Nur sieben sind gerettet die einst kamen
Und denen unsre kinder zugelächelt.
Euch all trifft tod. Schon eure zahl ist frevel.
Geht mit dem falschen prunk der unsren knaben
Zum ekel wird! Seht wie ihr nackter fuss
Ihn übers riff hinab zum meere stösst.‹

DOMINIK JOST
IM ÜBERFLUSSE SIECH

Das Gedicht steht im ersten Kreis des Bandes »Der siebente Ring« (1907); der Kreis ist überschrieben mit »Zeitgedichte«. George unterwirft hier seine Zeit und Zeitgenossen einer Prüfung und Wertung. Doch Prüfung und Wertung und anschließende Sentenz beschränken sich nicht auf die Fakten der Erscheinungswelt; sie setzen zwar bei sichtbaren Gegebenheiten ein, benützen sie indessen nur als Einstieg zum Kern.

Auf unser Gedicht bezogen: Zwei Menschenalter bevor die Verwüstung des Menschen wenigstens als Zerstörung von Natur und Landschaft heute das Bewußtsein der Öffentlichkeit erreicht hat, zeigte George die Ursache dafür und sah die Wirkung voraus.

Das Gedicht verbildlicht mit den Gegensätzen von unten und oben verschiedene Zeiten, Lebensformen, Mentalitäten. Das Glück unten ist Nietzsches »grünes Weideglück der Menge«; es lockt als Ziel ordinärer Wünsche und Bedürfnisse. Rastloses Treiben wechselt zwischen Geldverdienen und Vergnügen, lineares Streben charakterisiert die feilschende und tollende Menge. An seinen Genüssen erkennt man bekanntlich das Elend eines Menschen. Auf der Höhe unter den wenigen Bewohnern der stillen Veste gibt es dagegen das Verweilen im Augenblick, ist lineare Zeit in zyklische Dauer verwandelt, waltet Lebensfülle statt Raffgier. Wie der abendliche Rosengarten in den Dolomiten heute noch an die vertriebene Schönheitswelt König Laurins erinnert, die nach einem Gesinnungswandel der Menschen wiederkehren soll, hält die »stille veste« eine Hoffnung aufrecht.

Feilschen und Tollen, Überfluß und Üppigkeit dort; Träumen und schweigende Verehrung des Göttlichen, Bedürfnislosigkeit und Naturnähe hier. Dann, wenn ein »ödes weh« sich in der weiten Bucht vernichtend ausbreitet, schlägt den Neustädtern die Stunde der Besinnung und Einsicht. Das Verlangen nach reiner Luft und klarem Wasser läßt jede durch dieses Verlangen ausgelöste Entbehrung erträglich scheinen. Die Symbolwerte der reinen Luft und des klaren Wassers allein vermöchten zu heilen. Doch die Flehenden aus der neuen Stadt werden an den schwarzen Mauern der alten Stadt unerbittlich abgewiesen: Auf der Höhe gelten nicht mehr die ihnen geläufigen Gesetze von Kauf und Verkauf; hier ist ein völlig entgegengesetzter Ordo in Kraft. Das unbeirrbare, ahnende Gefühl der Kinder gibt gültigen Bescheid.

Wer das Gedicht auf Gegensatzpaare wie Tradition/Fortschritt, regressiv/modern, Statik/Dynamik festlegen wollte, würde bei aller vordergründigen Richtigkeit grundsätzlich irren. Gegensatzpaare wie diese lesen sich wie Alternativen; sie scheinen eine Wahl anzubieten. Gerade die Wahl schließt nun aber George aus. Die tote Stadt, die der Titel nennt, ist ja nur scheinbar die Mutterstadt, die Stadt auf der Höhe; tot ist in Wahrheit die Stadt in der Bucht, die wie der Mond in geborgtem Glitzer prangt.

Ein großes Gedicht, ein Gedicht nämlich, das im Leser nicht nur den sinnlichen und emotionalen, sondern auch den rationalen Bereich anspricht.

STEFAN GEORGE
EINEM JUNGEN FÜHRER IM ERSTEN WELTKRIEG

Wenn in die heimat du kamst   aus dem zerstampften gefild
Heil aus dem prasselnden guss   höhlen von berstendem schutt
Keusch fast die rede dir floss   wie von notwendigem dienst
Von dem verwegensten ritt   von den gespanntesten mühn ...
Freier die schulter sich hob   drauf man als bürde schon lud
Hunderter schicksal:

Lag noch im ruck deines arms   zugriff und schneller befehl
In dem sanft-sinnenden aug   obacht der steten gefahr
Drang eine kraft von dir her   sichrer gelassenheit
Dass der weit ältre geheim   seine erschüttrung bekämpft
Als sich die knabengestalt   hochaufragend und leicht
Schwang aus dem sattel.

Anders als ihr euch geträumt   fielen die würfel des streits...
Da das zerrüttete heer   sich seiner waffen begab
Standest du traurig vor mir   wie wenn nach prunkendem fest
Nüchterne woche beginnt   schmückender ehren beraubt ...

Tränen brachen dir aus   um den vergeudeten schatz
Wichtigster jahre.

Du aber tu es nicht gleich   unbedachtsamem schwarm
Der was er gestern bejauchzt   heute zum kehricht bestimmt
Der einen markstein zerhaut   dran er strauchelnd sich stiess ...
Jähe erhebung und zug   bis an die pforte des siegs
Sturz unter drückendes joch   bergen in sich einen sinn
Sinn in dir selber.

Alles wozu du gediehst   rühmliches ringen hindurch
Bleibt dir untilgbar bewahrt   stärkt dich für künftig getös...
Sieh   als aufschauend um rat   langsam du neben mir schrittst
Wurde vom abend der sank   um dein aufflatterndes haar
Um deinen scheitel der schein   erst von strahlen ein ring
Dann eine krone.

JOACHIM KAISER
SEELENDRAMA IN VIER PHASEN

1921 veröffentlichte der dreiundfünfzigjährige Stefan George eine Broschüre: »Die drei Gesänge«. Sie hießen: »Der Dichter in Zeiten der Wirren«, »An die Toten« und »Einem jungen Führer im ersten Weltkrieg«. »Einem jungen Führer im ersten Weltkrieg« fordert gespannte Lese-Konzentration. Denn einer prunkenden, kunstvoll strengen Form korrespondiert hier ein Seelen-Drama. Korrespondieren die nicht weniger als vier Phasen der menschlich anrührenden, sich charakteristisch wandelnden Beziehung zwischen einem Älteren und einem Jüngeren, einem Lehrer und einem Schüler. Oder, um es im Hinblick auf den George-Kreis passend zu formulieren: zwischen dem »Meister« und seinem »Jünger« (der Erich Boehringer hieß und Feldartillerie-Offizier war).

Bereits der Titel berührt unheimlich. Uns Heutigen ist, nach 1945, die Bezeichnung »Erster Weltkrieg« selbstverständlich. Aber konnte sie es bereits 1921 sein? George, wahrlich kein Pazifist, hat weder die patriotische Euphorie von 1914 noch auch die Verzweiflung der Enttäuschten nach 1918 geteilt. Er lehnte den Krieg, lehnte die Kriegsziele Deutschlands wie Frankreichs ab, fühlte anders als seine jungen Adepten. (»Was euch erschüttert ist mir lang vertraut. / Lang hab ich roten schweiß der angst geschwitzt / Als man mit feuer spielte ... meine tränen / Vorweg geweint ... heut find ich keine mehr. / Das meiste war geschehn und keiner sah / Das trübste wird erst sein und keiner sieht.«) Man muß also für gegeben nehmen eine visionäre Überlegenheit des Dichters, die (trotz mannigfacher Konflikte) alle Angehörigen des George-Kreises anerkannten.

In unserem Gedicht geht es um eine personale Beziehung. George, eben noch unangefochtener Meister, beschreibt die Erschütterung, die er empfindet, wenn während des Krieges der Jüngere gelassen und kraftvoll vor ihm steht: als ein verantwortungsbewußter, gewandter Offizier vor dem beeindruckten Zivilisten ... Aber: »anders als ihr euch geträumt fielen die würfel des streits«. Nun, in der dritten Phase, stellt sich eine wiederum neue Situation her: Ernüchtert, traurig, hilflos weinend erhofft jetzt der vom Weltlauf getäuschte, enttäuschte junge Mann des Meisters Hilfe. Der aber warnt ihn souverän vor zynischer Verbitterung. Fordert ihn auf, sein Schicksal anzunehmen – und »sieht« dann in ihm einen Märtyrer, den eine Strahlenkrone umgibt.

George bietet dieses Seelendrama in fünf Strophen. Sie bestehen aus je fünf Quasi-Hexametern, die sich wohl auch als gedoppelte Distichen lesen lassen mit Hexameter und Pentameter, und einem pointiert abschließenden, gestauten Rhythmus – ähnlich den pointierten Schlußversen der Sapphischen Ode, wie sie George in seiner Übersetzung von Swinburnes »Sapphischen Strofen« vorführte: »Voll von dem Traumbild« – oder: »Küsse-verwüstet«.

Als ästhetisch makellos gelungen kann man das hochartifizielle Gedicht wohl nicht bezeichnen. George hat einige Mühe, besagte zusammenfassende, abschließende Kurzverse verbindlich zu gestalten. So fließend nämlich die erlesenen Hexameter sich ausnehmen: Die Strophen-Enden vermögen kaum bruchlos einzulösen, zumal in der dritten und vierten Strophe nicht, was die vorausgegangenen Energien anzukündigen schienen. »der vergeudete schatz / Wichtigster jahre«: Das klingt ernüchternd onkelhaft und banal. Oder: »bergen in sich einen sinn / Sinn in dir selber«: Das kadenziert zu aufgedonnert, zu moralistisch marmorn markig.

Ruinieren solche Mängel das große Gedicht? Nicht für mich. Ende 1944 betrat Dr. Sauter, Deutschlehrer am Joachimsthalschen Gymnasium in Templin, die 6. Klasse. Grüßte, wie damals üblich: »Heil Hitler!« Wir antworteten: »Heil Hitler!« Sauter las dann vor einem Haufen von fünfzehnjährigen Pennälern (in meinem keineswegs brillanten Zeugnis stand: »Etwas vorschnell im Urteil, aber zugänglich und dankbar für jeden Ratschlag«) passioniert dieses George-Gedicht über einen verlorenen Krieg. War schließlich so erregt, daß er mit einem geflüsterten »Guten-Tag« die Klasse verließ. Wir, das Ende des Hitlerkrieges vor Augen, antworteten tief verwirrt gleichfalls mit »Guten Tag«. Über Stefan Georges Kunst grinsen kann ich seitdem nicht mehr.

STEFAN GEORGE
ENTFÜHRUNG

Zieh mit mir geliebtes kind
In die wälder ferner kunde
Und behalt als angebind
Nur mein lied in deinem munde.

Baden wir im sanften blau
Der mit duft umhüllten gränzen:
Werden unsre leiber glänzen
Klarer scheinen als der tau.

In der luft sich silbern fein
Fäden uns zu schleiern spinnen.
Auf dem rasen bleichen linnen
Zart wie schnee und sternenschein.

Unter bäumen um den see
Schweben wir vereint uns freuend.
Sachte singend. blumen streuend.
Weisse nelken weissen klee.

KARLA SCHNEIDER
EINE LIEBE MIT AUFLAGEN

Die erste Zeile ruft unwillkürlich eine andere erste Zeile ab: *Entflieh mit mir und sei mein Weib.* Die Bilder scheinen sich zu gleichen. Hier wie dort der Wunsch nach Entführung und die Aufforderung zum Einverständnis, gerichtet an ein weibliches Wesen. Bereits in der Formulierung indes verrät sich die Differenz, und was beide junge Dichter dem Objekt ihrer Begierde respektive Sehnsucht als anschließendes Happy-End ausmalen, könnte unterschiedlicher nicht sein.

Zu verzweifelt, um sich noch auf Blumiges einzulassen, macht Heine keinen Hehl aus seinem Verlangen, er will die Geliebte ganz, mit Haut und Haaren und bietet auch sich selbst ohne Einschränkungen dar: *Fern in der Fremde sei mein Herz / Dein Vaterland und Vaterhaus*, ja er schreckt vor erpresserischen Tönen nicht zurück, kündigt im Falle einer Verweigerung seinen Tod an und prophezeit der Spröden dann lebenslanges Alleinsein *wie in der Fremde.*

Bei George ist das Dringlichste die Überschrift. Ein so unordentlicher, hektischer Vorgang, wie eine Doppelflucht und deren Konsequenzen ihn darstellten, ist nicht beabsichtigt; nur mit ihm *ziehen* soll die Auserwählte. Nicht an sein Herz legen will er sie, erst recht nicht zum »Weibe« machen; das stellt schon die Anrede klar: *geliebtes Kind.* Weniger zärtlich als solenn gemeint, wird ihr damit der Platz in der gedachten Gemeinschaft zugewiesen, denn im Verhältnis zum Denken des Dichters muß ihre Art des

Denkens nur als kindlich betrachtet werden. Und wohin soll die Entführung gehen? *In die wälder ferner kunde*, übersetzt: in den Märchenwald. Mitnehmen dürfe sie, so wird ihr nahegelegt, beileibe kein persönliches »anbindendes« Erinnerungsstück an die zurückzulassende Welt. Nichts als sein *Lied*, sein Werk soll sie fortan im Munde führen. Eine strenge Liebe. Eine Liebe mit Auflagen, die in einem ätherischen Pas de deux, einem Seligkeitstaumel Seit' an Seite gipfelt.

Die Adressatin war aus Fleisch und Blut, jung obendrein und hinreißend schön. Ihre verständnisvolle, ja begeisterte Anteilnahme an Georges bislang nur im Privatdruck erschienenen Gedichten, ihr eher zur Melancholie als zur Schalkhaftigkeit neigendes Wesen trafen den ein Jahr Älteren zu einem Zeitpunkt großer innerer Bedürftigkeit. Die Zurückweisung seines heftigen Werbens um den siebzehnjährigen Hugo von Hofmannsthal war noch nicht verwunden; eine Schaffenskrise drohte. Doch trotz stundenlanger Wanderungen in den Tälern der Nahe und ebenso langer Gespräche am Kamin der Bingener Kommerzienratsvilla wollte die Beziehung zu Ida Coblenz nicht aus dem Rahmen achtungsvollen Siezens heraustreten. Möglicherweise ahnte und fürchtete George eine zweite Zurückweisung. Aber er wartete.

Sie habe seine Zuneigung nicht bemerkt, behauptet Ida Coblenz später. Und überhaupt: Ihre aufrichtige Verehrung habe dem Dichter, nicht dem Mann gegolten, vor dessen blutleerem Gesicht und »immer kalten Händen« ihr »leise graute«.

So bescheidet sich denn die Apotheose der Liebenden nach erfolgter Entführung in einem Elysium à la Böcklin. Zwei Gestalten in Schleiern aus Altweiberfäden genießen das *sanfte blau* eines weiten Horizonts. *Unter bäumen um den see* vergnügen sie sich, aller Körperlichkeit enthoben, zwei Astralleiber nur, *klarer scheinend als der tau*, in einer schwebenden Vereinigung. Als Höhepunkt der Aktivitäten bestreut man sich mit Blumen, weißen selbstredend, und singt *sachte* dabei, Zeichen der Gelöstheit.

Freundschaft wie Liebe nahmen ein abruptes Ende, als Ida Coblenz sich mit dem von George verachteten »Dreckspoeten« Richard Dehmel einließ. Der Band »Das Jahr der Seele« hatte ihr gewidmet werden sollen, waren doch viele der Gedichte für sie und ihretwegen entstanden. Die Widmung wurde gestrichen. Traf man sich zufällig, mied George jeden Blickkontakt. Wenn er haßte, dann fürs Leben. Daß die Freundin sein feierliches, unnachgiebiges Meisterdasein um eine wesentliche Erfahrung bereichert hatte, die nicht zuletzt auch seinem Werk zugute kam, wurde ihr nicht gedankt.

STEFAN GEORGE
ES LACHT IN DEM STEIGENDEN JAHR DIR

Es lacht in dem steigenden jahr dir
Der duft aus dem garten noch leis.
Flicht in dem flatternden haar dir
Eppich und ehrenpreis.

Die wehende saat ist wie gold noch ·
Vielleicht nicht so hoch mehr und reich ·
Rosen begrüssen dich hold noch ·
Ward auch ihr glanz etwas bleich.

Verschweigen wir was uns verwehrt ist ·
Geloben wir glücklich zu sein
Wenn auch nicht mehr uns beschert ist
Als noch ein rundgang zu zwein.

HANS CHRISTIAN KOSLER
HERRISCH EINZELN, TRAGISCH EINSAM

Was hat dieser zu Lebzeiten so legendär verehrte Stefan George nicht alles an Schmähungen, Bezichtigungen und Verurteilungen durch die Nachwelt hinnehmen müssen. Wie schnell war man in den Nachwehen von 1968 bei der Sache, seine Gedichte *ad acta* zu legen, indem man seinen Kreis verhöhnte, wie leicht tat man sich damit, ihm, den man seiner hohen Warte zieh, von einer nicht weniger hohen Warte angewandter Gesellschaftswissenschaft herab die ohnehin naheliegenden Etiketten dünkelhaft, elitär und reaktionär zu verpassen. Die Verschrobenheit seiner Botschaft, die Exzentrik seines Auftretens, das weihevolle und geheimnisvolle Getue seiner Jünger, kurzum: all jenes Drumherum, das man inzwischen jedem Pop-Musiker zugesteht, genügte, um über Georges Dichtung eine Art von postumem dauerhaften Bann zu verhängen. Noch immer dürfte die Gestalt dieses Dichters den Zugang zu seinem Werk versperren: Der Meister »grenzte aus« und würde mit einiger Berechtigung auch als »frauenfeindlich« eingestuft werden.

Doch so unnahbar, schroff und befremdlich uns die leibhaftige Person Georges in den vielen Überlieferungen begegnet, so rätselhaft, anders und anziehend ersteht das geistige Bild Georges aus einem Werk. Dieser Mann, der – nach den Versen des jungen Hofmannsthal – »töten konnte, ohne zu berühren«, war zugleich fähig, Reime von großer anrührender Schönheit und Unvergänglichkeit zu verfassen. Gedichte, die – wie Adorno schrieb – »klingen, nicht als wären sie von ihm, sondern als wären sie von Anbeginn der Zeiten dagewesen und müßten für immer so sein«.

Ein solches Beispiel von goethescher Klarheit ist dieses Abschiedsgedicht, das 1897 in dem Band »Jahr der Seele« zum ersten Mal zu lesen war und – in zahlreiche Anthologien aufgenommen – zu einem der bekanntesten Gedichte Georges wurde. Wie die meisten Verse in diesem Zyklus dürften auch diese auf Georges unglückliche Liebe zu Ida Coblenz, der späteren Frau Richard Dehmels, zurückgehen, die der Zweiundzwanzigjährige 1890 in Bingen kennengelernt hatte. Doch der private Anlaß verliert an Bedeutsamkeit; bemerkenswert gerade ist, wie souverän George sich von ihm entfernt und den »Rohstoff des Gefühls« (Georg Simmel) in eine vollendete Form bringt.

Es lacht in dem steigenden jahr dir ist ein Gedicht des Trostes, mit dem sich der heutige Leser gegen das, was ihm »verwehrt« ist, nicht weniger emotional wappnen kann, als er es bereits vor hundert Jahren konnte. Bar jeder Jugendstilornamentik, ist es kein bißchen angestaubt; das saloppe »vielleicht« gibt den Versen sogar einen Hauch von Gegenwärtig-Dahingesagtem. Selbstzucht und Haltung, die in George-Gedichten mitunter störend angestrengt und demonstrativ wirken können, sind auf ein erträgliches Maß reduziert. Das Gelöbnis, *zu verschweigen, was uns verwehrt ist*, hat hier nichts Feierliches mehr, sondern folgt schlicht der Stimme der Vernunft.

Was immer man gegen den Dichter an Einwänden anzuführen gewohnt ist, prallt an diesen melodisch einprägsamen Versen ab. Der herrische Einzelne, als der er gesehen wurde und gesehen werden wollte, scheint sich anhand dieser Verse als der tragisch Einsame erkennen zu geben. »Zum Herrschen und Gebieten raffte er sich auf; zum Leiden war er eigentlich geboren«, merkte Willy Haas einmal zu George an. Dieses mit der Melancholie des Vergänglichen gefärbte Gedicht gehört zu jenen, die den nur wenig beachteten Zwiespalt zwischen Wesen und Anspruch Georges bestätigen.

STEFAN GEORGE
FENSTER WO ICH EINST MIT DIR

Fenster wo ich einst mit dir
Abends in die landschaft sah
Sind nun hell mit fremdem licht.

Pfad noch läuft vom tor wo du
Standest ohne umzuschaun
Dann ins tal hinunterbogst.

Bei der kehr warf nochmals auf
Mond dein bleiches angesicht . . .
Doch es war zu spät zum ruf.

Dunkel – schweigen – starre luft
Sinkt wie damals um das haus.
Alle freude nahmst du mit.

ECKART KLESSMANN
DER VERLASSENE

Die meisten Liebesgedichte leben aus der Gegenwart der Euphorie und versuchen, die Seligkeit des Empfindens unmittelbar in Worte zu fassen. Wenn sie sich auf Vergangenes beziehen, so gestalten sie das beglückte Nachschmekken jenes Augenblicks, in dem alles begann. Georges Gedicht – 1907 im »Siebenten Ring« gedruckt – ist ein Liebesgedicht, doch erscheint es als Abgesang auf eine nicht mehr gewährte Zweisamkeit oder als ein Nachruf auf eine erhoffte, aber niemals erfüllte Liebe.

Der Liebende kehrt zurück an den Ort, an dem er Abschied nehmen mußte, an dem er verlassen wurde. Es ist ein Haus auf einer Anhöhe, und er steht im Finstern, sieht die nun von Fremden bewohnten Räume erleuchtet, erinnert sich des früheren Glücks. Der Verlust der Geliebten verbindet sich mit dem Bild des verlorenen Hauses. Wo sie einst glücklich waren (waren sie es wirklich?), leben nun Fremde.

Aus diesem Bild erwächst die Erinnerung an den Abend des letzten Abschieds, an den wortlosen Fortgang der Geliebten im Mondlicht. Richtete sich in der ersten Strophe der Blick nach oben zum Haus, so geht er jetzt vom Haus talwärts; das oben angesiedelte Glück scheint in der nach unten weisenden Bewegung zu zerrinnen. Für einen Augenblick wird diese Bewegung gehemmt durch ein statisches Bild: *Bei der kehr warf nochmals auf / Mond dein bleiches angesicht* ... Das ist eine meisterhafte kontrapunktische Figur und ungewöhnlich formuliert durch das Wort »aufwerfen«, worin beides enthalten ist: das sich scheinbar zurückwendende wie nach oben weisende Gesicht und dessen Erhellung durch das Mondlicht, das ein letztes Mal das geliebte Antlitz aufleuchten läßt.

Es sind die Empfindungen eines Verlassenen, eines Verwundeten. Er ist zurückgekehrt, als könne die beschworene Erinnerung irgend etwas ungeschehen machen, einen Vorgang widerrufen, aber es ist wie einst: *Dunkel – schweigen – starre luft.* Das Gespräch ist verstummt, die Geliebte nicht länger die Geliebte, der hier Sprechende ist der Verletzte und Verlorene, und er weiß, er wird es bleiben.

Alle freude nahmst du mit. Die Erfüllung ist versagt geblieben. Der Liebende wird nun allein sein mit nichts als seiner Erinnerung. Die Endgültigkeit des *doch es war zu spät zum ruf* hallt nach, als wenn in dieser Stunde noch ein Ruf etwas hätte bewirken, die Gehende umstimmen können, die doch längst zum Gehen entschlossen war. Was diese Verse – George hat kaum schlichtere geschrieben – so anrührend macht, ist ihre stille Trauer. In dieser Dunkelheit glimmt nicht das winzigste Hoffnungsfünkchen. Dem Statuarischen des fremdgewordenen Hauses entspricht das Erstarren der verletzten Seele. Wie einer, der im Traum schreien möchte, es aber nicht kann, so bleibt hier ein Mensch zurück, dem die Sprache genommen wurde. Doch findet er sie im Gedicht wieder, dessen Schluß in seiner fast stammelnden Fassungslosigkeit uns zu erschüttern vermag: *Alle freude nahmst du mit.*

Kein Abschiedspathos, kein Aufbegehren, keine wortmächtige Anklage, keine sentimentale Selbstbeweinung. Nur diese Lakonie tiefster Verletzung: *Alle freude nahmst du mit.* Wie einfach das klingt, und doch wie grausam für den, dem dies geschieht.

STEFAN GEORGE
GOETHE-TAG

Wir brachen mit dem zarten frührot auf
Am sommerend durch rauchendes gefild
Zu Seiner stadt. Noch standen plumpe mauer
Und würdelos gerüst von menschen frei
Und tag – unirdisch rein und fast erhaben.
Wir kamen vor sein stilles haus · wir sandten
Der ehrfurcht blick hinauf und schieden. Heute
Da alles rufen will schweigt unser gruss.

Noch wenig stunden: der geweihte raum
Erknirscht: sie die betasten um zu glauben ...
Die grellen farben flackern in den gassen ·
Die festesmenge tummelt sich die gern
Sich schmückt den Grossen schmückend und ihn fragt
Wie er als schild für jede sippe diene –
Die auf der stimmen lauteste nur horcht ·
Nicht höhen kennt die seelen-höhen sind.

Was wisst ihr von dem reichen traum und sange
Die ihr bestaunet! schon im kinde leiden
Das an dem wall geht · sich zum brunnen bückt ·
Im jüngling qual und unrast · qual im manne
Und wehmut die er hinter lächeln barg.
Wenn er als ein noch schönerer im leben
Jetzt käme – wer dann ehrte ihn? er ginge
Ein könig ungekannt an euch vorbei.

Ihr nennt ihn euer und ihr dankt und jauchzt –
Ihr freilich voll von allen seinen trieben
Nur in den untren lagen wie des tiers –
Und heute bellt allein des volkes räude ...
Doch ahnt ihr nicht dass er der staub geworden
Seit solcher frist noch viel für euch verschliesst
Und dass an ihm dem strahlenden schon viel
Verblichen ist was ihr noch ewig nennt.

WOLFGANG LEPPMANN
UM DER LETZTEN STROPHE WILLEN

Ein ärgerliches, in seiner Hochnäsigkeit geradezu abstoßendes Gedicht, das gleichwohl die wiederholte Lektüre lohnt. Denn erst bei ihr entdeckt man die Einsicht, die sich hinter der süffisant-elitären Attitüde des Dichters verbirgt.

Es ist ein Gelegenheitsgedicht sowohl im Goetheschen Sinn, das heißt Niederschlag eines spezifischen inneren Erlebnisses, als auch in der landläufigen Bedeutung von Versen, die zur Feier einer mehr oder minder »offiziellen« Gelegenheit verfaßt werden. Hier wird der Anlaß bereits im Titel genannt: es ist die Wiederkehr von Goethes Geburtstag am 28. August. Für Georges Zeitgenossen hatte das Datum insofern einen besonderen Stellenwert, als es sich diesmal um einen runden, um den hundertfünfzigsten Geburtstag handelte und somit um den letzten, der noch in das neunzehnte, in das »Jahrhundert Goethes« fiel (unter diesem Titel hatten George und Wolfskehl im selben Jahr, 1899, eine Anthologie deutscher Dichtung herausgegeben). So wird der Abschied vom alten und das Heraufkommen eines neuen, bis jetzt freilich nur von »uns« erahnten Goethe auch chronologisch umrissen.

»Wir« – das sind natürlich Stefan George und seine Jünger, die am Morgen des 28. August 1899 nach Weimar pilgern und sich dabei im Besitz einer Einsicht wähnen, die den anderen Besuchern des festlich geschmückten Hauses am Frauenplan vorenthalten bleibt. Diese Einsicht oder

Erkenntnis – daß nämlich Goethe keine konstante Größe im geistigen Raum darstellt, sondern von jeder nachfolgenden Lesergeneration neu entdeckt werden muß – war um die Jahrhundertwende allerdings alles andere als augenfällig.

Der Positivismus herrschte unangefochten, in der Literaturforschung wie in anderen geisteswissenschaftlichen Bereichen, und Männer wie Eduard Engel, Ludwig Geiger und vor allem Albert Bielschowsky waren gerade dabei, auch Goethe ein für allemal »festzuschreiben«. Sie taten es mit Hilfe eines postulierten Kausalzusammenhangs von Lebenslauf und Dichtung; praktisch jede poetische Aussage ließ sich, wenn man nur Goethes Biographie gründlich genug abklopfte, auf die Verarbeitung eines bestimmten Erlebnisses reduzieren, zu dessen näherer Erläuterung man wiederum am liebsten Analogien aus dem eigenen Erfahrungskreis heranzog. So sahen die Bildungsbürger um 1900 »ihren« Goethe, und so sahen ihn auch ihre naturalistischen Widersacher, für die der Autor des »Werther« ein Vorreiter ihrer eigenen Ideen war. Indem er die seichte Goetheverehrung dieser Apologeten geißelt, lenkt ironischerweise gerade George (der von sich sagte, es führe kein Weg von ihm zur Wissenschaft) unseren Blick auf ein Phänomen, dessen Erforschung inzwischen fast den Rang einer eigenständigen literaturwissenschaftlichen Disziplin errungen hat: die Rezeptionsgeschichte.

Daß Goethes Leben nicht so harmonisch verlief, wie damals angenommen wurde, legt die dritte Strophe dar. Die vierte hingegen weist ins Offene, in eine Zukunft, in der es statt eines »ewigen« nur noch einen Dichter geben wird, den es im Lichte der jeweils eigenen Zeit immer wieder neu zu interpretieren gilt. Tatsächlich ist mittlerweile auch des George-Kreises eigenes, von Friedrich Gundolf in einer berühmten Biographie nachgezeichnetes Goethebild längst »verblichen«.

Selbstverständlich trifft dies auch auf andere große Dichter und Künstler zu, deren geistige Gestalt sich niemals endgültig auf die Platte bannen läßt. Um dieser nicht unbedingt originellen, in der letzten Strophe aber mustergültig ausgedrückten Einsicht willen verzeiht man Stefan George so manchen Mißton, der sich in diese Zeilen eingeschlichen hat. Sogar »des volkes räude«, unter der wir uns schlimmstenfalls ein paar in Vatermörder und Bratenrock schwitzende Oberlehrer und Kleinstadt-Honoratioren vorzustellen haben, die dem Dichterfürsten, wie man ihn damals gern nannte, zum Geburtstag ihre Reverenz erweisen.

STEFAN GEORGE
ICH BIN FREUND UND FÜHRER DIR

Ich bin freund und führer dir und ferge.
Nicht mehr mitzustreiten ziemt dir nun
Auch nicht mit den Weisen · hoch vom berge
Sollst du schaun wie sie im tale tun.

Weite menge siehst du rüstig traben
Laut ist ihr sich mühendes gewimmel:
Forscht die dinge nützet ihre gaben
Und ihr habt die welt als freudenhimmel.

Drüben schwärme folgen ernst im qualme
Einem bleichen mann auf weißem pferde
Mit verhaltnen gluten in dem psalme:
Kreuz du bleibst noch lang das licht der erde.

Eine kleine schar zieht stille bahnen
Stolz entfernt vom wirkenden getriebe
Und als losung steht auf ihren fahnen:
Hellas ewig unsre liebe.

ALBERT VON SCHIRNDING
EIN STRAHL VON HELLAS

Das Ich steht am Anfang; es bestimmt sein Verhältnis zum Du als Freund- und Führerschaft. Ist da nicht schon in der ersten Zeile genau der Ton angeschlagen, in dem der Meister mit seinen Jüngern umzugehen pflegte? Der Zusammenhang, in den das Gedicht gehört: der Zyklus der vierundzwanzig vierstrophigen Gedichte, die das »Vorspiel« zu dem 1899 erschienenen »Teppich des Lebens« bilden, belehrt uns freilich, daß es ein Engel ist, der hier spricht, der Dichter dagegen sich in die Rolle des Angesprochenen, des auf Zuspruch und Führung Angewiesenen schickt.
Das ganze »Vorspiel« stellt dar, wie der Dichter, ehe er begann, seinen Teppich zu weben, wurde, der er ist. Wir bewegen uns auf altem topischen Terrain: Schon Hesiod erzählt am Anfang seines Werks über die Entstehung der Götter, wie die Musen ihn, den ahnungslosen Hirten, zu seinem Amt berufen; Dante begegnet Vergil. Das Neue erscheint im Licht einer einschneidenden Initiationserfahrung: Der »ferge« ruft die Figur des griechischen Fährmanns Charon herauf, der die Toten über den Strom des Vergessens bringt. Keine *vita nuova* ohne vorausgegangenen Tod. Der Hoheitsstatus des Engels, die feierliche Strenge seiner Sprache, unerhört nach Jahrzehnten kraftlosen lyrischen Epigonentums, lassen die Gewalt des Stirb und Werde ermessen, die im Leben des Dreißigjährigen Epoche machte.

Etwas ist zu Ende gegangen. Dem Leben, wie es sich im Flachland der Gewöhnlichkeit abspielt, wird die Gefolgschaft aufgekündigt. Der Weise hält sich aus dem Streit der Welt. Aber der Engel fordert mehr: Auch aus der Gemeinschaft der Weisen (man wird hier vor allem an Nietzsche denken) soll der Berufene sich lösen. Die alpine Höhe seines Dichtertums liegt in entrückter Einsamkeit. In der Schlußzeile der ersten Strophe trennt sich die *vita contemplativa* unwiderruflich von der *vita activa*.

Die folgenden drei Strophen zeichnen das Bild der Welt, wie es sich dem Höhen-Auge bietet: ein choreographisch stilisiertes Nebeneinander von Gruppen. Die Korrespondenzen und Kontraste sind so kunstbewußt verteilt wie die herbstlichen Farben in den berühmten Versen, die den »totgesagten park« zum Leben erwecken. »weite menge« und »kleine schar«, das laute Gewimmel und die stillen Bahnen, beschränkte Lebensdauer des Christentums (»noch lang«) und ewiges Nachleben der griechischen Antike sind gleichberechtigte Elemente eines Panoramas, der Welt als ästhetischen Phänomens. Der zum Schauen bestellte Lynkeus ergreift nicht mehr Partei unter seinen Zeitgenossen, spielt die massenhaften Anhänger der Religion des technischen Fortschritts, die vielen christlichen Diesseits-Verneiner und die kleine humanistische Elite nicht gegeneinander aus. Wo das Dasein aller zur Parole geworden ist, erübrigt sich wertendes Unterscheiden.

Aber nicht in dieser Botschaft liegt die Anziehungskraft des Gedichts. Sein Reiz ergibt sich aus einem Widerspruch. Trotz der erklärten Distanz des Dichters auch zu der dritten Gruppe: den Hellas-Jüngern, fällt auf sie das Licht seiner ungeteilten Sympathie. Man muß die Verse nur laut lesen, um zu bemerken, daß das ganze Gedicht auf die letzte Strophe zuläuft, ja sich in der letzten Zeile als seiner Quintessenz zusammenzieht. »Hellas ewig unsre liebe« – das ist nicht mehr nur eine Losung neben anderen. Die Formel wird zum Bekenntnis des Dichters, der seine Aussichtswarte verlassen und sich der kleinen Schar drunten im Tal angeschlossen hat. Das »schöne leben«, in dessen Namen der Engel im Eingangsgedicht des »Vorspiels« auftritt, ist nichts als das jüngste Kind jener ewigen Liebe zur griechischen Klassik. »Daß ein strahl von Hellas auf uns fiel«, schreibt George 1897, »daß unsre jugend jetzt das leben nicht mehr niedrig, sondern glühend anzusehen beginnt: ... darin finde man den umschwung des deutschen wesens bei der jahrhundertwende.«

STEFAN GEORGE
IHR TRATET ZU DEM HERDE

Ihr tratet zu dem herde
Wo alle glut verstarb.
Licht war nur an der erde
Vom monde leichenfarb.

Ihr tauchtet in die aschen
Die bleichen finger ein
Mit suchen tasten haschen –
Wird es noch einmal schein!

Seht was mit trostgebärde
Der mond euch rät:
Tretet weg vom herde.
Es ist worden spät.

WOLFDIETRICH RASCH
SPÄTZEIT

Friedrich Gundolf hielt dieses Gedicht für »in jedem Sinne unverständlich«. In Wahrheit ist es völlig verständlich, wenn man nur Stefan Georges von seinen Jüngern gern geleugnete enge Bindung an die Zeitsituation versteht und wahrnimmt, daß er sich einer Zeit des Verfalls zugehörig fühlte.

Das Gedicht, 1897 veröffentlicht, ist Ausdruck des im Fin de siècle aufkommenden Endzeitbewußtseins. Daß es vom frühen George geteilt wurde, wird zum Beispiel durch das im »Teppich des Lebens« stehende Gedicht »Den Brüdern« bezeugt. Es wendet sich an ein »sieches Österreich«, und es heißt da: »Wir – wie ihr – zeigten glücklichern barbaren / Daß höchster stolz ein schönes sterben sei.« Ausdrücklich spricht George hier sich und seinen Gefährten das später zurückgedrängte Verfallsbewußtsein zu, das sich in jenem Gedicht ausdrückt.

»Ihr tretet zu dem herde« – mit Ihr sind die Zeitgenossen angesprochen, die den Verfall nicht deutlich erkannt haben wie der Dichter, der es im Bilde der verloschenen Glut ausspricht. Die »Glut« meint alles starke, vollwertige, sinnerfüllte Leben, das jetzt erstorben ist. In der literarischen Tradition wird die Spätzeit der Décadence meist mit der Metapher der »sinkenden Sonne« bezeichnet; so spricht auch Baudelaire von den reizvollen farbigen Spielen »du soleil agonisant«.

Aber in Georges Gedicht ist diese Sonne bereits versunken, das einzige Licht kommt noch vom kalten Monde, dessen Blässe (»leichenfarb«) das entflohene Leben verrät. Ebenso bleich sind die Finger der dünnblütigen Spätlinge, die aus der Asche neue Glut zu entfachen suchen. Das kann nicht gelingen, auch wenn aus der Asche »noch einmal« ein Schein aufleuchtet.

Er ist trügerisch. Nach der Zeile »Wird es noch einmal schein!« setzt George ein Ausrufungszeichen, das aber keinen Ausruf bezeichnet, sondern in kunstvoller Verwendung aufmerksam macht auf einen nicht ohne weiteres ablesbaren Doppelsinn. Das Aufleuchten, das aus der Asche steigt, ist nur Schein, kein echtes, belebendes Feuer mehr. Das Wort hat hier die gleiche Bedeutung wie in einem anderen Gedicht (»Dies leid und diese last ...«) aus dem »Jahr der Seele«, das gleichfalls einen unabwendbaren Verlust beklagt, und wo es heißt: »Vergebliches die arme spannen / Nach dem was nur mehr schein.« Auch das Wühlen in der Asche ist vergeblich.

In der Öde um den erkalteten Herd vermag nur das einzige, wenn auch blasse Licht des Mondes noch einen Trost zuzuwinken: den Trost, der in der Resignation, im Aufgeben, im Annehmen des Verfalls liegt. Die dritte Strophe verleiht der Weisung des Mondes durch einen Rhythmuswechsel besonderes Gewicht: die zweite Zeile hat nur zwei schwere Hebungen statt der in allen anderen Versen vorhandenen drei Hebungen: »Der mond euch rät.« Die Weisung des Mondes ist Abweisung: »Tretet weg vom herde.«

Das Gedicht, im Stil eines strengen Symbolismus, kommt mit zwei Bildern aus: Herd und Mond. Es gibt eine herbe, in die Enge stärkster Verknappung gedrängte Versprachlichung einer bitteren Einsicht und läßt erst ganz am Ende das Schlüsselwort erscheinen: »spät«. Es antwortet auf viele Stimmen der europäischen Dichtung seit Baudelaire und findet seinerseits ein vielfältiges Echo in der zeitgenössischen Literatur. Die Melancholie der Schlußzeile wird durch ihre prägnante Simplizität von Larmoyanz freigehalten und läßt sich wie ein Kennwort über die Epoche setzen: »Es ist worden spät.«

STEFAN GEORGE

Komm in den totgesagten park und schau:
Der schimmer ferner lächelnder gestade ·
Der reinen wolken unverhofftes blau
Erhellt die weiher und die bunten pfade.

Dort nimm das tiefe gelb · das weiche grau
Von birken und von buchs · der wind ist lau ·
Die späten rosen welkten noch nicht ganz ·
Erlese küsse sie und flicht den kranz ·

Vergiss auch diese letzten astern nicht ·
Den purpur um die ranken wilder reben
Und auch was übrig blieb von grünem leben
Verwinde leicht im herbstlichen gesicht.

RAINER GRUENTER
HERBST DES GEFÜHLS

Das Gedicht eröffnet einen Zyklus von elf Gedichten, der »Das Jahr der Seele« einleitet. Das Initial-Gedicht ist dem Herbst verpflichtet. Dinge und Vorgänge malen das späte Jahr. »Nach der Lese« bezeichnet mit einem Wort der Winzersprache den Stimmungszustand des Gefühls, das den Reigen seiner Jahreszeiten mit dem Abschied beginnt. Abschied von einem Freund, einer Frau, dem Begleiter eines abgelebten Sommers.

Dieser Abschied ist eine Einladung in den »totgesagten park«. Der Dichter sucht nicht die freie Natur, nicht die Wildnis ohne gebahnte Pfade und markierte Grenzen, sondern den Park. Der Park ist geordnete und geschönte Natur. Die natürlichen Elemente, Bäume, Wasser, Hügel, Blumen werden einem Schönheitsplan anvertraut, der sie verwandelt und umformt. Sie werden ausgewählt, erlesen, komponiert. Der Park ist der *paysage idéal* des Gartenkünstlers, des Zwillingsbruders des Landschaftsmalers. Der Park ist ein Kunst-Werk, ein *paradis artificiel.*

Der »totgesagte park« des Dichters bleibt dem Profanen verschlossen oder verborgen. Der Park bedeutet Dichter und Dichtung zugleich, ihre erlauchte Abgeschlossenheit vor der Häßlichkeit und Gemeinheit der Zeit, ihre präraffaelitische Botschaft der Schönheit, ihr Mallarmésches Denkbild der Reinheit. Die Einladung in den Park ist prüfende Erwählung. Das unterscheidet sie von der erotischen Werbung. Der Zögling des Schönen ist kein flüchtiger Partner der Leidenschaft.

Die erste Strophe zählt zu den schönsten Zeugnissen lyrischer Landschaftsfeier. Hofmannsthal hat ihr ein erdachtes Gespräch gewidmet. Immer hat man gefragt, wo das Klassische im deutschen Gedicht angesiedelt sei. Ohne Zögern verweise ich auf diese Strophe. Ihr Wortkörper ist von allem Witz und Schnörkel gereinigt. Keine verbalen Entladungen und Neuheitslüste, kein sprachlicher Zwielichtszauber, keine bunte Sprachspreu virtuoser Einfühlsamkeit.

Die Wörter Gestade, Weiher, Pfade sind Wort-Normen – Normen des Klassischen gegen die faszinierende Abnormität des Worts und den Sprachrausch des modernen lyrischen Ichs. Solche Normen gestatten dem Dichter, seine Landschaft, den Rheingau, wie er sich mit Inseln, Hängen und Ufern im Süden von Bingen ausbreitet, in den großen Mustern der klassischen Ideallandschaft erscheinen zu lassen.

»Der schimmer ferner lächelnder gestade. / Der reinen wolken unverhofftes blau« – das ist die Landschaft Poussins, dessen Wolken-Symbolik wie keine andere diesem Wolken-Vers des Dichters entspricht. Der Park des Dichters leuchtet im Licht dieser Landschaft. Sie erhellt seine Weiher und Pfade. Der »totgesagte park« ist in die Überlieferung des Klassischen eingebettet.

Die Farben des Vergehens sind Farben der Vornehmheit. Das tiefe Gelb, das weiche Grau sind erlesene Farbkontraste der Zurückhaltung. Einer Zurückhaltung, die dem Abschied eigen ist, seiner ihm innewohnenden objektiven Trauer, der Unabänderlichkeit sowohl der Einsichten als auch der Lagen. Die späten Rosen, Gebilde nobler Blässe, verwelkten »noch nicht ganz«. Man weiß, dieses »noch« hat gezählte Stunden, und danach wird keiner mehr des anderen Traum bewohnen. Doch das Pathos des Abschieds duldet keine Zerstreuung. Noch im Schmerz besteht er auf Haltung, Erhaltung, Schönsein. Der geflochtene Kranz der Erinnerungen bindet schöne Täuschungen und Versprechen, die nun den Moderduft letzter Astern haben, mit dem Purpurlaub wilder Reben, ausgeglühter Schwüre und Küsse ohne Früchte, in leiser Festlichkeit zusammen. Auch was noch übrigblieb von Gefühlen, kleinen untilgbaren Hoffnungen, vom grünen Leben des Liebes-Herbstes läßt sich »verwinden«, einwinden in den Kranz der unwiderruflichen Niederlage, die der Herbst des Gefühls seinem Sommer bereitet.

Leser dieses Gedichts, Bürger einer erotischen Kultur, die sich an die Entlastungsmechanismen der Konfliktvermeidung und der Wegwerf-Rechtfertigung gewöhnt haben, werden es schwer haben mit diesen zwölf Versen, auch wenn sie das Lesen, das historische Verstehen solcher Haltungen nicht verlernt haben. Solche Haltung ist Trauer, die Tochter der Erkenntnis, weggehen und wegschicken zu müssen, wenn man menschlich sein, wenn man leben will. Doch auch Trauer zählt zu Vorrechten der Seele, die im Privilegiensturz der letzten Jahre verkommen sind. Der totgesagte Park ist tot.

STEFAN GEORGE
WIR SCHREITEN AUF UND AB

Wir schreiten auf und ab im reichen flitter
Des buchenganges beinah bis zum tore
Und sehen außen in dem feld vom gitter
Den mandelbaum zum zweitenmal im flore.

Wir suchen nach den schattenfreien bänken
dort wo uns niemals fremde stimmen scheuchten
In träumen unsre arme sich verschränken
Wir laben uns am langen milden leuchten

Wir fühlen dankbar wie zu leisem brausen
Von wipfeln strahlenspuren auf uns tropfen
Und blicken nur und horchen wenn in pausen
Die reifen früchte an den boden klopfen.

HANS WYSLING
EINSAMKEITSPATHOS UND SELBSTVERHERRLICHUNG

Georges Landschaft ist der Park – ein umhegter Bezirk. Das Gitter schließt ihn gegen außen ab. Die Parklandschaft ist streng gegliedert. Da gibt es nichts Zufälliges. Die Buchen stehen in abgemessener Reihe, selbst die Früchte haben in gemessener Folge an den Boden zu klopfen. Alles ist gebändigt. Diese Natur kennt keine unbeherrschten Regungen. Das Brausen der Wipfel ist gedämpft, das Leuchten mild, die Strahlen tropfen in Spuren, ein Hauch von Kühle läßt die schattenfreien Bänke suchen.

Auch die Bewegungen sind gemessen, abgemessen. Wir schreiten ... Da ist Wille zur Langsamkeit, zum An-sich-Halten. Die Bewegung führt im Auf und Ab nicht über den abgezirkelten Bereich hinaus, sie geht nur »beinah bis zum Tore«. Sie will den Abstand. Der Schreitende – falls er allein ist – ist sich selbst genug. Er sucht nur Orte auf, wo ihn niemals fremde Stimmen scheuchten. Vielleicht ist es Angst, eher ist es Verachtung.

Der Park wird zum *fanum*, zum heiligen Bezirk. Der Schreitende ist sein Priester. Draußen ist das Profane, das Gewöhnliche, das Gemeine. Draußen ist das Gesindel. Es wird mit aristokratischer Gebärde vor das Gitter gewiesen. *Odi profanum vulgus et arceo*. Ich hasse das gemeine Volk und schranke mich ab. Die sich verschränkenden Arme sind Zeichen dafür. Welchem Orden der Priester angehört, braucht nicht gesagt zu werden. Es ist der Orden des Schönen, des Exklusiven, des Exquisiten. Dieses Schöne wird durch den Einsamen gesetzt. Die Mission, die er sich auferlegt, ist die eines Hüters, Hegers und Führers. Er dient dem Kult des Maßes und, da dieses Maß gewollt ist, gleichzeitig dem Kult der eigenen Person. Diese Person sucht keine Freunde, allenfalls sucht sie Jünger.

Aber wer ist »Wir«? Ist das Gedicht eine Selbstfeier im *Pluralis majestatis*, ist es narzißtische Selbsterhöhung? *selten sind so sehr wie in diesem buch ich und du die selbe seele,* steht in der Vorrede der zweiten Ausgabe von »Das Jahr der Seele« (1898): Hat also dieses Ich einen Doppelgänger, der mit dem Sprechenden weitgehend identisch ist? Wer die Geschichte des Gedichts verfolgt, macht die eigenartigsten Entdeckungen. Das »Wir« nimmt im Verlauf dieser Geschichte die verschiedensten Gestalten an. Zunächst ist das Gedicht – ein Liebesgedicht. Es geht um jene rätselvolle Beziehung zu Ida Coblenz, von der wir erst Genaueres wissen, seit vor zehn Jahren ihr Briefwechsel mit George herausgekommen ist. Dieser Briefwechsel – er beginnt 1892 – ist geradezu unheimlich in seiner Verschwiegenheit. George erscheint dem Mädchen als Mönch, als Fra Angelico, er vergleicht sie mit Melusine, Semiramis, Erinna. Die gemeinsamen Spaziergänge an der Nahe werden durch knappe Billetts eingeleitet, oft ist die Anwort eine Ablehnung: Das Mädchen schützt Krankheit vor. Woher das Beklemmende? George, in seiner Unsicherheit, erprobt seine Wirkung auf das weibliche Geschlecht. Er möchte sie erproben, ohne sich etwas zu vergeben. Ida Coblenz spürt diese Unsicherheit, kann sich aber nicht erklären, woher sie kommt. Später, 1937, hat sie sich erinnert: »Wenn er zu mir gesagt hätte: Wir wollen einen Orden gründen: Sie werden Schwester. Ich hätte es getan.« Schließlich heiratet sie einen, der die Venus in siebenfacher Gestalt beschrieben hatte: Richard Dehmel. Der Zugriffige hatte gesiegt, der Unsichere war endgültig in die Homophilie verwiesen.

Einst hatte George »Das Jahr der Seele« Ida Coblenz widmen wollen: »I. C., einer freundin zur erinnerung an einige abende innerer geselligkeit«. Jetzt widmete er es seiner Schwester: »Anna Maria Ottilie, der tröstenden beschirmerin auf manchem meiner pfade«. Damit ist Ida Coblenz aus den Gedichten verbannt und aus den Gedanken verdrängt. Aber auch die Schwester hat ja in diesen Versen nichts zu suchen.

Für George beginnt mit dem Verzicht auf die Liebe die Zeit des Einsamkeitspathos und der Selbstverherrlichung. Das »Wir«, das einst die Geliebte gemeint hatte, meint jetzt allein seine Majestät oder die Zweieinheit mit dem Doppelgänger. Schließlich aber nimmt es eine vierte und fünfte Bedeutung an: Es meint dann George und seine Jünger, am Schluß meint es George und Maximin. Niemand hat mehr Anlaß, noch an die Liebe von einst zu denken. Diese Liebe war ohnehin von Anfang an dem majestätischen Duktus von Georges Sprache unterstellt, und diese Sprache vergab sich nichts.

STEFAN GEORGE

Wir stehen an der hecken gradem wall
In reihen kommen kinder mit der nonne.
Sie singen lieder von der himmelswonne
In dieser erde sichrem klarem hall.

Die wir uns in der abendneige sonnten
Uns schreckten deine worte und du meinst:
Wir waren glücklich bloss solang wir einst
Nicht diese hecken überschauen konnten.

GÜNTER BLÖCKER
WACHSENDE GEFÄHRDUNG

Von allen Gedichten Stefan Georges haben die in dem Zyklus »Das Jahr der Seele« vereinigten am ehesten eine gewisse Popularität erlangt – sofern ein solches Wort angesichts der aristokratischen Unbedingtheit dieses Dichters überhaupt statthaft ist. Immerhin, Prägungen wie die vom »totgesagten Park«, von der Fahrt »um bronzebraunen Laubes Inselgruppen« oder vom herbstlichen Glück auf »schattenfreien Bänken«, wo man dem Fallen reifer Früchte lauscht, die »in Pausen ... an den Boden klopfen«, haben über den engeren Kreis der Freunde und Kenner hinaus ihre Suggestivkraft bewiesen.
Auch die hier abgedruckten Verse gehören zum »Jahr der Seele«, aber sie sind – anders als die berühmteren – nicht so verführerisch instrumentiert, weniger lockend und prunkend. Namentlich die erste Strophe ist von einer gewissen Kargheit und geometrischen Steifheit. Der »grade Wall« der gestutzten Hecken; der wohlgeordnete Aufmarsch der Kinder, die unter der Aufsicht einer Nonne von der »Himmelswonne« singen, haben darin metrisch-syntaktische Gestalt angenommen. Mit ihrem straffen Rhythmus, ihrem spröden, filtrierten Dur-Charakter vermitteln diese vier Zeilen ein Gefühl der Enge, aber auch der Sicherheit und frohen Zuversicht.
Dann weitet sich die Szenerie – die Welt jenseits der Hekken tritt in Erscheinung. Hier sind Metrum und Rhythmus nicht mehr identisch, das strenge Gefüge lockert sich,

und mit der größeren Freizügigkeit wächst die Gefährdung. Man sonnt sich »in der Abendneige«, doch das Kinderlied von nebenan genügt, um diesen Frieden zu erschüttern. Die Hecken, eben mehr oder minder noch ein dekoratives Requisit, werden zur großen Scheide zwischen den Lebensaltern, zwischen Unschuld und Erfahrung, Fraglosigkeit und Zweifel. Abrupt und in sentenziöser Nacktheit schließt das Gedicht mit der Erkenntnis des abhandengekommenen Glücks und dem Eingeständnis, daß es Glück nur gab, solange uns jene Hecken davor bewahrten, die Welt, wie sie ist, wahrzunehmen.

Die außerordentliche Wirkung dieses Schlusses liegt in seiner Plötzlichkeit, in dem jähen Umschlag von der besonnenen Idylle in die Abstraktion. Überraschend auch die Einführung des personalen, dialogischen Elements in das eher symbolische Arrangement: »Uns schreckten deine worte und du meinst ...« Wer ist dieses Du? Stefan George beantwortet die Frage in seinem Vorwort zum »Jahr der Seele« mit dem Hinweis: »... selten sind so sehr wie in diesem buch ich und du die selbe seele.« Ein Gespräch des Dichters mit sich selber also, ein Akt poetischer Selbsterforschung, der das reife Leben – nicht ohne Wehmut – an den imaginären Paradiesen der Kindheit mißt.

Wenn es so etwas wie psychologische Lyrik gibt, dann sind diese Verse ein Beispiel dafür; und daß ihr Autor Stefan George heißt, der Hohepriester eines vermeintlich menschenfernen, jeder profanen Alltäglichkeit abgeneigten Stilwillens, verleiht ihnen eine zusätzliche Qualität.

ELSE LASKER-SCHÜLER
DIE VERSCHEUCHTE

Es ist der Tag im Nebel völlig eingehüllt,
Entseelt begegnen alle Welten sich –
Kaum hingezeichnet wie auf einem Schattenbild.

Wie lange war kein Herz zu meinem mild ...
Die Welt erkaltet, der Mensch verblich.
– Komm bete mit mir – denn Gott tröstet mich.

Wo weilt der Odem, der aus meinem Leben wich?
Ich streife heimatlos zusammen mit dem Wild
Durch bleiche Zeiten träumend – ja ich liebte dich ...

Wo soll ich hin, wenn kalt der Nordsturm brüllt?
Die scheuen Tiere aus der Landschaft wagen sich
Und ich vor deine Tür, ein Bündel Wegerich.

Bald haben Tränen alle Himmel weggespült,
An deren Kelchen Dichter ihren Durst gestillt –
Auch du und ich.

HEINZ POLITZER
KABBALA DER LEIDENSCHAFT

Sie war aus dem Geschlecht der Hexen. Der Hexe von En-Dor nämlich, die dem König Saul weissagte und den Geist seines Vaters heraufrief. Wie in Trance ging sie durch die Straßen von Jerusalem, eine alte Frau, ein einsamer, exotischer Nachtvogel mit gebrochenen Flügeln. Ihr Alraunengesicht trug schwer an der Last seiner Augen, die allzuviel gesehen hatten. Ihre Lippen waren bitter; wenn sie aber lächelten, wirkten sie kindlich und unschuldig.

Im Jahr vor ihrem Tod, 1943, erschien in Jerusalem, der damals noch geteilten und von Terror zerrissenen Stadt, ein schmaler Gedichtband, ihr letzter. Das Buch war auch in politischem Sinn ein Ereignis: Es wurde mitten in einer um Leben und Sprache ringenden jüdischen Gemeinschaft veröffentlicht, zu einer Zeit, in der Hitler im Namen des Deutschen die Welt mit Krieg überzog.

Das Gedicht »Die Verscheuchte« steht in diesem Buch. Es war Jahre vor der Einwanderung der Lasker-Schüler nach Jerusalem geschrieben, in Zürich, wo sie mit Schauspielern des Pfauentheaters, vor allem mit Ernst Ginsberg, Freundschaft geschlossen hatte. Zuerst trugen die Verse den Titel »Das Lied der Emigrantin«; die vierte Strophe, die wichtigste, fehlte noch.

Das Lied ist eine Litanei der Liebe: ungemein frei behandelte Terzinen, beschränkt jedoch auf zwei Reime; beide Reimwörter auf einen einzigen Vokal, das schrille »i«, gesetzt, so daß die Unreinheiten im Reim, etwa gleich des

ersten Verses, nicht störend, sondern mildernd wirken. Im »Auch du und ich« der, verkürzten, letzten Zeile wird die Leidenschaft der Verbannten einfache Versgestalt.
Diese Leidenschaft steht nur scheinbar in der Vergangenheit (»ja ich liebte dich ...«). So groß ist die Liebe gefaßt, daß sich privates Schicksal mit dem der Welt zu decken vermag. Entfremdet ist alles; der Gott, zu dem zu beten die Liebende den Geliebten auffordert, ist, sie weiß es, tot, auch er ein Schattenbild. Dennoch erhebt die Dichterin die Hände zum Gebet: Die Milde der Liebe, die einmal war und die, wie die letzte Zeile in verschlüsselter Kürze andeutet, noch immer ist und sein wird, sie spendet den Trost, den Gott gewährt; er erlaubt den Liebenden, ihn immer wieder in ihrer Liebe neu zu schaffen. Im Detail der Bilder – des Wildes, das aus der Landschaft aufgescheucht ist, des vor Kälte brüllenden Nordsturms auch, der feindlich den Liebenden droht – klingt das Gedicht an die Klage des dem Wahnsinn verfallenen Hölderlin um Diotima an. Wahn ist das Schicksal der Dichter, wenn die Verbannung sie in der eigenen Heimat ereilt.
Auch der Pfeil, der bei Hölderlin das Wild, den klagenden Menon, den Dichter selbst, getroffen hat, ist da, in Zeilen, mit denen das Gedicht in einer Fassung endete, die Klaus Mann schon 1934 in der Amsterdamer Emigranten-Zeitschrift »Die Sammlung« abdruckte: »Und deine Lippe, die der meinen glich, / Ist wie ein Pfeil nun blind auf mich gezielt –«. Mit Recht hat die Lasker-Schüler sie gestrichen; sie führen die gültige Schlußzeile des Gedichts, wie es nun vor uns liegt, weiter und enthüllen lediglich eine Intimität.
Am Ende der vierten Strophe fällt das Wort vom »Bündel Wegerich«. Das Wort »Bündel« ist strikt autobiographisch. Wer je die Lasker-Schüler in Zürich oder Jerusa-

lem gesehen hat, erblickte ein Bündel – gelegentlich begeisterten – Elends. Das Wort »Wegerich« aber entspricht nicht nur dem Kraut vom Stamme *Plantago,* der Bescheidenheit seines niederen Wuchses, der Demut seiner unscheinbaren Blüten; es zerfällt auch in die Silben »Weg« und »Er« und »Ich«. Was dieses »Ich« mit jenem »Er« teilt, der eben erst, am Ende der vorausgegangenen Strophe, als »Du« angesprochen worden ist und in der letzten Zeile wiederkehren und dem »Ich« vorangestellt sein wird, ist die Stammsilbe des Blumennamens, der »Weg«, ein Weg des Exils und des unerbittlichen Abschieds.

Das aber ist deutsche Sprache nicht mehr; es ist ein Zauberwort, wie es einer Besessenen und Beschwörerin wohl zukommt, eine magische Chiffre, deren Bedeutung sich, jenseits aller Semantik, in unauslotbare Tiefen verliert, eine Kabbala der Leidenschaft, die sich die Dichterin der »Hebräischen Balladen« erlauben durfte.

Als ein hebräischer Dichter ihr einmal vorschlug, ihre Gedichte in die Sprache des Landes zu übersetzen, soll die Lasker-Schüler geantwortet haben: »Aber sie *sind* doch hebräisch.« Es war ihrem schöpferischen Unbewußten nicht unbewußt geblieben, daß sie aus jenem Geschlecht stammte, das einst einem biblischen König die Wahrheit hinter dem Wort vermittelt hatte.

ELSE LASKER-SCHÜLER
EIN ALTER TIBETTEPPICH

Deine Seele, die die meine liebet,
Ist verwirkt mit ihr im Teppichtibet.

Strahl in Strahl, verliebte Farben,
Sterne, die sich himmellang umwarben.

Unsere Füße ruhen auf der Kostbarkeit,
Maschentausendabertausendweit.

Süßer Lamasohn auf Moschuspflanzenthron,
Wie lange küßt dein Mund den meinen wohl
Und Wang die Wange buntgeknüpfte Zeiten
schon?

HORST RÜDIGER
IN ORIENTALISCHER VERKLEIDUNG

Diese Reime hat es nie zuvor gegeben; man soll sie sich vorsprechen, um ihren Zauber zu hören: »liebet – Teppichtibet«, »Kostbarkeit – Maschentausendabertausendweit«, »Lamasohn – Moschuspflanzenthron – Zeiten schon«. Das klingt nicht wie »Herz – Schmerz« oder »Liebe – Triebe«. Aber da ist auch nichts Preziöses, allenfalls Fernweh und die Lust am Kostbaren, denn auf einer »Kostbarkeit« ruhen und berühren sich wohl die Füße der Liebenden. Auch »himmellang« und »buntgeknüpfte Zeiten« hat man noch nie vernommen. Ganz neu und un-erhört aber ist das Bild für die Verbindung der Liebenden: der Teppich. Goethe hat es im »Divan« nicht gebraucht, Rückert nicht in den »Östlichen Rosen«.

Erfunden hat es die jüdische Frau aus Elberfeld, »der schwarze Schwan Israels, eine Sappho, der die Welt entzweigegangen ist«. So nannte sie ihr Dichterfreund Peter Hille, der ohne ihr Gedenkbuch wohl ganz vergessen wäre. Er konnte nicht die Verse meinen, in denen der Weltschmerz der Lasker-Schüler Wort geworden ist: »Es ist ein Weinen in der Welt, / Als ob der liebe Gott gestorben wär ...« Diese Verse sind 1906 entstanden, als Hille schon tot und die Schreie der Sterbenden noch nicht zu hören waren, welche ein Menschenalter später auch den Tauben den Tod des Göttlichen unter Barbarenfäusten ins Ohr dröhnten.

Wie es sich für ein Liebeslied schickt, werden die Sinne des

Hörers geweckt. Strahlen, Farben, Sterne entzücken das Auge; wenn es einen Teppich zu betrachten gilt, wird das Auge zuerst aufgerufen. Es nimmt auch die Mühe einer »maschentausendabertausendweiten« Verknüpfung wahr (ein Geviertmeter Buchara-Teppich soll bis zu vierhunderttausend Knoten enthalten). Dann ist es der Tastsinn, welcher den Eros weckt. Die auf dem Teppich ruhenden Füße erfüllen in der kostbaren Weichheit die gegenseitige Nähe, so wie die lustvolle Berührung im unendlichen Kuß und im zärtlichen Wange an Wange das Nahen des Gottes spüren läßt. Und endlich wird der sinnlichste Sinn, der Geruch, geweckt, denn er ruft am nachhaltigsten die Erinnerung an unvergessene Menschen und Situationen wach. Der Moschuspflanze entströmt ein Duft, der zu den verführerischsten Reizen des Orients zählt.

Die Knüpferin Liebe schafft im Teppich ein Zeichen des Ineinanderverknüpfens. Ihr Werk ist keine empfindsame, vom Geiste des Pietismus oder des Titanismus genährte Liebe; es ist ein erotisches Spiel wie das sinnlich reizende Ineinander der Teppichfarben und -formen, nicht fern dem süßen Unsinn der Verliebtheit. Der homo ludens, nicht der homo faber wendet den Tibetteppich zum Märchenlande »Teppichtibet«, bringt das liebliche Wortungeheuer von den tausendfach verknüpften Maschen hervor und genießt den betäubenden Moschusduft, der dem Thron des Priestersohnes entströmt. Mit dem Fabellande, der Fabelpflanze und dem Fabelgeliebten tritt der ferne, literarisch noch nicht erschlossene zentralasiatische Osten in die deutsche Dichtung ein, eigentümlich verwandt und doch ganz verschieden vom früheren deutschen Orientalismus seit Adam Olearius: durchaus unpolitisch, leidenschaftlicher und kunstgewerblicher,

exotischer und intimer zugleich, berauschender und bescheidener.
Das geliebte Wesen, dem die Verse gelten, ist der Sohn eines Zauberpriesters, der wohl nur durch Fabelei und Zauberkünste zu gewinnen ist; das liebende Wesen ist eine Frau. Else Lasker-Schüler hat sich immer gern in orientalischer Verkleidung gefallen, als Tino von Bagdad oder Prinz Jussuf aus dem ägyptischen Theben, wo sie auch geboren zu sein vorgab. Gestorben ist sie in der Heimat ihres Herzens, in Jerusalem, eine Dichterin, der die Klangwerte der deutschen Sprache wie anderen Lyrikern fremder Herkunft – Brentano, Chamisso, Rilke – in seltener Vollkommenheit zu Gebote standen.

ELSE LASKER-SCHÜLER
EIN LIEBESLIED

Komm zu mir in der Nacht – wir schlafen
engverschlungen.
Müde bin ich sehr, vom Wachen einsam.
Ein fremder Vogel hat in dunkler Frühe schon
gesungen,
Als noch mein Traum mit sich und mir gerungen.

Es öffnen Blumen sich vor allen Quellen
Und färben sich mit deiner Augen Immortellen...

Komm zu mir in der Nacht auf Siebensternenschuhen
Und Liebe eingehüllt spät in mein Zelt.
Es steigen Monde aus verstaubten Himmelstruhen.

Wir wollen wie zwei seltene Tiere liebesruhen
Im hohen Rohre hinter dieser Welt.

ECKHARD HEFTRICH
PRINZ VON DICHTERS GNADEN

Sie starb 1945 in Jerusalem, eine Fremde auch dort, wo sie sich einst in der Phantasie eine von mehreren Heimatstädten erfunden und wo zuletzt die Verscheuchte eine Zuflucht gefunden hatte. Fünfzig Jahre danach ist nur noch schwer nachvollziehbar, daß nach dem Ende der zwölfjährigen Fluchzeit mit Grund befürchtet wurde, ihre Verse seien »halb vergessen«. So schrieb 1948 Friedhelm Kemp im »Hochland«. Ein freundlicher Zufall habe eine Abschrift des letzten, 1943 in Jerusalem erschienenen Gedichtbandes, »Mein blaues Klavier«, in seine Hände gelangen lassen und mahne, »der späten Schwester Deborahs und der Sulamitin den Zoll der Liebe und des Dankes zu entrichten«.

Der Dank bestand nicht nur aus einem kurzen Essay, in dem doch bei aller Einfühlung noch deutlich zwischen poetischem Gold und den Flittern kabarettistischer Surrogate unterschieden wurde; eine Unterscheidung, die man bei späteren, vom Glanz des postumen Ruhmes geblendeten Interpreten oft vermißt. 1947 durfte als Dank sogar noch der Abdruck von vier Gedichten gelten. Eines davon war dieses Lied. Was im Essay über die Dichterin mitgeteilt wurde, die Kemp »mit vollem Bedacht eine jüdische« oder »besser noch... eine hebräische nannte«, das allein hätte ausgereicht, das Interesse des damals zwanzigjährigen, leidenschaftlichen Lesers für die ihm ganz Unbekannte zu wecken. Um so mehr, als dieser Leser gerade dabei war, staunend zu erkennen, daß die ab 1933 exilierte oder verfemte Literatur, die in der unvordenklich fernen Zeit des ersten Jahrhundertdrittels entstanden war, nach dem Untergang von Hitlers Reich noch immer den bedeutendsten Teil der Gegenwartsliteratur ausmachte.

Doch stärker als die Kunde vom Schicksal dieser Dichterin wirkte der so unverhoffte Klang der Verse. Zumal die Melodie des Liebesliedes berührte den Zwanzigjährigen so stark, daß er sie ein Leben lang im Ohr behielt. Nach Jahrzehnten dieser Melodie nachsinnend, begreift er, warum sie ihn damals wie ein Zauber berührte. Das hebt an mit der Unregelmäßigkeit der beiden ersten Versanfänge. Korrekt mit dem in neun der elf Zeilen dominierenden Metrum einsetzend, hätte das Gedicht beginnen müssen: *Komm in der Nacht*... Und ein ordentlicher Verseschmied hätte dann fortfahren können: *Vom Wachen einsam*... Aber selbst bei einem Eichendorff wäre danach die Musik durch das Klappern des geschlagenen Taktes bedroht worden. So aber hört man als erstes den Lockruf der Sehnsucht, der von weit her kommt. Denn die dunkle Frühe des Traums meint nicht nur die vergangene Nacht und den Beginn des Wachens.

Nicht *im* Wachen, sondern *vom* Wachen einsam: darum bleibt »einsam« als einziges aller Wörter am Ende der Verszeilen ohne die Antwort des Reimes. Daß »Quellen« das Echo »Immortellen« hervorrufen, mag auch ein wenig auf Reimzwang beruhen. Aber wer von der Muse gesegnet ist, braucht solchen Zwang nicht zu fürchten, sondern darf sich ihm hingeben. Ihn braucht nicht zu irritieren, daß Immortellen zwar haltbare, aber strohige Blumen sind; er darf sich allein daran halten, daß sie, in Grabkränze geflochten, für die Hoffnung auf Unsterblichkeit stehen.

Der Traum, der hier durchs Lied beschworen wird, ist ewiger Märchentraum der Liebe und nicht von dieser Welt. Das geliebte Wesen der zeitlosen Stunde hinter der Welt trägt nicht einmal die Siebenmeilenstiefel des Märchens, sondern Sternenschuhe; und keine Tarnkappe, sondern Liebe entzieht es den bösen Späherblicken. Wenn dieser Prinz von Dichters Gnaden kommt, werden die Truhen, auf denen der Staub der Jahre liegt, geöffnet für die Märchen, an die sonst keiner glaubt. Im mondenen Wunderreich solcher Nacht wäre Lieben nicht Ekstase und Erschöpfung, sondern die Ruhe des Paradieses vor dem Sündenfall. Die seltenen Tiere, die solchen Friedens teilhaftig werden, sind nicht Geschöpfe der Natur, sondern Wesen, wie sie der Freund Franz Marc, in jungen Jahren von Else Lasker-Schüler »goldblauer Reiter« genannt, geschaffen hatte.

ELSE LASKER-SCHÜLER
GISELHEER DEM TIGER

Über dein Gesicht schleichen die Dschungeln.
O, wie du bist!

Deine Tigeraugen sind süß geworden
In der Sonne.

Ich trag dich immer herum
Zwischen meinen Zähnen.

Du mein Indianerbuch,
Wild West,
Siouxhäuptling!

Im Zwielicht schmachte ich
Gebunden am Buxbaumstamm –

Ich kann nicht mehr sein
Ohne das Skalpspiel.

Rote Küsse malen deine Messer
Auf meine Brust –

Bis mein Haar an deinem Gürtel flattert.

PETER VON MATT
DSCHUNGELLIEBE IN BERLIN

1913 liebte Else Lasker-Schüler den jungen Dr. Benn und er sie vielleicht auch. Man sprach davon in den intellektuellen Kaffeehäusern Berlins und erwartete die Akteure gegen Abend. Es war Europas letzter glücklicher Sommer. In den Zeitschriften loderte der Expressionismus und versprach sich von der Zukunft, was sie nicht halten sollte. 700000 junge Männer hatten noch nie von Verdun gehört, wo sie einander wenig später alle umbringen mußten.
Mit seinen 26 Jahren war Benn der jüngste Komet, Verfasser der »Morgue«, Schöpfer einer neuen Verbindung von Sentimentalität und Zynismus: Rotz, Eiter und Vergißmeinnicht. Ihm gegenüber erschien die vierundvierzigjährige Else Lasker-Schüler schon fast wie die *Grand Old Lady* der Poesie. Das machte die Affäre für das »Café des Westens« zusätzlich pikant. Doch was kümmerte sie selbst ihr Jahrgang! Sie hatte sich entschlossen, nie älter zu sein als ihre jungen Geliebten, und also war sie's nicht, war sie jetzt um die 26, eher noch etwas jünger.
Kaum lagen die beiden zusammen, schrieben sie auch schon darüber, öffentlich, in der »Aktion«, im »Neuen Pathos«, in der »Schaubühne«, Verse und lyrische Prosa. Das war weder indiskret noch anstößig, das war Berlin 1913. Nichts wird dadurch falsch in den Gedichten der verliebten Frau, die in dieser Liebe hilflos die Stärkere war, ein überlegenes Opfer. Zeichen dafür ist die Tatsache, daß sie nie in den Ton Benns verfiel, während er den ihren zu imi-

tieren begann, nicht zuletzt in dem langen Gedicht »Drohungen«, in dem er sich die Freundin wieder vom Hals zu schaffen suchte: *Du, daß wir nicht an einem Ufer landen! / Du machst mir Liebe: blutigelhaft: / Ich will von dir.* – Die Metapher über ihre Art, zu lieben, ist abscheulich. Von solcher Häßlichkeit her offenbart sich erst die Schönheit in den Versen der Angesprochenen. Wie lieblich, wild und geistvoll, wie frei in aller Leidenschaft geht sie in dem Gedicht an Giselheer den Tiger mit Macht und Ohnmacht, Hingabe und Herrschaft in der Liebe zu Gottfried Benn um. Kaum ist er als Dschungelkönig eingesetzt, mit einem Gestus schaudernder Verehrung, verwandelt sie sich in die ältere, größere Tigermutter, die ihn als ihr Junges nach Katzenart in vorsichtigen Zähnen herumträgt.

Wie sehr sich auch die Frau an den Mann verloren haben mag, die Dichterin verliert die Gewalt über ihre Bilder nie. Entsetzlich ist die Marterwollust, in die sie das Beziehungsspiel taucht, gesteigert noch erscheint der Gestus schaudernder Verehrung im Schlußvers – der Mann als Täter, am meisten geliebt, wo er am grausamsten ist –, aber alles steht, genau besehen, doch nur in einem Indianerbuch, das sie auf- und zuschlägt nach Belieben. Unmittelbar an die matriarchale Vision von der wahren Dschungelherrin schließt sich die dreizeilige Strophe mit dem Buch. Über dieses verfügt sie wie über das Männerkätzchen. Wenn es aufgeblättert wird, Seite um Seite, bis der Siouxhäuptling erscheint und darauf alle brandigen Bilder für die gelebte Liebe, dann bleiben diese Bilder, bleibt am Ende auch das unerhörte Signal des flatternden Haars am Gürtel des Mannes ein Teil ebendieses Buches. Über ihm sitzt die Frau wie die Hexe über der Scharteke, in der ihre Rezepte stehen.

ELSE LASKER-SCHÜLER
HINGABE

Ich sehe mir die Bilderreihen der Wolken an,
Bis sie zerfließen und enthüllen ihre blaue Bahn.

Ich schwebte einsamlich die Welten all hinan,
Entzifferte die Sternoglyphen und die Mondeszeichen
um den Mann.

Und fragte selbst mich scheu, ob oder wann
Ich einst geboren wurde und gestorben dann?

Mit einem Kleid aus Zweifel war ich angetan,
Das greises Leid geweiht für mich am Zeitrad spann.

Und jedes Bild, das ich von dieser Welt gewann,
Verlor ich doppelt, und auch das was ich ersann.

FRIEDRICH CHRISTIAN DELIUS
EIN KLEID AUS ZWEIFEL

So gut wie alle Gedichte der Else Lasker-Schüler sind Liebesgedichte oder als Liebesgedichte zu lesen. Die meisten sprechen ein Du an, viele richten sich, verschlüsselt oder nicht, an bestimmte Personen. »Hingabe«, ein Gedicht aus ihrem letzten, 1943 in Jerusalem publizierten Band »Mein blaues Klavier«, scheint eine Ausnahme zu sein: kein Du, und in jeder Strophe mindestens ein Ich. Und doch ist es ein dialogisches, ein fragendes Gedicht, ein Selbstgespräch mit dem Kosmos.

Wolken, Sterne, Mond, der kindliche Blick des Menschen in das Weltall hinauf. Perspektiven in die Unendlichkeit, Fragen, meditative Momente, die jeder erlebt hat und die in Tausenden von Gedichten und Liedern abgehandelt wurden. An diesen Zeilen läßt sich zeigen, was eine große Dichterin aus einer trivialen Situation zu machen versteht. Die Originalität liegt weniger in den Wörtern, Bildern und Metaphern, obwohl ihr mit *einsamlich* und *Sternoglyphen* starke Neuschöpfungen gelingen und *Mondeszeichen um den Mann* mit jenem diskreten Dadaismus bestechen, der so viele Lasker-Schüler-Texte auszeichnet.

Die Originalität liegt in der Scheu, im Verzicht auf jede staunende Kumpanei mit dem Kosmos. Statt dessen die Beharrlichkeit des Blicks, die Radikalität: Sich selbst in Frage stellen, ohne Triumph, ohne Sentimentalität, *ob oder wann / Ich einst geboren wurde und gestorben dann?* Nicht nur die Daten von Geburt und Tod werden unwich-

tig, sondern das Leben als Ganzes rückt in schönste, fast glückliche Fragwürdigkeit auf.
Obwohl gerade die letzten Gedichte der Lasker-Schüler den Gestus der Glaubenden, Betenden haben, ist dieses nicht religiös gefärbt – trotz des Sujets Kosmos, das für viele Menschen ohne den Faktor Gott nicht denkbar ist. Hier werden keine Fragen an höhere Mächte delegiert.
Das Schweben und die Versenkung des Blicks in *die Welten all hinan* machen demütig, aber nicht klein. Die Höhe ist die Tiefe ist die Höhe. Das relativiert alles und hat Konsequenzen für die Schreibende, die brutal wären, wenn sie auf feste Weltbilder angewiesen wäre: *Und jedes Bild, das ich von dieser Welt gewann / Verlor ich doppelt, und auch das was ich ersann.* Da mag eine Anspielung auf das Bilderverbot der Juden verborgen sein, aber stärker ist wohl der selbstkritische Aspekt. Hier ist mehr ausgedrückt als die Gewißheit, keine Gewißheit zu haben und keine haben zu dürfen. Das einzige, was wärmt und eine gewisse Sicherheit verspricht, ist das *Kleid aus Zweifel.*
Dies wäre schon ein überragendes Gedicht, wenn es, sagen wir, den Titel »Sternenhimmel« oder »Der Blick ins All« trüge. Seine Qualität wird noch gesteigert durch die Titelwahl: »Hingabe«. Man kann sein Leben hingeben, sich einer Täuschung, einer Hoffnung hingeben oder sich einem geliebten Menschen hingeben. Alle diese Konnotationen passen und reichern das Gedicht an. Ich vermute, daß Else Lasker-Schüler das Wort gewählt hat, um einen Liebesakt anzudeuten. Nicht nur wegen der *Mondeszeichen um den Mann.* Hier geht es um mehr: um die Bejahung mitten im Zweifel, um Versöhnung mit dem Chaos, um Hingabe mit Selbstbewußtsein, ohne Angst vor dem Zerbrechen der Bilder.

Solch eine Hingabe ist keine harmonische Angelegenheit – und ist nichts für harmonische Gedichte. Die fünf Doppelzeilen werden nicht von starrer Metrik gehoben, eigenwillig und rauh folgen die Worte einander. Der zehnfache Reim auf *-an*, zweimal sogar ziemlich »unrein«, unterstreicht den Fortgang wie den Gleichklang des Spinnens: das Zeitrad läuft weiter.

Auch Sterben ist Hingabe, im Liegen ist der Blick nach oben gerichtet. Erst beim Schreiben dieser Zeilen dachte ich an das Grab der Dichterin auf dem Ölberg in Jerusalem.

ELSE LASKER-SCHÜLER
IN MEINEM SCHOSSE

In meinem Schoße
Schlafen die dunkelen Wolken –
Darum bin ich so traurig, du Holdester.

Ich muß deinen Namen rufen
Mit der Stimme des Paradiesvogels
Wenn sich meine Lippen bunt färben.

Es schlafen schon alle Bäume im Garten –
Auch der nimmermüde
Vor meinem Fenster –

Er rauscht der Flügel des Geiers
Und trägt mich durch die Lüfte
Bis über dein Haus.

Meine Arme legen sich um deine Hüften,
Mich zu spiegeln
In deines Leibes Verklärtheit.

Lösche mein Herz nicht aus –
Du den Weg findest –
Immerdar.

ROLF SCHNEIDER
PARADIES- UND TODESVOGEL

Ein Liebesgedicht. Ein Gedicht von Trennung, von Sehnsüchten, von Träumen und Beschwörungen. Die Strophen sind dreizeilig; sehr entfernt erinnern sie an Terzinen, die Strophen des Dante Alighieri, der in glühender Verehrung der viel zu jungen Tochter des Folco Portinari anhing, die er Beatrice nannte.

Sehr viel jünger als die Dichterin ist wohl auch jener gewesen, der hier angeredet wird als »du Holdester«. Die im Kontext unmittelbar vorausgehenden oder fehlenden Verse sind überschrieben »Dem Holden« (»Ich suche ewig dich – es bluten meine Füße«), sie heißen »Ich liebe dich« und »Ihm eine Hymne«; hier wird vage angedeutet, um wen es sich handelt: »Im ewigen Jerusalem-Eden, / Tröstet sein Wort Jedweden«.

Die Gedichte stammen aus dem Band »Mein blaues Klavier«, der 1943 erschien. Die Verfasserin war damals eine vierundsiebzigjährige und kranke Frau, ein »Bündel – gelegentlich begeisterten – Elends«, wie einer geschrieben hat, der sie persönlich kannte, Heinz Politzer. Muß man, wenn man dies weiß, noch das Eingangsbild dechiffrieren? Die »dunkelen Wolken« sind Symbol für Unfruchtbarkeit und Alter; ein mildes Symbol, wenn die Intensität der Sehnsüchte bedacht wird und die biologische Unabänderlichkeit des dargetanen Zustands.

Ein mildes Bild? Sie muß, seinen Namen zu rufen, die Stimme des Paradiesvogels haben, jenes Rabentieres aus der Inselwelt Neuguineas, das zu Zeiten der Balz sein Gefieder in einen bizarren Schmuck verwandelt. Aber es sind immer nur die männlichen Tiere, die dies vermögen, die ihre Luftröhren zu riesigen Kehlsäcken blähen, um daraus ihre Hochzeitsrufe zu entlassen. Die Weibchen bleiben unscheinbar wie zuvor. Die Transmutation, die in dieser Strophe verheißen wird, findet in Wahrheit nicht statt. Allenfalls, daß sich »meine Lippen bunt färben«. Man will sofort nach der Färbung fragen. Rot kann wohl nicht gemeint sein, Farbe von Jugend und Jugendlichkeit; wäre sie zu nennen, würde sie genannt. Weiß, Gelb, Blau, Schwarz: jede andere Farbe bedeutete Hinfälligkeit und Siechtum; im Garten schläft alles, selbst das Nimmermüde ist nun doch ermattet, solche Müdigkeit klingt nach tiefer Erschöpfung, dieser Schlaf ist nahe am Tod, und der Traumvogel, der die Liebenden zusammenführt, ist der Todesvogel, der Leichenfledderer, der sich von Aas ernährt.

Unter seinem Eindruck wird die versuchte Umarmung zur Ohnmacht. Der Traum von ihr gerät zu bloßer Beschwörung eines jugendlichen Bildes: Der Leib des Geliebten ist nicht wie der eigene von dunklen Wolken verhüllt, er ist klar wie ein Spiegel.

Darauf die letzte Strophe. Jeder Vers wird zum Ausruf, jeder Ausruf wird kürzer, die Syntax zerbröckelt. Nicht »Der du den Weg findest« heißt, wie es grammatisch korrekt wäre, der mittlere Vers; das fehlende Pronomen macht ihn zu rührendem Gestammel, aus dem schließlich, als letztes Wort, als letzter Ruf, als Behauptung gegen Vergänglichkeit, gegen Verlust und Tod das utopischste Wort unserer Sprache herausfällt: »Immerdar«.

Else Lasker-Schüler war 1933 in die Schweiz geflohen,

eine bettelarme Frau, die sie zuletzt auch in Berlin gewesen war. Hitler-Anhänger hatten sie mit einer Metallstange verprügelt. Sie war 64 Jahre alt. Dreimal reiste sie aus der Schweiz nach Palästina; beim dritten Male, 1939, blieb sie in Jerusalem. Sie war immer eine Ekstatikerin gewesen: in der Liebe, in ihren privaten Phantasmagorien, denen sie alle ihre vielen Freunde und Liebhaber in Märchenverkleidungen eingegliedert hat und deren Hintergrund – je älter sie wurde, desto mehr erwies es sich – immer das biblische Zion gewesen war. In Jerusalem stellte sie »Mein blaues Klavier« zusammen. Die Farbe der deutschen Romantik war ihre bevorzugte Farbe seit ihrer Begegnung mit Franz Marc und dem »Blauen Reiter«; ihr blaues Klavier bedeutete Sehnsucht, Heimat, Erinnerung. Nicht viel mehr als ein Jahr nach Erscheinen des letzten Lyrik-Bandes starb sie. Man hat sie am Ölberg begraben.

ELSE LASKER-SCHÜLER
JAKOB

Jakob war der Büffel seiner Herde.
Wen er stampfte mit den Hufen,
Sprühte unter ihm die Erde.

Brüllend ließ er die gescheckten Brüder.
Rannte in den Urwald an die Flüsse,
Stillte dort das Blut der Affenbisse.

Durch die müden Schmerzen in den Knöcheln
Sank er vor dem Himmel fiebernd nieder,
Und sein Ochsgesicht erschuf das Lächeln.

RUTH KLÜGER
DER ERFINDER DES LÄCHELNS

Die »Hebräischen Balladen« Else Laske-Schülers, 1913 erschienen, sind hebräisch nur insofern, als sie sich auf ein auch außerhalb des hebräischen Sprachbereichs nicht unbekanntes Buch, nämlich die Bibel, beziehen. Balladen sind sie nur insofern, als sie auf Legenden anspielen, die die Dichterin aber nicht nacherzählt, wie es etwa Thomas Mann mit demselben Material in seinen Joseph-Romanen tut. Sie nimmt die biblischen Gestalten vielmehr aus ihren Zusammenhängen wie Puppen aus Schaufenstern heraus, kleidet sie neu ein, stülpt ihnen Masken auf, verfremdet sie probeweise.

Eine Tiermaske für den Erzvater Jakob, der Hirtenpatriarch als Alpha-Tier der Herde. Er, der Ehrwürdige, wird zum Büffel degradiert. Der Mann als Urtier im Patriarchen? So ließe sich die erste Strophe noch als eine Art Reverenz vor urtümlicher Männlichkeit lesen. Doch gleich danach wird es brenzliger. Die »gescheckten Brüder« erinnern an die nicht ganz lautere Zeugungsmanipulation, durch die sich der junge Jakob einen Großteil von Labans geschecktem Viehbestand aneignete. Zu diesem Viehbestand gehört er nun selbst im Gedicht.

Der biblische Jakob ist der große Liebende unter den Erzvätern, der die zu Recht berühmte, zweimal siebenjährige Geduldsprobe einer Brautwerbung bestand. Doch die Affenbisse, die er im Gedicht im Flußwasser kühlt, sind kein Sinnbild einer edlen Leidenschaft, eher einer verächtli-

chen, zumindest lächerlichen Sinnlichkeit: Der geile Affe ist seit je ein Gemeinplatz in Kunst und Literatur.
Von den stampfenden Hufen der ersten Strophe, die immerhin die Erde zum Sprühen brachten, kommen wir in der dritten zu den prosaischeren und zudem müde schmerzenden Knöcheln unseres Helden. Jakobs Schmerzen? Aber die rührten doch vom Kampf mit dem Engel und der dadurch verletzten Hüfte, höchste Auszeichnung des himmlisch Auserwählten? Vor dem Himmel sinkt auch unser knöchelmüdes Jakobstier nieder, und zwar mit einem humorvollen und originellen Reim, »Knöcheln« auf »Lächeln«. Rückblickend fallen uns die anderen beiden unreinen Reimpaare auf, nämlich »Brüder/nieder« und »Flüsse/Bisse«. In diesem Gedicht geht nichts rein auf, auch nicht die Reime, die schon gar nicht.
Schließlich vertauscht die Dichterin in der letzten Zeile Ochsen und Büffel, wohl weil *ein* Rindviehgesicht wie das andere aussieht. Dieser endgültigen Verunglimpfung folgt jedoch unvermutet die Rückverwandlung ins Menschliche. Indem sich auf Jakobs Tiergesicht ein Lächeln, vielleicht das erste überhaupt (es heißt ja, er »erschuf« es), abzeichnet, steht er wieder an einem Anfang, ist wieder unsereiner. Denn kein Tier kann lächeln. Zwischen dem ersten Wort, seinem Namen, und dieser überrumpelnden, schwer vorstellbaren Mundverzerrung am Ende war die Würde des Patriarchen, die Manneswürde und wohl auch die Menschenwürde schlechthin, durch eine Tiermaskerade in Frage gestellt worden. Die Anspielungen verunsicherten den Autoritätsanspruch des Bibeltextes. In der letzten Zeile findet beschwichtigend eine Menschwerdung statt.
»Jakob« führt exemplarisch die methodischen Eigenarten

seiner Dichterin vor. Durch das Vexierspiel mit Maskierung und Verkleidung fallen Streiflichter auf Geschlecht und Charakter. Das überraschende Auswechseln bekannter Begriffe führt durch Staunen zum Erkennen. In Spiel und Anspielung, in unverbindlichem Experimentieren mit Sprache und Kulisse, sehen wir heute wieder das eigentlich Literarische, das überdies eine soziale Funktion ausübt, dort wo es die festgefahrenen Räder der Tradition ins Rollen bringt. Die Lyrikerin Else Lasker-Schüler ist gerade dort ernst zu nehmen, wo sie sich als Meisterin im Nichternstnehmen kostümiert.

ELSE LASKER-SCHÜLER
KLEIN STERBELIED

So still ich bin,
All Blut rinnt hin.

Wie weich umher.
Nichts weiß ich mehr.

Mein Herz noch klein;
Starb leis an Pein.

War blau und fromm!
O Himmel, komm.

Ein tiefer Schall –
Nacht überall.

HANS CHRISTIAN KOSLER
DIE GROSSE GENÜGSAMKEIT

Mit dem Tod stand diese Dichterin auf vertrautem Fuße. Nicht nur, daß einige ihrer Freunde bereits in jungen Jahren starben, daß sie mit ansehen mußte, wie ihr einziges Kind, der Sohn Paul, qualvoll an Tuberkulose dahinsiechte. Sie selbst ist in ihrem Leben viele Tode gestorben: an gebrochenem Herzen, an Einsamkeit. Gewiß, vieles, worüber sie in ihren Briefen an Karl Kraus klagte, war Übertreibung, ja ihr ganzes Wesen bestand aus Übertreibung.

Dennoch, das meiste, was Else Lasker-Schüler aus dem »Gewölbe des Herzens« anderen an Gefühlen herantrug, blieb unerwidert. Schon ihr exzentrisches Äußeres, das farbige Kostüm eines »Prinzen Jussuf von Theben« – wie sie sich nannte –, stieß bei den zeitgenössischen Intellektuellen auf Unverständnis, ja auf unverhohlene Ablehnung. Karl Kraus, der sie förderte und sie als »stärkste und unwegsamste Erscheinung des modernen Deutschland« pries, wich ihr persönlich aus und beantwortete ihre Briefe nur selten. Walter Benjamin nannte sie »im Umgang leer und krank – hysterisch«. Franz Kafka gar, der sich die Dichterin nur als eine durch die Kaffeehäuser wankende Säuferin vorstellen konnte, empfand bei der Lektüre ihrer Gedichte »nichts als Langeweile und Widerwillen«.

Wer so offensichtlich nicht dazugehört, sucht Zuflucht bei sich selbst, gefällt sich in der Vorstellung völliger Abwesenheit von der Welt. Daß sich Else Lasker-Schüler zusätzlich wie eine Außerirdische von Geburt vorkam, muß hinzugefügt werden. *Von wo ich kam / hat nie ein Mensch gewußt*, schreibt sie in dem Gedicht »Abendzeit«. Das Reich des Todes stellte sie sich ähnlich entrückt vor. *Ich träume so fern dieser Erde, als ob ich gestorben wär*, heißt es in einem Poem mit dem Titel »So lange ist es her…« Nichts anderes als den Gedanken an den eigenen Tod hat auch das Gedicht »Klein Sterbelied« zum Gegenstand, dessen anfängliche Rätselhaftigkeit sich durch die Kenntnis von Leben und Werk schnell erhellt.

Dies ist nicht – wie man erwarten sollte – das Lied auf einen Sterbenden, sondern es ist das Lied eines Sterbenden selbst, das Lied der Lasker-Schüler. Daß es offenbar aus der Perspektive eines Kindes geschrieben ist – ein »Klein Sterbelied«, von einem »kleinen Herzen« herrührend –, mag zunächst irritieren. Doch für Else Lasker-Schüler lag die Gedankenwelt des Kindes gleichermaßen in einem Jenseits wie die des Sterbenden. Und als Kind hat sich die Dichterin zeit ihres Lebens gefühlt: »1000 und 2jährig« kam sie sich vor.

Gottfried Benn, dem dieses Gedicht wie 16 weitere aus dem berühmten »Giselheer-Zyklus« gewidmet ist, nannte Else Lasker-Schüler, die vergeblich um ihn warb, ein lyrisches Genie. Er wußte, weshalb. Denn während die Gedichte der »Großen« wie Benn, George, Rilke aus dem zähen Ringen um das Wort entstanden, war das Dichten der Else Lasker-Schüler noch eine Art Naturereignis. Wie von magischen Kräften gesteuert, fügen sich die Worte zu Reimen, wachsen die Verse zu einem unangreifbaren, von der Gestalt dieser Frau merkwürdig autorisierten Ganzen. Davon zeugt auch dieses Gedicht, dessen kindliche Naivität weder erzwungen noch gekünstelt wirkt. Zu der Einfachheit der Worte und Reime gesellt sich die Ruhe und Ergebenheit, mit der der Tod imaginiert wird. Er hat nichts Bedrohliches, wird aber auch nicht verklärt. »Welt ohne Farbe, ohne Verlangen, ohne Greifen- und Fühlenwollen«, schrieb Else Lasker-Schüler 1913 an Karl Kraus, das sei der Tod. »Die große Genügsamkeit, das ist es.« In dem vorliegenden Gedicht ist sie in die schlichteste und schönste Form gebracht.

ELSE LASKER-SCHÜLER
MAN MUSS SO MÜDE SEIN ...

Man muß so müde sein wie ich es bin
Es schwindet kühl entzaubert meine Welt aus meinem Sinn
Und es zerrinnen meine Wünsche tief im Herzen.

Gejagt und wüßte auch nicht mehr wohin
Verglimmen in den Winden alle meine Kerzen
und meine Augen werden dünn.

Es bricht mein Leib bevor ich dein noch bin
Dich lasse ich zurück, mein einziger Gewinn
Ein nicht zu teilender
Es teilen sich in dir die Nächte meiner holden Schmerzen.

CHRISTA MELCHINGER
AUF DER SCHWELLE

Dichten in der Gewißheit des Todes. Gibt es das? Gibt es ein anderes? Dichten in der Gegenwart des Todes. Der Tod, herausgenommen aus der fernen Unverbindlichkeit ins Hier und Jetzt. Mein Tod, nicht irgendwann, sondern bald, morgen, heute – das ist schon seltener. Aber es kommt vor. Die Lasker-Schüler war eine, bei der so etwas vorkam, vorkommen konnte.

Ihre letzten Jahre in Jerusalem. Keine Zeit im Gelobten Land. Aber es war auch keine unmittelbare Not: Armut, Hunger und Verlassenheit – sie war leidlich versorgt, um leben zu können. Auch leben zu wollen? Todesgewißheit: bevor es um den eigenen Tod ging, war es das Wissen von dem Tod der anderen, der in Krieg und Verfolgung Zurückgelassenen.

»Mit mir geht es zu Ende, ich kann nicht mehr lieben«, soll sie ganz zum Schluß (sie starb im Januar 1945) gesagt haben. Ich nehme das Du der letzten Strophe deshalb wörtlich, als persönliche Ansprache, als Anruf des Geliebten. Obwohl es mich stört, die ganze letzte Strophe mich verstört. Wie einem das oft widerfährt bei dieser Dichterin. Wohllaut und Mißklang – nicht formal: Da herrscht, wie in ihrer Alterslyrik überhaupt, die geglättete Form, Strophe und Reim. Aber der Lauf ihrer Gedanken – da kann man sich über eine Strecke Weges ihr ganz überlassen und ist voll Bewunderung über die weise Führung. Doch dann kommt plötzlich ein Richtungswechsel, und da stockt

man, und die einsame Gestalt geht unbeirrt allein weiter ihren Weg, unsere erstaunten Blicke folgen ihr, wir bleiben zurück. So geht es mir mit der letzten Strophe.
Diese letzten Zeilen sind wie das allerletzte Stück des Lebenswegs, das allein gegangen werden muß, für das nur die eigenen Worte gelten, die aber doch die Summe sind aus dem vorausgegangenen Leben: Abschied vom Leben. Für die Lasker-Schüler heißt es Abschied vom Lieben. Sie schrieb Liebesgedichte bis ans Ende ihres Lebens; »Das blaue Klavier«, ihre letzte Gedichtsammlung, ist voll davon. Und vor diesem Lebenshintergrund werden auch diese Zeilen annehmbar, mehr: sie sind eine Hoffnung. Die Liebe endet nicht mit dem Lieben, das zurückgelassene Du zeugt davon.
Die Worte davor sind für alle da, die ihren Weg zu Ende gehen, bis ans bittere Ende. Keine Gloriole. Keine vorweggenommene Himmelfahrt. Man ist fertig am Ende eines solchen Lebens, zu Tode erschöpft.
Und wie oft glaubt man sich am Ende? Doch was sind alle Müdigkeiten im Lauf des Lebens gegen diese, die letzte? Müde zum letzten Schlaf, todmüde. Lebensmüde. Wie oft wird das Wort gesagt? Es ist zu prüfen an den Worten der Lasker-Schüler. Wieviel Welt trägt einer noch im Sinn, wieviel Wünsche tief im Herzen? Und wer könnte sagen, daß die Angst keinen Gegenstand, das Gejagtwerden kein Ziel mehr hätte? »Gejagt und wüßte auch nicht mehr wohin«: Man muß schon ziemlich weit entfernt sein, um 1944 solche Verse zu schreiben, aber noch nicht so fern, um im Bild nicht anknüpfen zu können an die Wirklichkeit, die zu verlassen man im Begriff ist.
Das ist der Standort dieses Gedichts: im Übergang, im Vergehen, zwischen Wachen und Schlaf, auf der Schwelle.

Abschiednehmen vom Leben, Abschied vom Lieben. Wenn er vollzogen ist, kann er nicht mehr formuliert werden: Die ihn vor sich haben, finden ihn formuliert in diesem Gedicht.

ELSE LASKER-SCHÜLER
MEIN BLAUES KLAVIER

Ich habe zu Hause ein blaues Klavier
Und kenne doch keine Note.

Es steht im Dunkel der Kellertür,
Seitdem die Welt verrohte.

Es spielen Sternenhände vier
– Die Mondfrau sang im Boote –
Nun tanzen die Ratten im Geklirr.

Zerbrochen ist die Klaviatür …
Ich beweine die blaue Tote.

Ach liebe Engel öffnet mir
– Ich aß vom bitteren Brote –
Mir lebend schon die Himmelstür –
Auch wider dem Verbote.

RUTH KLÜGER
DIE DREI TÜREN DER VERBANNUNG

Von den drei Türen, die alle nachdrücklich als Reimworte am Ende ihres jeweiligen Verses stehen, führt die eine nach unten in den Keller, die zweite nach oben in den Himmel, und die dritte, die »Klaviatür« in der Mitte zwischen den beiden anderen, führt direkt in das geplagte Hier und Jetzt der Sprecherin, die nicht weiß, wohin mit ihrem Leben. Der verspielte Neologismus weist auf Traum und Kindheit als Quelle dieser Bilder.

»Mein blaues Klavier« entstand noch vor 1936 in der Schweiz, dem ersten Exil der Dichterin, und wurde 1937 in der »Pariser Tageszeitung«, einer Zeitung der deutschen Exilanten, veröffentlicht. Es ist also ein Exilgedicht, kein Kriegs- und schon gar nicht ein Holocaustgedicht. In Buchform erschien es 1943 in Jerusalem, der Stadt, wo Else Lasker-Schüler zwei Jahre später, vor Kriegsende starb. Zu Hause war sie auch dort nicht gewesen – sie war im Exil, nicht in der Emigration. Zu Hause – das war ein Ort, wo ein blaues Klavier stand.

Warum blau? In den Bereich des Blauen gehören der Himmel, der Frühling, die Blume der Romantik und Lasker-Schülers alter Freund Franz Marc vom Blauen Reiter. Klaviere hingegen gehören mit Sicherheit nicht dahin, denn die sind meist schwarz – zumindest die für Erwachsene. Doch in Else Lasker-Schülers Zürcher Tagebuch steht: »Ich besitze alle meine Spielsachen von früher noch, auch mein blaues Puppenklavier.« Im Gedicht ist aus einer

Kindheitserinnerung ein symbolisches Instrument für die Sternenhände von oben und Rattenfüße von unten geworden. Die Dichterin in der Mitte kennt keine Noten. Es ist also nicht die eigene Kunst, um die es geht, denn diese Kunst beherrscht sie ja. Das Gedicht betrauert einen Verlust, der über das Persönliche hinausreicht, doch findet diese Trauerarbeit in so subjektiver Weise statt, daß es wie die Klage eines mißhandelten Kindes klingt. Wir lächeln über die »Klaviatür«; und die Mondfrau im Boote entspringt dem Märchen oder ist eine Maske der Autorin, die gerne die Mondsichel in ihre Schriften zeichnete. In der ersten Version war die Mondfrau übrigens ein Mondkind. Kindlich ist es auch, einen zerbrochenen Gegenstand zu vermenschlichen und als »blaue Tote« zu beweinen.

Über diesem kindlichen Jammer hängt die große Katastrophe der »verrohten Welt«. Aus dieser möchte der verzweifelnde und geschrumpfte Mensch entfliehen, und wohin denn sonst als in den Himmel? »Mein blaues Klavier« ist jedoch kein Selbstmordgedicht: Die Sprecherin fleht die Engel unvernünftigerweise an, ihr schon lebend die Himmelspforte zu öffnen. Sie weist sich aus mit dem »bitteren Brote«, von dem sie gegessen haben will: Vielleicht ist es vom selben Brotlaib geschnitten wie das »Brot mit Tränen«, durch das Goethes Harfner »die himmlischen Mächte« kennenlernte.

Das Wort »Verbot«, mit dem das Gedicht ausklingt, macht stutzen. Die Flüchtlinge kannten die verschlossenen Türen der Landesgrenzen nur zu gut. Hier soll nun ein allerhöchstes und unumstößliches Einreiseverbot aufgehoben werden. Handelt es sich um eine letzte Steigerung solcher irdischen Verbote? Auch fürs Himmelreich gelten strikte Immigrationsgesetze, und die Bittstellerin bettelt umsonst.

Man zögert, ein Gedicht »groß« zu nennen, das sich auf Schritt und Tritt zurücknimmt und mit kleiner, kläglicher Stimme spricht. Und doch ist »Mein blaues Klavier« neben Brechts »An die Nachgeborenen«, das auch aus den dreißiger Jahren stammt, wohl das beredtste lyrische Zeugnis des Exils der Nazizeit. Wo Brecht so stark und männlich auf das Recht zu hassen und die Pflicht zu kämpfen pocht, beklagt Lasker-Schüler eine untergegangene Kultur in der idiosynkratischen Sprache der Einsamen, mit der ihr eigentümlichen Verknüpfung von Exaltation und Humor, von Phantasie und distanzierender Selbstdarstellung. Wo Brecht, am Rednerpult der Öffentlichkeit, das vielfache Elend auf den einen Nenner des Widerstands bringt, veranschaulicht es Lasker-Schüler, indem sie es uns im Maskentheater des privaten Leidens vorspielt.

ELSE LASKER-SCHÜLER
PHARAO UND JOSEPH

Pharao verstößt seine blühenden Weiber,
Sie duften nach den Gärten Amons.

Sein Königskopf ruht auf meiner Schulter,
Die strömt Korngeruch aus.

Pharao ist von Gold.
Seine Augen gehen und kommen
Wie schillernde Nilwellen.

Sein Herz aber liegt in meinem Blut;
Zehn Wölfe gingen an meine Tränke.

Immer denkt Pharao
An meine Brüder,
Die mich in die Grube warfen.

Säulen werden im Schlaf seine Arme
Und drohen!

Aber sein träumerisch Herz
Rauscht auf meinem Grund.

Darum dichten meine Lippen
Große Süßigkeiten,
Im Weizen unseres Morgens.

DORIS RUNGE
GEZEITEN DER LIEBE UND DES LEIDS

»Pharao und Joseph«, der Titel verführt, wie Thomas Mann »in Spuren zu gehen«, Echos zu lauschen, zu sehen, was man weiß: Joseph auf verschlungenen Schicksalspfaden, nach Verkauf und Verleumdung, Grube und Gefängnis, auf dem Höhepunkt seiner gottbestimmten Bahn – als Staatsmann an der Seite des Pharao.

Aber schon die ersten Zeilen des Gedichts irritieren die Erinnerung: *Pharao*, heißt es da, *verstößt seine blühenden Weiber.* Und: *Sein Königskopf ruht auf meiner Schulter, / Die strömt Korngeruch aus.* Wer und wes Geschlechts ist dieser Joseph?

Der Korngeruch läßt an die Gaben- und Ährenträume der biblischen Helden denken. Doch die Verse des Gedichts weissagen nicht Wohl und Wehe Ägyptens, sprechen nicht von dürren und fetten Jahren. Kopf auf Schulter wird hier geträumt – genauer gesagt: Joseph träumt, was die Dichterin sich träumen läßt: *Sein Herz aber liegt in meinem Blut.*

Gottfried Benn ist dieses Gedicht gewidmet. In anderen, ihm gleichfalls zugedachten Versen, »Dem Barbaren« betitelt, gibt sich das dichterische Ich in männlichem Gewand als ein verführerisches Weib zu erkennen: *Ich bin Joseph und trage einen süßen Gürtel / Um meine bunte Haut.*

Benn datiert die erste Begegnung mit Else Lasker-Schüler auf das Jahr 1912. Im Prosatext »Doktor Benn« von 1913 nennt sie ihn einen evangelischen Heiden, einen Christen mit Götzenhaupt, Habichtsnase und Leopardenherzen.

Pharao heißt er in unserem Gedicht. Immer adelt die Liebe den Erwähnten, einzig ist er und von königlichem Geblüt. Mit Königsnamen also ruft sie ihn, sendet in anderen Gedichten lyrische Botschaften an »Giselheer« den »Knaben«, den »Heiden«, den »Tiger« und erfindet ihm ein Königreich: das eigene liebende Herz. Anfangs wirbt sie spielerisch und sehnsüchtig um den bewunderten Dichter, später leidenschaftlich und klagend auch um den Mann. Doch Benn antwortet im Gedicht »Hier ist kein Trost«: *Mein Weg flutet und geht allein.*

Was der Adressat dieser Liebesgedichte ihr schuldig bleibt, das Leben ihr versagt, die Religion ihr nicht mehr zu geben vermag, Trost und Geborgenheit, gibt ihr die Dichtung. In Masken und prächtigen orientalischen Gewändern betritt die deutsch-jüdische Dichterin ihr poetisches Reich, schlüpft, im Gedicht »Prinz von Theben«, in den »süßen« oder »lammblutenden Hirtenrock«, sucht in den Armen fremder Götter Schutz vor den feindlichen Brüdern *(Zehn Wölfe gingen an meine Tränke)* und findet im Bild des verratenen und verkauften Joseph auch eine Metapher für ihr Verhältnis zum Judentum, das ein zwiespältiges war in den Jahren, als diese Gedichte geschrieben wurden.

Immer wieder geht es hinab in die Grube – *Ich sterbe am Leben und atme im Bilde wieder auf* (»Mein Herz«) –, immer wieder entsteigt sie verwandelt dem Grab. Der Tod – der kleine wie der große – ist ein Verwandler. »Vielleicht war Tammuz eine Jungfrau und ist ein Jüngling nun Kraft des Todes«, examiniert Thomas Manns Joseph den kleinen Bruder Benjamin und belehrt auch Leas Sohn Ruben, seinen Halbbruder: »Weißt du nicht, daß es des Todes Kraft ist, die Beschaffenheit zu verändern, und daß Rahel dem Jaakob lebt in Joseph ... Ich und die Mutter sind eins.« Mit verschleierten Rahel-Augen dichtet und deutet Else Lasker-Schülers Joseph dem Pharao Träume: *Pharao ist von Gold.*

Das goldene Haupt des Sonnengottes, die Sonne selbst, ruht auf der kornduftenden Schulter. *Seine Augen kommen und gehen*, Tag und Nacht, Gezeiten der Liebe. Die schillernden Nilwellen überfluten den trockenen Acker, verwandeln ihn in fruchtbares Schlammland. *Sein Herz aber liegt in meinem Blut.* In Josephs Brust schlägt es, schlägt für Pharao. Wenn aber das Herz schon verloren ist an ein goldenes Monument, gilt es den Kopf zu retten, fabulierend tausendundeine Nacht lang, buchstäblich Pharao die Nacht versüßend: *Darum dichten meine Lippen / Große Süßigkeiten.*

Über die »Großen Süßigkeiten«, die Dichtung der Else Lasker-Schüler, sagt Benn Jahrzehnte später: »die größte Lyrikerin, die Deutschland je hatte.« Was aber der »Barbar« der liebenden Frau zu verstehen gab, die ihre Biographie geschönt, sich um Jahre verjüngt hatte, war herzlos. »Söhne« lautete der Titel des ihr einst gewidmeten Buches.

KARL WOLFSKEHL
VON UMFLORTEN BERGES KIMME

Von umflorten Berges Kimme
Dröhnt hernieder wie Gericht
Eines Rufers dunkle Stimme.
Hört sie oder hört sie nicht.

Krypte Kaiserlicher Gnaden,
Dir entsteigen, Schicht auf Schicht,
Heiligen Reichs verweste Schwaden.
Ahnt sie oder ahnt sie nicht.

Über die verruchte Heide
Fährt ein gelb und fahles Licht.
Tages Anbruch ? Tages Scheide ?
Seht es oder seht es nicht.

Auf dem lang entseelten Meere
Eine schwarze Barke sticht
In das Starre, glanzlos Leere,
Eine Barke, lang in Sicht.
Heißt sie Ausfahrt ? Heißt sie Kehre ?
Fragt die Barke, fragt sie nicht.

Dumpfen Aufschlags aus dem Äther
Fallen Vögel bunt und dicht
Auf die Grabstatt eurer Väter.
Rührt sie oder rührt sie nicht.

All den brachen Lärm der Gasse
Überschrillt ein irrer Wicht:
Lieb ist Gift! Wer Mensch ist, hasse!
Scheucht ihn oder scheucht ihn nicht.

Weiter! Weiter! Bis vor Grauen
Steinern Herz im Leib zerbricht
Unter bösen Feindes Klauen.
Spürt ihn spürt ihn spürt ihn nicht –

GERHARD SCHULZ
AN DIE DEUTSCHEN

»Sang aus dem Exil« heißt die kleine Sammlung von Gedichten Karl Wolfskehls, in der diese Verse 1950 zum erstenmal erschienen. Da war er bereits zwei Jahre tot, gestorben im Alter von achtundsiebzig Jahren in Auckland auf der Nordinsel von Neuseeland. 1933, am Tage nach dem Reichstagsbrand, hatte er Deutschland verlassen, war zunächst in die Schweiz und dann weiter nach Süden gegangen, bis deutscher Antisemitismus auch auf Italien übergriff und ihn 1938 in den fernsten Winkel der Erde trieb, so weit weg von denen, die ihn verstießen, »als dies überhaupt auf diesem Kleinplanet möglich ist«.

Die Enttäuschung und Leiden des Exils warteten auf ihn. »Laut Büchern, alten Mären und Kinderhoffnungen« glaubte er, der »Spätest-Romantiker«, als den er sich sah, in »ein Land der schweigenden Urwälder, immergrün und farnig, gelegentlich durchpalmt, voll fremdester Vögel« zu kommen, und mußte dann doch finden, daß das, was ihn in den folgenden Jahren umgab, »dem Darmstädter Exerzierplatz weit ähnlicher sah als dem Märchentraum«. Was er dort schrieb oder, fast erblindet, diktierte, blieb dann immer wieder an seine Deutschen gerichtet. Ihnen gehörte er zu, aber seine Stimme drang auf lange Zeit nicht mehr zu ihnen.

Wolfskehl stammte aus einer alten jüdischen Familie, die zu Anfang des 19. Jahrhunderts in Darmstadt Bürgerrecht erhielt. Er studierte Philologie, Religionsgeschichte sowie

Archäologie und promovierte in der Altgermanistik. Zugleich aber zog ihn die Sprachkraft der Verse Stafan Georges an; in seinen engsten Kreis wurde er bald aufgenommen, freilich ohne dessen sexuelle Präferenzen zu teilen. Georges Dichtung bildete auch die stärkste Anregung für Wolfskehls eigene Lyrik, die ihn auf seinem Wanderleben begleitete, aber wohl erst im Exil auf »des Erdballs letztem Inselriff« im Südpazifik ihre stärksten, bewegendsten Töne erreichte.

»Wo ich bin ist Deutscher Geist«, hatte er, Rechenschaft über sich ablegend, in einem langen Gedicht »An die Deutschen« geschrieben, das er 1944 abschloß. An seine Landsleute ist auch dieses Gedicht hier gerichtet, nur daß es diesmal an ihnen sein sollte, Rechenschaft abzulegen. Man hört den Versen Georges Vorbild an; Wörter wie »Kimme«, »Schwaden«, »Kehre« finden sich ebenso bei ihm, wie überhaupt der archaisierende Ton an ihn erinnert und die Vorstellung vom Dichter als »Rufer« in einer der Mahnung bedürftigen Welt. Ganz und gar jedoch fehlt Wolfskehl jenes Superioritätsbewußtsein, das George oft kalt und dünkelhaft erscheinen ließ. Dazu neigte er weder in seiner lebhaften, warmherzigen Persönlichkeit, noch erlaubte es ihm freilich auch seine Zeit.

Als diese Verse entstanden, war es offenbar, daß die »dunkle Stimme« eines Mahners und »Rufers« bei den Deutschen längst nicht mehr gehört werden würde, »überschrillt« vom Geschrei des »irren Wichts«. So gab es nur noch zu richten. Dem Gericht aber können sich die Gerichteten nicht entziehen, indem sie vor ihm die Ohren verschließen. Aus dieser Prämisse entstehen in den Schlußzeilen der einzelnen Strophen jene scheinbaren Alternativen, die dem ganzen Gedicht seine musikalische

Faszination geben und seine gedankliche gleichfalls, weil sie in Wirklichkeit keine Alternativen mehr sind. Denn ob die Angesprochenen etwas hören, ahnen, sehen, fragen, spüren, hat keinen Einfluß mehr auf das, was sie auf sich herabbeschworen haben.

Mittellateinische Gedichte an Kaiser Friedrich Barbarossa hatte Wolfskehl in den zwanziger Jahren übersetzt. Die Sage vom Kyffhäuser wurde vom Nationalsozialismus gern mißbraucht, wo man ein neues »Tausendjähriges Reich« zu proklamieren und zu feiern suchte. Nun entsteigt den Tiefen kaiserlicher Krypte der Gestank der Verwesung. Öde Heide, »gelb und fahles Licht«, »entseeltes Meer«, eine »schwarze Barke« oder die zu Tode stürzenden Vögel sind suggestive Metaphern für das heraufziehende Verhängnis. Der irre Urheber aber wird bezeichnet mit der Formel für seine Mission: die Ersetzung der Liebe durch den Haß.

Allerdings ist das nicht das letzte Wort des Gedichts. Das hat vielmehr der Dichter selbst, »so einsam, so allein, so ganz verlassen«, wie ein anderes Gedicht aus Wolfskehls Exil beginnt. Das Herz, das ihm vor Grauen zerbricht, zerbricht um der Liebe willen. Es hat lange gedauert, bis man seine Stimme wieder hörte.

FELIX DÖRMANN
WAS ICH LIEBE

Ich liebe die hektischen, schlanken
Narzissen mit blutrotem Mund;
Ich liebe die Qualengedanken,
Die Herzen zerstochen und wund;

Ich liebe die Fahlen und Bleichen,
Die Frauen mit müdem Gesicht,
Aus welchen in flammenden Zeichen,
Verzehrende Sinnenglut spricht;

Ich liebe die schillernden Schlangen,
So schmiegsam und biegsam und kühl:
Ich liebe die klagenden, bangen,
Die Lieder von Todesgefühl;

Ich liebe die herzlosen, grünen
Smaragde vor jedem Gestein;
Ich liebe die gelblichen Dünen
Im bläulichen Mondenschein;

Ich liebe die glutendurchtränkten,
Die Düfte, berauschend und schwer;
Die Wolken, die blitzedurchsengten,
Das graue wutschäumende Meer;

Ich liebe, was niemand erlesen,
Was keinem zu lieben gelang:
Mein eigenes, urinnerstes Wesen
Und alles, was seltsam und krank.

ERNST JANDL
EIN GEDICHT UND EIN FREUND

Daß ein im Wien des Jahres 1870 geborener Felix Biedermann sich als Verfasser von Gedichten wie diesem seines Geschlechts nicht, wohl aber des Geruchs von Biederkeit entledigte, dabei Überdeutlichkeit vermeidend, nämlich auf die Verdoppelung des »r« – »dürr«, »ausgedörrt« – verzichtend, zeugt vom Instinkt des damals noch nicht Dreißigjährigen, der mit seinen Lyrikbänden »Narcotica« und »Sensationen« Aufsehen zu erregen verstand, es kaum vermutend, er würde gute zehn Jahre später zusammen mit einem zweiten für Oscar Straus das Libretto zur Operette »Ein Walzertraum« erstellen, worin insgesamt sich seine künstlerische Spannweite ebenso wie, vielleicht, eine gewisse Prädestiniertheit zur schließlich fast totalen Vergessenheit manifestieren mag.
Wenig Zweifel, daß der zu Hitlers Amtsantritt beinahe fünf Jahre bereits Verstorbene nach Ruhm und Lohn aus war, wovon er das erste mit Sicherheit erreicht hat. Was damals zog, dem überließ sich der ein Risiko nicht scheuende, seiner Mitwelt dienende, um die Nachwelt eher unbekümmerte Dichter Felix Dörmann mit Charme. Kein *Black Friday* mehr ließ ihn erzittern. Seine Biographie zeigt, inwieweit ihn der Erste Weltkrieg beschäftigte, und im Geburtsjahr seines gegenwärtigen Interpreten (1925) erschien »Jazz«, Dörmanns »Wiener Roman«.
Für den mit achtundfünfzig Jahren Gestorbenen hatte es nichts von dem gegeben, was unsere Jugend nach und nach

unterminierte und in unsere der modernen Zivilisation sich gierig öffnenden Schnäbel die Jauche des Nationalsozialismus goß. Während der Zweite Weltkrieg bereits tobte, wurden Dietrich Burkhard und ich Freunde fürs Leben, unser künftiges Leben, von dem wir uns hinter der grotesken Fassade einer mit pseudoklassischen Ornamenten aufgeputzten Gymnasiastenzeit in der Isolation unserer juvenilen Beziehung aus glitzernden Bruchstücken ein Bild zusammenzusetzen versuchten, aufgefunden im Schutt unseres ringsum zusammenbrechenden großen europäischen Hauses.

»Atonalität«, »Expressionismus«, »Schönberg«, »Psychoanalyse«, »Kubismus«, »Abstrakte Kunst«, »Nacktrevue«, »Jazz«, »August Stramm«, »Freie Liebe«, »Jonny spielt auf«, das waren Splitter dessen, was die Welt einst wieder sein würde, auch für uns. Ade, mein Freund Dietrich, 1945 zu Tode gekommen durch die Bestie Hitler und die Furie seines Kriegs. Ich dann allein; aber jede Zeile, die ich je schrieb, auch in Dietrichs Namen. – Felix Dörmanns Gedicht »Was ich liebe«, darauf pochte mit dem harten, treffsicheren Finger des Meisterpianisten, der zu werden er alles Talent besaß, mein Freund Dietrich.

»Zäh wie Leder, hart wie Kruppstahl, flink wie Windhunde«, so waren wir geplant; daher konnte Dörmanns Bekenntnis für sechzehn- und siebzehnjährige Ungetäuschte, Undeutsche, nicht vom Bösen Getaufte zum Programm werden. Ach, wir fiebernden, denkend gequälten, zerstochenen Herzens, wir fahlen, bleichen, müden, uns nach Freiheit verzehrenden, nach Frauen glühenden, wir klagenden, bangenden, seltsamen, kranken Knaben von einst.

»Friede« – das war keineswegs das erlösende Wort für uns,

sondern vielmehr: die Niederlage Deutschlands, die Ausrottung des Nationalsozialismus, die Liquidierung Hitlers. Danach dann der neue, der glorreiche Kampf, geführt mit allen Waffen der modernen Kunst, die für uns gleich der Welt war. So war es.

QUELLENHINWEISE

HERMANN ALLMERS 1821 in Rechtenfleth bei Bremen geboren, dort 1902 gestorben, S. 137.

Feldeinsamkeit. Aus: Buch der Lyrik. Herausgegeben von Friedrich Mauer. Franz Cornelsen Verlag, Berlin 1947.

Heidenacht. Aus: Hermann Allmers, Werke. Sachse & Pohl Verlag, Göttingen 1965.

RICHARD BEER-HOFMANN 1866 in Wien geboren, gestorben 1945 in New York, S. 367.

Schlafland für Mirjam. Aus: Richard Beer-Hofmann, Gesammelte Werke. S. Fischer Verlag GmbH, Frankfurt am Main 1963. Abdruck mit freundlicher Genehmigung von Herrn Dr. Andreas Thomasberger.

OTTO JULIUS BIERBAUM 1865 in Grünberg/Schlesien geboren, gestorben 1910 in Kötzschenbroda/Dresden, S. 363.

Er entsagt. Aus: Otto Julius Bierbaum, Der neubestellte Irrgarten der Liebe. Um etliche Gesänge und Lauben vermehrt. Verliebte, launenhafte, moralische und andere Lieder, Gedichte und Sprüche aus den Jahren 1885-1905. Insel-Verlag Leipzig 1906.

EDWIN BORMANN 1851 in Leipzig geboren, gestorben 1912, S. 295.

Kinderscene. Aus: Elazar Benyoetz, Clara von Bodmann, Solange wie das eingehaltene Licht. Briefe 1966 bis 1983. Hartung Gorre Verlag, Konstanz 1989.

WILHELM BUSCH 1832 in Wiedensahl geboren, gestorben 1908 in Mechtshausen, S. 209.

Sahst du das wunderbare Bild von Brouwer? Tröstlich. Aus: Wilhelm Busch, Gedichte. Herausgegeben von Friedrich Bohne. Diogenes Verlag, Zürich 1974.

MAX DAUTHENDEY 1867 in Würzburg geboren, gestorben 1918 in Malang/Java, S. 373.

Drinnen im Strauß. Aus: Max Dauthendey, Ich habe dir soviel zu sagen. Gedichte. Verlag Albert Langen, Georg Müller, München 1959.

RICHARD DEHMEL 1863 in Wendisch-Hermsdorf geboren, 1920 in Hamburg-Blankenese gestorben, S. 315.

Fitzebutze. Manche Nacht. Aus: Richard Dehmel, Gedichte. Hrsg. von Jürgen Viering. Verlag Philipp Reclam jun., Stuttgart 1990.

Felix Dörmann 1870 in Wien geboren, dort 1928 gestorben, S. 505.
Was ich liebe. Aus: Die Wiener Moderne. Literatur, Kunst und Musik zwischen 1890 und 1910. Herausgegeben von Gotthart Wunberg unter Mitarbeit von Johannes J. Braakenburg. Verlag Philipp Reclam jun., Stuttgart 1981.

Marie von Ebner-Eschenbach 1830 in Schloß Zdislavic bei Kremsier/Mähren geboren, 1916 in Wien gestorben, S. 195.
Ein stummer Vorwurf. Aus: Marie von Ebner-Eschenbach – Dr. Josef Breuer. Ein Briefwechsel 1889 bis 1916. Hrsg. von Robert A. Kann. Bergland Verlag, Wien 1969.

Theodor Fontane 1819 in Ruppin geboren, gestorben 1898 in Berlin, S. 13.
Aber es bleibt auf dem alten Fleck. Mein Herze, glaubt's, ist nicht erkaltet. Aus: Theodor Fontane, Herr von Ribbeck auf Ribbeck. Gedichte und Balladen. Ausgewählt von Gottfried Honnefelder. Insel Verlag Frankfurt am Main und Leipzig 1992.
An meinem Fünfundsiebzigsten. Aus: Theodor Fontane, Gedichte in einem Band. Hrsg. von Otto Drude. Insel Verlag Frankfurt am Main und Leipzig 1998.
Es kribbelt und wibbelt weiter. Lebenswege. Meine Gräber. O trübe diese Tage nicht. Publikum. Vom Fehrbelliner Schlachtfeld. Würd' es mir fehlen, würd' ich's vermissen? Aus: Theodor Fontane, Werke, Briefe und Schriften. 20 Bände in vier Abteilungen. Herausgegeben von Walter Keitel und Helmuth Nürnberger. Band 6: Gedichte. Carl Hanser Verlag, München 1978.
Haus- und Gartenfronten in Berlin W. Aus: Theodor Fontane, Große Brandenburger Ausgabe. Gedichte. Einzelpublikationen, Gedichte in Prosatexten, Gedichte aus dem Nachlaß. Hrsg. von Joachim Krueger und Anita Golz. Aufbau Verlag, Berlin 1995.

Stefan George 1868 in Büdesheim geboren, gestorben 1933 in Minusio bei Locarno, S. 377.
An baches ranft. An Gundolf. Der Widerchrist. Die Gräber in Speier. Die tote Stadt. Fenster wo ich einst mit dir. Goethe-Tag. Aus: Stefan George. Sämtliche Werke in 18 Bänden. Hrsg. v. der Stefan George-Stiftung, Stuttgart. Band 6/7: Der Siebente Ring. Bearb. v. Ute Oelmann. Klett-Cotta, Stuttgart 1986.

Das Wort. Einem jungen Führer im ersten Weltkrieg. Aus: Stefan George. Sämtliche Werke in 18 Bänden. Hrsg. v. der Stefan George-Stiftung, Stuttgart. Band 9: Das Neue Reich. Bearb. v. Ute Oelmann. Klett-Cotta, Stuttgart 2001.

der herr der insel. Aus: Stefan George. Sämtliche Werke in 18 Bänden. Hrsg. v. der Stefan George-Stiftung, Stuttgart. Band 3: Die Bücher der Hirten- und Preisgedichte. Der Sagen und Sänge und der Hängenden Gärten. Bearb. v. Ute Oelmann. Klett-Cotta, Stuttgart 1991.

Entführung. Es lacht in dem steigenden jahr dir. Ihr tratet zu dem Herde. Komm in den totgesagten park und schau. Wir schreiten auf und ab. wir stehen an der hecken gradem wall. Aus: Stefan George. Sämtliche Werke in 18 Bänden. Hrsg. v. der Stefan George-Stiftung, Stuttgart. Band 4: Das Jahr der Seele. Bearb. v. Georg P. Landmann. Klett-Cotta, Stuttgart 1982.

Ich bin freund und führer dir. Aus: Stefan George. Sämtliche Werke in 18 Bänden. Hrsg. v. der Stefan George-Stiftung, Stuttgart. Band 5: Der Teppich des Lebens und die Lieder von Traum und Tod mit einem Vorspiel. Bearb. v. Ute Oelmann. Klett-Cotta, Stuttgart 1984.

Klaus Groth 1819 in Heide/Holstein geboren, 1899 in Kiel gestorben, S. 61.

Min Jehann. Aus: Klaus Groth, Sämtliche Werke. 6 Bände. Band 1: Quickbornlieder. Herausgegeben von Friedrich Pauly. Westholsteinische Verlagsanstalt, Heide 1981.

Gerhart Hauptmann 1862 in Ober-Salzbrunn/Schlesien geboren, gestorben 1946 in Agnetendorf/Schlesien, S. 307.

Testament. Aus: Gerhart Hauptmann, Sämtliche Werke. Centenar-Ausgabe zum hundertsten Geburtstag des Dichters. Herausgegeben von Hans E. Hass, Martin Machatzke, Wolfgang Bungies. Band II. Propyläen Verlag, Berlin 1973.

Paul Heyse 1830 in Berlin geboren, 1914 in München gestorben, S. 199.

Asylrecht. Aus: Paul Heyse, Werke. Herausgegeben von Bernhard und Johanne Knick, Hildegard Korth. Erster Band. Insel Verlag Frankfurt am Main 1980.

Peter Hille 1854 bei Driburg/Westfalen geboren, gestorben 1904 in Großlichterfelde bei Berlin, S. 299.

Seegesicht. Aus: Peter Hille, Gesammelte Werke. Band 1. Gedichte und Schriften. Herausgegeben von Friedrich Kienecker. Ludgerus Verlag H. Wingen, Paderborn 1984.

Waldstimme. Aus: Peter Hille, Neue Welten. Gedichte, Prosa, Aphorismen. Auswahl und Nachwort von Friedrich Kienecker. Verlag Philipp Reclam jun., Stuttgart 1979.

Arno Holz 1863 in Rastenburg geboren, gestorben 1929 in Berlin, S. 325.

Er klagt/daß der Frühling so kortz blüht. Aus: Arno Holz, Werke. Band V. Hermann Luchterhand Verlag, Neuwied 1962.

Im Thiergarten. Aus: Arno Holz, Phantasus. Verlag Philipp Reclam jun., Stuttgart 1978.

Ricarda Huch 1864 in Braunschweig geboren, gestorben 1947 in Schönberg im Taunus, S. 333.

Mein Herz, mein Löwe. Aus: Ricarda Huch, Herbstfeuer. Gedichte. Suhrkamp Verlag Frankfurt am Main 1999. © Insel-Verlag Leipzig 1944.

Nicht alle Schmerzen. Uralter Worte kundig. Aus: Ricarda Huch, Gesammelte Werke. Elf Bände. Herausgegeben von Wilhelm Emrich. Verlag Kiepenheuer & Witsch, Köln 1966-1974. Abdruck mit freundlicher Genehmigung von Herrn Alexander Böhm.

Wiegenlied. Aus: Ricarda Huch. Gesammelte Werke. Bd. 5, hrsg. v. Wilhelm Emrich. © 1971 by Verlag Kiepenheuer & Witsch Köln.

Wo hast du all die Schönheit hergenommen. Aus: Das Buch der Liebe. Gedichte und Lieder. Ausgewählt von Elisabeth Borchers. © Insel Verlag Frankfurt am Main 1974.

Gottfried Keller 1819 in Zürich geboren, dort 1890 gestorben, S. 67.

Abendlied. Am fließenden Wasser. Ehescheidung. Friede der Kreatur. Jugendgedenken. Schöne Brücke. Seemärchen. Waldlied. Weihnachtsmarkt. Wie glänzt der helle Mond. Winternacht. Aus: Gottfried Keller, Sämtliche Werke und ausgewählte Briefe. Drei Bände. Herausgegeben von Clemens Heselhaus. Band 3: Gedichte, Dramatische Versuche, Autobiographische Aufzeichnungen und Tagebücher, Ausgewählte Briefe. Carl Hanser Verlag, München, 4. Auflage 1980.

Die Zeit geht nicht. Aus: Gottfried Keller, Sämtliche Werke. Band 1: Gedichte. Deutscher Klassiker Verlag, Frankfurt am Main 1995.

Friederike Kempner 1836 in Opatow/Posen geboren, gestorben 1904 in Friederikenhof bei Reichthal/Breslau, S. 233.

Frohe Stunden. Aus: Friederike Kempner, Ausgewählte Gedichte. Sanssouci Verlag, Zürich 1972.

Else Lasker-Schüler 1869 in Elberfeld geboren, gestorben 1945 in Jerusalem, S. 455.

Die Verscheuchte. Ein alter Tibetteppich. In meinem Schoße. Man muß so müde sein. Aus: Else Lasker-Schüler, Gesammelte Werke in drei Bänden. Kösel-Verlag, München. Alle Rechte beim Suhrkamp Verlag Frankfurt am Main.

Ein Liebeslied. Giselheer dem Tiger. Hingabe. Klein Sterbelied. Mein blaues Klavier. Pharao und Joseph. Aus: Else Lasker-Schüler, Werke und Briefe. Band 1: Gedichte. Herausgegeben von Norbert Oellers und Karl Jürgen Skrodzki. © Jüdischer Verlag im Suhrkamp Verlag Frankfurt am Main 1996.

Jakob. Aus: Else Lasker-Schüler, Sämtliche Gedichte. Herausgegeben von Friedhelm Kemp. Kösel-Verlag, München, 5. Auflage 1991. Alle Rechte beim Suhrkamp Verlag Frankfurt am Main.

Detlev von Liliencron 1844 in Kiel geboren, gestorben 1909 in Hamburg, S. 237.

Der Handkuß. Die Musik kommt. Einen Sommer lang. Schöne Junitage. Aus: Detlev von Liliencron, Werke. Band 1: Gedichte. Band 2: Erzählungen und Charakteristiken. Herausgegeben und eingeleitet von Benno von Wiese. Insel Verlag Frankfurt am Main 1977.

Dorfkirche im Sommer. Aus: Detlev von Liliencron, Ausgewählte Werke. Herausgegeben von Hans Stern, Holsten Verlag, Hamburg 1964.

Hermann Lingg 1820 in Lindau geboren, gestorben 1905 in München, S. 133.

Das Krokodil. Aus: Deutsche Unsinnspoesie. Herausgegeben von Klaus Peter Dencker. Verlag Philipp Reclam jun., Stuttgart 1978.

Conrad Ferdinand Meyer 1825 in Zürich geboren, gestorben 1898 in Kilchberg bei Zürich, S. 145.

Auf dem Canal grande. Dämmergang. Das Ende des Festes. Der römische Brunnen. Die tote Liebe. Ein Pilgrim. Lethe. Möwenflug. Nicola Pesce. Aus: Conrad Ferdinand Meyer, Sämtliche Gedichte. Verlag Philipp Reclam jun., Stuttgart 1978.

Friedrich Nietzsche 1844 in Röcken bei Lützen geboren, gestorben 1900 in Weimar, S. 263.

Der Einsame. Im Süden. Aus: Friedrich Nietzsche, Werke in drei Bänden. Hrsg. von Karl Schlechta. Carl Hanser Verlag, München 1994.

Der Freigeist. Die Krähen schrei'n. Aus: Friedrich Nietzsche, Sämtliche Werke in Einzelbänden. Kritische Studienausgabe in 15 Bänden. Herausgegeben von Giorgio und Mazzino Montimari. Band 2: Nachgelassene Fragmente 1884-1885. Deutscher Taschenbuch Verlag, München 1988.

Die Sonne sinkt. Aus: Friedrich Nietzsche, Sämtliche Werke in Einzelbänden. Kritische Studienausgabe in 15 Bänden. Herausgegeben von Giorgio und Mazzino Montimari. Band 6: Der Fall Wagner. Götzen-Dämmerung. Der Antichrist. Ecce Homo. Dionysos-Dithyramben. Nietzsche contra Wagner. Deutscher Taschenbuch Verlag, München 1988.

Trost für Anfänger. Aus: Friedrich Nietzsche, Gedichte. Nach den Erstdrucken 1878 bis 1908. Hrsg. von Ralph Kray und Karl Riha unter Mitarbeit von Mario Leis. Insel Verlag Frankfurt am Main und Leipzig 1994.

Venedig. Aus: Das große deutsche Gedichtbuch. Herausgegeben von Karl Otto Conrady. Athenäum Verlag, Königstein/Taunus 1977.

Wilhelm Raabe 1831 in Eschershausen bei Braunschweig geboren, dort 1910 gestorben, S. 205.

Des Menschen Hand. Aus: Wilhelm Raabe, Sämtliche Werke. Herausgegeben von Karl Hoppe. Band 20: Halstenbeck. Altershausen. Gedichte. Verschiedenes. Vandenhoek & Ruprecht Verlag, Braunschweig 1968.

Ferdinand von Saar 1833 in Wien geboren, gestorben 1906 in Döbling bei Wien, S. 217.

Herbst. Aus: Der tausendjährige Rosenstrauch. Deutsche Gedichte. Ausgewählt und eingeleitet von Felix Braun. Wilhelm Heyne Verlag, München 1981.

Max Schneckenburger 1819 in Talheim/Württemberg geboren, dort 1849 gestorben, S. 127.

Die Wacht am Rhein. Aus: Allgemeines Deutsches Kommersbuch. 96.-99. Auflage. Schauenburg Verlag, Lahr 1910.

Arthur Schnitzler 1862 in Wien geboren, 1931 dort gestorben, S. 311.

Fliessen die Thränen. Aus: Arthur Schnitzler, Aphorismen und Betrachtungen. Herausgegeben von Robert O. Weiss. S. Fischer Verlag GmbH, Frankfurt am Main 1967.

Christian Wagner 1835 in Warmbronn/Württemberg geboren, dort 1918 gestorben, S. 221.

Im Garten des Albergo del Sole (Pompeji). Spätes Erwachen. Aus: Christian Wagner, Gedichte. Herausgegeben von Ulrich Keicher. Mit einem Vorwort von Albrecht Goes und Zeichnungen von Gunter Böhmer. Konrad Theiss Verlag, Stuttgart und Aalen, 2. Auflage 1981.

Ostersamstag. Aus: Christian Wagner, Sonntagsgänge. Jürgen Schweier Verlag, Kirchheim/Teck 1976.

FRANK WEDEKIND 1864 in Hannover geboren, gestorben 1918 in München, S. 355.
Der Tantenmörder. Aus: Frank Wedekind, Ich hab' meine Tante geschlachtet. Lautenlieder und Gedichte. Eingeleitet und herausgegeben von Manfred Hahn. Insel Verlag Frankfurt am Main 1982.
Xanthippe. Aus: Frank Wedekind, Gesammelte Werke. Band 8. Georg Müller Verlag, München 1920.

MATHILDE WESENDONK 1828 in Elberfeld geboren, gestorben 1902 in Traunblick, S. 189.
Im Treibhaus. Aus: Richard Wagner, Fünf Gedichte von Mathilde Wesendonk. Für Frauenstimme und Klavier. Musikverlag C. F. Peters, Frankfurt am Main.

KARL WOLFSKEHL 1869 in Darmstadt geboren, 1948 in Neuseeland gestorben, S. 499.
Von umflorten Berges Kimme. Aus: Karl Wolfskehl, Gesammelte Gedichte. Zwei Bände. Band II: Die Stimme spricht. Edition Arnshaugk, München 1997.